Christine Ziegler

Anna Konda
Engel des Zorns

Bisher von Christine Ziegler im Südpol Verlag erschienen:

Jaguarkrieger

Anna Konda – Engel des Zorns

Christine Ziegler

Anna Konda
Engel des Zorns

Das Buch wurde auf FSC-zertifiziertem Papier gedruckt und leistet damit einen aktiven Beitrag zur nachhaltigen Bewirtschaftung der Wälder rund um den Globus.

ISBN 978-3-96594-039-0

1. Auflage Februar 2020

© 2020 Südpol Verlag, Grevenbroich
Alle Rechte vorbehalten.

Umschlaggestaltung: Corinna Böckmann

www.suedpol-verlag.de

Bibliographische Information der Deutschen Nationalbibliothek
Die Deutsche Nationalbibliothek verzeichnet diese Publikation in der Deutschen Nationalbibliographie; detaillierte bibliographische Daten sind im Internet über http://dnb.ddb.de abrufbar.

Für Anna

Prolog

Nur wenige ahnen, noch weniger wissen, wie dünn die schützende Hülle um unsere Realität ist und vor allem, wie oft sie durchbrochen wird. Wenn die Ordnung gestört wird, droht Chaos und Tod.

An einem heißen Sommertag verließ ein Wesen der anderen Ebene seinen Platz. Mit einem Lächeln auf den Lippen näherte es sich heiligen Klostermauern.

Gott sprach zu Eva: Was hast du da getan?
Eva antwortete: Die Schlange hat mich verführt,
und so habe ich gegessen.

(nach Genesis 3, 12-13)

Tagebucheintrag von Anna Konda an ihrem 17. Geburtstag

Eva hat einen Fehler gemacht.

Tun wir das nicht alle?

Hätte Eva damals den Apfel nicht vom Baum gepflückt, hätte es Adam getan. Da bin ich mir sicher.

Woher hätten sie im Paradies überhaupt eine Vorstellung vom Bösen haben sollen, von Krankheit und Tod?

Ein kleiner Apfel, ein übertretenes Verbot, löste die Vertreibung aus dem Garten Eden aus. Was die Menschen einerseits sterblich machte und ihnen andererseits Freiheit schenkte. Ohne Eva hätten wir nie verstanden, was es bedeutet, Mensch zu sein und das ist zugleich unser wertvollster Schatz, wie auch unser schlimmster Fluch.

"War keine Absicht" oder "Das wollte ich nicht". Wie schnell ist so ein Satz gesagt und wir glauben, damit wäre alles wieder gut. Wie oft wird sich Eva für die Apfelpflückerei entschuldigt haben. Aber Worte machen keine Tat ungeschehen. Auch meine nicht.

Mir geht es wie Eva. Sieben Tage vor meinem 17. Geburtstag hatte ich neugierig unter einem Baum gestanden. Wie hätte ich auch nur ahnen können, dass ich die Ordnung der Welt gefährdete? Ich suchte nur ein bisschen Freiheit und setzte damit das Leben Unschuldiger aufs Spiel.

Hätte ich jedoch der Versuchung widerstanden, hätte ich nie die Wahrheit über meine Herkunft erfahren. Weder meine Seele noch mein Leben wären in Gefahr geraten.

So aber habe ich mein Herz verloren.

Nein, ich habe es verschenkt.

Sonntag, 19. Juli

»Sie kommen aus der Finsternis. Ich fühle ihre Anwesenheit«, flüsterte der alte Mann ins Mikrofon. Seine knochigen Finger krallten sich um das vergoldete Rednerpult. Ich konnte seine Angst spüren, die ihn wie eine dunkle Wolke umgab. Mein Herzschlag beschleunigte sich.

Ich hatte nur einen Gedanken. Raus hier – sofort! Aber das war leichter gedacht als getan. Meine Sitznachbarin lehnte sich an mich. Dabei atmete sie verdächtig langsam. Aus dem Augenwinkel warf ich ihr einen prüfenden Blick zu. Tatsächlich war die Frau mit leicht geöffnetem Mund in der unbequemen Kirchenbank eingeschlafen. Ihr Kopf ruhte dabei tiefenentspannt auf meiner Schulter.

»Es ist wieder soweit, der Teufel jagt mit den Dämonen der Hölle. Ihr alle seid in Gefahr.« Die Stimme des Priesters wurde lauter. Wie hypnotisiert starrte ich auf seine langen gelblichen Fingernägel. Mein Herz pumpte inzwischen so schnell, als würde ich an einem Berglauf teilnehmen.

Um nicht seitlich wegzukippen, stemmte ich mich gegen den nachgiebigen Körper der Schlafenden, der von Minute zu Minute schwerer wurde. Ich beneidete die Frau und versuchte, mich ebenfalls an einen fernen Ort zu träumen. Was mir in Lateinstunden problemlos gelang, war an diesem Sonntagvormittag unmöglich. Was machte mich derart nervös? Die Warnung vor dem Teufel, seinen Dämonen und der Hölle? Wohl kaum. Das hörte ich nicht zum ersten Mal. Schließlich lebte ich seit meiner Geburt in einem Kloster. Aber so aufgeregt wie heute hatte ich den alten Pfarrer noch nie erlebt und ich ließ mich von seiner Unruhe anstecken, spürte sie in jeder Körperzelle.

Dafür gab es eine banale und logische Erklärung, redete ich mir ein. Ich litt unter Schlafmangel. In den vergangenen Nächten hatte ich fast kein Auge zugetan. Mehrmals war ich nassgeschwitzt aus einem Traum hochgeschreckt, fühlte mich beobachtet oder verfolgt. Um mich zu beruhigen, hatte ich gelesen, bis das Buch auf meiner Nasenspitze gelandet war. Aber dann weckte mich ein Klopfen an der Fensterscheibe oder ein Geräusch auf dem Dach. Alles nur Einbildung. Schlafmangel war eine gefährliche Sache. Das überreizte Gehirn täuschte die Sinne und gaukelte Unerklärliches vor. Daher wollte ich meine Nachbarin auch nicht aufwecken. Stattdessen schloss ich die Augen und versuchte, mich auf meinen Atem zu konzentrieren. Das half wenigstens gegen den Fluchtimpuls.

Bis zur Predigt war alles in Ordnung gewesen. Ich hatte mich in der Kirche sogar entspannt, dem Gesang der Nonnen zugehört und die tanzenden Sonnenstrahlen auf dem Altar beobachtet.

Aber seit der Priester in seinem kostbar bestickten, golddurchwirkten Gewand das Auftreten hinterlistiger Dämonen und Teufel in grellen Farben und drastischen Bildern beschrieben hatte, war die Erinnerung an meine Albträume zurück. Und noch schlimmer, auch die Unruhe und die Angst, die ich beim Aufwachen gespürt hatte, waren zurück.

»Die Dämonen jagen nicht nur in der Nacht, sondern auch am Tag. Sie sind überall«, schrie der Priester inzwischen mit fiebrigen Augen von oben herab auf seine Zuhörer. »Sie sind maskiert und nicht mehr an Hörnern und glühenden Augen zu erkennen. Beiläufig begegnen sie uns in Büchern, im Fernsehen und im Internet. Sie verführen uns und vor allem eure Kinder. Zügelloser Konsum ist die Geißel unserer Zeit. Bleibt wachsam und widersteht!« Die letzten Worte spuckte er mit kurzatmigem Röcheln hervor: »Sie kommen! Ich kann sie hören.«

Dann ließ er sich kraftlos auf einen samtbezogenen Hocker fallen. Die folgende Stille war bedrückend. Kein Husten oder Rascheln. Nichts. Alle lauschten. Ich atmete angestrengt. Plötzlich krachte es.

Die Anwesenden zuckten wie ein Körper zusammen. Selbst meine Nachbarin schreckte auf, taumelte haltsuchend und stieß einen spitzen Schrei aus. Der Priester nickte wissend. Dann schepperte es erneut. Metall auf Stein. Ein Kind begann zu weinen. Leises Murmeln schwoll an. Einige standen auf und blickten sich suchend um.

»Entschuldigung«, rief die schwerhörige Schwester Renata und stand auf. Sie wedelte mit den Armen in der Luft herum.

»Ich wollte niemanden erschrecken. Aber mir sind die Krücken umgefallen. Sie wissen doch, wegen meinem Knie.«

Erleichtertes Lachen erfüllte darauf den Kirchenraum.

Mutter Hildegard, die Klosterchefin, eilte ihrer Mitschwester zu Hilfe und reichte ihr die Krücken. Einzelne applaudierten. Missbilligend schüttelte der Pfarrer seinen Kopf. Entschlossen stimmte die Organistin ein Lied an und die Gemeinde sang lautstark mit. Renata setzte sich lächelnd wieder hin. Wahrscheinlich hatte sie kein Wort von der Predigt verstanden und hatte selig vor sich hin geträumt. Wie meine Nachbarin war sie erst vom Geräusch der umfallenden Gehhilfen geweckt worden. So viel zur Wachsamkeit.

Auch wenn sich die allgemeine Stimmung entspannt hatte, war ich nach dem Gottesdienst die Erste, die aufsprang. Der wuchtige Klang der Orgelpfeifen begleitete meine Flucht und übertönte das Geräusch meiner Sandalen auf dem Marmorfußboden. Ich konnte es kaum erwarten, die trägen Weihrauchschwaden und die Drohungen abzuschütteln. Kraftvoll stieß ich die schwere Eichentür der Klosterkirche auf und trat hinaus ins Licht.

Sie kommen! Diese Worte hatten sich wie eine blutgierige Zecke in mein Bewusstsein gesaugt. Plagten den alten Mann ähnliche Albträume wie mich? Die Sonne blendete und ich blinzelte in den wolkenlosen Himmel hinauf. Die Sommerluft war warm und heiter. Mit einem dankbaren Seufzer schloss ich die Augen und lehnte mich mit dem Rücken an die sonnenwarme Kirchenwand. Als wäre ich tatsächlich dem schwefelig stinkenden Schlund der Hölle entkommen, sehnte sich alles in mir nach

Helligkeit. Die vergangene Stunde war mir wie eine Ewigkeit in düsterer Verdammnis vorgekommen.

Meine Nackenhärchen standen immer noch aufrecht. Ich rieb meine kalten Handflächen aneinander. Teufel und Dämonen gab es nicht, redete ich mir ein. Was war ich nur für ein Angsthase! Je länger ich in der Sonne stand, desto absurder schien mir meine Panikreaktion. Atemzug für Atemzug kehrte ich in die Gegenwart zurück, ließ mich von der Sonne kitzeln und hörte summenden Insekten zu.

Bienen und dicke Hummeln umkreisten meine Beine. Manchmal berührte mich zufällig eine Flügelspitze. Das eigentliche Ziel waren jedoch leuchtend orange Ringelblumenblüten, die wild zwischen Kirchenwand und Kopfsteinpflaster wuchsen. Nur gut, dass die Schwestern sich keinen Gärtner leisten konnten, der hier für Ordnung gesorgt hätte. Ich bückte mich und beobachtete die Insekten, wie sie fleißig Pollen und Nektar sammelten. Aber meine Gedanken wanderten zurück. Was war in der Kirche gerade passiert? Warum hatte ich so heftig reagiert? Normalerweise waren die Sonntagspredigten todlangweilig. Ich blendete sie aus und musterte stattdessen die anderen Kirchenbesucher oder zählte die Dekorationsgegenstände wie Engelsflügel oder Kerzen. Es gab in unserer Klosterkirche unglaubliche 312 Engel mit 624 Flügeln. Die himmlische Schar war geschnitzt, gemalt, aus Stuck oder Wachs geformt. Von Engeln predigte der alte Mann jedoch nie. Meistens sprach er über irgendwelche Geschichten aus der Bibel. Ab und zu warnte er auch vor dem Teufel. Aber so eindrücklich wie heute hatte er es noch nie getan. Eine Teufels- oder Dämonendarstellung fehlte jedoch im gesamten Kirchenschiff. Immer wieder hatte ich die Wände und Altäre danach abgesucht.

Ich musterte meine braven, flachen weißen Sandalen, die ich mindestens schon zwei Jahre besaß, und musste zugeben, ich hätte liebend gern mehr konsumiert – auch wenn das angeblich teuflisch war. Meine Zehen waren länger als die Schuhsohle, aber meine Mutter war sparsam und argumentierte, dass der Sommer bald vorbei wäre. Und das im Juli!

Ich fragte mich, wer hier zu viel fernsah. War es vielleicht der Priester selbst, der zu oft einen Blick in die Abgründe seiner persönlichen Hölle warf?

Das helle Sonnenlicht vertrieb zuverlässig alles Düstere in mir und ich konnte wieder lächeln. So war es immer.

Immer noch lehnte ich abseits des gewaltigen Hauptportals der Klosterkirche an der Wand und speicherte die Wärme, die von den aufgeheizten Steinen auf meinen Körper abstrahlte. Ich hörte, wie sich Kirchenbesucher miteinander unterhielten und Verabredungen für den Nachmittag getroffen wurden. Als ich ein vertrautes Lachen in dem Stimmengewirr wahrnahm, das in ein unentwegtes Plappern überging, stutzte ich. Muriel am Sonntag in der Kirche? Normalerweise war meine beste Freundin eine überzeugte Sonntagslangschläferin und noch überzeugtere Atheistin. Sie leistete mir nur an Weihnachten und Ostern Gesellschaft beim Kirchenbesuch. Das war für die Schüler der Klosterschule verpflichtend. Muriel und ich gingen in dieselbe Klasse. Ich winkte ihr zu und rief ihren Namen.

»Wolltest du nicht erst nachmittags kommen?«

»Ich bin heute früh aufgewacht und wusste, du brauchst mich. Intuition, wenn du verstehst, was ich meine. Ich hab's sogar fast pünktlich geschafft. Nur das erste Lied habe ich verpasst. Das musstet ihr ohne meine Unterstützung singen«, lachte sie mich an.

Singen konnten wir beide nicht. Das war wahrscheinlich unsere einzige Gemeinsamkeit. Sonst waren wir grundverschieden. Muriels kurze schwarze Haare schienen mir heute strubbeliger als sonst. Dafür strahlten ihre dunkelbraunen Augen ausgeschlafen und unternehmungslustig. Unzählige kleine Sommersprossen (die Muriel übrigens hasste) tummelten sich auf ihrem Nasenrücken und den Wangen. Sie war klein und drahtig zugleich, voller Energie und Abenteuerlust. Ständig unterwegs und in Bewegung. Zuhause war sie nur in der Nacht anzutreffen und selbst das nicht immer. Im Vergleich zu ihr führte ich ein eintöniges Leben an einem der langweiligsten Plätze der Welt, nämlich hier im Kloster.

»Bist du dir jetzt endlich über die Gefahren von Fernsehen, YouTube und Amazon klargeworden und wirst ab heute dein Leben ändern?«, fragte ich sie streng.

Muriel schaute mich irritiert an. »Wovon sprichst du?« Ihre Augenlider waren dunkel geschminkt. *Smokey Eyes* nannte Muriel dieses Zuviel an Grau und Schwarz, das sie sich bei einem Schritt-für-Schritt-Schminkkurs auf YouTube oder Instagram abgeschaut hatte. In diesem Sommer trug sie das auffällige Augen-Make-up zu jeder Tages- und Nachtzeit. Seit Jahren setzte Muriel ungeschminkt keinen Fuß vor die Wohnungstür. So viel Zeit musste immer sein.

»Von der Predigt natürlich«, erklärte ich. Muriels Blick war verständnislos. »Du warst doch in der Kirche. Hast du etwa nichts von den schrecklichen Versuchungen und Gefahren des Internets und sozialer Netzwerke mitbekommen? Da sind maskierte Dämonen und Teufel am Werk. Und der Konsum frisst deine Seele auf.«

»Ach, die Predigt«, Muriel klimperte mit den getuschten Wimpern, »da hab ich gar nicht zugehört. Und ich dachte schon, du hättest einen Sonnenstich. Dämonen, Teufel und Konsumverzicht. So ein Quatsch! Meine Seele ist eh unverdaulich.«

»Mich macht das Teufelszeug nervös«, gab ich zu.

Muriel musterte mich und drückte dann meine Hand. »Kein Grund. Wenn hier jemand sicher ist, dann du. Der Teufel traut sich niemals ins Kloster. Das ist doch heiliger Boden und so. Das weiß doch jedes Kind. So nützliche Dinge lernt man nämlich im Fernsehen, auf Netflix und so. Und du solltest aufhören, dir Sorgen zu machen, und bei solchem Unfug einfach auf Durchzug schalten.«

»Wie schaffst du es nur, da wegzuhören?«, fragte ich.

Muriel zuckte mit den Schultern und zupfte ihr knappes pinkes Top zurecht, das nur von schmalen Spaghettiträgern gehalten wurde und mindestens die Hälfte ihres flachen Bauches frei ließ. Ich hingegen trug meine weiße, brave Sonntagsbluse. Meine Mutter hätte niemals zugelassen, dass ich mit nackten Schultern oder freiem Bauch die Kirche betreten würde.

»Das geht nur mit jahrelangem Training und einem ausgeprägten Aufmerksamkeitsdefizitsyndrom«, erklärte sie grinsend. »Wie du weißt und was amtlich bekannt ist, verfüge ich über die Konzentrationsfähigkeit eines hochbegabten Regenwurmes.«

Vermutlich hatte Muriel tatsächlich ADHS, auch wenn es keine ärztliche Diagnose gab, sondern nur den Verdacht einzelner gestresster Lehrer. Den Mund, Arme oder Beine stillzuhalten, gehörte nicht zu Muriels Fähigkeiten.

»Ich bin sowieso nur hier«, sie machte eine bedeutsame Pause und strahlte mich an, »weil ich dir Tim endlich persönlich vorstellen wollte, wie versprochen.« Sie deutete vage über ihre Schulter, ohne sich umzudrehen.

Besagter Tim stand drei schüchterne Schritte hinter ihr und mir war bis jetzt gar nicht aufgefallen, dass die beiden zusammengehörten. Bei einem Gespräch mit Muriel war es ratsam, ihr die gesamte, ungeteilte Aufmerksamkeit zu schenken. Auch dann war es schwer genug, nicht den Anschluss zu verlieren. Sie als sprunghaft zu bezeichnen, wäre eine lächerliche Untertreibung gewesen. Wahrscheinlich hatte er jedes Wort mitgehört und ich hatte mich mit meiner Dämonenangst vor ihm gerade komplett lächerlich gemacht.

Als hätte Tim auf sein Stichwort gewartet, kam er näher und lächelte mich zurückhaltend an. Tim war riesengroß oder vielleicht wirkte es nur so, weil er sehr schlank war. Er überragte mich, und ich bin immerhin 1,74 m groß, um ein gutes Stück. Zärtlich legte Tim seinen Arm um oder besser gesagt auf Muriels Schultern.

Die kleine, hyperaktive Muriel und der ruhige, riesige Tim nebeneinander gaben ein seltsames Paar ab.

»Hallo«, grüßten wir gleichzeitig und schwiegen uns dann verlegen an. Muriel kramte währenddessen in einer Tüte von H&M. Vermutlich war sie gestern mit Tim in der Stadt shoppen gewesen, worum ich sie ziemlich beneidete.

Gesprächig schien Tim nicht gerade zu sein, dafür redete Muriel munter weiter. Außerdem, was hätte Tim mir schon Neues erzählen können? Ich wusste ALLES über ihn! Muriel war ein sehr mitteilungsfreudiger Mensch. (Hatte ich das schon erwähnt?) Ich wusste, wie sie Tim kennengelernt hatte, was sie als Erstes zu ihm gesagt hatte, wie er aussah (Dabei hatte sie dann doch etwas übertrieben!), wie er küsste, welche Musik er hörte, dass er gut schwimmen konnte, Mathe verstand, drei Schwestern, einen Hund und zwei Hasen hatte und vieles andere, wichtige mehr. Vor allem war er seit drei langen Wochen Muriels Freund und ich hatte ihn noch nie zu Gesicht bekommen.

»Schau, was ich dir mitgebracht habe.« Mit diesen Worten hielt sie mir die geöffnete Tüte hin.

Ich lugte hinein und entdeckte ein mindestens 500 Seiten dickes Buch. »Flüchtige Schatten der Nacht«, entzifferte ich die Schrift auf dem Buchrücken.

»Ich hab's mir gestern gekauft und fast die ganze Nacht gelesen und ich kann nur sagen, Hammer, das ist der Hammer, so spannend, ich konnte nicht aufhören, und damit du nicht länger warten musst, hab ich mir gedacht, ich bring dir das Buch gleich vorbei, wo ich doch weiß, dass Lesen dir an langweiligen Sonntagen das Leben rettet, und außerdem habe ich dir ja auch versprochen, dass ich dir Tim vorstelle und der hat nur am Sonntag Zeit, weil er unter der Woche arbeiten muss und erst am Samstag heimkommt, und da dachte ich mir, es ist am einfachsten, wenn wir in der Kirche vorbeischauen, weil du am Sonntag da immer bist, eigentlich wollten wir uns neben dich setzen, aber du warst ja besetzt«, Muriel kicherte, »und jetzt haben wir keine Zeit mehr, weil Tim mittags wieder zum Essen bei seinen Eltern sein muss, seine Oma kommt auch und deswegen muss er jetzt los, so wie du jetzt auch zum Essen musst, sonst ...« Sie drückte mir die Tüte in die Hand. Hatte ich zwischenzeitlich den Punkt überhört oder hatte es einfach kein Satzende gegeben?

»Danke. Superlieb von dir.« Ich zog das Buch halb aus der Tüte. Das war also das Vampirbuch, von dem Muriel mir ständig erzählt hatte und das erst vor zwei Tagen erschienen war. Ich vermutete, dass es sich dabei genau um die Art gottlosen Zeitvertreibes handelte, vor dem der Priester gerade gewarnt hatte. Das Titelbild zeigte viel Blut und bleiche Haut. Somit war es auf jeden Fall ratsam, das Buch in der Tüte zu transportieren und vor den neugierigen Blicken der Kirchgänger zu verbergen. Ich steckte es schnell wieder zurück.

»Es hätte doch auch gereicht, wenn ihr einfach nach der Kirche vorbeigekommen wärt«, wunderte ich mich noch immer über Muriels und Tims Teilnahme am Gottesdienst.

Muriel lächelte mich an und faltete ihre Hände andächtig in Gebetshaltung vor der Brust. »Ach, weißt du, ab und zu höre ich die Schwestern gerne singen, das ist so feierlich, als wären sie ein Chor von Engeln. So muss sich die Musik im Paradies anhören. Ich werde dann ganz ruhig.«

Diesen Effekt kannte ich selbst sehr gut. Dennoch musterte ich meine Freundin erstaunt. Ich hätte nie gedacht, dass Muriel von irgendetwas beruhigt werden könnte. »Du kannst ja öfter kommen. Immer sonntags um 10 Uhr«, schlug ich vor.

»So oft muss man die Engel nun auch wieder nicht singen hören. Das kommt früh genug. Und zu viel Ruhe ist überhaupt ganz ungesund. Wenigstens für mich.« Sie drückte mir einen Kuss auf die Wange. »Ehrlicherweise war es auch Tims Idee. Er war hier früher Ministrant und wollte mal wieder die alten Schwestern besuchen. Bis morgen, Anna. Und dann will ich wissen, wie dir das Buch gefallen hat. Ich verrate nichts. Meine Lippen sind versiegelt.« Sie presste ihre Lippen für eine flüchtige Millisekunde zusammen. »Soweit es Vampire betrifft. Ich verspreche dir, du wirst dich heute in deinem Gefängnis keine Sekunde langweilen und das will in deiner Situation schon etwas heißen. Wie du das nur aushältst! War schön, dich zu sehen. Grüß deine Mutter und den Rest der Belegschaft. Übrigens eine hübsche Bluse, die du da anhast.«

Scherzhaft drohte ich ihr mit der Handkante.

»Kein Kung-Fu gegen Wehrlose. Das würde Herr Li nicht erlauben. Wobei Tim unbedingt mal sehen will, was du alles kannst. So an Wänden hochlaufen und durch die Luft schweben.«

»Du schaust zu viel Fernsehen, Muriel. Da verliert man den

Kontakt zur Realität.« Ich wandte mich an Tim. »Glaub ihr kein Wort. Ich kann nichts davon.«

Fröhlich lachend griff Muriel nach Tims Hand und zog ihn davon zu einem schwarzen Motorroller mit chromblitzenden Spiegeln. Dabei redete sie ununterbrochen auf ihn ein. Er lächelte mir noch zu, ehe er sich seinen Helm aufsetzte und den Roller startete. Muriel schwang sich auf die Sitzbank und hielt sich an ihm fest. Wie so oft beneidete ich Muriel um ihr freies Leben. Lautstark knatternd brausten sie davon, was ihnen genervte Blicke von älteren Kirchenbesuchern bescherte.

Ich lehnte mich wieder an die Kirchenwand, die Wand meines Gefängnisses, wie Muriel gerne behauptete. Natürlich war ich nicht eingesperrt. Auch wenn es mir und Muriel manchmal so vorkam, weil mein Leben von unzähligen Regeln, Ver- und Geboten beherrscht wurde.

Seit meiner Geburt wohnte ich mit meinen Eltern in der Hausmeisterwohnung dieses dringend renovierungsbedürftigen Gemäuers. Es gehört zu einem uralten Benediktinerinnenkloster und liegt an einem der beschaulichsten (*langweiligsten* trifft es eher!) Orte Südbayerns. Für Klöster waren vermutlich immer besonders abgelegene Plätze ausgewählt worden, um den Bewohnern inneren Frieden und Weltabgeschiedenheit zu schenken. Zwei Dinge, die ich in meinem Alter wirklich nicht brauchen konnte.

An diesem sonnigen Sonntag trennten mich von meinem Geburtstag noch sieben Tage und ich sehnte mich nach viel – nach einem normalen Wohnort, einem aufregenderen Leben oder wenigstens nach einem Ausflug in die Stadt oder einem Kinobesuch ohne mütterliche Aufsicht. Nicht einmal für den Schulbesuch kam ich raus, da in einem Nebenflügel der quadratischen Klosteranlage ein kleiner Kindergarten, eine Grundschule und ein Gymnasium untergebracht waren.

Meine Eltern, Rilana und Vaclav Konda, hatten mehr als 30 Jahre bei den Nonnen gelebt, bis mein Vater vor 15 Monaten mit nur 61 Jahren gestorben war. Gehirnblutung. Er war Hausmeister, Gärtner, Elektriker, Installateur und Anstreicher im weitläufigen Klostergebäude gewesen. Meine Mutter hatte ihn bei allen Arbeiten unterstützt. Sie waren ein eingespieltes Team gewesen, fröhlich und zufrieden. Seit Papas Tod war es anders. Meine Mutter half zwar weiterhin in der Klosterküche, betrieb den Schulkiosk, reinigte die Kirche und hielt unsere kleine Dachgeschosswohnung und unser Gärtchen mit Gemüsebeeten in Ordnung. Aber sie hatte ihr Lachen verloren. Dafür war sie umso ängstlicher und machte sich ständig Sorgen, dass mir etwas zustoßen könnte. Ich sah, wie sehr sie unter dem Verlust litt. Aber sie zog sich allein in ihre Trauer zurück, weinte schnell und verbrachte viel Zeit mit den Schwestern im Gebet. Ich hoffte, dass sie es irgendwann schaffen würde, ihre Traurigkeit zu überwinden und der Schatten auf ihrer Seele verblassen würde. Mir fehlte mein Vater auch. Aber meine unbeschwerte Mutter vermisste ich genauso.

Mit Muriels Tüte unter dem Arm hatte ich mich auf den Weg in den Speisesaal des Klosters gemacht. Ich wollte die Hungrigen nicht warten lassen.

Ich bog in den Gang ab, der zu Speisesaal und Klosterküche führte. Natürlich wäre es sicherer gewesen, das Buch vor dem Essen in mein Zimmer zu bringen, aber dafür hatte ich keine Zeit mehr, weil ich zu lange mit Muriel gequatscht hatte. Wie jeden Sonntag war ich für das Servieren des Essens zuständig und musste anschließend beim Abwasch helfen.

Eilig versteckte ich die bluttriefende Vampirgeschichte im Vorratsregal hinter den Dosen mit geschälten Tomaten. Dann wusch ich mir die Hände und zog eine weiße, frisch gewaschene und gebügelte Schürze an.

Herr Li, unser chinesischer Koch, nickte mir ernst zu.

»Hallo Anna. Du bist spät dran«, begrüßte mich meine Mutter in der Küche. »Du kannst gleich die Suppe auftragen. Es ist alles fertig. Wir warten nur auf dich.«

Seit sie Witwe war, trug sie nur noch schwarze Sachen. In ihrem schwarzen Sommerkleid sah sie heute den Klosterschwestern zum Verwechseln ähnlich. Wenn sie über ihrem grauen Dutt einen Schleier getragen hätte, wäre die Nonnentracht perfekt gewesen. Überhaupt wurde sie den Schwestern von Tag zu Tag ähnlicher und die Gemeinschaft schien ihr Trost und Nähe zu spenden. Meine Mutter war nicht gerade redselig und erzählte nie von sich selbst, von ihren Wünschen oder Ideen. Oft kam es mir vor, als teilten wir nur noch unsere kleine Dachgeschosswohnung. Mehr nicht.

Ich schob den scheppernden Servierwagen in den Speisesaal. Eine dampfende grüne Flüssigkeit schwappte in den Suppenschüsseln wie zäher Monsterschleim. Das übliche Küchenpersonal, meine Mutter, die halb blinde Schwester Renata und Herr Li, folgten mir im Gänsemarsch. Herr Li wirkte in seiner einfachen grauen Wickeljacke, der passenden halblangen Hose und den umwickelten Gamaschen selbst wie ein Mönch, wenn auch eher aus einem buddhistischen Kloster. Mit seinem kahlgeschorenen Schädel war er der perfekte Koch. Bei ihm würde es nie ein Haar in der Suppe geben.

Das Essen verlief wie immer. Alle erhoben sich, wir sangen ein Lied, der Pfarrer, der nur an Sonn- und Feiertagen bei uns aß, sprach das Tischgebet und nach einem gemeinsamen »Amen«, verteilte ich zusammen mit Herrn Li das Essen. Ich begann bei unserem Gast. Der Priester war ein ungepflegter Mann, der nicht nur im Gottesdienst alles besser wusste. Borstige weiße Haare wuchsen ihm aus den Nasenlöchern, den Ohren und wucherten aus seinem engen priesterlichen Hemdkragen. Sein speckiger schwarzer Anzug roch nach Mottenkugeln und Schweiß. Ich mochte ihn nicht. Mit einer großen Kelle schöpfte ich grünen Monsterschleim auf seinen Suppenteller.

»Danke, mein Kind. Ich hoffe, meine Predigt hat dich nicht erschreckt«, lächelte er mich übertrieben freundlich an und legte mir seine Hand mit den Krallenfingern auf den Unterarm. Dabei streifte er wie zufällig meinen Busen. Ich reagierte blitzschnell und schlug mit der Suppenkelle auf seine Finger. Nur Herr Li hatte bemerkt, dass das keine Ungeschicklichkeit war, sondern eine gezielte Aktion. Erschrocken zog der Priester seine Hand zurück und tupfte seine Finger mit der Serviette sauber. Dann wandte er sich an die Äbtissin, Mutter Hildegard, die neben ihm saß. »Es ist immer wieder schön, zu sehen, wie behütet die kleine Anna hier aufwächst, fernab von den Versuchungen der Welt. Das ist ein großes Geschenk. Hoffentlich bleibt sie für immer bei Ihnen. Sie ist so ein braves Mädchen. Hier können ihr die Mächte der Hölle nichts anhaben.«

Ich war weder klein noch musste mich jemand vor der Welt beschützen und ganz sicher würde ich nicht hier versauern. Wütend versenkte ich die Schöpfkelle in der Suppe und verbiss mir einen Kommentar. Der Pfarrer musterte mich nachdenklich. Von meiner Oberweite sollte er sich lieber nicht ablenken lassen. Das lief bestimmt unter dem Begriff Versuchung. Am liebsten hätte ich ihm die zweite Portion heiße Zucchinisuppe über die Hose gekippt, was ich natürlich nicht tat, weil ich tatsächlich ein braves Mädchen war oder mich wenigstens alle dafür hielten. Außerdem übte ich seit Jahren mehr oder weniger erfolgreich, meine Emotionen zu kontrollieren. Daher teilte ich weiter Suppe aus und ging danach zu meinem Platz. Während ich schweigend die grüne Flüssigkeit schluckte, fasste ich für den bevorstehenden Nachmittag einen Plan. Ich würde mit Muriels Buch nicht bis zum Abend warten, sondern mich davonschleichen und an meinem neuen Geheimplatz ungestört lesen. Vorher verdrückte ich noch eine doppelte Portion gefüllte Zucchini und Vanilleeis mit Himbeeren. Unter dem Vorwand, ein Referat für die Schule vorbereiten zu müssen, verabschiedete ich mich nach dem Essen zügig und drückte mich vor dem Abwasch. Meine Mutter und die Nonnen zweifelten keine Sekunde an meinen schulischen Verpflichtungen. Alle waren felsenfest überzeugt, dass ich ein folgsames, aufrichtiges Mädchen sei. Daher fragte niemand misstrauisch nach, obwohl das Schuljahr in knapp zwei Wochen zu Ende war und alle Noten bereits feststanden.

Nur über Herrn Lis Gesicht sah ich einen Anflug von Sorge oder Zweifel huschen. Obwohl ich ihn seit Kindertagen kannte, war es für mich immer noch schwer, in seinen unbewegten asiatischen Gesichtszügen zu lesen. Normalerweise konnte ich mich ziemlich gut in andere hineinversetzen und glaubte manchmal sogar zu hören, was sie dachten. Das klappte am besten, wenn ich jemanden sehr gut kannte. Mit großer Sicherheit konnte ich spüren, ob jemand log oder die Wahrheit sagte. Bei Herrn Li versagten meine Fähigkeiten. Aber gerade war ich mir ziemlich sicher, dass er mich und meine Ausrede durchschaut hatte. Was nicht weiter verwunderlich war. Schließlich hatte er selbst mich im Gedankenhören und Aurafühlen unterrichtet. Die Methode beruhte auf Intuition und guter Detailbeobachtung. Die meisten menschlichen Reaktionen waren vorhersehbar. Tiere waren wesentlich komplexer.

»Lernen ist gut«, nickte er mir zu. »Aber man muss sein Wissen auch anwenden können, Anna.«

Was auch immer er damit andeuten wollte. Herr Li sprach gerne in Rätseln. Direkte Kommunikation war ihm zu unkultiviert und zu brutal.

Auch jetzt senkte er den Blick und begann, einen großen Kochtopf sauber zu schrubben.

»Sei auf der Hut«, warnte er mich noch und ich fragte mich, was er damit meinte. Egal, schließlich plante ich keine wilden

Abenteuer, ich wollte einfach nur lesen. Dabei würde ich mich schon nicht verirren, ertrinken oder verloren gehen.

Ungesehen entwischte ich durch die Klosterpforte ins Freie. Eigentlich lautete eine der vielen Regeln, die ich befolgen sollte, dass ich nicht allein das Klostergelände verlassen durfte.

Das klingt jetzt wieder, als wäre ich hier eingesperrt, was natürlich nicht stimmte. Aber es fühlte sich, je älter ich wurde, immer stärker so an. Ich hatte eine Mutter und 16 Omas. Die zum Teil hochbetagten Nonnen kannten mich seit meiner Geburt und da ihnen selbst die Mutterfreuden versagt oder erspart geblieben waren, kümmerten sie sich mit vereinten Kräften um mich und mein Wohlergehen. Wobei sie nicht gerade die modernsten pädagogischen Erkenntnisse zugrunde legten. Das war manchmal ganz schön anstrengend, 17-fach überbehütet und überbemuttert! Wenn das mal keine psychischen Schäden verursachte! Im Laufschritt hastete ich am Gästehaus und Herrn Lis Wohnung vorbei.

Nein, ich war sogar 18-fach überbehütet, denn unser Koch sorgte sich ebenfalls um mein Wohlergehen – wenn auch auf seine Art. Er vertrat dabei eher die sportliche Seite. Trotzdem hatte auch er eine ganze Liste von Regeln aufgestellt und unterrichtete mich, seit ich laufen konnte, in Mentaltraining und unterschiedlichen asiatischen Selbstverteidigungs- und Kampftechniken. Die Nonnen und meine Eltern fanden Sport und Bewegung wichtig und Herr Li hatte ihnen erklärt, dass die Übungen halfen, gesund und stark zu werden. Was wir da genau machten (selbst wenn wir mit Lanzen oder Stöcken aufeinander losgingen), interessierte sie nicht. Im Kloster war man gewohnt Vorhandenes zu nutzen. Hätte Herr Li mir Ballett oder Tischtennis beigebracht, wären sie bestimmt auch einverstanden gewesen. Hauptsache, ich hatte genügend Bewegung. Denn Sport soll für Kinder ja wichtig sein. Chinesisch kochen und mit Stäbchen essen habe ich mir übrigens auch von Herrn Li abgeschaut.

Als ich noch jünger war, habe ich es sehr genossen, dass immer jemand Zeit für mich hatte. Aber inzwischen hätte ich ein bisschen mehr Privatsphäre bevorzugt. Immer öfter fühlte ich mich kontrolliert und überwacht und dieses ungute Gefühl nahm zu. Muriel nannte es mein *Gefängnisleben*. Normalerweise lachte ich darüber. Aber heute fehlte mir im Kloster die Luft zum Atmen. Ich wollte ungehorsam sein.

Schon länger hatte ich beschlossen, mir einen geheimen Rückzugsplatz außerhalb der Klostermauern zu suchen, wo ich unbeobachtet war, in Ruhe lesen oder einfach nur den Wolken bei ihrer Reise über den Himmel zuschauen konnte. Bei kurzen, heimlichen Spaziergängen hatte ich die Umgebung abseits der üblichen Wege erkundet und schließlich vor einer Woche den perfekten Ort gefunden. Er lag nahe genug am Klostergelände, um ihn schnell zu erreichen und gehörte doch ganz allein mir. So stellte ich es mir wenigstens vor. Niemand wusste davon, nicht einmal Muriel. Allein zu sein war meine Freiheit.

Auf einer Hügelkuppe hinter dem Kloster wuchs seit Hunderten von Jahren eine Linde. Sie war gewaltig wie ein Haus und spendete großzügig Schatten. Selbst jetzt im Hochsommer war es dort angenehm kühl, da der Wind sanft und ungehindert über den Hügel streichen konnte. Außerdem hatte man von hier oben einen fantastischen Ausblick über die hügelige Landschaft und das Kloster.

Die freie Sicht rundherum war wunderschön und verhinderte, dass sich mir jemand unbemerkt nähern und mich bei meiner blutrünstigen Lektüre überraschen konnte. Es war nämlich besser, wenn mich alle weiterhin für ein braves Mädchen hielten. Das machte mein Leben erheblich angenehmer und meine kleinen Fluchten einfacher. Ich blieb nie zu lange weg.

Munter vor mich hin summend, freute ich mich über den sonnigen Tag. Der Himmel war einfarbig tiefblau. So als hätte ein Maler ein paar Kübel Azurblau da oben ausgeschüttet und flächendeckend im Himmelsgewölbe verteilt. Die Wolken hatte er dabei vergessen.

Nachdem ich ein kurzes Stück bergauf gelaufen war, blickte ich mich um, setzte meine Sonnenbrille auf und hörte den zirpenden Grillen zu. Weit und breit war niemand zu sehen, genau wie ich es erhofft hatte.

Unter der großen Linde zog ich Muriels Buch aus der Tüte und stellte fest, dass meine Freundin mal wieder an alles gedacht hatte. Sie sorgte sich um meine sommerliche Bräune und hatte mir fürsorglich ihren roten Bikini eingepackt. Prüfend beäugte ich den leichten Stoff. Bei unserem Priester wäre dieses Kleidungsstück vermutlich als Höllenkram durchgefallen. Was nicht hieß, dass es ihm nicht gefallen hätte. Ohne Muriel wäre ich schon längst vor Langeweile und Vitamin D Mangel eingegangen.

Normalerweise wäre es mir unangenehm gewesen, mich im Freien umzuziehen. Aber nach der heutigen Moralpredigt sehnte ich mich förmlich nach Grenzüberschreitungen und streifte meine Sonntagskleidung ab. Sorgfältig faltete ich die weiße kurzärmelige Bluse, den geblümten Sommerrock und meine Unterwäsche. Nackt stand ich unter der Linde und schlüpfte eilig in den Bikini. Erfolglos versuchte ich, die wenigen Quadratzentimeter roten Stoffs zurechtzuzupfen, was trotz des hohen Elastananteils unmöglich war. Das Gewebe war bis aufs Äußerste gedehnt und die Nähte wurden auseinandergezogen. Mehr ging nicht. Der Bikini war zu klein, aber heute Nachmittag unter meinem Baum war mir das egal. Ich hätte hier sogar nackt bleiben können und niemand hätte mich gesehen oder wäre von meinem Anblick verwirrt worden.

Dann machte ich es mir im hohen Gras gemütlich. Die Halme piksten in meine Haut. Aber es wäre zu auffällig gewesen, eine Decke oder ein Handtuch mitzunehmen.

Ich streckte mich aus und dachte mal wieder über mein Leben nach. Grundsätzlich war ich damit zufrieden. Ich liebte meine große, kleine, skurrile Familie. Zwei Mütter (die Klosterchefin wurde von allen *Mutter Hildegard* genannt), mehr Schwestern, als sonst jemand auf dieser Welt, einen Papa im Himmel und der exotische Herr Li. Wenn ich es mir recht überlegte, war er so etwas wie mein Personal Trainer, der sowohl Nasigoreng kochen als auch gleichzeitig mit zwei Schwertern kämpfen konnte. Das klang eigentlich aufregend, aber ehrlicherweise konnte es hinter dem Mond kaum öder und ereignisloser sein als hier, da war ich mir sicher. Versteckt im hohen Gras träumte ich von einem Urlaub am Meer, Sand, Palmen, Kokosnüssen, Delfinen, ausgelassenen Partys, entspannter Musik, dem Rauschen der Wellen. Einfach weit weg sein. Neues erleben, mich verlieben.

Warum sehnt man sich immer nach dem, was man nicht hat und was im Moment unmöglich zu erreichen ist? Warum fiel es mir so schwer zufrieden zu sein? Selbst wenn der jetzige Augenblick vollkommen war.

Die langen Grashalme, die sich sanft im Wind wiegten, kitzelten mich. Ich blickte nach oben und betrachtete die ausladenden Äste der Linde. Immer wieder durchbrachen strahlende Sonnenflecken das wogende grüne Blättermeer. Ich schloss die Augen und hörte dem Spiel zwischen Wind und Blättern zu. Was sie sich wohl zu erzählen hatten? Linde statt Palme ging schon in Ordnung.

Ein leises Räuspern ließ mich aufschrecken und als ich die Augen aufschlug, stand direkt neben mir, an die Linde gelehnt, ein junger Mann. Er trug ein schwarzes T-Shirt und eine verwaschene Jeans. Lässig stützte er einen Fuß am Baumstamm ab und drehte einen Grashalm zwischen den Fingern. Dabei ließ er mich nicht aus den Augen.

Wie war das möglich? Ich musste eingeschlafen sein, denn ich hatte ihn nicht gehört. Woher war er gekommen? Vom Kloster herauf?

Als wäre in meinem Körper ein Alarmknopf gedrückt worden, begann mein Herz panisch zu hämmern. Mit einer Selbstverständlichkeit, als wäre er vor mir da gewesen, lächelte er mich an und zeigte mir seine strahlend weißen Zähne. Ich schluckte, weil mein Mund schlagartig ausgetrocknet war und ich heißen Wüstensand zwischen meinen Zähnen knirschen hörte.

Seine Präsenz war gewaltig. Ich konnte ihn auf einen Schlag riechen, sehen, hören und fühlen. Seit ich mich erinnern kann, nehme ich die Gegenwart von Menschen sehr unterschiedlich wahr. Manche Personen sind für mich wie helles, leuchtendes Licht, andere wie ein zarter, flüchtiger Windhauch oder ein spezifischer Geruch.

Er war alles zugleich. Er war ein Feuerwerk für meine Sinne: verstörend, betörend, alarmierend. Instinktiv hob ich meine rechte Hand vor die Augen, um sie vor seinem Anblick abzuschirmen.

Er konnte noch nicht lange da sein. Ich hätte ihn schon früher spüren müssen. Wie hatte er mir unbemerkt so nahekommen können? Fragen wirbelten durch meinen Kopf, aber meine Gehirnzellen konnten die Informationsflut, die von dem Unbekannten ausging, nicht verarbeiten. Erschrocken und gleichzeitig fasziniert betrachtete ich ihn, weiterhin ratlos, woher er gekommen war.

War er vom Himmel gefallen? Aus dem Nichts aufgetaucht? Oder war er nur ein Traumbild? Tatsächlich fühlte ich mich benommen, aber ich war sicher, dass ich die ganze Zeit über wach gewesen war.

Als würde der Mann meine wirren Gedanken abwarten, blieb

er am Baum stehen und drehte den Grashalm beiläufig zwischen den Fingern. Er war schlank und groß, so schien es mir wenigstens, da ich immer noch ausgestreckt am Boden lag.

»Hallo, junge Frau«, grüßte er schließlich freundlich und unterbrach meine Überlegungen.

Himmel, was ging hier vor! Seine Stimme war angenehm tief und voll. Ich verharrte in Schockstarre und glotzte ihn an, als wäre er der erste Mann auf Erden. Wobei zu meiner Ehrenrettung gesagt werden muss, dass sich meine bisherigen Kontakte mit dem männlichen Geschlecht, von meinem Vater und Herrn Li mal abgesehen, auf ein paar picklige Ministranten mit schwitzigen Händen, Lehrer kurz vor der Mumifizierung, fromme Besucher des Klosters oder ruhebedürftige Kursteilnehmer des klösterlichen Bildungszentrums und unseren wirren Pfarrer beschränkt hatten. Die meisten Männer, die ich kannte, waren kurz gesagt entweder uralt, sonderbar oder lebten zölibatär.

Erschwerend kam hinzu, dass ich nicht nur hinter Klostermauern lebte, sondern dass die Schule, die dem Kloster angeschlossen war, eine reine Mädchenschule war.

»Geht es Ihnen gut?«, fragte der Mann spöttisch, da ich bewegungslos wie ein toter Fisch auf dem Trockenen vor ihm lag.

Seine Stimme hatte sich verändert. Sie war sowohl einschmeichelnd weich als auch fordernd hart. Aber ich bekam immer noch keinen Pieps heraus, so gebannt war ich von seiner Gegenwart. Mein Innerstes zitterte, bebte, glühte, fror und schrie um Hilfe. Und das alles gleichzeitig!

Jetzt wäre Muriel unschlagbar gewesen. Ihr hätte es nicht einmal in Gegenwart eines Vampirs, eines Dämons oder des amerikanischen Präsidenten die Sprache verschlagen. Der Gedanke an meine Freundin tat mir gut und beruhigte mich ein wenig.

Es schien mir, als wäre der Mann von zarter Dunkelheit umgeben. Das Licht um ihn wirkte gedämpft, fast so als würde er es aufsaugen. Aber meine Wahrnehmung war vermutlich von dem starken Hell-Dunkel-Kontrast beeinträchtigt. Der Unbekannte stand im Schatten des gewaltigen Lindenstammes und meine Augen mussten gegen die helle Sonne anblinzeln, die durch die Blätter stach.

Ich war nicht eingeschlafen. Dieser Gedanke ließ mir keine Ruhe – meine Sinne hatten mich im Stich gelassen. Der Mann stand nicht mehr als dreißig Zentimeter von mir entfernt und ein kleiner Schritt hätte gereicht, dass sein Fuß meinen Arm berührt hätte. Er trug keine Schuhe und wackelte ungeduldig mit seinen schlanken Zehen. Seine Anwesenheit war mehr als bedrängend und gleichzeitig unbeschreiblich aufregend.

Endlich bündelten sich meine verwirrten Gedanken zu einer Frage und ich stammelte wenig einfallsreich: »Ah, ja, hallo. Wo kommen Sie denn her?«

Obwohl er nur wenig älter war als ich, schien er mir uralt. Ein Du wäre mir nicht über die Lippen gekommen.

»Von unten«, erwiderte er mit einem überheblichen Grinsen.

»Von unten«, wiederholte ich verständnislos und starrte ihn an.

Er deutete mit seiner rechten Hand vage nach Süden. »Ich

bin den Hügel hinaufgewandert, weil ich mir dachte, hier könnte es ein besonders schönes, einsames, schattiges Plätzchen geben«, erklärte er. »Aber mit einsam habe ich mich getäuscht. Dafür ist die Aussicht schöner, als ich erwartet hatte, wirklich beeindruckend«, fügte er grinsend hinzu.

Dabei wanderte sein Blick über mich, als befände ich mich in einem Nacktscanner, wobei der bei Muriels knappem Bikini nicht mehr nötig gewesen wäre. Jetzt erst wurde mir bewusst, dass ich so gut wie nichts anhatte. Mir brach augenblicklich kalter Schweiß aus und meine Wangen machten dem roten Stofffetzen farblich Konkurrenz.

Ausgerechnet heute musste er auftauchen! Die letzten Tage hatte ich meine kleinen Alltagsfluchten hier in normaler, unverfänglicher Sommerkleidung verbracht. Wie der Fremde überlegen auf mich herabschaute, ging mir entschieden zu weit. Ungelenk rappelte ich mich auf und hoffte nur, dass dabei der Bikini an Ort und Stelle blieb.

Auch wenn der mysteriöse Besucher immer noch um einiges größer war als ich, fühlte ich mich besser so, wenn auch nicht viel.

»Bleiben Sie nur liegen. Ich will Sie nicht vertreiben und werde Ihnen nicht zu nahe treten«, wehrte er förmlich ab. Dabei ruhte sein Blick unverschämterweise auf meinem Busen, was seine Worte geradezu lächerlich machte.

Muriels Bikini als knapp zu bezeichnen, war eine Untertreibung. Er war schlicht und ergreifend drei bis vier Nummern zu klein, mir wenigstens. Muriel war klein und mager wie ein

Gerippe. Mich beschrieben die Worte kräftig oder muskulös besser.

Muriel beneidete mich um meine ausgeprägte Oberweite und meine weiblichen Kurven. Ich hätte ihr gerne davon abgegeben, aber der liebe Gott beschenkt eben alle auf seine Weise.

»Ich ruh mich nur kurz aus, dann bin ich auch schon wieder weg.« Mit diesen Worten setzte er sich im Schneidersitz auf den Boden und lehnte sich mit dem Rücken gemütlich an den Stamm. Jetzt schaute er zu mir auf, was mir auch nicht gefiel. Seine Augen ruhten auf mir, als wäre ich eine Attraktion in der Zirkusmanege. So fühlte ich mich wenigstens und dachte dabei nicht an hübsche Artistinnen, sondern eher an tollpatschige Clowns oder galoppierende Nilpferde.

Im Gegensatz zu mir war er vollständig angezogen. Er spielte mit den Grashalmen, die am Stamm der Linde wuchsen und ließ sie durch seine langen, schlanken Finger gleiten. Mir wurde übel. Ich hätte mittags auf das Dessert verzichten sollen. Aber bei Eiscreme konnte ich nie widerstehen. Hektisch bückte ich mich, was ihm bestimmt neue, erfreuliche Einblicke ermöglichte, kramte nach meiner Bluse und zog sie mir eilig über den Kopf.

Währenddessen hatte er sich mein Buch genommen und blätterte darin. »Ah, Vampirgeschichten. Zurzeit wieder mal ein beliebtes Thema«, stellte er herablassend lächelnd fest.

Ich fühlte mich kaum besser und stieg in meinen Rock.

»Macht Ihnen das keine Angst?«, fragte er und seine Augen blitzten auf.

Mein Herz raste erneut oder immer noch, meine Hände

waren feucht und mein Blutdruck ein Fall für unverzügliche, ärztliche Notfallmaßnahmen. Beinahe hätte ich Ja gesagt, denn der Unbekannte machte mir unerklärlicherweise Angst, obwohl er sich zuvorkommend und höflich benahm. Er siezte mich, als wäre ich erwachsen. Trotzdem war mir klar, dass er mich nicht ernst nahm und mit mir spielte.

»Was?«, fragte ich stattdessen, während ich beim Versuch, den Rock hochzuziehen, auf dem Saum stand und fast umgefallen wäre. Gleichgewicht suchend hielt ich mich am Stamm der Linde fest.

»Dämonen, Vampire, Untote, die immer das hübscheste Mädchen beißen wollen?«, fragte er und suchte dabei meinen Blick.

Plötzlich spürte ich, dass er versuchte, mich nicht nur äußerlich zu mustern, sondern auch meine Gedanken auszuspionieren. So massiv hatte ich das noch nie erlebt. Sein Angriff war brutal und direkt. Obwohl ich noch mit dem Reißverschluss meines Rockes kämpfte, reagierte ich instinktiv. Dank jahrelangen Mentaltrainings und Herrn Lis Strategien konnte ich mein Innerstes blitzschnell verbergen. Für wirkungsvolle Selbstverteidigung war das unerlässlich. Ich erwiderte seinen Blick, was höllisch anstrengend war. Aber es gelang mir.

Erstaunt hob der Mann die Augenbrauen. Damit hatte er offensichtlich nicht gerechnet.

»Das sind nur Geschichten«, erwiderte ich schnell und schaute weg.

Sein arrogantes Grinsen wurde breiter. Er legte das Buch auf den Boden. »Was macht Sie da so sicher? Diese *Geschichten* halten sich hartnäckig. Buch um Buch wird darüber geschrieben. Es gibt sogar ein paar gute Filme. Wenn da nicht etwas Wahres dran ist ...« Er ließ den Satz drohend in der Sommerhitze vibrieren.

Ich hatte die maximale Pulsfrequenz erreicht. Vor meinen Augen begann es verdächtig zu flimmern. Das Gespräch wurde zunehmend gefährlich. Ich bezweifelte, dass es jemals harmlos gewesen war.

»Und Sie sind ein überaus hübsches Mädchen.«

Überflüssig zu erwähnen, wo er bei diesen Worten hinschaute. Der süße Duft der Lindenblüten, den ich normalerweise mochte, war für mich kaum noch auszuhalten. Ich atmete hektisch durch den Mund. Konnte man von einer Sekunde zur nächsten allergisch reagieren?

»Lange blonde Haare, klare Augen, ein junger, kräftiger Körper, makellose Haut, warm und lebendig. Richtig leckeres Vampirfutter«, fügte er in unangenehmem Tonfall hinzu.

Ich japste nach Luft. War das ein Kompliment oder eine Drohung? Wollte er mir mit seinen Anspielungen Angst einjagen? Sollte ich weglaufen? Aber entweder konnte oder wollte ich das nicht. In diesem Punkt war ich mir nicht ganz sicher. Bei einer Verfolgungsjagd wäre ich ihm vermutlich unterlegen gewesen. Er wirkte sportlich und stark. Ich konnte seine Kraft in der Sommerhitze pulsieren sehen, was ich bisher nur von Herrn Li kannte. Warum sollte er mich überhaupt verfolgen? Was war hier eigentlich los? Hatte ich einen Sonnenstich?

Der Unbekannte beobachtete mich, wobei sein Blick immer wieder auf Höhe meines Herzens hängen blieb.

»Wohnen Sie unten im Kloster?«, fragte er beiläufig. Seine Augen waren blau, funkelten spöttisch und ließen mich keine Sekunde los, so als wollte er keine meiner Reaktionen verpassen, was mich noch mehr verunsicherte – wenn das überhaupt möglich war.

Trotzdem hatte ich es endlich geschafft, meine Bluse in den Rock zu stopfen, und spürte, wie mir einzelne Schweißperlen über den Rücken rannen. So viel Mühe hatte mir das Anziehen noch nie bereitet. Auch mir fiel es schwer, meinen Blick von ihm zu lassen. Seine Haare waren dunkelblond, was eigentlich keine sehr attraktive Haarfarbe war, bei ihm aber nicht anders hätte sein können. Ich nickte.

»Das dachte ich mir schon, weil Sie so schüchtern und zurückhaltend sind. Und dann diese Kleidung! Wie heißen Sie denn?«, fragte er höflich, fast desinteressiert. Es war bestimmt schwer, mit mir ein vernünftiges Gespräch zu führen. Außer einsilbigen Antworten brachte ich nichts über meine spröden, ausgedorrten Lippen. Ich konnte mich kaum auf das Gespräch konzentrieren. Warum hatte ich nichts zu trinken mitgenommen?

»Anna.« Ich setzte mich zu ihm auf den Boden, wobei ich den Abstand zwischen ihm und mir vergrößerte. »Anna Konda«, fügte ich hinzu.

Ungläubig beugte er sich vor und rückte näher. Das war definitiv sehr nah und es fehlte nicht mehr viel und ich hätte seinen Atem in meinem Gesicht gespürt.

»Das ist ein Witz, oder?«, fragte er. »Sie wollen mich auf den Arm nehmen?«

Ich antwortete nicht.

»Anakonda«, wiederholte er prüfend. Dann breitete sich ein diabolisches Grinsen auf seinem Gesicht aus und schließlich wurde sein ganzer Körper von Lachen geschüttelt. So ein Lachen hatte ich bisher nur in Filmen gehört. Jedes noch so kleine Härchen meines Körpers hatte sich aufgerichtet. Jetzt war eindeutig der richtige Moment wegzulaufen. Aber das grausige Lachen verschwand plötzlich, als hätte jemand das Licht ausgeknipst.

»Wie die hübsche Würgeschlange?«, erkundigte er sich mit neutraler Stimme.

»Nein. Mit drei N«, antwortete ich genervt. Der Witz war nicht neu und gut war er noch nie gewesen. »Meine Eltern heißen Konda. Ich bin am 26. Juli, dem Namenstag der heiligen Anna geboren und habe deshalb diesen Namen bekommen«, setzte ich zur Erklärung an. »Das Wortspiel ist Zufall.«

»So, so, Zufall«, wiederholte er nachdenklich. »Der 26. Juli, also. Etwas spät. Ein seltsamer Zufall, wo Sie doch im Kloster leben.«

»Wie meinen Sie das?«

Er hatte einen Kieselstein vom Boden aufgehoben und kratzte Staub und Erdreste von dem weißen Steinchen ab. »Normalerweise sind Schlangen bei Christen eher unbeliebte Tiere, die dazu verdammt sind, in Erde und Dreck zu kriechen.« Er musterte den Stein, der jetzt sauber und glatt war. »Daher wundert mich die Namenswahl. Die Schlange als das Tier der Versuchung, am Baum der Erkenntnis und so. Sie wissen bestimmt, was ich meine.« Er warf das Steinchen hoch und fing es wieder auf.

»Nicht ganz«, gab ich vor. Aber ich war in einem Kloster aufgewachsen und wusste nur zu gut, wofür die Schlange stand. Für den Sündenfall, die Vertreibung aus dem Paradies und Eva war die Schuldige gewesen, die sich von der Schlange hatte verführen lassen. So hatte ich meinen Namen noch nie betrachtet. Wieso hatten diese gottesfürchtigen Frauen zugelassen, dass ich den Namen einer Schlange trug? Warum hatten die Nonnen meine Eltern nicht darauf hingewiesen?

»Die Menschen haben keine Fantasie. Einfach den Namen nach der Tagesheiligen zu vergeben. Als hätte man bei einem Kind nicht ein paar Monate Zeit, sich einen schönen Namen zu überlegen und ein Missgeschick wie bei Ihnen zu vermeiden.« Betrübt schüttelte er den Kopf und warf den Stein in weitem Bogen über die Wiese. Dann riss er einer saftig gelben Butterblume die Blüte ab.

Was sollte ich darauf antworten?

Er war der attraktivste Mann, den ich bisher, außer in Film oder Fernsehen, gesehen hatte und so blieb ich sitzen, grübelte über meinen Namen und warf ihm verstohlene Blicke zu. Er trug einen Dreitagebart, was ihn in meinen Augen verwegen und männlich wirken ließ. Mutter Hildegard hätte bestimmt gesagt, er sei unrasiert und ungepflegt.

Mit meinem Namen hatte er einen wunden Punkt getroffen. Ich hätte gerne Rilana wie meine Mutter geheißen, der Name gefiel mir schon immer gut. Rilana Konda. Das klang nach Fantasy-Abenteuern, Drachen, Feen und Zauberern und nicht nach einer Gattung im Tierlexikon. Meine Eltern kamen aus Tschechien. Warum hatten sie keinen tschechischen Mädchennamen für mich ausgesucht? Sie hätten mich doch nach einer Verwandten oder Freundin aus ihrer Heimat benennen können. Warum hatten sie sich nicht ein bisschen mehr Mühe gegeben?

»Was meinen Sie überhaupt mit *etwas spät*?«

»Sind Sie denn sicher, dass Sie am 26. Juli geboren wurden?«

Wollte er jetzt auch noch meinen Geburtstag anzweifeln?!

»Das steht wenigstens in meinem Ausweis«, gab ich wütend zurück.

»Was ja nicht viel heißen muss«, erwiderte er ein bisschen zu schnell. Irgendwie gefiel mir das spöttische Zucken um seine Mundwinkel immer weniger. Er enthauptete gerade roten Klee und warf die Blüten achtlos weg.

»Dann fragen Sie einfach meine Mutter«, antwortete ich pampig. Langsam wurde ich sauer. Was ging ihn mein Name oder mein Geburtsdatum überhaupt an.

»Glauben Sie mir, das würde ich nur zu gerne.« Mit einer blitzschnellen Handbewegung hatte er eine Grille gefangen und hielt sie jetzt zwischen seinen Handflächen eingesperrt. Er schüttelte sie leicht, aber sie wollte nicht zirpen.

Meinte er das ernst? »Sie wohnt unten im Kloster. Rilana Konda«, bot ich an.

Er nickte nur und betrachtete durch einen Spalt seiner Finger das arme Tier.

»Was soll an meinem Geburtstag so interessant sein? Was geht Sie das überhaupt an und lassen Sie gefälligst die Grille frei. Die hat Angst«, brauste ich auf.

Er betrachtete mich amüsiert, ließ das unverletzte Insekt frei, blieb mir aber eine Antwort schuldig.

»Oh, ich wollte nicht unhöflich sein. Und was sind schon ein paar Tage mehr oder weniger.« Scheinbar grundlos zuckte er zusammen und horchte. Dann erhob er sich und deutete eine Verbeugung an. »Mich ruft die Pflicht. Genießen Sie Ihre Lektüre und grüßen Sie die Bräute Christi von mir.« Ohne eine Antwort abzuwarten, drehte er sich um und spazierte den Hügel hinunter.

Bräute Christi?! Ich starrte ihm hinterher. Und welche Pflicht hatte ihn gerufen? Ich hatte nichts gehört. Alles in allem war das die sonderbarste Unterhaltung meines Lebens gewesen.

Auf halber Strecke hob der Unbekannte den Arm zum Gruß und winkte, ohne sich umzusehen. Er schien sich sicher zu sein, dass ich ihm nachblickte. Ich fühlte mich ertappt.

Früher als geplant machte ich mich auf den Heimweg. Der Platz, an dem ich mich bisher wohlgefühlt hatte, schien mir auf einmal nicht mehr sicher. Ich hatte zwar versucht, mich nach dem ungebetenen Besuch auf Muriels Buch zu konzentrieren, was mir aber nicht gelungen war. Blutsaugende, bedrohliche Vampire waren das Letzte, was ich jetzt zur Beruhigung meiner überreizten Nerven brauchte.

Immer wieder kehrten meine Gedanken zu dem unbekannten Besucher zurück und als ich das Gespräch noch einmal Revue passieren ließ, wurde mir bewusst, dass es wohl eher ein Verhör gewesen war. Er hatte nichts von sich erzählt (Nicht dass ich gefragt hätte!) und mich aufgewühlt wie niemand jemals zuvor. Ratlos und zittrig kehrte ich ins Kloster zurück.

Ich näherte mich dem Gebäude von der Rückseite, durchquerte die weitläufige Obstbaumwiese und traf am Klostertor auf Schwester Clara, die gerade die Scharniere des doppelseitigen schmiedeeisernen Tors ölte, obwohl heute Sonntag und damit eigentlich Ruhetag war. Aber seit mein Vater tot war, übernahm Schwester Clara die meisten Hausmeistertätigkeiten. Sie war zum einen mit ihren knapp siebzig Jahren eine der jüngsten Schwestern des Konvents, zum anderen handwerklich die geschickteste. Und trotzdem wuchs ihr die Arbeit in dem riesigen Gebäude zunehmend über den Kopf.

Normalerweise kümmerte sie sich um die historische Bibliothek des Klosters, nahm sich aber auch der Kunstgegenstände an und davon gab es hier mehr als genug. Das Kloster war einfach zu groß für die paar Nonnen und es fehlte überall an Geld und Arbeitskraft.

»Anna, dich schickt der Himmel«, begrüßte sie mich strahlend. »Sonst hätte ich mir jetzt eine Leiter holen müssen. Das obere Scharnier erreiche ich nicht, dafür bin ich einfach zu klein und das Tor quietscht herzzerreißend.« Auffordernd streckte sie mir das Ölkännchen hin.

Ich träufelte ein paar Tropfen in das rostige Gelenk. Schwester Clara war eine zierliche, kleine Person, kaum 1,60 Meter groß, was aber nichts über die Größe ihres Herzens sagte. Sie war meine Lieblingsschwester. In ihrer kleinen Werkstatt und der Bibliothek hatte ich viele glückliche Stunden meiner Kindheit verbracht. Bewundernd hatte ich ihr zugeschaut, wie sie Engelsflügel kleiner Putten vergoldete, Bucheinbände erneuerte, Bilder reinigte oder Zerbrochenes wieder zusammenfügte. Nach und nach hatte sie mich in ihr Wissen eingeweiht und ich half ihr gerne bei kleineren Instandsetzungs- oder Restaurierungsarbeiten im Kloster.

»Gehst du mit mir zur Vesper*? Ich bring nur noch das Werkzeug zurück.«

»Nein, ich muss noch weiter Hausaufgaben machen und das Referat vorbereiten«, wehrte ich ab, trug aber ihre schwere Werkzeugkiste.

Sie nickte verständnisvoll. »Wie war dein Nachmittag? Du hast ihn hoffentlich nicht nur mit Hausaufgaben verbracht?«

Ich hatte keine Lust, schon wieder ausgefragt zu werden und antwortete nur mit einem einsilbigen »Schön.«

Wir gingen nebeneinander her, Schwester Clara summte leise vor sich hin und über meine Lippen drängte sich die Frage, die mich seit dem Gespräch mit dem Unbekannten beschäftigte: »Ist dir schon mal aufgefallen, dass ich nach einer Schlange benannt wurde?«

Schwester Clara unterbrach ihre Summerei, ging aber unbeirrt weiter. »Aber natürlich, Anna«, antwortete sie erstaunt. »Jeder weiß das. Dein sprechender Name ist sehr ungewöhnlich.«

»Aber findest du es nicht schlimm? Schließlich steht die

---

* Nachmittagsgebet der Schwestern

Schlange für das Böse, den Teufel, die Versuchung oder was weiß ich. In der Bibel kommt die Schlange nicht gerade gut weg und wir leben in einem Kloster. Ich zwar nur zufällig, aber trotzdem«, warf ich ein.

Schwester Clara war stehen geblieben und musterte mich sehr aufmerksam. »Ach, Anna. Wie kommst du denn darauf? Das ist doch nur ein Wortspiel, ein zufällig entstandener Zusammenhang.«

Wir betraten die verstaubte, kleine Werkstatt, die vertraut nach Leim und Terpentin roch.

Vor *zufälligen Zusammenhängen* warnte Herr Li mich oft. Er sprach von Kausalitäten und wie Ereignisse zusammenhingen. Ehrlicherweise verstand ich nicht genau, was er damit meinte.

»Aber Gott hat die Schlange verflucht«, warf ich ein.

Schwester Clara stellte das Werkzeug ins Regal und antwortete entschieden: »Anna, wie du weißt, habe ich Kunstgeschichte studiert und verstehe nicht so viel von Theologie wie Mutter Hildegard. Daher kann ich dir nur meine persönliche Meinung dazu sagen. Auch die Schlange ist ein Geschöpf Gottes. Er hätte sie nicht erschaffen, wenn er sie nicht gewollt hätte. Und so ist es mit allem. Alles, was für uns gefährlich ist, macht uns Angst. Wir verstehen Gottes Pläne oft nicht.« Die letzten Worte konnte ich kaum verstehen, weil sie leiser sprach und die Ölkanne in einer Schublade unter der Werkbank verstaute.

So ist es auch mit dir, Anna.

Diesen Satz hatte sie zwar nur gedacht. Aber ich hatte ihn trotzdem gehört.

Zum Abendessen gab es Zucchinipuffer mit Kräuterquark. Hatte es nicht heute Mittag schon Zucchinisuppe und überbackene Zucchini gegeben? Wie jeden Sommer war im Klostergarten eine kaum beherrschbare Zucchiniflut ausgebrochen und die sparsamen Schwestern verarbeiteten alles, was Gott ihnen großzügig schenkte.

Nach dem Aufräumen von Speisesaal und Küche ging ich mit Herrn Li in den Innenhof des Kreuzganges zum Training, was fest zu meiner täglichen Routine gehörte. Seit ich denken konnte, übte ich mit ihm morgens und abends unterschiedliche asiatische Techniken. Herr Li entschied, ob wir meditierten, mit Waffen oder waffenlos trainierten, Qigong oder Tai-Chi übten. Sein Können und Wissen schienen unerschöpflich.

Es war noch sommerlich heiß. Die Fledermäuse, die in den Dachstühlen des Klosters wohnten, begannen ihre lautlose abendliche Jagd auf Insekten. Ich glaubte, die verblassten Sonnenstrahlen noch riechen zu können. Ob es den Fledermäusen genauso ging? Konnten sie die Sonne riechen?

Heute übten wir schweigend eine Stunde Tai-Chi. Die runden, fließenden Bewegungen erinnerten mich unangenehm an die scheinbar mühelosen, sich windenden Bewegungen einer Schlange, beruhigten aber trotzdem meine Nerven. Am Ende der Form verneigte ich mich, wie immer. Herr Li wünschte mir eine ruhige Nacht.

Nach einer kühlen Dusche holte ich mir meine Bibel, die die Schwestern mir zur Erstkommunion geschenkt hatten, aus dem

Bücherregal im Wohnzimmer. Meine Mutter kam gerade zur Wohnungstür herein. Sie hatte wie jeden Tag am Abendgebet der Schwestern teilgenommen.

»Du bist ja schon bettfertig, Anna. War deine Sportstunde so anstrengend?« Sie gab mir einen Gutenachtkuss auf die Stirn. Dafür musste sie sich inzwischen auf Zehenspitzen strecken. Als sie das dicke Buch erkannte, das ich mir unter den Arm geklemmt hatte, lächelte sie erfreut. Sie kommentierte es jedoch nicht.

»Erhol dich und schlaf schön«, sagte sie nur.

»Du auch, Mama.«

Mit dem schweren, in braunes Leder gebundenen Buch setzte ich mich ins Bett und deckte mich nur mit einem Laken zu. In unserer Dachgeschosswohnung war es tropisch heiß. Mit den Fingerspitzen strich ich über das glatte Leder des Bucheinbandes und den glänzenden Goldschnitt der Seiten. Ich schlug das Buch der Bücher auf und fand das, was ich suchte, gleich auf den ersten Seiten.

Da sprach Gott, der Herr, zur Schlange:

Weil du das getan hast, bist du verflucht unter allem Vieh und allen Tieren des Feldes. Auf dem Bauch sollst du kriechen und Staub fressen alle Tage deines Lebens.*

Na, wunderbar, dachte ich. Der sonderbare Fremde hatte recht, die Schlange war wohl das unbeliebteste von allen Tieren. Das klang nicht so, als hätte Gott die Schlange gewollt. Auch wenn Clara das anders sah, mein sprechender Name war alles andere als ein Glückstreffer.

---

* Genesis 3, 14

Schließlich legte ich die Bibel auf meinen Nachttisch, direkt auf Muriels *Flüchtige Schatten der Nacht*. Zum Lesen hatte ich keine Lust mehr. Trotz der harmonisierenden Tai-Chi-Übungen war ich unruhig.

Du bist verflucht unter allem Vieh und allen Tieren des Feldes. Über diesen Worten war ich eingeschlafen und träumte – nicht ganz überraschend – von riesigen, am Boden kriechenden Schlangen, die sich schließlich um mich wanden. Unfähig mich zu bewegen, lag ich am Boden und beobachtete wehrlos die züngelnden Reptilien. Ihre lidlosen Augen musterten mich kühl und mitleidslos. Wie auf einen stummen Befehl zogen die Tiere ihre Körper immer fester um mich, drückten mir die Luft aus den Lungen und drohten mich zu ersticken. Die Augen der Verfluchten funkelten jetzt wie Edelsteine und düstere Rauchsäulen entwichen ihren Nasenschlitzen. *Sie kommen!*, hallte es durch meinen Schädel. Die Drohung des Priesters hatte mich bis in den Schlaf begleitet. Die Schlangen waren überall.

Schweißnass schreckte ich hoch und unterdrückte einen Schrei. Noch immer glaubte ich, die trockenen schuppigen Schlangenkörper auf meiner Haut zu fühlen.

»Sie kommen«, wiederholte ich die Worte des Priesters. Gehörten die Schlangen meiner Träume zu den Geschöpfen der Hölle, zu den Dämonen und Teufeln?

Weder die restliche Nacht noch Meister Lis Atemübungen brachten mir innere Ruhe. Immer wieder wachte ich auf und musste an den Unbekannten denken. Gegen Morgen schlich er sich sogar in einen wirren Traum, befehligte die Schlangen und quälte mich mit seinem Lachen und seinen Witzen über meinen Namen.

Seit Tagen schon schlief ich schlecht. Normalerweise fiel ich nach dem Abendtraining ausgepowert und müde ins Bett und wachte erst am nächsten Morgen erholt wieder auf. Aber seit gestern steigerten sich meine Schlafschwierigkeiten zu Albträumen. Sie kommen. In meinen Träumen waren die Höllengeschöpfe auf jeden Fall schon angekommen. Vielleicht sollte ich mit Herrn Li darüber sprechen.

Montag, 20. Juli

»Und wie gefällt's dir? Nach deinen Augenringen zu urteilen, hast du die Nacht durchgelesen. Ganz schön bedrohlich, wie der Vampir in Claires Leben auftaucht, oder? Wie aus dem Nichts. Hat er sie schon gebissen? Ob das wohl wehtut?«, sprudelte Muriel ohne Atempause los. Wir hatten uns wie jeden Morgen vor Unterrichtsbeginn am Schuleingang getroffen.

»Hast du schon eine Ahnung, wer der Böse ist? Mir wäre das ja zu anstrengend. Stell dir vor, du weißt nie, was der Kerl wirklich von dir will, ob er dich vielleicht nur benutzt und dich einfach aussaugen und töten will. Wenn ich nur an seinen eisigen Atem denke, stellen sich bei mir nicht nur die Nackenhärchen auf. Aber die Unsterblichkeit und ewige Liebe stelle ich mir krass vor. Dafür muss man wohl das ein oder andere Risiko eingehen. Dieser Gregor wäre doch auch eine nette Option. Aber Claire will ja nur ihn, den Einen, den Einzigen. Anna, du schaust ganz schön schlecht aus. Hast du von dem Buch etwa Albträume bekommen?« Sie musterte mich mit hochgezogenen Augenbrauen und schüttelte langsam den Kopf. »Natürlich bist du so was nicht gewöhnt. Ihr lest ja immer nur Heiligengeschichten und so Zeug.«

»Nein, alles in Ordnung. Ist ja nicht die erste Vampirgeschichte, mit der du mich versorgt hast.«

Muriel holte Luft. Sie verfügte über eine geniale Sprech-Atemtechnik, die ohne wahrnehmbare Unterbrechung auskam. Ob sie während des Sprechens einatmen konnte? Ich hatte davon gelesen, dass die Aborigines in Australien beim Didgeridoo spielen genau das machten. Vielleicht war Muriel ein Naturtalent in der Zirkulationsatmung. Ich nahm mir vor, ihr zum nächsten Geburtstag ein Didgeridoo zu schenken.

Meine Gedanken schweiften ab und ich dachte an Australien und die Traumpfade der Ureinwohner. Dabei hatte ich überhört, dass Muriels Redefluss ins Stocken geraten war.

»Hallo Schlafwandlerin, hast du mir überhaupt zugehört?« Sie schaute mich erwartungsvoll an.

Mühsam nahm ich mich zusammen. »Bin gestern leider früh eingeschlafen und konnte nur ein paar Seiten lesen«, behauptete ich. Irgendetwas hielt mich davon ab, ihr von meiner verstörenden Begegnung unter der Linde zu erzählen. Sogar beim morgendlichen Tai-Chi-Training war ich unkonzentriert und fahrig gewesen. Herr Lis Gesicht zeigte jedoch keinerlei Regung, als ich mich in der Bewegungsabfolge mehrmals verhedderte, obwohl ich diese seit der Grundschule in- und auswendig kannte. Immer wieder tauchten das Gesicht des Fremden und vor allem seine blitzenden Augen in meinem Kopf auf. Das Gefühl, das dabei in meinem Inneren entstand, war neu und schwankte zwischen Angst und Anziehung. Bisher hatte ich mich auf dem kleinen Rasenstück, das vom Kreuzgang umgeben war, geborgen gefühlt. Heute engte mich dieser Platz ein und nahm mir die Luft zum Atmen.

Muriel war überrascht, dass ich ihr Buch nicht gleich in einem Rutsch ausgelesen hatte. Dass ich noch nicht mal angefangen und stattdessen meine Bibel mit ins Bett genommen hatte, gab ich natürlich nicht zu. Aber Schlangen *und* Vampire wären mir zu viel gewesen.

Seite an Seite brachten wir einen zähen Schultag hinter uns. Nur noch ein paar Tage, dann gab es Zeugnisse. Es war immer das Gleiche. Wenn die Ferien in greifbarer Nähe waren, schienen die Schulstunden doppelt so lang zu dauern wie sonst. Niemand, weder Schülerinnen noch Lehrer konnten sich motivieren, die Schulbücher aufzuschlagen, so gelähmt waren wir von der sommerlichen Hitze. Nur Muriel war frisch und munter, als wir das Klassenzimmer verließen. Von klimatischen Verhältnissen unbeeindruckt, plante sie unverdrossen mein Geburtstagsfest, das es so natürlich nie geben würde:

»Was hältst du von einer Kostümparty? Oder einer Übernachtung mit Film-Marathon. Ich denke da an *Der Mönch mit der Maske, Dogma, Das Leben des Brian*, alle Folgen von *Luzifer* oder *Sister Act 2*, da könnten die Nonnen sogar mitsingen Dann gab's doch noch einen Film über die sieben Todsünden. Wie hieß der noch mal? Mein Hirn ist wie ein Sieb.«

Ich musste grinsen. Eine lange Filmnacht mit den Nonnen war eine witzige Idee, aber die Realität sah anders aus: Ich durfte zu meinem Geburtstag, wie jedes Jahr, drei Freundinnen einladen, es gab Kuchen und Kakao, wir spielten Topfschlagen (oberpeinlich) und anschließend durften sich alle im abgetrennten Klausurbereich der Nonnen verstecken. Der Ablauf war seit meinem dritten Lebensjahr gleich geblieben, unabhängig von meinem Alter. In den letzten Jahren hatte mich das Gefühl beschlichen, dass sich vor allem die Nonnen riesig auf mein Geburtstagsfest freuten. Sie spielten beim Verstecken nämlich begeistert mit und hielten vermutlich das ganze Jahr über heimlich nach dem ultimativen Versteck Ausschau, wenn sie schweigend durch den Klausurbereich zu den Gebeten in der Kirche gingen. Verborgene Winkel gab es in dem alten Gemäuer mehr als genug. Das Kloster war riesig. Früher hatten hier über 100 Mönche gelebt, hatten Bücher geschrieben, Kranke gepflegt und Landwirtschaft betrieben. Es musste hier wie in einer kleinen Stadt zugegangen sein. Jetzt gab es für die wenigen Bewohnerinnen viel zu viel Platz, aber dafür unzählige Verstecke.

»Träum weiter«, unterbrach ich ihre Vorschlagsliste.

»Glaubst du, deine Mutter und die Schwestern haben bemerkt, dass du älter wirst? Dass du bald ganz offiziell erwachsen bist?«

Das war eine gute Frage.

»Ich glaube nicht.«

»Du wirst 17! Süße Siebzehn! Vergiss das nicht. Deine letzte Geburtstagsfeier vor der Volljährigkeit!«

»Genau. Vor der Volljährigkeit, wobei die Betonung auf VOR

liegt. Theoretisch könnte ich sogar den Führerschein machen. Rein theoretisch. Erlauben würden das weder meine Mutter noch die Schwestern.«

Muriel strubbelte durch ihre Haare. »Ich kann mir nicht vorstellen, dass deine Mutter dir einen Badeausflug zum See mit Picknick verbieten würde. Das wäre doch mal eine nette Abwechslung. Dann könntest du mehr Leute einladen und die Schwestern hätten keine Arbeit damit.«

»Stimmt, aber meine Mutter würde 100 Gründe vortragen, warum es ihr lieber wäre, dass ich daheim bliebe und Mutter Hildegard würde noch mal 100 Gründe drauflegen. Sie haben übertrieben Angst, dass mir etwas zustoßen könnte. Das war schon immer so, seit ich denken kann. Alle fühlen sich besser, wenn ich im Kloster versauere. Daher wird es keinen Badeausflug zum See und kein begleitetes Fahren mit 17 geben.«

»Ich versteh nicht, warum die alle so ängstlich sind. Etwas mehr Gottvertrauen wäre nicht schlecht. Da müssten die doch Profis sein.«

»Sie sorgen sich halt um mich.«

»Weil die Welt für dich da draußen zu gefährlich ist, Anna? Das ist doch Blödsinn. Dein Vater ist innerhalb dieser vermeintlich sicheren Mauern umgefallen und war tot. Warum solltest du nicht rausgehen? Dank Herrn Li bist du eine menschliche Kampfmaschine. Wahrscheinlich könntest du sogar Pfeile oder Gewehrkugeln aus der Luft fangen.«

Ich musste grinsen. Muriel hatte keine Vorstellung von meinen Fähigkeiten.

»Diese Shaolin-Typen im Fernsehen machen so was. Ziegel zertrümmern, Nadeln durch Glasscheiben spucken oder mit Gedankenkraft Messer durch die Luft fliegen lassen. Und Herr Li sieht genauso aus, mit seinem rasierten Kopf, den Wickeljacken und diesen komischen umwickelten Kniestrümpfen.«

»Gamaschen«, warf ich ein.

»Wie auch immer das heißt. Die Frage ist: Wie lange willst du bei diesem Irrsinn noch mitmachen und dich einsperren lassen?«

Ich zuckte mit den Schultern. »Das war doch schon immer so.«

»Es wird aber nicht immer so bleiben. Außer du trittst nach dem Abitur ins Kloster ein, nimmst den Schleier, legst die ewigen Gelübde ab und bleibst für immer in diesem Gefängnis, ohne das Leben draußen jemals kennenzulernen. Ist es das, was sie sich für dich wünschen?«

»Vermutlich«, gab ich zu. »Sie sind mit diesen Regeln glücklich.«

»Warum machst du nie das, was *du* willst?«

»Ich möchte sie nicht enttäuschen. Sie meinen es doch gut mit mir.«

»Es ist aber *dein* Leben. Du bist ein freier Mensch und hast weder ein Gehorsams- noch ein Keuschheitsgelübde abgelegt. Bisher wenigstens und ich hoffe, du lässt dich von ihnen nicht dauerhaft einkerkern.«

»Keine Sorge. Du kennst mich doch, ich finde immer meine kleinen Auswege und Abzweigungen.«

Muriel grinste. »Wenn du doch nur halb so folgsam wärst, wie jeder immer glaubt, dass du es bist. Nur ich kenne dein wahres Ich. Wie kriegst du es nur hin, dass dir alle vertrauen? Meine Mutter glaubt mir nie.«

Ich setzte mein unschuldigstes Engelslächeln auf und strich mir meine langen Haare ordentlich glatt.

»Jetzt siehst du genauso aus wie diese Geflügelten in der Kirche. Aber du bist kein Engel. Du bist einfach nur konfliktscheu, ja genau das bist du!«, schimpfte Muriel. Wenn sie ihre berüchtigten psychologischen Analysen vom Stapel ließ, wurde es interessant. »Du bist wirklich die langweiligste und zugleich hinterlistigste aller Freundinnen.«

Ich legte meine Hände auf ihre Schultern und schüttelte sie mit gespielter Entrüstung. »Hinterlistig?! Niemals. Vor mir musst du dich nicht verstellen. Du kannst es doch selbst kaum noch erwarten, bis es bei meiner Party wieder Schwester Renatas staubtrockenen Marmorkuchen gibt. Dann darfst du dich endlich wieder unbeschwert wie ein Kindergartenkind fühlen und Topfschlagen und vielleicht sogar Blindekuh spielen. Übrigens müssen wir dieses Jahr nachfeiern, da mein Geburtstag auf einen Sonntag fällt und der im Kloster anderweitig verplant ist. Die Party steigt am Montag. Einladungen mach ich noch.«

Muriel grinste.

»Und für Schwester Benedikta gibt es wie immer ihr Lieblingsessen, Weißwürste. Es wird toll. Alle freuen sich schon auf meinen Geburtstag.«

»Du dich auch?«, fragte Muriel.

»Na klar.« Und das stimmte sogar, auch wenn es nicht die Art von Geburtstagsfeier war, die ich mir gewünscht hätte. »Es ist doch das schönste Geburtstagsgeschenk, wenn alle glücklich sind.«

Muriel seufzte. »Du bist einfach zu gut für diese Welt. Vielleicht solltest du wirklich Nonne werden.«

Ich schüttelte den Kopf. »Vergiss es. Aber erinner dich bloß an vergangenes Jahr!«

Muriels Gesicht hellte sich auf. »Stimmt. Das Verstecken war legendär. Ich frage mich heute noch, wo sich die alte Benedikta verkrochen hatte.«

An meinem sechzehnten Geburtstag hatten wir über zwei Stunden damit verbracht, Schwester Benedikta zu finden. Nach einer Stunde vergeblichen Suchens hatten wir angefangen, laut nach ihr zu rufen. Wir waren beunruhigt, denn die Gute war damals schon 93 Jahre alt. Sie antwortete natürlich nicht. Herr Li und ich befürchteten schon das Schlimmste, weil wir ihre Anwesenheit nicht wahrnehmen konnten. Normalerweise kann ich Lebendes fühlen, wenn ich mich darauf konzentriere. Es war, als hätte sie ein schwarzes Loch verschluckt. Nach zwei Stunden musste sie aufs Klo, wie sie nachher behauptet hatte, und kam unbeobachtet aus ihrem Versteck heraus. Muriel hatte sie bleich und abgehetzt auf dem Weg zum Speisesaal getroffen. Sie hat uns nie die Lage ihres Geheimplätzchens verraten. Ihr schwarzer Habit war staubig und voller Spinnweben gewesen. Nur gut, dass ihr schwaches Herz sie im Versteck nicht im Stich gelassen hatte. Es war und blieb ein Rätsel.

»Anschließend hat sie fünf Weißwürste verdrückt«, erinnerte ich mich.

»Unglaublich, wo sie die nur hinsteckt«, wunderte sich Muriel.

Schwester Benedikta war ein schmales Persönchen. Aber Weißwürste mit frischen Brezen und einem kühlen Bier dazu waren ihr Lieblingsessen.

Wir waren inzwischen am Schultor angelangt.

»Warte nur, bis wir nächstes Jahr zum Studium nach München gehen, dann ziehen wir zu deinem Geburtstag durch sämtliche Clubs der Stadt«, stellte Muriel in Aussicht. »Dann ist Schluss mit Topfschlagen und Verstecken. Dann beginnt das wahre Leben.«

Sie umarmte mich.

Ich nickte. »Ja, nur noch dieses eine Jahr.«

»Und lies heute! Tim will das Buch nach dir lesen. Wobei das inzwischen nicht mehr nötig ist. Ich habe ihm schon alles haarklein erzählt.«

»Dein Wunsch ist mir Befehl«, rief ich ihr lachend nach.

Wie gestern machte ich mich nach dem Mittagessen auf den Weg zur großen Linde und wieder hatte ich Muriels Vampirbuch in einer Tüte dabei. Meine Mutter und einige Schwestern hatten sich hingelegt oder blieben im kühlen Schatten der Klostermauern. Nur Herr Li arbeitete im Garten. Um ihm nicht zu begegnen, verließ ich das Kloster durch die Kirche. Ich war angespannt, aber im hellen Sonnenlicht begann die diffuse Unruhe zu verblassen. Es war doch ziemlich unwahrscheinlich, dass der unbekannte Wanderer heute noch mal diesen Weg wählen würde.

Auf den Bikini hatte ich dennoch verzichtet. Er passte mir einfach nicht. Auf der großen Streuobstwiese hinter dem Kloster pflückte ich mir drei kleine grüne Äpfel.

Das Gras stand hoch zwischen den Bäumen. Geschäftig summend flogen Hummeln und Bienen von Blüte zu Blüte. Eigentlich hätte die Wiese schon lange gemäht werden müssen. Früher hatte das mein Vater gemacht. Aber anders als bei den Bienen starben im Kloster die Arbeiter und Arbeiterinnen aus und es kamen keine neuen nach. Wie sollte das Leben im Kloster nur weitergehen? Seit Jahren hatte sich keine junge Frau mehr für den Eintritt ins Kloster interessiert.

Ich betrachtete den makellosen grünen Apfel, den ich in der Hand hielt, und biss hungrig hinein. Das Mittagessen war heute schiefgelaufen. Eigentlich war Herr Li seit 17 Jahren für die Klosterküche verantwortlich. Er war eingestellt worden, um die damals schon 75-jährige Schwester Renata zu entlasten. Aber sie würde das Regiment in der Küche wohl niemals aufgeben, solange sie noch einen Kochlöffel halten konnte und so arbeiteten die beiden mehr oder weniger erfolgreich zusammen. Herr Li begegnete der steinalten und halb blinden Schwester Renata stets zuvorkommend und mit großem Respekt. Meistens schaffte er es, eine kulinarische Katastrophe abzuwenden. Heute jedoch hatte er scheinbar nicht verhindern können, dass Schwester Renata Salz und Zucker verwechselte, was nicht zum ersten Mal passiert war. Daher hatte es zum Mittag zuckersüße Käsespätzle mit ebenfalls süßer Zucchinirohkost gegeben. Sehr gewöhnungsbedürftig! Aber niemand hatte ein Wort darüber verloren, auch Schwester Renata nicht, und alle hatten ihren geringen Appetit auf die sommerliche Hitze geschoben.

Als ich jetzt den Hügel hinaufging, spürte ich ein Grummeln in der Magengegend, das nicht nur auf das karge Mittagessen zurückzuführen war. Ich war mit diesem Gefühl nicht sonderlich vertraut. Manchmal, wenn ich allein in die Kirche ging und an der schweren Eisentür zur Krypta vorbeimusste oder wenn ich einen gruseligen Mystery-Thriller kurz vor dem Einschlafen las, fühlte sich das ähnlich an. War das Angst? Was war nur mit mir los? Wo war meine gewohnte, von Herrn Li trainierte Ausgeglichenheit geblieben? Wenn ich meine Emotionen kontrollieren musste, ging es eigentlich immer um Wut und Aggression. Und jetzt ließ ich mich von einer Sonntagspredigt und einem harmlosen Spaziergänger beunruhigen. Lächerlich. Ich warf einen Apfel hoch und fing ihn wieder auf.

Von dem gestrigen Gespräch mit dem geheimnisvollen Unbekannten hatte ich niemandem berichtet, nicht einmal Muriel, der ich normalerweise alles erzählte. Ich konnte es nicht erklären, warum ich die Begegnung geheim halten wollte. Zu gerne hätte ich das gestrige Zusammentreffen als beliebig und belanglos abgetan, aber es beschäftigte mich mehr, als ich zugeben wollte, und mein Instinkt warnte mich. Es war gefährlich gewesen.

Trotzig hatte ich mir vorgenommen, mir meinen gerade erst erwählten Lieblingsplatz nicht vermiesen zu lassen. Außerdem wollte ich endlich in Ruhe das Vampirbuch lesen und wenn ich ganz ehrlich war, hatte ich oft, zu oft an seine blauen Augen gedacht, sein spöttisches Lächeln, seine vollen Lippen. Vielleicht würde ihn sein Weg doch noch einmal auf diesen Hügel führen. Aber ich war allein und legte mich unter das schattige Blätterdach.

Ich war bereits bei Seite 106, griff nach dem zweiten Apfel und beobachtete die Ameisen, die eilig am Stamm der Linde auf und ab krabbelten. Sie folgten zielstrebig einer unsichtbaren Straße, tauschten unterwegs mit den Fühlern Nachrichten aus, ließen sich aber von ihrer Mission nicht abbringen. Mir machte es Spaß, ihren Weg vom Boden, heraus aus dem Dickicht der Grashalme, hinauf in den Baum zu verfolgen und sie schließlich aus den Augen zu verlieren. Hier war wirklich ein paradiesisches Plätzchen, dachte ich kauend. Still und beschaulich. Langsam drehte ich mich für eine kleine Lesepause vom Bauch auf den Rücken. Um ein Haar hätte ich mich am Apfelbissen verschluckt. Das war unmöglich! Ich kniff die Augen zusammen und öffnete sie wieder.

Im Ast über mir hing eine riesige Schlange! Ihr dicker Körper war olivbraun mit schwarzen Flecken und hob sich kaum von der Linde ab. Sie glitt beunruhigend geschmeidig über die glatte Baumrinde und schlängelte sich langsam und bedächtig kopfüber nach unten – auf mich zu! In diesem Landstrich Mitteleuropas gibt es keine Schlangen, die sich auf Bäumen tummeln, da war ich mir sicher. Ameisen ja, aber keine überdimensionierten Schlangen, wie im Dschungelbuch. Vermutlich atmete ich nicht mehr und starrte nur wie gebannt in die klaren, unbewegten Reptilienaugen, die mich fixierten. Jetzt fehlte nur noch, dass ihre Augen hypnotische Kreise bildeten.

Ich hatte schon immer geahnt, dass Kinderbücher die kindliche Seele schädigen können, vor allem wenn man wie ich eine sehr lebhafte Fantasie hat. Wie kam ich nur auf solch einen Schwachsinn! Vielleicht sollte ich mal *Probier's mal mit Gemütlichkeit* aus dem Dschungelbuch summen, aber eigentlich war mir gerade gar nicht nach Scherzen zumute. Dieses Vieh wirkte verdammt real, nicht wie eine animierte Zeichentrickfigur. Was, wenn sie irgendeinem verrückten Reptilienfan aus dem Terrarium ausgebüxt war und mich mit Haut und Haaren verschlingen würde? Unentwegt züngelnd kam ihr Kopf meinem Gesicht näher und näher, Zentimeter für Zentimeter, langsam wie in Zeitlupe. Das war eindeutig zu viel Paradies!

Ich wollte aufspringen. Alles schrie in mir: Renn weg! Aber mein trainierter Körper gehorchte mir nicht. Ein Phänomen, das Herr Li mir beschrieben, ich aber noch nie am eigenen Leib erlebt hatte. Er hatte damals etwas von Vertrauen in die eigenen Fähigkeiten erzählt. Genau konnte ich mich nicht erinnern. Meine Hirnzellen waren schockgefrostet. Wie die Maus vor der Kobra verharrte ich reglos. Verzweifelt schloss ich die Augen und meine Lippen formten wie von selbst die Worte: »Vater unser im Himmel, geheiligt werde dein Name, dein Reich komme ...« Das hatten mir die Schwestern von klein auf eingebläut, in der Not: Beten! Erst als ich das Gebet beendet und keine Schlangenzunge auf meiner Haut gefühlt hatte, öffnete ich zögerlich die Augen. Und tatsächlich (Wen wundert's?), ich hatte mir die Schlange nur eingebildet. Sie war verschwunden und nur die runden Blätter der Linde bewegten sich sanft im Wind. Die Ameisen verfolgten immer noch mit stoischer Gelassenheit ihr Lebensziel und liefen den Stamm rauf und runter.

Ich atmete hörbar aus. Die Schlange hatte mich weder gebissen noch erwürgt oder verschlungen. Wieder schloss ich die Augen und zweifelte an meinem Verstand. Seit der Fremde mich gestern auf meinen Schlangennamen angesprochen hatte, ging die Fantasie vollends mit mir durch und der nächtliche Albtraum holte mich sogar am helllichten Tag ein. Wahrscheinlich war ich einfach übermüdet und meine Nerven dadurch überreizt. Trotzdem inspizierte ich die Äste der Linde genau und suchte nach einer Spur des Tieres. Da war nichts. Ich ignorierte das Kribbeln auf der Haut, zuckte mit den Schultern und setzte mich in den Schneidersitz. Mit dem Rücken lehnte ich mich an den Stamm und schloss die Augen. Weglaufen war keine Lösung, man muss sich seinen Ängsten stellen. So ähnlich hatte Herr Li mir das erklärt. Bisher hatte ich auch noch nie einen Grund zum Weglaufen gehabt.

Erneut biss ich in den Apfel und kaute langsam. Während eines Wimpernschlags trat der Unbekannte hinter dem dicken Baumstamm hervor. Warum erschrak ich nicht, als er schon wieder wie aus dem Nichts auftauchte? Mein Herz machte einen Sprung und mein Atem eine Pause. Er deutete eine Verbeugung an.

»Apfel?«, fragte er spöttisch.

Ich hielt den Apfel, in den ich gerade gebissen hatte, fest in der Hand. Mühsam würgte ich das harte Fruchtfleisch hinunter.

Wie gestern war er barfuß unterwegs, gepflegt unrasiert, seine Haare perfekt unordentlich. Er trug wieder Jeans und diesmal ein weißes T-Shirt. Er sah noch besser aus, als ich ihn in Erinnerung hatte und irgendwie freute ich mich, ihn zu sehen.

»Wieder so eine Requisite vom Baum der Erkenntnis. Fehlt nur noch die Schlange«, fügte er in amüsiertem Tonfall hinzu. Seine Stimme war tief und rauchig sanft und während er sprach, beobachtete ich seine Lippen genauso gebannt, wie ich vorher in die Augen der Schlange geblickt hatte. Seine makellosen Zähne waren strahlend weiß und kamen mir spitz vor.

Mein Herz hämmerte. Warum war ich mir sicher, dass er von der Schlange wusste?

»Und Adam«, sagte ich. Es beruhigte mich, meine eigene Stimme zu hören, und ich wunderte mich über meine Schlagfertigkeit.

Er zog die Augenbrauen nach oben und zögerte kurz. »Ja natürlich, Adam.« In seinen Augen blitzte ein Funke strahlend hell auf. Das hatte ich so noch nie bei jemandem gesehen.

»Dann sind Sie Eva? Diese Rolle würde zu Ihnen passen. Weiblich und verführerisch.« Er ging in die Knie. »An dieser Stelle könnten Sie mir einen Apfel anbieten. So steht es wenigstens im Drehbuch.«

Lächelnd setzte er sich neben mich. Genau wie gestern, viel

zu nah oder gerade nah genug. »Oder sind Sie nicht Eva, sondern doch die Schlange, Anna Konda?«

»Und wollen Sie bei dem Spiel Adam sein?«, antwortete ich mit einer Frage. Welches Spiel? Was war nur in mich gefahren? Warum war ich heute so gesprächig und gelassen?

»Nicht gerade meine Traumrolle«, erwiderte er ernst.

»Wenn Sie wollen, nehmen Sie einen Apfel«, bot ich ihm an.

»Zu freundlich.« Er nahm sich die Frucht, die vor mir auf dem Boden lag, und biss herzhaft hinein. Der Fruchtsaft lief ihm übers Kinn. Grinsend wischte er ihn mit dem Handrücken ab. »Sehr saftig und sehr sauer.«

»Die sind noch unreif«, entschuldigte ich mich.

»Mhm«, brummte er zustimmend, ließ mich dabei aber nicht aus den Augen.

»Nicht mehr lang. Das ändert sich bald«, stellte er fest. So wie er mich dabei anschaute, meinte er bestimmt nicht den Apfel.

Er verspeiste die Frucht mit drei, vier großen Bissen komplett, mit Stiel und Kernen, quasi mit Haut und Haaren. Gebannt beobachtete ich ihn dabei und spürte, wie mein Körper trotz der Hitze von einer Gänsehaut überzogen wurde. Unvermittelt sprang er auf. Wie gestern schien er auf ein Signal zu reagieren, das ich nicht wahrnehmen konnte.

»Vielen Dank für den Apfel. Ich muss mich leider verabschieden«, sagte er knapp und nickte mir zu.

Mir tat es auch leid, dass er schon aufbrach. Die Unterhaltung mit ihm machte mir Spaß, auch oder gerade deswegen, weil ich eine latente Gefahr verspürte.

Wieder hatte ich nichts von dem mysteriösen Unbekannten erfahren und was er hier wollte. Ich wusste nicht einmal seinen Namen und unterhielt mich mit ihm über Adam und Eva und unreife Äpfel. Er war bereits ein paar Schritte von mir entfernt.

»Was machen Sie eigentlich hier?«, rief ich ihm nach.

Darauf drehte er sich noch einmal um und lächelte mich vieldeutig an. »Warten, bis die Äpfel reif sind«, entgegnete er und schleckte sich mit der Zungenspitze über die Oberlippe. Mein Gesicht brannte. Wahrscheinlich war ich so rot wie Muriels Bikini. Dann ging er schnell den Hügel hinunter. Er schien es eilig zu haben. Beim nächsten Mal würde ich ihn als Erstes nach seinem Namen fragen. Wie kam ich nur auf die Idee, dass es ein nächstes Mal geben würde? Ich wünschte es mir.

Ich wartete eine Viertelstunde, ärgerte mich über seine Antwort (Warten, bis die Äpfel reif sind!) und rannte schließlich zurück zum Kloster.

Auf direktem Weg eilte ich in die historische Bibliothek und zog schwer atmend ein Tierlexikon aus dem mit barocken Schnitzereien verzierten Regal. Aufgewirbelter Staub umgab mich wie eine düstere Wolke. Ich setzte mich samt Buch auf den erfreulich kühlen Marmorfußboden und suchte im Register. Schwester Clara hörte ich im Nebenzimmer arbeiten.

»Bist du's Anna?«, rief sie.

»Ja, Schwester Clara«, antwortete ich, »ich schau nur schnell was für die Schule nach.«

Im Kapitel über Schlangen suchte ich ein Foto von einer

Anakonda. Ich war mir sicher, dass das, was ich da im Baum gesehen hatte, keine einheimische Schlangenart war. Meine Finger zitterten und ich konnte kaum die Seiten umblättern. Endlich hatte ich den Eintrag gefunden.

Anakonda (Eunectes murinus). Wasserschlange im tropischen Zentral- und Südamerika. Diese braune, schwarzgefleckte Schlange wird bis zu 11 m lang. Ihre Beutetiere sind vor allem Wasserschweine. Vor Menschen flieht sie. Sie gehört zu den Schlingern (Gattung Boa).

Daneben war eine Zeichnung abgebildet. (Das Lexikon war, wie fast alles hier im Kloster, nicht gerade das neueste! Wahrscheinlich war es vor Erfindung der Fotografie geschrieben worden.) Auch wenn die Qualität der Abbildung mäßig war, gab es keinen Zweifel mehr: Ich hatte heute Nachmittag in den Ästen der Linde eine Anakonda gesehen.

Was ging hier vor? Ich musste den Unbekannten fragen. Warum glaubte ich (Nein, ich war mir sicher.), dass er eine Antwort wusste?

Schwester Clara war leise zu mir gekommen und schaute mir über die Schulter.

»Sie lässt dich immer noch nicht los«, stellte sie fest, als sie die Zeichnung sah. Sie kniete sich neben mich auf den Boden, rückte ihre Brille zurecht und betrachtete die Schlange. »Das ist also deine Namensschwester. Ein wunderschönes Tier. Man kann sich bei uns gar nicht vorstellen, dass es derart riesige Schlangen gibt.« Aufmerksam musterte sie mich. »Jetzt sag nicht, dass du über sie ein Referat in der Schule hältst.«

»Nein«, gab ich zu.

Clara lächelte mich liebevoll an. »Warum beschäftigt dich diese Namensgleichheit seit Neuestem so stark? Ärgert dich jemand damit? Eine Mitschülerin?«

Es rührte mich, dass Schwester Clara sich Sorgen machte, dass ich in meiner Klasse zum Mobbingopfer werden könnte. Aber ich hatte mit meinen Mitschülerinnen noch nie Probleme gehabt.

»Nein, nein, reines Interesse«, log ich und war mir sicher, dass sie mir nicht glaubte.

Schwester Clara nahm das Lexikon auf den Schoß und blätterte darin. Dann hielt sie mir eine aufgeschlagene Seite hin und sagte verschmitzt: »Ich zeig dir was. Das sind Verwandte von uns Nonnen. Früher, als ich noch im Schuldienst als Lehrerin gearbeitet habe, haben besonders mutige Kinder mich immer mal wieder mit diesem Tier verglichen und sie hatten ja zumindest optisch nicht ganz unrecht.«

»Pinguine?«

»Sind hübsch, oder?«, fragte sie.

Schwester Clara wollte mich aufheitern und das war ihr auch gelungen. Als ich sie anschaute in ihrer schwarzen Ordenstracht mit weißem Kragen und dem schwarzen Schleier mit weißer Stirnbinde, musste ich tatsächlich lächeln. »So hat jeder ein Tier, das zu ihm gehört.«

»Leider wird unsere Pinguinkolonie immer kleiner und wir sind vom Aussterben bedroht«, stellte sie selbstironisch fest. »Willst du mir noch helfen? Ich binde gerade ein Buch neu. Ich könnte zwei zusätzliche Hände gut gebrauchen.«

Gerne nahm ich ihren Vorschlag an.

Wir durchquerten die prunkvolle Bibliothek, die einmal der ganze Stolz der Mönche gewesen war, und gingen durch das Skriptorium, der ehemaligen Schreibwerkstatt des Klosters, in Schwester Claras kleine Buchbinderei. Der helle Raum war spärlich mit Arbeitsgeräten, Tischen und Regalen möbliert. Es roch nach altem Leder, Leim und verrottendem Papier. Durch die hohen Fenster fiel die Nachmittagssonne herein. Die Scheiben mussten dringend geputzt werden. Staubkörnchen tanzten im Licht.

»Es ist eine alte Bibel«, erklärte sie.

»Davon soll es hier einige geben«, zog ich sie auf.

»Da hast du recht.«

Das Abschreiben, Sammeln und Illustrieren von Gottes Wort schien lange Zeit eine der mönchischen Lieblingsbeschäftigungen gewesen zu sein. Das Kloster war für seine Bücher und die Schreibwerkstatt berühmt gewesen. Schwester Clara inspizierte in regelmäßigen Abständen die Bücherregale, staubte ab und kontrollierte die Luftfeuchtigkeit in der Bibliothek. Die alten Bücher waren fast alle mit dickem Leder oder Pergament bezogen. Einige waren mit Elfenbeintafeln, silbernen oder goldenen Beschlägen oder sogar mit funkelnden Edelsteinen verziert. Die wertvollsten Exponate lagerten aber inzwischen in der Staatsbibliothek in München.

Sobald Clara bei ihren Inspektionen auf ein besonders interessantes oder kaputtes Exemplar stieß, holte sie es mit sauberen weißen Baumwollhandschuhen aus dem Regal, trug es dann vorsichtig, wie ein neugeborenes Baby, zum Tisch, bettete es in eine Buchwiege und blätterte es ehrfürchtig und vor allem neugierig durch. Die Arbeit in der Bibliothek war ihr die liebste.

»Der Buchrücken war gebrochen, die Fadenbindung hatte sich gelöst, die Blätter flogen schon heraus und daher habe ich mich entschieden, das Buch neu zu binden«, erklärte sie mir.

Ich nickte zustimmend. Gebrochene Buchrücken, beschädigte Fadenbindungen oder Wurmfraß in den hölzernen Einbanddeckeln gehörten zu den häufigsten Buchschäden hier in der Bibliothek.

»Es ist ein sehr schönes Exemplar aus dem 18. Jahrhundert«, schwärmte Clara. »Vor allem die Illustrationen sind wunderschön.«

Schwester Clara hatte Kunstgeschichte und Germanistik studiert, ehe sie ins Kloster eingetreten war. Halbtags hatte sie dann als Lehrerin gearbeitet und die restliche Zeit als Restauratorin die Klosterschätze gepflegt. Ihr Wissen war enorm und normalerweise hörte ich ihr gerne zu. Heute war ich jedoch nicht ganz bei der Sache. Trotzdem tat mir ihre besonnene Art gut.

»Schau.« Mit dieser Aufforderung blätterte sie die ersten Seiten des dicken Buches um und wir starrten beide auf die Szene des Tages: Adam, Eva, die Schlange, ein Apfel und ein Baum. Das wurde mir langsam zu viel! Ich hatte gehofft, die Arbeit mit Clara würde mich ablenken.

»Welch ein Zufall. Schon wieder eine Schlange, wenn auch nicht ganz so gut getroffen, wie die Anakonda im Tierlexikon«, stellte sie fest und begann ungerührt, die Illustration kunsthistorisch zu beschreiben, angefangen von der Körperhaltung von Adam und Eva, bis zum naturalistisch ausgearbeiteten Laub des Baumes. Sie lobte die ausgewogene Komposition des Bildes und merkte gar nicht, dass ich schon längst nur noch körperlich anwesend war.

Vor meinem inneren Auge sah ich die Szene noch einmal: der Unbekannte, ich, der Lindenbaum, die Äpfel und die Schlange, die in diesem Setting sehr naturgetreu gewesen war.

Aber der Ablauf war anders. Ich war bestimmt nicht Eva, die Adam in Versuchung führen könnte. Eher machte sich der Fremde über mich lustig und beeinflusste mich. Er begann, meine Gedanken zu beherrschen. Ich konnte kaum noch an etwas anderes denken als an Schlangen und an ihn. Und immerhin hatte ich dem Unbekannten einen Apfel geschenkt. So wie Eva Adam. Aber ich war nicht im Paradies. Die Begegnung unter dem Baum war eine Zufallsbekanntschaft, mehr nicht.

Wir waren mit der Arbeit noch nicht sonderlich weit gekommen, da Schwester Clara mir verzückt die vielen Bilder der Bibel erläutert hatte, als sie zur Vesper aufbrechen musste. Die Vesper war eine der gemeinsamen Gebetszeiten, die über den Tag verteilt waren und zu der sich die Schwestern in der Kirche versammelten.

Es gab die Laudes um 6 Uhr vor dem Frühstück, die Terz um 7.50 Uhr, die Vesper um 17.30 Uhr und das Komplet beschloss um 19 Uhr den Tag. Dazwischen gab es noch persönliche Gebets- und Meditationszeiten. Ab 21 Uhr herrschte für die Schwestern nächtliches Stillschweigen.

Statt mit den Schwestern zu beten, ging ich in die Küche zu meiner Mutter und Herrn Li, um bei der Vorbereitung des Abendessens zu helfen. Durch die festgelegten Gebetszeiten konnte Renata zum Glück nur das Mittagessen gefährden. Ich schnippelte Gurken klein, schälte hartgekochte Eier und deckte die Tische ein. Herr Li briet Zucchinischeiben in Olivenöl an und marinierte sie mit Essig und Weißwein. Ich versuchte krampfhaft, mich so normal wie möglich zu verhalten, da besorgte Fragen das Letzte waren, was ich jetzt gebrauchen konnte. Glücklicherweise waren sowohl Herr Li, als auch meine Mutter keine Plaudertaschen. Trotzdem spürte ich, dass Li mich aufmerksam beobachtete und wendete an, was er mich gelehrt hatte. Mit meinem Atem beruhigte ich meine Gedanken und konzentrierte mich auf die Küchenarbeit. Beim Essen ging es heiter zu. Alle hatten nach dem misslungenen Mittagessen großen Hunger und langten kräftig zu.

»Hast du einen schönen Tag erlebt?«, fragte mich Hildegard beim Abräumen. Ich nickte lächelnd und räumte die Spülmaschine ein.

Über das Erlebte musste ich mir selbst noch klar werden. Und ich wusste auch schon, wo ich dafür hingehen würde. Der perfekte Ort, wenn man innerhalb der Klostermauern Ruhe brauchte und völlig allein sein wollte.

Mein abendliches Ziel war der hohe Turm der Klosterkirche, der drei gewaltige und zwei kleine Glocken beherbergte und von einem malerischen, zwiebelförmigen Dach bedeckt wurde. Höher konnte man hier nicht hinauf. Als ich den Speisesaal verließ, achtete ich darauf, dass niemand meinen Weg in die Kirche kreuzte, weil mir der Aufenthalt auf dem Turm ohne Begleitung (oder Bewachung!) strengstens verboten waren. Am Seitenaltar der heiligen Katharina tastete ich hinter einem Engelsflügelchen nach dem rostigen Schlüssel und sperrte auf. Während ich die schmalen Holzsprossen bis zur Glockenplattform hinaufkletterte, ging mir immer wieder die Antwort des Unbekannten im Kopf herum. Er würde warten, bis die Äpfel reif seien. Und was kam dann? Wollte er mich bedrohen, mich einschüchtern, war ich der Apfel? Oder war es ihm wirklich nur um die Früchte unseres Klostergartens gegangen?

Das Holz knarrte unter meinem Gewicht und ich fragte mich mal wieder, ob irgendjemand in den letzten zwanzig Jahren kontrolliert hatte, ob es noch stabil oder schon längst von Holzwürmern zerfressen war. Die Treppe bestand aus einfachen Holzleitern, die sich im Zickzack von Wand zu Wand nach oben arbeiteten. Durch die schmalen Bretter konnte man bis zum Boden schauen. Wird schon halten, hoffte ich. Nur gut, dass ich absolut schwindelfrei war und mich der Blick in die Tiefe nicht ängstigte. Für Menschen mit Höhenangst wäre der Aufstieg nicht zu bewältigen gewesen. Selbst die forsche Muriel hätten hier keine zehn Pferde hinaufbekommen. Ich hatte es schon vor Jahren versucht und ihr immer wieder von dem herrlichen Blick vorgeschwärmt. Erfolglos. Muriel war zwar immer für Abenteuer zu haben, aber nur solange sie dabei festen Boden unter den Füßen hatte.

Auf halber Höhe machte ich eine kleine Pause und beobachtete, wie sich die Sonnenstrahlen in einem aufwendig gestalteten Glasfenster brachen und im Turm tanzten. Bunte Glasfenster gab es eigentlich nur in der Kirche. Das Turmfenster war eine Ausnahme. Ich riss mich von dem faszinierenden Lichtspiel los und kletterte weiter.

Endlich erreichte ich die Plattform. Ich keuchte, da die Luft im Kirchturm heiß und stickig und ich schnell gelaufen war. Ich stützte mich an der offenen Maueröffnung ab und sog die frische Luft ein. Nicht nur der Aufstieg war atemraubend, sondern auch der Ausblick. Sanft floss das Abendlicht über die grünen Wiesen und verlieh den Häusern, Schafen und Pflanzen einen goldenen Schein.

Der Blick von oben auf die Welt entspannte mich augenblicklich und das hatte ich gerade bitter nötig. Vielleicht war es so beruhigend, weil sich die Größenverhältnisse änderten. Was unten bedrohlich war, wirkte von hier oben klein und harmlos, wie zufällig liegen gelassenes Spielzeug.

Eine Vorliebe für Plätze mit Aus- und Überblick hatte ich schon immer gehabt. Als ich klein war, reichten mir noch die Schultern meines Vaters oder ein Blick aus dem Fenster unserer Dachgeschosswohnung. Später dann war ich einmal an der Hand von Schwester Clara auf den Turm gestiegen. Die Schwester war fürsorglich hinter mir hergegangen, um mich vor einem Sturz in die Tiefe zu bewahren. Als ich mich damals weit aus der schmalen Turmöffnung gebeugt hatte, um möglichst viel von der kleinen Welt dort unten zu sehen, hatte mich Schwester Clara lachend am Pullover gepackt und ein Stück zurückgezogen.

»Flieg mir bloß nicht davon«, hatte sie zu mir gesagt. Zu gerne hätte ich mich abgestoßen. Ich war mir sicher gewesen, dass die Luft mich wie einen Vogel tragen würde. Damals war ich sieben oder acht Jahre alt gewesen.

Natürlich durfte ich nicht alleine auf dem Turm sein. Da mich aber praktischerweise alle für überaus folgsam hielten, wurde ich kaum überwacht. Es war einfach zu schön hier oben. Den Wind zu spüren, wie er durch die Fensteröffnungen pfiff, und zu beobachten, wie er die Wolken über den Himmel jagte, lockte mich immer wieder die wackeligen Stufen hinauf. Und so hatte ich hier schon viele heimliche Stunden verbracht und beobachtet, wie sich am Boden kleine Punkte geschäftig hin und her bewegten. Wie jetzt. Der schwarz-grüne Punkt, das war bestimmt Schwester Benedikta mit der Gießkanne auf dem Weg zum Kräuterbeet. Der zweite langsame Punkt war vermutlich Renata mit ihren Krücken. Sicher war ich mir jedoch nicht. In ihrer Ordenstracht sahen sich die Schwestern von hier oben betrachtet zum Verwechseln ähnlich. Sie waren schwarze Punkte, Pinguine in ihrer kleinen, bedrohten Kolonie.

Unbewusst saugte sich mein Blick an der Linde fest, die sogar aus der Entfernung gewaltig wirkte. Ohne Zweifel auch ein Platz mit einem hervorragenden Rundumblick. Die immer gleiche Frage beschäftigte mich: Wie hatte sich der Unbekannte mir unbemerkt nähern können? Das war mir noch nie passiert. Ich spürte die Gegenwart eines Menschen schon lange, bevor ich ihn sehen konnte. Das galt sogar für Herrn Li. Auch wenn ich bei ihm aufmerksamer sein musste. Er konnte seine Präsenz bewusst abschwächen. Aber alles, was lebt, ist für mich fühlbar, *bevor* es sichtbar wird. Das machte es unmöglich, mich zu erschrecken oder bei etwas Verbotenem zu erwischen. Ich hatte immer noch genügend Zeit, ein Buch zu verstecken oder den Computer auszuschalten.

Der Fremde hingegen war plötzlich da gewesen. Es gab kein Näherkommen. Wie machte er das? Ob er unter dem Blätterdach der Linde stand und auf mich wartete? Aber warum sollte er das tun? Meine Augen suchten den Hügel ab und wanderten immer wieder zum Baum herüber. Von hier konnte ich niemanden erkennen, die Blätter waren sommerlich dicht. Daher schloss ich die Augen und versuchte, seine Gegenwart zu fühlen, versuchte mich an seine Ausstrahlung zu erinnern. Aber es gelang mir nicht. Er war anders als alles, was ich bisher gefühlt hatte. Ich konnte es nur sehr unzureichend als *anders* beschreiben, da ich keinerlei Vergleiche hatte. Er war bunter, lauter, leiser, schöner, beängstigender, präsenter als Menschen normalerweise sind. Wie sollte ich es erklären? Wenn er da war, gab es nichts anderes mehr als ihn. Er war Panik, Angst, Versuchung und Versprechen zugleich.

Aber gerade spürte ich nichts. Vielleicht war ich zu weit weg. Oder er war heute und gestern tatsächlich nur zufällig an der Linde vorbeigekommen? Vielleicht hatte Herr Li Unrecht und es gab doch so etwas wie Zufälle. Herr Li sagte, es gäbe nur Ursachen und Folgen. Zufälle wären entweder das eine oder das andere.

Um mich herum schwänzelte ein Taubenpärchen. Das Männchen gurrte sich die Seele aus dem Leib. Aber das Weibchen flog unbeeindruckt davon. Der Täuberich und ich schauten ihr nach. Beide hingen wir unseren Gedanken nach. Dabei vergaß ich die Zeit. Als in der Kirche der Gesang der Schwestern einsetzte, war es zu spät, den Turm unbeobachtet zu verlassen. Ich würde hier warten müssen, bis die Komplet vorbei war. Muriel hatte recht, die Musik klang überirdisch, als würden Engel singen. Im Obstgarten sah ich währenddessen Herrn Li, wie er die Zielscheibe zum Bogenschießen aufbaute. Er trug weiß und war gut zu erkennen. Bogenschießen mochte ich sehr und ärgerte mich über meine Unaufmerksamkeit. Beim Training zu fehlen, war kein Problem. Aber es war eine Frage des Respekts, es nicht unentschuldigt zu tun. Ursachen und Folgen. Für beides musste man die Verantwortung übernehmen.

Ich starrte in den Himmel. Nicht nur meine Stimmung verdüsterte sich. Ein Wärmegewitter war im Anzug. Drohend und schwarz kroch es aus den Bergen hervor und breitete sich schnell über den Himmel aus. Wolken türmten sich auf. Der Wind frischte auf. Die Anspannung der Natur war greifbar. Bald schon schossen grelle Blitze aus der Dunkelheit und der darauffolgende Donner erschütterte selbst den Mörtel in den Mauerritzen. Es war, als würde Gut gegen Böse kämpfen, als würden sich zornige Engel gewaltsam auf die Erde stürzen. Magisch. Meine Nerven vibrierten. Die Schwestern spürten es auch. Sie verharrten in der Kirche und beteten gegen den Sturm an. Peitschende Windböen brachten die massiven Glocken zum Schwingen. Es war unvorstellbar laut und ich musste den Rückzug antreten, sonst wäre ich taub geworden. Vorsichtig tastete ich mich Schritt für Schritt hinunter und hielt mir dabei die Ohren zu. Ich brauchte für den Abstieg eine halbe Ewigkeit. Plötzlich schlug ein Blitz in der Nähe ein. Ich trat ins Leere. Mein Herz stolperte. In allerletzter Sekunde konnte ich mich an der Mauer abstützen und fand mein Gleichgewicht wieder. Mein Atem ging stoßweise. Noch langsamer schlich ich nach unten. Zitternd wartete ich am Fuß der Treppe, bis sich die Schwestern endlich zur Nachtruhe zurückzogen und schleppte mich dann zu unserer Wohnung. Mir war von den gewaltigen Glockenschlägen schwindlig und ich bereute meinen heimlichen Ausflug. Nur knapp war ich einer Katastrophe entgangen.

Meiner Mutter, die im Wohnzimmer bügelte, erzählte ich, dass ich mich nach dem Abendessen im Garten mit Muriel getroffen und meinen Geburtstag geplant hätte. Sie glaubte meiner Lüge und bat mich, ihr beim Falten der Bettwäsche zu helfen. Wie immer hatte ich ein sehr schlechtes Gewissen. Aber ohne Notlügen hätte ich es hinter diesen Mauern nicht ausgehalten, redete ich mir ein.

Als ich mich im Bett ausstreckte, fühlte ich mich ausgelaugt. Ich nahm die Bibel, die immer noch auf meinem Nachttisch lag. Heute würde ich die Geschichte mit dem Apfel und der Schlange zu Ende lesen. Ich schlug das Buch an derselben Stelle wie gestern auf und las weiter in der Genesis:

Die Schlange war schlauer als alle Tiere des Feldes, die Gott, der Herr gemacht hatte. Sie sagte zu der Frau: Hat Gott wirk-

lich gesagt: Ihr dürft von keinem Baum des Gartens essen? Die Frau entgegnete der Schlange: Von den Früchten der Bäume im Garten dürfen wir essen; nur von den Früchten des Baumes, der in der Mitte des Gartens steht, hat Gott gesagt: Davon dürft ihr nicht essen, und daran dürft ihr nicht rühren, sonst werdet ihr sterben.

Sonst werdet ihr sterben. Eine Tat und ihre Folgen. Mein Zeigefinger ruhte auf dieser Textstelle. Dann klappte ich das Buch zu.

Trotz der Hitze zog ich mir die Decke bis zur Nasenspitze. Bis auf meine schmerzenden Ohren ging es mir gut. Ich lag in meinem gemütlichen Bett. Draußen tobte immer noch das Gewitter, aber ich war hier sicher. Hoffte ich.

Was würde die Nacht bringen? Schlaf? Träume? Angst?

Es war ein Traum vom Bogenschießen. Ich stand auf einer blühenden Blumenwiese und balancierte einen Apfel auf dem Kopf. Der Unbekannte stand weit von mir entfernt. Ich konnte ihn gerade noch erkennen. Er zielte lange mit Pfeil und Bogen auf mich, ließ seine Waffe immer wieder sinken, um mich dann erneut ins Visier zu nehmen.

Ich bewegte mich nicht von der Stelle, obwohl ich mir sicher war, dass mein Leben in höchster Gefahr war. Stattdessen schloss ich die Augen und wartete. Ich spürte die Sonne auf meiner Haut, das Gewicht des Apfels auf meinem Kopf und meine nackten Füße auf der unebenen Erde. Mein Atem ging ruhig und gleichmäßig. Die Blumen drehten ihre Blüten dem Licht zu, die Schmetterlinge wirbelten umher, als gäbe es kein Morgen, keinen Regen, keine Hitze, keine Kälte, keinen Tod. Nur diesen einen Moment. Perfekt.

Ich lächelte glücklich, bis ich den heransausenden Pfeil in der Luft hörte. Das unheilverkündende Pfeifen bohrte sich in meine Ohren. Etwas Warmes spritzte mir ins Gesicht und lief über meine geschlossenen Lider und meine Lippen. Vorsichtig probierte ich die Flüssigkeit mit der Zunge und war darauf gefasst, den Geschmack meines eigenen Blutes zu kosten. Aber es war Fruchtsaft. Auch dieser Apfel war unreif und sauer.

Als ich die Augen öffnete, sah ich die Frucht exakt in zwei Hälften geteilt in der Wiese liegen. Von dem Schützen fehlte weit und breit jede Spur.

Ich war am Leben, unverletzt und fühlte mich stark. Mir war es gelungen, die Flugbahn des Pfeiles zu verändern.

Dienstag, 21. Juli

Es wurde noch heißer. Eine Hitzewelle überrollte uns und schien ihren Höhepunkt noch nicht erreicht zu haben. Unsere Dachgeschosswohnung war aufgeheizt wie ein Hochofen in der Stahlindustrie. Das Gewitter hatte keine Abkühlung gebracht. Gegen zwei Uhr war ich völlig nassgeschwitzt aufgewacht. Ich hatte mein Fenster geöffnet, aber statt kühler Nachtluft war mir Schwüle entgegengeschlagen. Ich wechselte mein Nachthemd und las bis zur Morgendämmerung in Muriels Vampirbuch. Immer wieder nickte ich für wenige Minuten ein. Dann streiften blutdürstende Vampire, unklare Schattenwesen und diverse Schlangen durch meine Gedanken und versuchten sich gegenseitig zu verschlingen. Hätte nur noch gefehlt, dass es Äpfel vom Himmel regnen würde oder Pfeile durch die Luft flogen. Mit nachtschwarzen Schatten unter den Augen schleppte ich mich erst unter die Dusche und dann in die Schule. Das Training mit Herrn Li hatte ich schon wieder geschwänzt. Aber mir fehlte die Energie dazu.

Der Schultag wollte nicht enden. Sogar Muriel war für ihre Verhältnisse apathisch und still. Erst nach Unterrichtsende löste sich ihre Starre. Sie hielt gerade in der Schultoilette ihren Kopf unter den Wasserhahn und ließ sich kaltes Wasser über Gesicht und Haare laufen.

»Das tut gut«, stöhnte sie genüsslich. Als sie den Kopf schüttelte und mit den Fingern durch ihre schwarzen Haare fuhr, flogen kalte Wassertropfen in alle Richtungen. Ich vermied einen Blick in den Spiegel, da ich überhaupt nicht wissen wollte, ob ich genauso elend aussah, wie ich mich fühlte.

»Ich hatte schon befürchtet, deine Seele hätte deinen Körper verlassen, so still warst du«, zog ich meine Freundin auf. Ich war es gewohnt, dass sie das Unterrichtsgeschehen laufend kommentierte.

Sie lächelte vielsagend. »Ich habe an Tim gedacht und war weit, weit weg.«

»Das habe ich gemerkt. Gibt es Neuigkeiten?«

»Nichts, was ich dir erzählen könnte, ohne dein Seelenheil zu gefährden«, antwortete sie vieldeutig.

Was auch immer das heißen sollte. Um mein Seelenheil war es vermutlich schon geschehen.

»Du siehst übrigens nicht gerade taufrisch aus.« Sie legte mir ihre nasse, kühle Hand in den Nacken.

»Ich hab kaum geschlafen und dann auch noch von Vampiren geträumt.«

Ungläubig schüttelte sie den Kopf. »Du träumst davon? Anna, langsam mach ich mir Sorgen. Das ist doch nur ein Buch.«

»Schon klar. Es liegt wohl an der Hitze.«

Muriel trank einen Schluck aus dem Wasserhahn. »Wir gehen heute Nacht schwimmen im See. Komm doch mit. Dann erzähl ich dir auch, wie meine, also *unsere* letzte Nacht war«, stellte sie mir in Aussicht und grinste. »Bei diesen Temperaturen kann eh keiner schlafen und ich kann dir sagen, es gibt nichts Gruseligeres, als bei Dunkelheit im schwarzen Wasser zu schwimmen. Schlimmer als jeder Albtraum und besser als dieser Vampirkram. Danach bist du völlig ausgekühlt und wirst trotz Hitze schlafen wie ein Baby.«

»Ich will dich und Tim nicht stören«, erwiderte ich und versuchte dabei, nicht rot zu werden.

»Tust du nicht. Wir sind nicht allein, wenn du das meinst.« Sie zwinkerte mir zu. »Es kommt, wer mag. Ein paar von Tims Freunden sind auch dabei und da gibt es ein, zwei ganz nette. Außerdem musst du dringend mal raus, sonst kriegst du noch einen an der Waffel.«

Warum eigentlich nicht? Es wurde Zeit, dass ich unter Leute kam. Im Kloster war das nicht möglich, was offensichtlich zur Folge hatte, dass ich beim erstbesten Fremden völlig austickte. Vielleicht half es mir wirklich, Tims Freunde kennenzulernen, um gelassener zu werden. Soweit meine Theorie!

Dennoch wunderte ich mich über mich selbst. Warum brachten mich ein paar Anspielungen nur derart aus dem seelischen Gleichgewicht? Dass ich Angst hatte, verdrängte ich. Muriel hatte ich immer noch nichts von den seltsamen Begegnungen erzählt. Es waren schließlich nur Gespräche gewesen. Mehr nicht.

»Ich weiß gar nicht, wie ich hier nachts rauskommen kann«, wandte ich ein. Das war nicht mal gelogen. Meine kleinen Alltagsfluchten hatte ich bisher nur tagsüber unternommen.

»Aber ich.« Muriel grinste mich an. »Du wartest einfach, bis deine Mutter ins Bett gegangen ist. Die geht doch immer früh schlafen. Wenn du so gegen 21 Uhr durch die kleine Gartenpforte rausgehst, liegen die Schwestern schon im Bett. Ich stell dir mein Fahrrad heute Abend an die Mauer und fahr mit Tim auf dem Roller weiter. Wenn du dort rausgehst, läufst du am wenigsten Gefahr, dass Herr Li dich bemerken könnte. Vom Gästehaus kann er die Gartenpforte nicht sehen und das Schloss ist seit Jahren kaputt. Eine knappe Viertelstunde und du bist am See. Wir treffen uns in der Badebucht beim großen Spielplatz.«

»Du hast ja schon den perfekten Plan«, stellte ich erstaunt fest.

»Wie immer«, erwiderte sie. »Du kennst mich doch. Es ist ja nicht das erste Mal, dass ich versuche, dich aus diesem Gemäuer herauszulocken.«

»Ich überleg's mir noch.«

»Sei kein Angsthase, Anna. Es wird niemand merken, dass du weg warst. Du hast nur dieses eine Leben. Nutze den Tag und vor allem die Nacht!«

»Gut, ich komme«, sagte ich zu und wunderte mich selbst über meinen Entschluss.

»Ich freu mich. Bis später.« Muriel drückte mich und weg war sie.

Muriel lebte allein mit ihrer Mutter, die Vollzeit arbeitete und erst gegen 19 Uhr nach Hause kam. Ihren Vater kannte sie nicht. Er hatte sich vor ihrer Geburt aus dem Staub gemacht und so beneideten wir uns manchmal gegenseitig, wenigstens ein bisschen. Ich sie für ihre Freiheit, sie mich um meine Geborgenheit. Wobei wir beide jeweils etwas zu viel davon hatten. Muriel ging nach Hause, wo niemand auf sie wartete. Ihr Mittagessen bestand aus Tiefkühlkost, die sie in der Mikrowelle erwärmte.

Auf mich warteten *alle*, meine Mutter, die sechzehn Nonnen und Herr Li, was rührend war, da die Schwestern ihren Tagesablauf nach meinen Schulzeiten einteilten, damit wir zusammen essen konnten. Schon als ich den Speisesaal betrat und mit einem freundlichen Lächeln begrüßt wurde, überkam mich ein schlechtes Gewissen, dass ich sie heute Nacht hinters Licht führen wollte. Aber es war schließlich kein Schwerverbrechen, am Abend baden zu gehen, redete ich mir gut zu und setzte mich neben meine Mutter.

Heute hatte Herr Li allein gekocht, worüber nach dem gestrigen Käsespätzle-Desaster alle sehr erfreut waren. Schwester Renata bekam die sommerliche Hitze nicht und sie hatte Li die Küche überlassen. Es gab Gemüse (Zucchini und Tomaten) aus dem Wok, gedämpfte Dim-Sum, frittierten Tofu und dazu weißen, luftigen Reis und grünen Tee.

»Du siehst müde aus«, stellte Herr Li fest, als er mir Tee einschenkte.

»Ja, ich habe die letzten Nächte schlecht geschlafen«, gab ich zu. »Ich werde mich nach dem Mittagessen hinlegen.«

Er nickte. »Lass uns heute Abend trainieren, dann wirst du besser schlafen.«

»Gerne«, stimmte ich zu, auch wenn ich vor meinem Badeausflug nur bedingt Lust auf ein schweißtreibendes Training mit Herrn Li hatte. Aber ich konnte mich nicht schon wieder drücken.

»Wir werden Bogenschießen«, stellte er in Aussicht. »Das ist bei der Hitze eine wohltuende Betätigung. Es stärkt die Mitte.«

Eine Stunde Bogenschießen war ein Lichtblick. Ich freute mich trotz oder vielleicht gerade wegen des gestrigen Traumes auf das Training.

Renata spießte gerade ein Dim-Sum mit einem Essstäbchen auf und knabberte das Hefeklößchen dann unter Missachtung aller Tischmanieren am Stiel. Über Herrn Lis Gesicht huschte ein Lächeln. Es war aber so schnell verschwunden, wie es gekommen war. Er verneigte sich und schenkte weiter Tee aus. Obwohl neben den Porzellanschalen Essstäbchen lagen, bevorzugten die Schwestern Löffel und Gabel. Einzige Ausnahmen waren Schwester Clara, die tapfer trainierte, und der unkonventionelle Stäbcheneinsatz von Schwester Renata. Sie stärkte ebenfalls ihre Mitte und stach in das nächste Dim-Sum.

Auf dem geschlossenen Toilettendeckel stehend streckte ich mich kurz darauf aus dem kleinen Dachfenster unserer Wohnung und versuchte, einen Blick auf *meine* Linde zu erhaschen. Vor allem hielt ich natürlich nach dem Unbekannten Ausschau. Aber leider war der Hügel von unserer Dachgeschosswohnung nicht zu sehen, was ich bisher für einen Vorteil gehalten hatte. Vielleicht wäre die Aussicht besser, wenn ich auf das Dach hinausklettern würde. Aber seit meinem gestrigen Beinahe-Absturz im Turm war ich vorsichtig und verwarf diese Idee sofort.

Obwohl mein Instinkt mich auch davor warnte, wieder zur Linde hinaufzugehen, entschied ich mich trotzdem, genau dort meine dringend notwendige Siesta zu halten. Es war mehr als unwahrscheinlich, dass der Mann ein drittes Mal auftauchen würde. Wenn ich ehrlich war, gefiel mir dieser Gedanke ganz und gar nicht. Zu gerne hätte ich wenigstens seinen Namen erfahren, ihn immer nur den Unbekannten oder Fremden zu nennen, war dämlich. Ich war hin und her gerissen. Einerseits wollte ich ihn nie mehr sehen, andererseits sehnte ich mich nach seiner Gegenwart. Ich fühlte mich uneins. Kein Wunder, dass Herr Li mir helfen wollte, zu meiner Mitte zurückzufinden. Immer wussten die anderen, was gut für mich war. Trotzig packte ich ein Fläschchen roten Nagellacks ein. Für meinen nächtlichen Badeausflug wollte ich mir die Zehennägel lackieren. Auch wenn das in der Dunkelheit vermutlich niemand sehen würde.

Entschlossen öffnete ich das Tor, das dank Schwester Claras Bemühung und meiner Hilfe nicht mehr quietschte, und verließ die Klostermauern. Die Steinfigur der heiligen Mutter Maria mit dem Jesuskind auf dem Arm, die den Torbogen schmückte, blickte mir nach.

»Bis später«, murmelte ich den beiden zu. Ich sprach meistens mit der Gottesmutter, wenn ich unter ihr hindurchging, aber sie hatte mir noch nie geantwortet, was natürlich kein Grund zur Beunruhigung war. Vielleicht war ich im Kloster tatsächlich kauzig geworden, da ich oft mit Pflanzen, Tieren oder eben mit Steinfiguren sprach.

Ich folgte dem Gehweg, der von Ahornbäumen gesäumt wurde. Keine fünf Meter vom Kloster entfernt trat der Fremde aus dem schmalen Schatten eines Baumes. Ich konnte nicht verhindern, dass ich zusammenzuckte.

»Warum bis später? Wir haben doch keine Verabredung, oder?«, fragte er spöttisch.

Wie konnte er meine Worte gehört haben? Ich hatte leise, eher zu mir selbst gesprochen. Vor Schreck war ich stehen geblieben und strich mir jetzt betont lässig die Haare aus dem Gesicht und zupfte an meinem T-Shirt herum. Ich musste Zeit gewinnen.

»Ich habe nicht mit Ihnen gesprochen«, erwiderte ich mit fester Stimme.

Er trug eine dunkle Sonnenbrille, was mich irritierte, da ich seine Augen nicht sehen konnte. Ich fühlte mich sicherer, wenn ich seinem Blick folgen konnte. Wobei *sicher* in seiner Gegenwart ein unpassendes Wort war.

Sein Erscheinen war ein Ereignis. Die Luft um ihn vibrierte leicht oder kam das von der Hitze?

»Ach so. Ich habe aber niemand anderen gesehen«, stellte er fest. »Außer der Mutter Jesu natürlich, aber die ist aus Stein.«

Darauf würde ich nicht antworten. Ich konnte auch gar nicht, weil sein Anblick mich blockierte. Er lächelte mich freundlich an und das war subtil gefährlich, lauernd, obwohl er nichts Bedrohliches tat. Entspannt hatte er seine Hände in die Hosentaschen gesteckt. Heute wirkte er eleganter als bisher. Er trug eine dunkelblaue Jeans, braune Lederschuhe und ein weißes Hemd. Die Ärmel hatte er lässig hochgekrempelt.

»Wohin des Wegs?«, fragte er gut gelaunt. »Hinauf zum Bäumchen?«

Langsam war er auf mich zugekommen und stand jetzt wieder viel zu dicht vor mir. Im Gegensatz zu den vergangenen Tagen war er heute glatt rasiert. Endlich nahm er die Brille ab und schaute mir direkt in die Augen. Aber ich wusste, was er wollte. Wieder versuchte er, meine Gedanken zu erkennen und in meiner Seele zu lesen. Aber er würde nichts finden. Ich konnte die perfekte Leere vortäuschen, das hatte ich von Herrn Li gelernt, der das selbst meisterhaft beherrschte. Hinter seiner asiatischen Gelassenheit befand sich eine mentale Wand, die sein Innerstes zuverlässig verbarg, auch vor mir. Er hatte mich in mentalen Techniken unterrichtet, seit ich ein kleines Mädchen war, und das hatte mir immer schon großen Spaß gemacht. Wenn ich mich konzentrierte, konnte ich sogar Menschen in meiner Umgebung kleine Aufträge ausführen lassen, wie das Licht anschalten, das Fenster öffnen oder ähnlich nutzlose Dinge. Das war aber absolut verboten, und immer, wenn Herr Li mich dabei ertappt hatte, hatte er mir einen ewig langen Vortrag gehalten. Wenn ich ehrlich war, hatte es auch nie so gut und zuverlässig wie bei den Jedis funktioniert.

Mentale Verteidigung war in Lis Augen das erklärte Ziel und

obwohl er mir den Angriff und die Manipulation ebenfalls beigebracht hatte, wollte er nicht, dass ich dieses Wissen anwendete. Er sagte, ich dürfe es nur im Notfall nutzen. Aber er war jetzt nicht hier und ich war verdammt neugierig. Deshalb nahm ich all meinen Mut zusammen und fokussierte mein Bewusstsein. Ich erwischte den Fremden kalt und er machte erstaunt einen Schritt zurück, von mir weg. Zu schnell hatte er sich aber wieder im Griff und ich hatte nur für einen ganz kurzen Augenblick hinter seine Fassade sehen können. Da war nur schwarzer Rauch, Nebel, diffuse Düsternis. Das hatte ich noch nie in einem Menschen gesehen. Ich musste mich getäuscht haben.

Schnell setzte er sich die Sonnenbrille wieder auf. »Ich dachte mir, ich begleite Sie ein Stück.«

Zu gerne hätte ich jetzt seine Augen gesehen.

»Sie verlassen das Kloster selten alleine, da tut ein bisschen Gesellschaft gut.«

Woher wusste er das? Hatte er mich schon länger beobachtet?

»Wenn Sie nicht mögen, müssen wir uns auch nicht unterhalten«, kommentierte er meine Schweigsamkeit.

»Wie kommen Sie denn darauf, dass ich das Kloster selten verlasse?«, platzte ich heraus.

»Ach, nur so ein Eindruck«, wiegelte er ab. »Sie wirken, als würden Sie ein zurückgezogenes Leben führen und das findet man in Ihrem Alter selten. Normalerweise haben Jugendliche nur Vergnügen, Zerstreuung und Mode im Kopf.«

Spielte er vielleicht auf meinen braven, knielangen, blauen Sommerrock mit weißen Tupfen, meine weiße, kurzärmlige

Baumwollbluse und meine flachen Ledersandalen an? Darin sah ich bestimmt wie eine biedere Klosterschülerin aus. Nur gut, dass ich nach der Schule meinen geflochtenen Zopf gelöst hatte und meine Haare jetzt offen trug.

»So viel älter sind Sie auch nicht«, entgegnete ich und spürte, dass das nicht stimmte. Seine Ausdrucksweise, sein Auftreten, nichts passte zu einem höchstens Zwanzigjährigen.

»Kommen Sie, lassen Sie uns ein Stück gehen«, forderte er mich auf und ich folgte ihm, als hätte er mich an die Leine genommen.

»Wer sind Sie eigentlich?«, stellte ich endlich die Frage, die mich seit zwei Tagen beschäftigte.

»Oh, verzeihen Sie, wie unhöflich von mir. Ich habe mich noch nicht vorgestellt.« Er blieb stehen, nahm seine Sonnenbrille ab, fixierte mich und deutete eine kleine Verbeugung an. »Gestatten. Mein Name ist Leo.« Er grinste und seine Stimme klang noch eine Spur tiefer und angenehmer. »Leo Pard, der lautlose Jäger der Nacht.«

»Sehr witzig«, brachte ich mühsam hervor, weil ich sicher war, dass das nie und nimmer sein echter Name sein konnte.

»Leopard, der lautlose Jäger der Nacht«, wiederholte er sich. »Ich kann selbst im Dunkeln sehen.« Wie zum Beweis strahlten kleine Lichtblitze aus seinen Augen.

Fasziniert starrte ich ihn an. Das hatte ich bisher nur bei Katzen in der Nacht gesehen.

Er spielte mit mir. Anakonda und Leopard. Was hatte er zu verbergen? Warum wollte er mir seinen wahren Namen nicht sagen?

»Nennen Sie mich einfach Leo«, bot er großmütig an und ging über meinen Kommentar hinweg.

»Und das ist Ihr wirklicher Name?«, fragte ich skeptisch.

»Aber natürlich. So wirklich wie Ihrer. Warum zweifeln Sie?«

»Leo Pard ist Anna Konda im Prinzip ziemlich ähnlich.«

»Zufälle gibt's!« Er schüttelte staunend den Kopf.

»Glauben Sie an Zufälle?«

Er setzte sich wieder in Bewegung und schlenderte langsam weiter. »Aber natürlich. Sie etwa nicht?« Sein Lächeln war entwaffnend.

»Nein«, erwiderte ich. »Mir wurde beigebracht, Zufällen zu misstrauen.«

»Und ich war mir sicher, dass man im Kloster auf die göttliche Vorsehung vertraut.« Er lächelte versonnen. »Sie werden mir also nicht glauben, dass wir uns zufällig getroffen haben.«

»Nein. Sonst wären Sie heute nicht zum dritten Mal wiedergekommen.«

»Sie sind sehr scharfsinnig.«

Wollte mich der Kerl beleidigen? Langsam wurde ich wütend. Doch er wechselte rasch das Thema.

»Was halten Sie davon, wenn wir uns duzen? Nachdem wir uns jetzt namentlich kennen? Wie gesagt, ich bin der Leo.« Aufmunternd nickte er mir zu.

»Von mir aus«, erwiderte ich, auch wenn mir das vertraute *Du* eigentlich nicht gefiel. Etwas mehr Distanz wäre mir lieber gewesen, aber er hatte zu höflich gefragt. Eine Bitte auszuschlagen, war mir schon immer äußerst schwergefallen.

»Sollen wir wieder zu der alten Linde hinaufgehen?«, fragte er. »Anna?«

»Von mir aus«, antwortete ich schon wieder. Was war nur aus meinem eigenen, freien Willen geworden? Ich ging neben ihm her und spürte ihn mit jeder meiner alarmierten Nervenzellen. So ging es vermutlich dem Wasserschwein vor einer ausgewachsenen Anakonda oder einer Gazelle im Angesicht eines hungrigen Leoparden. Aber Flucht war keine Option. Ich war nicht wehrlos und ich musste herausfinden, wer Leo war und was er wollte.

»Und wie ist das Leben im Kloster?«, versuchte er die Unterhaltung in Gang zu bringen. Aber Beute ist wohl nie sonderlich gesprächig, dachte ich. Trotzdem nahm ich mir fest vor, das Gespräch nicht schon wieder zum Verhör werden zu lassen.

»Ganz normal. Ich lebe nicht bei den Nonnen, sondern wir haben eine eigene Wohnung«, antwortete ich.

»Gehst du noch zur Schule?« So schnell, wie er seine Fragen stellte, konnte ich mir gar keine überlegen, damit drängte er mich in die Defensive.

»Ja. Nächstes Jahr mache ich Abitur«, informierte ich ihn. »Und du?«, schob ich schnell hinterher. »Was machst du?«

Zögerte er? Ohne mir zu antworten, bückte er sich, hob ein Schneckenhaus einer Weinbergschnecke auf und betrachtete es eingehend.

»Die Besitzerin hat ihr Zuhause verlassen«, stellte er fest. Das Schneckenhaus war leer. »Sehr unklug von ihr, da es ihr doch Schutz und Zuflucht geboten hat und was ist eine Schnecke ohne die Sicherheit ihres Hauses?« Bei dieser Frage musterte er mich, als sähe er mich gerade zum ersten Mal.

»Vermutlich ist sie gestorben oder ein Tier hat sie herausgezogen und gefressen«, stellte ich sachlich fest und erschrak über meine eigenen Worte.

»So könnte es gewesen sein.« Er legte das verlassene Gehäuse behutsam zurück in die Wiese.

»Vielleicht findet sie auch wieder zurück«, fügte er hinzu. Er fuhr sich mit der Hand durch die Haare und schob die Sonnenbrille über die Stirn. Seine blauen Augen waren eiskalt wie das Polarmeer und sein Blick kühlte die sommerliche Hitze spürbar ab. »Für dich wäre es auch besser, im Schutz des Klosters zu bleiben.«

Entgeistert starrte ich ihn an. So schnell schaffte ich den Sprung von der Schnecke zu mir nicht.

»Du solltest dich an die Regeln halten und das ist mehr als ein gut gemeinter Rat.«

Was sollte das werden? Erziehungsberatung für Fortgeschrittene? War mir mein nächtlicher Plan auf die Stirn geschrieben? Ich spürte, wie es in meinem Inneren vor Wut zu brodeln begann.

»Du hast meine Frage nicht beantwortet«, fuhr ich Leo, oder wie immer er auch heißen mochte, unfreundlich an.

Er musste meinen Zorn bemerkt haben, denn er antwortete amüsiert, was mir noch mehr Selbstbeherrschung abverlangte. »Ich bin eine Art Handlungsreisender.«

»Das heißt?«, fragte ich genervt. Wollte er mich für blöd

verkaufen? Fehlte nur noch, dass er mir erzählte, er wäre Staubsaugervertreter.

»Ich bin unterwegs, um Informationen zu beschaffen«, erklärte er.

»Über mich?«, rutschte es mir heraus.

»Ja, unter anderem über dich«, gab er freimütig zu.

Hatte ich es doch geahnt, seine Besuche waren alles andere als ein Zufall. »Und was soll an mir so besonders sein?« Das interessierte mich wirklich brennend.

»Das weiß ich auch noch nicht«, erwiderte er und ich muss zugeben, dass mich diese Antwort ein wenig kränkte.

»Und wer schickt dich?«

»Zurzeit arbeite ich selbstständig.«

»Als was? Informationsbeschaffer, Spitzel, Spion, Agent, Journalist? Wie nennt man diesen mysteriösen Beruf?«, fragte ich angriffslustig.

Er zuckte mit den Schultern. »Weiß ich auch nicht. Lass uns umdrehen«, schlug er abrupt vor und änderte, ohne auf meine Antwort zu warten, Thema und Richtung.

Ich folgte ihm wie ein braves Hündchen und ärgerte mich gleichzeitig darüber.

»Wo wir doch vorhin noch von Zufällen sprachen …« Wieder fuhr er sich mit der linken Hand durch die Haare, was eine typische Leo-Geste zu sein schien. Ich hätte gerne gewusst, wie sich seine Haare anfühlten. Hallo?! Wie kam ich nur auf derartige Ideen?! Für einen Sonnenstich war ich eigentlich zu kurz in der Sonne gewesen.

»Siehst du deinen Eltern eigentlich ähnlich?«

»Was willst du damit andeuten?«, fragte ich.

»Nichts. Beantworte nur meine Frage. Siehst du ihnen ähnlich?«

»Nein«, gab ich zu. Über diesen Punkt hatte ich selbst schon oft nachgedacht. Denn ich sah meinen Eltern kein bisschen ähnlich. Auf Familienfotos wirkten wir nie richtig zusammengehörig, so unterschiedlich waren wir.

Meine Eltern waren klein, dunkelhaarig und hatten beide braune Augen. Meine Mutter war zierlich und hatte eine leise, unauffällige Stimme. Mein Vater war zäh, aber eher schmächtig gewesen. Im Vergleich mit ihnen schlug ich ziemlich aus der Art. Ich war mit 1,74 m größer als sie. Mit Schuhgröße 40 und Körbchengröße C konnte man mich nicht zierlich nennen. Dank meines täglichen Sportprogramms war ich muskulös und ziemlich kräftig. Meine Stimme war so laut und deutlich, dass ich mir selbst in einer quasselnden Mädchenklasse locker Gehör verschaffen konnte und manchmal ging mein Temperament mit mir durch und ich hatte Mühe, meine Wut zu zügeln. Auch wenn Herr Li mit mir in dieser Hinsicht viel geübt hatte, war Emotionskontrolle nicht meine Stärke. Ich hatte blaue Augen und blonde, lange, lockige Haare. Das klingt jetzt besser als es war. Die Locken waren eher unordentliche Wellen und das Blond ein strähniges Hellbraun.

»Aber es kommt immer wieder vor, dass Kinder und Eltern sich nicht ähneln. Oft überspringen charakteristische Merkmale eine oder zwei Generationen«, holte ich eifrig aus. »Und ich kenne sonst niemanden aus meiner tschechischen Verwandtschaft. Woher soll ich wissen, wem ich ähnlich sehe?«

»So viel zu Erblehre und familiärer Genetik«, fasste Leo zusammen. »Aber ist es nicht ein sonderbarer Zufall, dass du deinen Eltern kein bisschen ähnlich siehst. Irgendetwas erbt man doch immer, sei es die Nasenform, das Aussehen der Zehen oder Finger oder eine andere Kleinigkeit?«

»Was soll die Frage?«

»Ich erwähne das nur, weil du doch nicht an Zufälle glaubst.«

»Die Zufälle sind inzwischen für einen Sommertag überstrapaziert«, antwortete ich genervt.

»Wie du meinst.«

Wir gingen nebeneinander her, ich grübelte und sogar Leo hielt seinen Mund. Ich hatte das Gefühl, er würde auf etwas horchen. Aber vom Zirpen der Grillen und dem Summen der Bienen abgesehen war es still. Er wirkte angestrengt. Wir waren schon fast an der Klostermauer angekommen, als er seine angedeutete Warnung von vorhin wiederholte.

»Pass auf dich auf«, sagte er unvermittelt.

»Du auch auf dich«, erwiderte ich. Meine Antwort zauberte ein überraschtes Lächeln auf sein Gesicht.

»Ich bemühe mich«, entgegnete er grinsend. »Und wie gesagt, es ist klüger, sein Schneckenhaus nicht zu verlassen. Draußen lauern jede Menge dunkler Gefahren.«

»Und wenn sie nicht gestorben sind ...«

»Dann kommen die Werwölfe, Vampire, bösen Zauberer und Hexen, um dein süßes Blut zu kosten und dich zu fressen«, stieg er auf meine Anspielung ein. »Und denk an das arme Rotkäppchen. Wölfe lauern hinter jedem Baum.«

Wir standen vor der Klosterpforte.

»Ich meine es sehr ernst. Bleib daheim.« Sein Tonfall war eindringlich. »Grüß mir die Mutter Maria, wenn du bei ihr vorbeikommst.« Damit wandte er sich ab und verschwand hinter einem Baumstamm. Sprachlos schaute ich ihm nach, bevor ich mich zum Kloster umdrehte. Hatte er nicht gerade gesagt, Wölfe lauern hinter jedem Baum?

»Und was hältst du von ihm?«, fragte ich die Steinskulptur über dem Tor, die aber wie immer schwieg. Wen hätte ich sonst auch fragen können.

Meine Mutter traf ich beim Wäscheabnehmen im Garten und half ihr dabei. Während wir Seite an Seite arbeiteten, beobachtete ich sie und suchte nach kleinen Übereinstimmungen zwischen uns beiden. Da musste es doch etwas geben! Sie war schließlich meine Mutter und ich liebte sie von ganzem Herzen. Zumindest das verband uns.

Ich verglich insgeheim die Form von Fingern, Zehen, Ohren, Nase, Lippen, Augenbrauen – nichts. Hatten wir gleiche Vorlieben? Ähnelte sich unsere Mimik oder Gestik? Lachten wir gleich? Aber das Einzige, was wir gemeinsam hatten, war die Hautfarbe und nicht einmal die stimmte wirklich. Meine Haut war blass, hell, aber in der Sonne wurde ich schnell und problemlos braun. Ihre Haut dagegen war olivfarben, leicht grünstichig. So schlimm, wie es klingt, war es natürlich nicht.

Bevor ich zum Abendessen ging, machte ich einen Abstecher in die Bibliothek, wo ich wieder im Tierlexikon blätterte. Dieses Mal suchte ich unter dem Buchstaben L.

Mein Finger wanderte die Einträge entlang: *Lemuren. Diese* putzigen Tierchen kannte ich aus einem Tierfilm. *Kleine katzen- bis mausgroße affenähnliche Tiere, die auf Madagaskar beschränkt sind. Meist haben sie hundeartige Schnauzen und sehr lange Schwänze.*

Diese langen, geringelten Schwänze hatte ich bei der Doku im Fernsehen besonders lustig gefunden. Aber ich ließ mich ablenken.

Ich schob meinen Finger weiter auf der Seite nach unten: *Lengberger, Leonberger.* Tiere gab es, von denen hatte ich noch nie gehört und dann hatte ich gefunden, was ich suchte.

Leopard (Panthera pardus). Eine dem Jaguar sehr ähnliche Raubkatze, bis 2,1 Meter lang, davon 1 m Schwanz, mit einem dunkelgelben Fell, auf dem schwarze Rosetten die Zeichnung bilden. Die Heimat der Leoparden ist ebenso dichter Dschungel wie Grassavanne, Halbwüste wie schneebedecktes Hochland in ganz Afrika, Kleinasien ... Leoparden leben als Einzelgänger und entwickeln sich gelegentlich auch zu Menschenfressern.

Ich betrachtete die Zeichnung des Leoparden, ein geschickter, vielseitiger Jäger und *Menschenfresser.* Meine Hände waren schweißnass.

Der Appetit war mir vergangen. Beim Abendessen stocherte ich in meinen Zucchinipuffern herum und würgte meine Portion mühsam hinunter.

Wie verabredet traf ich Herrn Li um 19 Uhr im Garten. Neben dem Gästehaus wuchsen auf einer großen Wiese Obstbäume und dort war unser Schießplatz. Die Zielscheibe war bereits vor der Klostermauer aufgestellt.

Wie mein Lehrer hatte ich eine weite schwarze Hose angezogen. Li trug dazu stilecht ein gewickeltes Oberteil, ich nur ein altes weißes T-Shirt. Meine Haare hatte ich zu einem Zopf geflochten und hochgesteckt.

Schweigend bereitete ich mich vor, zog Brust- und Armschutz und den Schießhandschuh an. Als ich fertig war, verneigte ich mich vor Herrn Li und er gab mir meinen Bogen.

Dann stellte ich mich in vorgeschriebener Entfernung auf und konzentrierte mich, hörte meinem Atem und meinem aufgeregten Geist zu. Mein Herz und meine Gedanken waren in Aufruhr. Ich ließ alles los. Hier und jetzt. Nur Bogen, Pfeil und ich.

Mein Lehrer wartete und begann im richtigen Moment zu sprechen: »Schau genau hin. Nimm das Ziel in dir auf. Lass es ein Teil von dir werden.«

Herr Li stand zwei, drei Schritte hinter mir. Seine Stimme war leise, aber ich kannte die Anweisungen in- und auswendig.

Viele Hundert Mal hatte ich vor der großen Strohscheibe gestanden, den gesenkten Bogen in der linken Hand, aufmerksam und entspannt zugleich. In meinem Köcher steckten acht Pfeile. Keine Ahnung, warum er immer die gleichen Sätze zu mir sagte und das seit über 10 Jahren. Vermutlich dachte er, mein Hirn sei ein Sieb. Meine Lieblingsanweisung kam jetzt an die Reihe: »Sei hohl und leer.« Das war nun wirklich keine Kunst.

»Fokussier dich, kläre deinen Geist. Das Ziel ist in dir, du bist das Ziel und das Ziel bist du.«

Es war absurd, unmöglich, aber ich konnte das Ziel spüren. Ich verstand, was er meinte, auch wenn Worte ungeeignet waren, es zu beschreiben.

Herr Li gab im Seminarhaus des Klosters von Zeit zu Zeit Kurse und die Teilnehmer waren immer begeistert von ihm und seiner geheimnisvollen Art. Neben Tai-Chi, Qi Gong und asiatischem Kochen unterrichtete er dort die Kunst des intuitiven Bogenschießens, aber mit offenen Augen. Sonst hätten sich die Teilnehmer zum Schluss gegenseitig erschossen. Ich wartete auf die nächste Anweisung und war völlig hohl.

»Jetzt schließ die Augen.«

Ich tat, was er sagte. Das Ziel war Teil von mir geworden. Ich würde es nicht mehr aus den Augen verlieren.

»Schieß!«

Mit geschlossenen Augen hob ich in einer fließenden Bewegung meinen Bogen, legte den Pfeil ein, spannte die Sehne, verharrte kurz und schoss. Die Harmonie des Augenblicks war vollkommen. Der Fluss der Zeit schien langsamer zu werden. Ich nahm jedes Detail wahr. Ich roch die blühenden Nachtkerzen und die feuchter werdende Abendluft. Die Weite des Himmels behütete mich. Herr Li war ganz still. Dafür hörte ich den Abschuss, den Rückschlag der Sehne, den fliegenden Pfeil, wie er die Luft durchschnitt, und das Eindringen ins Ziel überdeutlich.

Das wiederholte ich sieben Mal, ohne die Augen dazwischen zu öffnen. Als ich den Bogen endlich sinken ließ, standen Schweißtropfen auf meiner Stirn und mein altes T-Shirt klebte mir am Körper. Die Spannung wich, aber das Gefühl der Harmonie blieb und genau darum ging es. Ins Schwarze zu treffen, war sekundär, im Vergleich zur Vorbereitung und zur Schießbewegung bedeutungslos. Aber als ich die Augen öffnete, bemerkte ich zufrieden, dass alle acht Pfeile im schwarzen Innenkreis der Scheibe steckten.

Früher hätte ich mich laut gefreut und gejubelt, aber das hatte mir mein strenger Lehrer abgewöhnt. So freute ich mich leise, aber immerhin.

Die Kirchturmuhr schlug. Es war acht Uhr. Ich hatte zum Abschießen von acht Pfeilen eine ganze Stunde gebraucht. Mir schien, als wären höchstens fünf Minuten vergangen. Mein Zeitempfinden beim Bogenschießen war unterschiedlich. Manchmal schoss ich die acht Pfeile innerhalb weniger Minuten. Ein andermal benötigte ich dafür zwei Stunden. Mein Lehrer hatte mich dabei nie unterbrochen. Er sagte: Wähle deinen Rhythmus, bleib bei dir.

Herr Li nahm mir den Bogen ab und wünschte mir eine gute Nacht. Er wollte selbst noch schießen. Ich verneigte mich und ließ ihn allein.

Es war noch nicht ganz dunkel, als ich mich aus unserer Wohnung davonschlich. Meine Mutter hatte mir vor ungefähr 20 Minuten gute Nacht gesagt und mich ermahnt, nicht zu lange aufzubleiben und zu lesen. Ich sähe sehr erschöpft aus, hatte sie besorgt festgestellt. Seitdem kämpfte ich mit mir, ob ich Muriels Einladung annehmen oder lieber ins Bett gehen sollte. Die Entscheidung zwischen Schlaf- und Badeanzug fiel schließlich zugunsten meines schlichten blauen Schwimmanzuges, den ich in meinem Zimmer unter T-Shirt und Shorts anzog, auch wenn Muriel mir versichert hatte, dass Nacktschwimmen den ultimativen Kick brächte. Ich für meinen Teil hätte gekniffen und wäre brav ins Bett gegangen, aber das Gespräch mit Leo hatte meinen kindlichen Trotz aufgestachelt und herausgefordert. Warum glaubte keiner außer Muriel, dass ich ganz gut auf mich selbst aufpassen konnte? Auch wenn ich es bisher zugegebenermaßen kaum versucht hatte.

Als ich das Türschloss leise zuschnappen hörte, beschlich mich das Gefühl, dass es ein Fehler war, mich alleine in der Nacht davonzustehlen. Aber das hinderte mich nicht daran, ihn zu begehen.

Die Nacht war lau und die Dunkelheit kroch langsam von allen Seiten näher. Ich schlüpfte durch die schmale Westpforte, die kaum benutzt wurde und von einem grünen Vorhang aus Efeuranken verdeckt war. Wie versprochen lehnte Muriels rotes Fahrrad an der Klostermauer, halb versteckt durch hohes Gras und wilde Blumen. Beherzt schwang ich mich in den Sattel und trat in die Pedale. Ich hatte Glück gehabt, niemand hatte mich davonschleichen sehen. Meine innere Vorfreude und Aufregung hätten nicht größer sein können, wenn ich zu einer abenteuerlichen Weltumsegelung aufgebrochen wäre. Mein Herz hämmerte wie wild.

Langsam fuhr ich den holprigen Weg entlang, der noch zum Klostergelände gehörte und eine Aneinanderreihung von mehr oder weniger tiefen Schlaglöchern war, die ich in der Nacht nicht erkennen konnte. Zwei- oder dreimal hätte ich beinahe das Gleichgewicht verloren, bis ich endlich in die kleine, geteerte Straße abbog, die zum See führte. Von hier an ging es stetig bergab und ich ließ das Fahrrad rollen. Ungebremst sauste ich dahin und spürte den Nachtwind auf meiner Haut, der mir Freiheit versprach.

Schon von Weitem konnte ich Muriel und ihre Freunde sehen. Sie hatten ein Lagerfeuer angezündet und der helle Feuerschein und die am Nachthimmel tanzenden Funken zeigten mir den Weg. Ich klingelte. Sofort lief mir Muriel winkend entgegen.

»Hey Anna! Bis gerade eben habe ich noch daran gezweifelt, dass du kommst. Aber selbst im Kloster geschehen noch Zeichen und Wunder«, sagte sie lachend und hielt meinen Lenker fest.

»Hi Muriel. Ich wundere mich selbst, dass ich hier bin«, gab ich offen zu. Muriel kannte ich seit Kindergartentagen und sie wusste, dass ich die imaginäre Grenze, die sich um mein Leben zog, noch nie so weit übertreten hatte.

»Wird schon«, munterte sie mich auf. »Bis jetzt hat das Nachtschwimmen noch jeder überlebt. Tim und sein Freund Elias sind ausgebildete Rettungsschwimmer. Gibt überhaupt keinen Grund, Angst zu haben.«

Wieder fiel mir auf, dass ich Muriel immer noch nichts von meinen seltsamen Gesprächen mit Leo erzählt hatte und ich hätte nie zugegeben, dass gerade seine Warnungen mich angetrieben hatten, heute Nacht hier zu sein. Ich brauchte keinen zusätzlichen Tugendwächter, der mir vorschrieb, was ich zu tun oder zu lassen hätte. Mit einer Mutter, 16 Nonnen, einem Priester, der Moralvorstellungen aus dem letzten Jahrtausend vertrat, und einem Koch, der hinter jeder Ecke Gefahr witterte, war ich mehr als überversorgt.

Eigentlich war ich wegen Leo hier, weil ich mir keine Angst einjagen lassen wollte, und spürte doch, wie meine Knie beim Absteigen vom Fahrrad verdächtig zitterten.

»Glaub mir, das wird ein cooler Abend.« Muriel nahm mich bei der Hand und zog mich in den wohligen Schein des Feuers, um das sich an die zwanzig Mädchen und Jungen scharten. Die meisten Mädchen kannte ich aus der Schule. Die Jungs dagegen hatte ich alle noch nie gesehen.

»Wir grillen ein paar Würstchen und dann werfen wir uns in die Fluten.« Muriel hielt mir einen Stock mit einer dampfenden Wurst hin. »Hier zur Stärkung. Du siehst aus, als könntest du es gebrauchen.«

Die Stimmung war ausgelassen. Ich genoss es, zuzuhören und Teil dieser kleinen Gemeinschaft zu sein. Mein Würstchen schmeckte wunderbar rauchig nach Wildnis und Abenteuer. So musste Tom Sawyer sich gefühlt haben, dachte ich und schaute den züngelnden Flammen zu.

»Hallo, ich bin Elias.« Mit diesen Worten setzte sich einer der Jungs neben mich im Schneidersitz auf den Boden und zwar so nahe, dass sich unsere Knie berührten.

Erstaunt stellte ich fest, dass ich diese Nähe weder als unangenehm noch als bedrohlich empfand, sondern als ganz normal. Leo war mir nicht so nahegekommen. Er hatte mich nie berührt und doch hatte ich immer ein beklemmendes Gefühl. Vor Leo wich ich instinktiv zurück und wollte den Abstand vergrößern. Andererseits zog er meine gesamte Aufmerksamkeit auf sich. Er alarmierte jede meiner Zellen und hatte sich in meine Gedanken und sogar in meine Träume gedrängt. Warum verglich ich Elias sofort mit Leo?

»Ich bin Anna«, erwiderte ich wenig einfallsreich. Elias hatte geduldig auf meine Antwort gewartet. Scheinbar hatte ich zu lange dafür gebraucht, denn Muriel verdrehte ächzend die Augen und auch das Mädchen, das links neben mir saß, beobachtete mich fasziniert, wie ein seltenes Reptil. Wahrscheinlich lag es am Bogenschießen, dass mein Zeitempfinden verändert war. Was für mein Gegenüber quälende Minuten bedeutete, war für mich ein Wimpernschlag. Erschwerend kam hinzu, dass sich mindestens die Hälfte meiner Hirnaktivität mit Leo Pard beschäftigte.

Er lächelte. »Ich weiß.«

Ich schaute ihn erstaunt an.

»Jeder hier kennt dich. Anna, die kleine Heilige, das brave Klosterkind, das man fast nie außerhalb der Klostermauern sieht und das immer von hellem Licht umgeben ist.«

»Wirklich?«

Er nickte. »Ich war früher Ministrant in der Kirche und habe dich dort oft gesehen.«

»Das muss schon länger her sein, ich kann mich nicht an dich erinnern«, gab ich zu.

»Du hast recht, das war vor vier oder fünf Jahren. Seitdem bin ich ein bisschen gewachsen.«

Ich musste lachen, Elias war riesig, bestimmt 1,90 m.

Er lächelte zurück.

Tim warf ein großes Holzscheit in die Flammen. Funken stoben wie ein Schwarm aufgescheuchter Insekten in den schwarzen Nachthimmel. Das Holz ächzte und knarrte, bevor es sich den Flammen überließ.

»Ich kann mich noch gut an dich erinnern. Du warst wie ein Wirbelwind zwischen den schwarzen Nonnen«, stellte Elias fest. Das verblüffte mich. »Und außerdem bin ich ein Freund von Tim und du bist Muriels beste Freundin. Wenn wir uns treffen, erzählt sie viel von dir.«

Das hingegen konnte ich mir lebhaft vorstellen. Worüber redete Muriel nicht viel?

»Möchtest du was trinken? Wir haben Spezi und Bier dabei.« Elias war in die Hocke gegangen und schaute mich erwartungsvoll an.

»Kein Wasser?«, fragte ich.

»Das gibt's nur im See.«

»Dann Spezi, bitte.«

Er stand auf und holte mir ein Spezi, sich selbst brachte er ein Bier mit.

»Schau nicht so streng, Klosterschülerin«, zog er mich auf und setzte sich wieder neben mich. »Es ist mein erstes und ich bin schon 18 und ganz groß.« Mit geübter Bewegung öffnete er die Kronkorken mit einem Feuerzeug.

Betreten musterte ich meine Füße. Doch Elias lachte und hielt mir die Flasche hin. »Das war ein Witz.«

»Ich komm nicht so oft raus. Tut mir leid.«

»Nichts, was dir leidtun müsste«, erwiderte er beiläufig.

Elias' Hände waren groß und sonnengebräunt, soweit ich das im Feuerschein erkennen konnte. Wir stießen mit den Flaschen an und prosteten uns zu.

»Was hast du denn nach dem Abitur vor?«, fragte er interessiert.

»Muriel und ich wollen zum Studium nach München gehen und uns zusammen eine WG oder eine Wohnung suchen. Das ist unser Plan«, erklärte ich.

»Du wirst das Kloster wirklich verlassen?«, fragte er ungläubig nach.

Ich nickte stirnrunzelnd. Warum gingen alle davon aus, dass ich dort bleiben würde?

»Aber erst müssen wir das Abi schaffen, dann sehen wir weiter«, erklärte ich. »Was machst du?«

»Ich bin gerade mit meiner Schreinerlehre fertig geworden und mach jetzt ein paar Wochen frei«, antwortete er. »Tim und ich sind alte Freunde. Zurzeit besuche ich meine Eltern hier im Dorf.«

»Aha«, erwiderte ich, da mir keine schlaue Antwort einfiel. Wir schauten beide zu Muriel und Tim hinüber, die uns gegenüber am Feuer saßen. Ein Lächeln huschte über Elias' Gesicht, da Tim Muriel gerade leidenschaftlich küsste. Der Anblick war mir unangenehm.

»Das ist vermutlich die beste und einzige Möglichkeit, deine Freundin zum Schweigen zu bringen.«

Ich musste lachen. »Wie kommst du bloß darauf?«

Er zuckte mit den Schultern. Mit einem Ast stocherte er im Feuer herum, schob Glutnester zusammen und blies vorsichtig hinein. Schweigend beobachteten wir die aufzüngelnden Flammen.

»Am Sonntag fliege ich zum Surfen nach Australien«, erzählte er.

Wellenreiter kannte ich bisher nur aus Filmen oder dem Internet, aber ich stellte sie mir genau so vor. Elias' kinnlange Haare waren zu Dreadlocks gefilzt und seine Hände schienen wie dafür gemacht, ein Surfboard an den Stränden dieser Welt durch die Gegend zu tragen. Er strahlte eine angenehme Gelassenheit aus, die man gegenüber einer haushohen Welle bestimmt gut gebrauchen konnte.

Im Vergleich zu ihm waren meine Sommerferienpläne wie immer sehr bescheiden. Ich würde im Kloster abhängen. Für einen Urlaub fehlte uns das Geld.

»Hast du keine Angst?«, fragte ich unvermittelt.

»Wovor? Meinst du vor Haien?« Er drehte seine Bierflasche zwischen den Händen.

»Nicht nur vor Haien. Vor der Tiefe, die unter dir ist.«

»Wie meinst du das?«, fragte er und musterte mich.

»Du weißt nie, wer oder was gerade unter dir ist. Das ist nicht dein Lebensraum, dort im Wasser bist du wehrlos.«

»Aber es gibt nichts Besseres, als eine Welle zu reiten«, versicherte er mir und seine Augen lächelten. »Dafür nehme ich alle Gefahren in Kauf. Das Leben ist viel zu kurz, um ständig Angst zu haben. Und jetzt lass uns schwimmen gehen. Dazu bist du doch gekommen«, schlug er vor. »In diesem See gibt es keine Haie, höchstens ein paar räuberische Hechte, aber denen bist du zu groß und kräftig.«

Was auch immer das heißen sollte. Mussten alle Mädchen zart und dünn wie Elfen sein? Er war aufgestanden und streckte mir einladend eine Hand hin, die ich annahm und mich hochziehen ließ.

»Kommst du mit, Muriel?«, fragte ich meine mit Tim verschlungene Freundin.

»Aber immer doch!« Muriel befreite sich aus Tims Umarmung. »Muss mich nur noch umziehen.« Sie kam auf mich zu und zog mich zu den drei an der Straße parkenden Autos.

»Ich glaub es einfach nicht«, sagte sie kopfschüttelnd.

»Was?«, fragte ich erstaunt.

»Du kommst hier zum ersten Mal her und Elias quatscht dich sofort an. Er redet mit dir und du brauchst mindestens drei Minuten, bis du überhaupt deinen Namen sagst.«

Ich schaute sie irritiert an. Muriel zog sich den Pulli über den Kopf und schlüpfte in ihr rotes Bikinioberteil, das ihr eindeutig besser passte als mir.

»Was soll daran besonders sein? Ich habe mich nur mit ihm unterhalten«, erwiderte ich und zog mich ebenfalls aus.

»Der ist normalerweise viel zu cool zum Small Talk. Großer Schweiger vor dem Meer, wenn du weißt, was ich meine.«

»Nein.« Ich hatte wirklich keine Ahnung.

»Jedes anwesende Mädchen, mich natürlich ausgenommen, wäre entzückt über ein einziges Wort von ihm«, dozierte sie. »Und dann kommst du, lässt dir was zu trinken bringen und er erzählt dir sein Leben.«

»Ich hab ihn nicht darum gebeten und so gesprächig wie du war er jetzt auch nicht«, stellte ich richtig.

»Das ginge auch entschieden zu weit.« Muriel umarmte mich. »Anna, du bist und bleibst einfach unglaublich. So langsam verstehe ich, warum die Schwestern dich nicht ohne Aufsicht rauslassen wollen, bei deiner Wirkung auf Jungs.« Sie kicherte. »Alle lieben dich. Das war schon immer so.«

Meine Wirkung auf Jungs, bei diesen Worten drängte sich sofort das Bild von Leo in meine Gedanken. Ich sollte Muriel endlich davon erzählen. Doch sie lief bereits kreischend zum Wasser. Am Ufer warteten Tim und Elias auf uns in langen Badeshorts. Sie hatten eine Handytaschenlampe angeschaltet. Ich war froh, dass Muriels Lob auf die Freuden des Nacktbadens offensichtlich nur Gerede gewesen war. Aber auch so reichte der Anblick, um mich verlegen zu machen. Elias' Oberkörper war muskulös und durchtrainiert. Tim hingegen wirkte schmaler, aber auch er hatte erstaunlich breite Schultern. Muriel hatte mal erzählt, dass er ein ausgezeichneter Schwimmer war.

»Die zwei Jungs von Baywatch«, flötete Muriel mir ins Ohr. »Sind sie nicht süß.«

Ich wurde rot, aber das blieb in der Nacht unbemerkt. Eine Antwort fiel mir auch nicht ein, aber daran war Muriel gewöhnt.

Sobald wir uns vom Lagerfeuer entfernten, war es so dunkel, dass ich das Wasser kaum sehen konnte, aber dafür umso mehr fühlen und riechen. Es strahlte eine Kälte ab, die mich, da ich vom Feuer aufgewärmt war, schaudern ließ. Außerdem roch es algig und abgestanden. Der Sommer war bisher heiß und trocken gewesen, was die Wasserqualität sicher nicht verbessert hatte. Es war alles andere als einladend. Ich hatte keine Lust mehr zu schwimmen.

»Am Anfang ist es ungewohnt, in der Nacht zu schwimmen. Aber du wirst sehen, es ist erfrischend«, erklärte Tim.

Muriel kitzelte mich am Rücken. »Und sehr aufregend, weil man nie weiß, was unter einem ist in den unbekannten Tiefen.«

»Jetzt fängt die auch noch damit an«, stellte Elias neben mir fest und lächelte mich an.

Das Wasser lag da wie ein schwarzer Spiegel, kein Plätschern, keine noch so kleine Wasserbewegung war zu hören, als würde es angespannt innehalten.

»Es ist so still«, bemerkte ich und horchte.

»Weil kein Wind weht«, erklärte Elias.

»Als würde es den Atem anhalten«, sprach ich meinen Gedanken aus.

»Seit wann atmet Wasser?«, fragte Muriel.

Wir lauschten schweigend.

»Es wartet«, stellte ich fest.

»Als würde etwas auf der Lauer liegen«, fügte Elias hinzu und klang dabei so, als wäre er über seine eigenen Worte erstaunt.

Ich schloss die Augen, um besser hören zu können. In meiner Vorstellung sah ich pechschwarze Schlieren, die sich durchs Wasser zogen wie Öl.

»Ihr spinnt doch beide.« Muriel lachte. »Da haben sich ja zwei gefunden.« Dann schnaubte sie verächtlich. »Er will dir nur Angst machen, glaub mir.« Damit lief sie prustend und kreischend ins Wasser, was die Stille erfolgreich durchbrach. »Damit du auch immer schön nah bei ihm bleibst. Jungs sind alle gleich«, rief sie uns noch zu. Tim war schon hinter ihr hergelaufen und versuchte sie einzuholen.

»Du kannst ganz schön unheimlich sein«, bemerkte Elias und legte sein Handy auf sein T-Shirt, das er auf den Boden fallen gelassen hatte. »Und glaub Muriel bloß nicht, was sie über Jungs erzählt.« Damit nahm er meine Hand, die kalt und angstfeucht war. Seine hingegen war warm, trocken und Vertrauen einflößend. Hand in Hand, sonst hätte mich da nichts hineingebracht, wateten wir ins Wasser. Ich wollte mich vor ihm nicht blamieren und als Feigling dastehen. Außerdem hatte er doch recht, das Leben war viel zu kurz, um ständig Angst zu haben. Durch meine Erziehung war ich offenbar schon leicht neurotisch geworden.

Ich gab mir einen Ruck und rannte mit Elias weiter ins Wasser, ließ ihn los, tauchte unter und stieß mich vom steinigen Grund ab. Zug um Zug nahm meine Panik zu und trotzdem schwamm ich weiter hinaus.

Gleich wird es besser. Ich muss mich in dem kalten Wasser nur schneller bewegen, dann wird mir warm und ich komme zu Atem.

Nichts von dem geschah. Mit jeder Bewegung wurde mir kälter und es wurde immer mühsamer, Arme und Beine rhythmisch zu bewegen. Ich fühlte mich, als wäre ich mit Blei beschwert und kämpfte, den Kopf über Wasser halten zu können. Jeder Atemzug kostete mich mehr und mehr Kraft.

Ich muss umdrehen. Ich muss hier raus. Sofort!

Kaum hatte ich diesen Gedanken in meinem Kopf formuliert, sah ich im Wasser die schwarzen Schlieren, die ich vorher schon wahrgenommen hatte. Die Einbildung war jetzt bedrohlich realistisch. Zähe tiefschwarze Fäden, die sich durchs dunkle Wasser zogen, erwachten zum Leben und bewegten sich gierig und zielstrebig auf mich zu. Sie waren schwärzer als das Wasser, so schwarz, als wären sie aus den Tiefen der Hölle gekommen.

Ich sah sie um mich, vor mir, unter mir, neben mir und ich konnte sie fühlen – boshaft und tödlich. Sie griffen wie unzählige Hände nach mir, wickelten sich um meine Arme und Beine, sie umfassten meinen Bauch und zogen sich unaufhaltsam fester. Auch Anakondas lebten und jagten im Wasser und erwürgten ihre Beute. Ich trug zwar den Namen der Würgeschlange, war aber im Wasser hilflos. Hier war ich selbst die Beute. Kein Schrei kam über meine Lippen, der letzte Rest Sauerstoff wurde aus mir herausgepresst.

Ich war so mit Beobachten und Fühlen beschäftigt, dass ich vergaß, mich zu verteidigen. Wobei ich meine Zweifel habe, dass Kung-Fu Techniken gegen dieses gestaltlose Böse etwas hätten ausrichten können. Wahrscheinlich war das einer der Notfälle, für die Li mich trainiert hatte. Aber diese Erkenntnis kam zu spät.

Um mich herum baute sich eine Wassersäule auf, hob mich ein Stück aus dem Wasser heraus, bevor ich nach unten gezogen wurde. Ich hatte die Augen weit geöffnet. Die pechschwarzen Schlieren hielten mich fest in ihrer Mitte und zogen mich in einem gewaltigen Strudel tief und tiefer. Ich wusste, dass ich jetzt sterben würde, und wunderte mich, dass ich keinerlei Angst verspürte. Meine Seele zog sich tief nach innen zurück. Das war die Leere, die ich vom Bogenschießen kannte.

Dann verdichtete sich das Wasser, wurde dickflüssig und zäh, bis es nur noch eine undurchdringliche schwarze Wand war. Ich konnte die Schlieren, die mich wie Fesseln hielten, nicht mehr fühlen. Alles um mich war schwer und kalt. Mein Körper brauchte Sauerstoff. Völlige Finsternis war das Letzte, was ich sah, dann verlor ich das Bewusstsein.

»Anna, Anna«, hörte ich in weiter Ferne. »Mach endlich die Augen auf.« Muriels Stimme überschlug sich und schmerzte in meinem Kopf. Jemand klopfte mir auf den Rücken, drehte mich wie eine Puppe um und drückte auf meinen Brustkorb.

»Wenn du nicht sofort atmest und die Augen aufmachst, dann ...« Muriel machte eine Pause. Es war seltsam beunruhigend, dass ihr die Worte ausgingen. »... dann holen wir den Notarzt«, fügte sie leise hinzu.

Ich wurde wieder umgedreht, konnte mich aber noch nicht dagegen wehren.

»Wenn du jetzt stirbst, dann ...«, drohte sie. Aber es fiel ihr wieder nichts ein. Ein schrecklicher Würgereiz schüttelte mich und ich erbrach brackiges Seewasser, das bitter und kalt war. Mir wurde immer noch auf den Rücken geklopft und ich hustete und würgte weiter. Ich zitterte am ganzen Körper und öffnete mühsam die Augen.

Elias hatte mich übers Knie gelegt, das erkannte ich am Muster der Badehose und streichelte mir den Rücken. Muriel kniete vor mir und hielt meinen Kopf. Als ich aufblickte, sah ich erst die fassungslose Angst und dann die Erleichterung in ihren Augen. Sie strich mir die Haare aus dem Gesicht und kam ganz nah. »Verlass mich bloß nicht«, flüsterte sie. »Was fällt dir eigentlich ein.«

Ich lächelte sie mühsam an, sprechen konnte ich nicht. Wieder und wieder übergab ich mich. Wie demütigend. Auf den Knien des Surferboys zu liegen und sich die Seele aus dem Leib zu kotzen. Aber ich war zu schwach, um mich zu schämen.

Als nichts mehr kam und der Brechreiz nachließ, drehte Elias mich um und hielt mich fest. Seine Nähe, seine Wärme und vor allem sein starker Herzschlag trösteten mich. Ich hustete immer noch und sabberte ihn vermutlich voll, was mir gerade völlig egal war.

»Du hättest uns sagen sollen, dass du nicht schwimmen kannst«, rief Muriel hysterisch.

»Ich kann schwimmen«, würgte ich zwischen zwei Hustenanfällen hervor. »Das weißt du ganz genau.« Schließlich hatten wir zusammen in der dritten Klasse einen Schwimmkurs besucht. Elias klopfte mir erneut auf den Rücken.

»Wahrscheinlich bist du an irgendeiner blöden Wasserpflanze

hängen geblieben und in Panik geraten«, suchte sie nach einer Erklärung. Das hätte aber ein ganzer Wald sein müssen.

»Kannst du problemlos atmen?«, fragte Elias besorgt.

Ich nickte nur. Meine Zähne schlugen hörbar aufeinander, so stark zitterte ich.

»Am besten fahren wir dich ins Krankenhaus«, schlug er vor.

»Nein!« Ich schüttelte entsetzt den Kopf. Die Schwestern und meine Mutter würden durchdrehen und ich hätte fortan keine ruhige Minute mehr.

»So viel Wasser zu schlucken, kann gefährlich sein. Wenn du etwas eingeatmet hast und Wasser in deine Lunge geraten ist, kannst du im Schlaf ertrinken.«

»Jetzt willst du mir doch noch Angst einjagen«, stellte ich nüchtern fest.

»Nein. Ich mache mir nur Sorgen um dich.« Er zog mich noch ein Stück näher an sich heran und ich lehnte meinen schmerzenden Kopf an seine Schulter.

»Ich muss sofort nach Hause«, flüsterte ich. Am liebsten wäre ich in Tränen ausgebrochen. »Keiner weiß, dass ich weg bin.«

»Beruhige dich.« Das war eine wenig hilfreiche Aufforderung.

»Wenn du willst, bringe ich dich zurück. Ich bin mit dem Auto da. Du kannst jetzt nicht Fahrrad fahren.«

Ich nickte nur und schirmte meine Augen gegen die grellen Autoscheinwerfer ab, die die ganze Szene in ein unwirkliches Licht tauchten.

Die anderen standen im Kreis um uns herum und beobachteten besorgt meine Rückkehr ins Leben. Muriel kam mit einer

Decke und legte sie mir über und Tim reichte mir eine Flasche Bier.

»Ob das nach dem Schock das Richtige ist?«, fragte Muriel skeptisch. Er zuckte mit den Schultern.

Dankbar griff ich danach und trank, zwischendurch hustete ich, dann trank ich weiter. Das Bier war süß und bitter zugleich. Ich musste unbedingt den Geschmack nach Schwarzem, nach Bösem und nach Tod loswerden.

»Anna, das reicht.« Elias wollte mir die Flasche wegnehmen, aber ich trank sie mit gierigen Zügen aus. Es wärmte mich und schmeckte nach Leben, nach Erde und Sonne.

Langsam zerstreute sich die Gruppe, die sich um uns geschart hatte. Einige boten noch ihre Hilfe an, dann machten sich die meisten auf den Heimweg.

»Was ist da vorhin passiert?«, fragte ich schließlich, obwohl ich die Antwort nicht wissen wollte.

»Du bist mit einem Mal untergegangen. Tim und Elias haben nach dir getaucht, aber sie konnten dich nicht finden.« Muriel rang nach Fassung. »Dann bist du plötzlich an der Wasseroberfläche aufgetaucht, bewegungslos, aber du bist nicht mehr untergegangen. Wie eine Schiffbrüchige in einem Film bist du völlig starr auf dem Wasser getrieben. Das sah total gruselig aus. Man konnte dich trotz der Dunkelheit sogar vom Ufer aus erkennen. Elias hat dich an Land gezogen.«

»Du warst ganz kalt und grau«, stellte Elias fest. »Anna, ich konnte deinen Herzschlag nicht mehr spüren. Ein dunkler Schatten war um dich. Ich hatte Angst, du wärst tot.«

Muriel tätschelte meinen Arm und schniefte leise. »Tim und Elias haben sofort mit der Wiederbelebung angefangen.«

Na wunderbar! Mein erster nächtlicher Badeausflug endete mit Mund-zu-Mund-Beatmung und Herzmassage ... Wie entwürdigend. »Zum Glück warst du schnell zurück. Dein Puls schlug kräftig und du hast geatmet. Aber es hat eine Ewigkeit gedauert, bis du wieder eine normale Hautfarbe hattest.«

»Mach so was nie, nie mehr wieder, hörst du!«, schluchzte Muriel und brach in Tränen aus. Tim nahm sie tröstend in den Arm.

»Beruhig dich doch. Mir geht es schon wieder wunderbar«, sagte ich und das stimmte, da die ungewohnte Alkoholmenge ihre Wirkung tat und ich mich schwer, ruhig und schläfrig fühlte.

Elias musste mich zum Wagen tragen, weil mir schwindelig war. Ich hätte schwören können, dass Leo neben einem der parkenden Autos stand und sich gerade eine Zigarette anzündete. Der helle Schein der Flamme erleuchtete für wenige Augenblicke sein Gesicht, das zu einem spöttischen Grinsen verzogen war. Ich war froh, betrunken zu sein, sonst hätte ich vor Wut geschrien.

Elias bugsierte mich auf die Rückbank und beugte sich über mich, um mich zuzudecken.

»Hast du es gesehen?«, fragte ich leise. Ich spürte sein Zögern, dann nickte er langsam.

»Ja, ich hab's gesehen«, antwortete er ernst und ebenfalls sehr leise. »Da waren unzählige, schwarze Arme, Fäden, was weiß ich. Sie haben dich festgehalten. Ich bin dir nachgetaucht, bin dem hellen Schimmer deiner Haut gefolgt, aber dann war es plötzlich komplett dunkel. Dann muss es dich losgelassen haben.« Er hielt inne. »Als ich aufgetaucht bin, warst du bereits neben mir und es war verschwunden. Ich hab dich ans Ufer geschleppt. Muriel ist halb durchgedreht vor Angst. Wir alle.«

Ich hatte noch den flüchtigen Gedanken, dass ihm das Surfen in Zukunft nicht mehr so viel Spaß machen würde, dann schlief ich ein und träumte von Herrn Li.

Am nächsten Morgen konnte ich mich nur noch bruchstückhaft an den Rücktransport erinnern. Danach hatte ich einen kompletten Filmriss und daher keine Ahnung, wie ich aus meinem Badeanzug heraus ins Bett gekommen war.

Mittwoch, 22. Juli

Ich erwachte vom Klingeln des Weckers mit hämmernden Kopfschmerzen und einem schalen Geschmack im Mund. Ich hatte von Leo geträumt, wie er seinen Körper in Hunderte schwarzer Fäden auflöste und mich einwickelte in ein schwarzes Netz, wie eine Spinne ihr Opfer umgarnt. Immer wieder sah ich sein Gesicht vor mir, das spöttische Grinsen, den forschenden Blick seiner Augen. Seit ich ihn kannte, hatte ich in jeder Nacht Albträume. Ich schluckte mühsam.

Hatte ich gestern tatsächlich das Kloster verlassen oder gehörte das zu meinem Traum? Ich setzte mich auf. Elias' graue Sweatshirtjacke und mein blauer Badeanzug hingen wie zum Beweis über meinem Schreibtischstuhl. Leider hatte ich nicht geträumt. Er hatte mir die Jacke gestern übergelegt, nachdem er mich aus dem Wasser gezogen hatte. Langsam kamen die Bilder zurück und griffen nach mir, wie die schwarzen Fangarme im Wasser. Hatte Elias mich ausgezogen und ins Bett gelegt? Nein, das hätte er sich niemals gewagt – das hoffte ich zumindest. Herr Li? Das war unmöglich. Er hatte nicht gewusst, dass ich weg war. Bestimmt hatte ich alleine in mein Zimmer und mein Nachthemd gefunden und konnte mich bloß nicht daran erinnern.

Nur der verführerische Duft nach Kaffee und die Aussicht, dass davon der schale Geschmack in meinem Mund verschwinden würde, lockten mich aus dem Bett. Ich schleppte mich in die Küche, wo meine Mutter gerade Müsli und Cornflakes auf den Tisch stellte.

Das helle Morgenlicht steigerte meine Kopfschmerzen ins Unerträgliche. Hatte ich etwa von einer Flasche Bier einen Kater?

»Guten Morgen. Gut geschlafen?«, begrüßte sie mich, ohne aufzusehen.

»Guten Morgen«, erwiderte ich, ließ mich auf einen Stuhl fallen und blinzelte sie misstrauisch an.

»Heute kein Training?« Ihre Stimme klang neutral.

»Kopfschmerzen«, murmelte ich.

War es möglich, dass sie nichts von meinem gestrigen Ausflug mitbekommen hatte und vor allem auch nichts von meiner Rückkehr? Ich wusste, dass sie ab und zu eine Schlaftablette nahm, aber das waren schließlich keine Betäubungsmittel.

»Bald sind Ferien«, tröstete sie mich und schenkte mir eine Tasse Kaffee ein.

»Danke«, sagte ich nur und wunderte mich.

Offensichtlich wusste sie nichts von meiner missglückten Spritztour, da sie eine ziemlich unbegabte Schauspielerin war und sich nur schlecht verstellen konnte. Wir frühstückten schweigend, wie immer.

Auf dem Weg in die Schule traf ich Herrn Li im Kreuzgang, der gerade seine morgendlichen Tai-Chi-Übungen beendete. Er trug einen seidig schimmernden weißen Anzug mit Pluderhose und hochgeschlossener Jacke. Ein neuer Sommeranzug? Normalerweise trug Herr Li zum Training einen abgetragenen schwarzen Anzug aus schwerer Baumwolle. Als er mich sah, zuckte er nicht mal mit der Wimper. Sein Blick war ruhig, wie seine Bewegungen. Ganz sicher hatte ich gestern nur von ihm geträumt. Ich hob kurz die Hand zum Gruß, weil ich ihn in seiner inneren Sammlung nicht stören wollte. Er nickte zurück, ohne dass er mir wie sonst ein Lächeln schenkte. Vielleicht hatte er bei der Hitze auch schlecht geschlafen, mutmaßte ich. Oder wusste er doch mehr, als mir lieb war? Obwohl ich frisch geduscht war, klebte mir mein Sommerkleid klamm am Körper.

In der Schule bekam ich gar nichts mit. Wie ein ferngesteuerter Zombie tappte ich neben Muriel her, die heute bedrückt und angespannt war. Der Tag war wie in Watte gepackt, die Farben blasser, die Töne leiser, Bewegungen langsamer und alles schmeckte öd und leer. Nur meine Gefühle spielten verrückt und meine Gedanken drehten sich wie im Karussell. Muriel folgte mir auf Schritt und Tritt und begleitete mich nach Unterrichtsende sogar in den Speisesaal.

»Geht's dir gut?«, fragte ich sie besorgt.

»Anna, du fragst mich ernsthaft, ob es *mir* gut geht?« Sie

blieb stehen und schaute mich fassungslos an. »Du wärst gestern beinahe ertrunken. Du könntest tot sein.«

Als ob ich einen Erinnerungsservice nötig gehabt hätte! Sobald ich auch nur die Augen schloss, sah ich die schwarzen Schlieren wieder auf mich zukommen, spürte, wie sie nach mir suchten, mich packten und in die Tiefe zogen. Auch der Moment, als Leo sich entspannt an eines der parkenden Autos lehnte, sich eine Zigarette anzündete und mich anschaute, drängte sich immer wieder verstörend in mein Bewusstsein. Sollte ich Muriel nach ihm fragen? Aber außer mir war er bestimmt niemandem aufgefallen, die allgemeine Aufregung war zu groß gewesen. War er überhaupt da gewesen? Oder hatte ich ihn mir nur eingebildet? So wie die schwarzen Schlangenarme im Wasser? Aber hatte Elias sie nicht auch gesehen?

»Das ist mal wieder typisch Anna.« Sie umarmte mich und drückte mich fest an sich. »Pass bloß auf dich auf.« Ich hörte, dass sie mit den Tränen kämpfte.

»Muriel, möchtest du mit uns essen?« Herr Li hatte den Kopf aus der Küchentüre gestreckt und lächelte Muriel freundlich an.

»Gerne, Herr Li«, antwortete sie. Nur selten blieb Muriel zum Essen, obwohl sie den Schwestern jederzeit willkommen gewesen wäre, aber sie bevorzugte ihre Freiheit. Ein gemeinschaftliches, gesundes Mittagessen mit einer Lesung aus der Bibel war nicht nach ihrem Geschmack. Sie stellte sich lieber eine Portion Fertignudeln in die Mikrowelle und verspeiste sie vor dem Fernseher. Seit sie in der Schule war, musste sie tagsüber alleine zurechtkommen. Kochen war nicht ihr Ding.

»Dann kommt. Es gibt heute vegetarische Frühlingsrollen und anschließend Zucchinischnitzel von Schwester Renata. Ist zwar keine geglückte Kombination ...« Herr Li ließ den Satz unvollendet und verschwand wieder in der Küche. Er legte großen Wert auf die Zusammenstellung der Speisen, die unterschiedlichen Geschmacksrichtungen und die gesundheitliche Wirkung der einzelnen Nahrungsmittel. Aber das war für Schwester Renata nur neumodischer Kram, für solche Überlegungen war sie nicht zu begeistern. Die Beteuerungen, dass die Tradition und das Wissen der chinesischen Küche Jahrhunderte alt und erprobt waren, ließ sie nicht gelten. Sie tat einfach so, als wäre sie taub. Ich hingegen liebte die chinesische Küche sehr und hätte mich gefreut, wenn Herr Li endlich das Kommando in der Küche übertragen bekommen hätte.

»Klingt wunderbar«, rief Muriel ihm nach.

»Du bist vielleicht mutig«, flüsterte ich. Muriel kicherte. Ich hatte ihr von den verzuckerten Käsespätzle und dem nicht enden wollenden Zucchiniüberfluss erzählt und war froh, dass ich sie wieder zum Lachen bringen konnte. Muriel verstört und ängstlich zu sehen, war fast noch beunruhigender als Unterwassermonstern zu begegnen.

Wir hatten uns einen Platz am Fenster gesucht und warteten noch auf Mutter Hildegard, die sich verspätete.

Muriel trommelte leise mit dem Löffel auf die Tischplatte. Meine Freundin war wirklich hyperaktiv oder vielleicht auch nur besonders hungrig.

Schwester Clara war heute die Vorleserin und bot an, schon

vor dem Essen mit der Lesung zu beginnen. Ihre Mitschwestern nickten zustimmend.

»Ich hätte doch lieber heimgehen sollen. Die Leserei geht mir auf die Nerven«, raunte Muriel mir zu. Sie spielte inzwischen mit Löffel und Gabel.

»Matthäus, Kapitel 4, die Versuchung Jesu«, kündigte Schwester Clara mit heller und klarer Stimme an. »Dann wurde Jesus vom Geist in die Wüste geführt; dort sollte er vom Teufel in Versuchung geführt werden.«

Muriel versuchte jetzt mit der Gabel, ihren Suppenlöffel zu verbiegen. Ein Psychologe hätte bei ihr bestimmt aufgestaute Aggression oder Schlimmeres vermutet.

»Als er vierzig Tage und vierzig Nächte gefastet hatte, bekam er Hunger.«

»Den hab ich schon seit zwei Stunden«, maulte Muriel.

Clara warf ihr einen freundlichen Blick zu. »Wenn du Gottes Sohn bist, so befiehl, dass aus Steinen Brot wird.«

»Oder aus Löffeln und Gabeln«, schlug Muriel vor. »Steine gibt es hier nicht.«

Clara ließ sich durch Muriels Einwurf nicht stören und las ruhig weiter. »Er aber antwortete: In der Schrift heißt es: Der Mensch lebt nicht nur von Brot, sondern von jedem Wort, das aus Gottes Mund kommt.«

»Mag ja sein, ich habe aber immer noch Hunger, trotz der ganzen Worte«, murmelte Muriel leise vor sich hin.

»Darauf nahm ihn der Teufel mit sich in die Heilige Stadt, stellte ihn oben auf den Tempel und sagte zu ihm: Wenn du

Gottes Sohn bist, so stürz dich hinab; denn es heißt in der Schrift: Seinen Engeln befiehlt er, dich auf ihren Händen zu tragen, damit dein Fuß nicht an einen Stein stößt.«

»Wie hältst du das bloß aus?« Fassungslos schüttelte Muriel den Kopf. »Mir vergeht da der Appetit. *Seinen Engel befiehlt er.* Glauben die wirklich noch an Engel? Wir leben im wievielten Jahrtausend?«

Entschuldigend zuckte ich mit den Schultern. Beim Essen ging es mir wie Muriel im Sonntagsgottesdienst, ich konnte den Text gedanklich stumm schalten.

»Jesus antwortete ihm: Du sollst den Herrn, deinen Gott, nicht auf die Probe stellen.«

Muriel verdrehte die Augen, als wäre sie kurz vor einem epileptischen Anfall. »Da stimme ich ihm voll und ganz zu. Wer braucht schon Proben! Ich mag diesen Jesus«, sagte sie laut.

Die Schwestern reagierten sonst nie auf die Lesung. Jetzt nickten alle zustimmend. Die uralte Schwester Benedikta rief: »Bravo! Ich bin sogar mit ihm verheiratet.«

Vereinzeltes Kichern erklang. Muriels Kommentare waren scheinbar nicht nur für mich eine erfrischende Abwechslung. Clara lächelte sie an. »Wieder nahm ihn der Teufel mit sich und führte ihn auf einen sehr hohen Berg.«

»Warum ist er eigentlich immer brav mitgegangen?«, flüsterte Muriel entnervt. »Das war schließlich Jesus. Er hätte sich auch weigern können. Vom Teufel sollte man sich fernhalten. Das weiß doch jedes Kleinkind.« Was ein berechtigter Einwurf war. Aber manchmal machte man einfach Fehler und lief dem

Falschen nach. Ich fühlte mich ertappt. Zu schade, dass Muriel nur so selten beim Essen dabei war. Ihre Bemerkungen zur Lesung waren unterhaltsam und entbehrten nicht einer gewissen Logik.

Plötzlich trat Mutter Hildegard blass und abgehetzt in den Speisesaal. Sie blieb mitten im Raum stehen, strich ihre Ordenstracht glatt, obwohl nichts verknittert war, und schien nach Worten zu suchen. Schwester Clara hörte augenblicklich zu lesen auf. Angespannte Stille breitete sich aus. Selbst Muriel unterbrach ihre ausgefeilte Besteckpercussion.

»Am See ist heute Vormittag ein junger Mann tot aufgefunden worden!«

Einige der Schwestern bekreuzigten sich und murmelten fast lautlos: »Gott sei seiner Seele gnädig.«

»Herr Sedlmeier hat ihn im Schilfgürtel entdeckt. Er geht dort gerne angeln«, fuhr Mutter Hildegard fort.

»Ist er ertrunken?«, fragte Muriel und ich spürte ihre Hand, die mein Knie unter dem Tisch fest umklammerte.

»Das weiß man noch nicht. Aber er hatte schreckliche Verletzungen, so als wäre er angegriffen worden. Nur kann sich niemand erklären von wem oder was. Die Polizei sucht nach Zeugen.«

Mir war schlecht. Muriels Hand zitterte.

»Weiß man, wer es ist?«, fragte sie mit belegter Stimme.

»Noch nicht«, antwortete Mutter Hildegard zögernd und ich war mir sicher, dass sie nicht die Wahrheit sagte.

Muriel sprang auf und holte ihr Handy aus der Schultasche.

»Ich muss Tim anrufen«, sagte sie zu mir und rannte aus dem Speisesaal. Alle sahen ihr nach.

»Ich habe gehört, dass die Badestelle am Spielplatz abends ein beliebter Treffpunkt unter Jugendlichen sein soll. Vielleicht hat jemand von ihnen etwas beobachtet. Weißt du, ob Muriel dort war?« Dabei schaute sie mich fragend an. Worauf ich nur den Kopf schütteln konnte. Mein Mund war ausgetrocknet und meine Zunge fühlte sich taub an.

Ich hatte keinen Hunger mehr und wäre am liebsten hinter Muriel hergerannt, aber ich wollte keinen Verdacht erregen und blieb zitternd sitzen. Mit äußerster Anstrengung ertrug ich das Gebet, das Schwester Hildegard für den Toten sprach, und würgte anschließend eine Frühlingsrolle hinunter. Auf die Zucchinischnitzel verzichtete ich.

Ich entschuldigte mich, da ich nach Muriel schauen wollte, und verließ den Speisesaal. Sie kauerte im Innenhof des Kreuzgangs weinend auf einer Bank.

»Es ist Sebastian«, schluchzte sie.

Der Name sagte mir nichts. »War er gestern auch da?«, fragte ich und setzte mich neben sie.

Muriel nickte. »Er ist ein Freund von Tim. Du hast ihn bestimmt gesehen. Rote Haare, viele Sommersprossen, schwarze Brille, etwas dicker. Er ist der Freund von Laura, ich meine, er *war* es.«

Jetzt erinnerte ich mich. Laura ging in unsere Klasse und ihr Freund war gestern Abend nicht von ihrer Seite gewichen.

»In was für eine Scheiße sind wir da bloß hineingeraten,

Anna?« Muriel sah mich tränenüberströmt an. Genau das fragte ich mich auch.

»Hat Tim noch mehr erzählt?«

Mit dem Handrücken wischte Muriel sich übers Gesicht und holte tief Luft. »Tim und Elias waren mit der Wasserwacht am See. Der Angler, ich meine, der Metzger, Herr Sedlmeier, der ihn gefunden hat, hat erzählt, dass Sebastian schrecklich zugerichtet war, so etwas hätte er noch nie gesehen. Sein Körper zeigte Schnittwunden und war auch irgendwie verbrannt, aber nur an einzelnen Stellen. Wie soll denn das passiert sein?«

»Gehst du zur Polizei?«, fragte ich sie.

»Ich habe doch nichts gesehen. Keine Ahnung, wo Sebastian war, wir waren doch mit dir beschäftigt.«

Ich wollte Muriel nicht noch mehr Angst einjagen, indem ich ihr von meinem furchtbaren Unterwassererlebnis erzählte. Bisher glaubte sie, es sei ein Unfall gewesen, dass ich in Panik geraten und untergegangen war. Sie hatte von dem schwarzen Etwas im Wasser nichts mitbekommen. War es möglich, dass zwischen beiden Ereignissen ein Zusammenhang bestand? Musste ich zur Polizei gehen? Aber wer würde mir glauben?

»Tim holt mich gleich ab.« Muriel schnäuzte sich in ein Papiertaschentuch.

»Gut.«

Gemeinsam blieben wir auf der Bank sitzen und warteten auf ihn. Trotz des strahlenden Sonnenscheins fröstelte es mich.

»Er muss förmlich zerfetzt worden sein. Zerstückelt, zerkratzt, kaum wiederzuerkennen.« Muriel schluchzte. »Die arme

Laura.« Sie atmete seufzend aus. »Und seine Familie ... Anna, wir waren gestern alle dort draußen ...« Wieder stockte sie. »Aber bei uns gibt es keine wilden Tiere, Haie, Krokodile oder Ungeheuer. Das ist nur ein harmloser oberbayerischer See. Wer macht so was?«

Das war die Frage, nach deren Antwort ich verzweifelt suchte. Warum war ich davongekommen? Wieso hatte ich überlebt?! Sebastians Schicksal wäre eigentlich meines gewesen. Da war ich mir sicher. Ich war froh, als Tims knatternder Roller zu hören war, da Muriels Gedanken in mir düstere Bilder und bohrende Zweifel heraufbeschworen. Hatte ich an Sebastians Tod Mitschuld? Hätte ich die anderen vor dem Etwas im Wasser warnen müssen?

Tim schloss Muriel tröstend in seine Arme und sie weinte an seiner Schulter weiter. Er war ruhig und zurückhaltend und gerade deswegen gab er Muriel Halt. Ich hingegen war allein. Dieses Gefühl kannte ich bisher nicht. Bevor sich die beiden auf den Weg machten, gab Tim mir noch einen Zettel mit Elias' Handynummer.

»Er wartet auf deinen Anruf.« Im Gegensatz zu seiner Freundin brauchte er wenig Worte.

Ich ging in die Klosterküche zurück, um beim Abräumen und Abspülen zu helfen. Aber das Essen war noch nicht beendet. Die sonst schweigenden Schwestern unterhielten sich aufgeregt. Da ich nicht in den Speisesaal zurückkehren wollte, wartete ich und schaute in der Zwischenzeit aus dem geöffneten Fenster.

Adrenalin schoss durch meine Adern. Unten vor der Klosterkirche auf dem leeren Parkplatz stand Leo und winkte mir zu. Der Kerl hatte Nerven. Ich wünschte mir, ich hätte ihn niemals getroffen! Hatte er darauf gewartet, dass ich mich ans Fenster stellte? Die Situation war absurd. Wenn er mit mir reden wollte, hätte er auch einfach ins Kloster kommen und nach mir fragen können. Aber scheinbar wollte er nicht gesehen werden. Wahrscheinlich wollte er keine Zeugen für unsere Treffen haben. Meine Gedanken überschlugen sich und ich verrannte mich in irren Spekulationen.

War Leo ein perverser Mörder? Jagte er mich? War ich der Hase seiner Treibjagd? Hatte er es eigentlich auf mich abgesehen gehabt und Sebastian war nur ein zufälliges Opfer?

Sein Blick hielt mich fest. Seine Lippen bewegten sich. »Komm raus. Ich muss mit dir reden«, sagte er und obwohl ich im 1. Stock war, konnte ich ihn so deutlich hören, als würde er direkt neben mir stehen.

Ich schüttelte den Kopf. Meine Hände zitterten unkontrolliert. Aber warum hatte er mich gestern Nachmittag gewarnt, wenn er der Mörder war? Oder gehörte das zu seinem teuflischen Plan? Wollte er sein Opfer einschüchtern und es leiden sehen? Auf jeden Fall wusste er mehr, als er bisher preisgegeben hatte.

Ich konnte oder mochte mir dennoch nicht vorstellen, dass Leo zu so einer bestialischen Tat fähig wäre. Verdächtigte ich ihn nur, weil er hier fremd war und sich eigenartig benahm? Das Wesen unter Wasser war nichts Menschliches gewesen. Vielleicht hatte das alles mit Sebastians Tod gar nichts zu tun?

Aber was wollte Leo von mir? Mein Kopf fühlte sich an, als würde er gleich platzen. Seit ich Leo gestern Nacht bei den parkenden Autos gesehen hatte, war mein Misstrauen ihm gegenüber explodiert, aufgesprungen, wie ein keimendes Senfkorn, das man in die Erde hatte fallen lassen.

Ich starrte erneut aus dem Fenster. Leos Lächeln kam mir plötzlich nicht einladend, sondern hinterhältig und verschlagen vor. Normalerweise konnte ich mein Gegenüber einschätzen. Leo dagegen war mir ein Rätsel. Von der ersten Minute an, als ich ihn zum ersten Mal getroffen hatte, schrillte tief in meinem Inneren eine Alarmglocke. Unüberhörbar laut und durchdringend. Ein Teil meiner Seele wehrte sich instinktiv gegen ihn. Ein anderer Teil von mir suchte seine Nähe.

So zwiegespalten und einsam hatte ich mich noch nie gefühlt. Bisher war ich eins gewesen mit meiner Umwelt und meinen Mitmenschen, vertraut und geborgen. Erst Leo hatte mir die andere Seite gezeigt. Das Fremde, das Unbekannte, das Bedrohliche. Zusätzlich hatte er in mir eine brennende Neugierde geweckt, auf ihn, auf die Welt dort draußen. Er faszinierte mich, er gefiel mir und zog fast meine gesamte Aufmerksamkeit auf sich.

»Vergiss es«, antwortete ich ihm leise. Irgendwie war ich mir sicher, dass er mich hören konnte. »Mich kriegst du nicht.« Entschieden schloss ich das Fenster, wendete mich ab und schaltete die Spülmaschine an. Ich war verwirrt und wusste nicht, wem ich mich anvertrauen könnte. Vielleicht sollte ich Elias anrufen. Ich wollte getröstet und beruhigt werden, so wie ich es bei Muriel und Tim gesehen hatte.

Diese fast greifbare Sehnsucht nach einem vertrauten Menschen war völlig neu für mich. In den letzten Tagen war für mich zu viel neu.

Den Nachmittag verbrachte ich auf dem Bett, starrte an die Decke und grübelte. Ich würde hierbleiben. Auf keinen Fall würde ich das Klostergelände heute verlassen. Ich fühlte mich unsicher. Auch eine neue Erfahrung. Kurz vor 18 Uhr kam meine Mutter ins Zimmer. Ich ging davon aus, dass sie mich ans Abendessen erinnern wollte.

»Hast du Schwester Benedikta gesehen?«, fragte sie mich stattdessen.

Ich hatte damit gerechnet, dass sie schimpfte, weil ich angezogen und mit Turnschuhen im Bett lag, aber sie bemerkte es gar nicht.

»Ja, beim Mittagessen«, antwortete ich. »Danach nicht mehr. Ich war den ganzen Nachmittag im Zimmer.«

Und wieder blieb ein Kommentar aus, ob ich mit meiner Zeit nichts Besseres anzufangen wüsste. Irritiert setzte ich mich auf. »Was ist denn passiert?«

»Sie ist nicht zur Vesper erschienen.«

»Vielleicht ist sie beim Beten eingeschlafen?«

»In ihrer Zelle ist sie nicht«, antwortete meine Mutter nervös. »Du musst suchen helfen, Anna.«

Trotz der Hitze lief mir ein kalter Schauer über den Nacken. »Natürlich.«

Ich folgte meiner Mutter aus der Wohnung und konnte

die aufgeregten Rufe hören, die durch das Gebäude hallten.
»Schwester Benedikta! Schwester Benedikta!«

Ein Stockwerk tiefer trafen wir auf Mutter Hildegard, die gerade keuchend die Treppe heraufgeeilt kam.

»Mutter Hildegard?«, grüßte ich fragend.

»Ah, meine Liebe, hast du Schwester Benedikta gesehen?« Auf ihrer Stirn standen Schweißtropfen, die sie sich mit einem riesigen schwarz-weiß karierten Taschentuch abwischte. Ich konnte mir nicht vorstellen, wie man die sommerliche Hitze unter dem schwarzen Schleier der Ordenstracht aushalten konnte.

»Nein. Seit dem Mittagessen nicht«, wiederholte ich.

»Sie ist nicht zum Gebet in der Kirche erschienen.« Die Äbtissin legte das Taschentuch sorgfältig zusammen und ließ es in den Falten ihres Gewandes verschwinden. »Wir dachten zuerst, sie hätte vielleicht ihren Mittagsschlaf verlängert. Aber das Bett ist unberührt. Wir haben die Vesper abgebrochen und suchen sie. Nicht dass ihr etwas zugestoßen ist.«

Ich fragte mich zwar insgeheim, was einem in diesen Mauern passieren sollte. Das Kloster war ein sicherer Platz, das hatte sogar Leo gesagt. Die größte Gefahr war, dass man eine Treppe hinunterfiel oder sich in den endlosen Gängen verlief.

»Und keiner hat sie seit dem Essen gesehen?«

»Nein. Niemand. Sie hat noch nie grundlos eine Gebetszeit ausfallen lassen.«

»Ist sie vielleicht spazieren gegangen und hat die Zeit vergessen?«

Mutter Hildegard schüttelte bedächtig den Kopf. »Das glaube

ich kaum. Schwester Benedikta hat das Kloster bestimmt schon ein Jahr nicht mehr verlassen. Sie ist vorsichtig geworden. Selbst in den Garten geht sie nicht mehr allein.«

Diese Antwort weckte ein unbehagliches Gefühl in mir. Vor etwa einem Jahr war sie bei meinem Geburtstagsversteckspiel verschwunden und erst Stunden später verwirrt wieder aufgetaucht. Danach hatte sie sich verändert. Jeder hatte das auf ihr hohes Alter zurückgeführt. Benedikta war inzwischen 94. Was aber, wenn sie damals jemand eingeschüchtert hatte? So wie Leo mich gestern gewarnt hatte? Nur hatte ich mich nicht an seine Anweisung, im Kloster zu bleiben, gehalten. Meine Fantasie drohte, mit mir durchzugehen.

»Ich helfe suchen.«

So liefen wir Seite an Seite durch den Wohnbereich der Schwestern und riefen immer wieder Benediktas Namen. Unterwegs trafen wir auf die anderen Schwestern, die mit wehenden Schleiern durch die Gänge hasteten und in jede Ecke, hinter jede Tür schauten. Aber es gab keine Spur von Benedikta. Nervosität machte sich spürbar breit. Der Tag war bereits von der schrecklichen Todesnachricht am See überschattet und jetzt war auch noch eine Mitschwester unserer kleinen Familie verschollen. Zwei rätselhafte Vorfälle an einem Tag, das war im beschaulichen Klosterleben eindeutig zu viel.

Mutter Hildegard ordnete schließlich an, dass sich alle in der Kirche versammeln sollten, um für Schwester Benediktas Auffinden zu beten. Beten war die ultimative Lösung, wenn man nicht weiterwusste.

Wo steckte Benedikta nur? Im Kreuzgang kam mir eine Idee.

»Mutter Hildegard, wäre es möglich, dass Schwester Benedikta wie im letzten Jahr ein besonderes Versteck für meinen Geburtstag sucht und nicht mehr zurückfindet?«

»Daran habe ich tatsächlich auch schon gedacht, Anna. Seit deiner Feier habe ich immer wieder darüber nachgegrübelt, wo sie sich damals versteckt haben könnte. Ich war mir sicher, ich würde dieses Gebäude wie meine Westentasche kennen.« Besorgt schüttelte sie den Kopf. »Aus Schwester Benedikta war kein Wort herauszubekommen. Ich habe es immer wieder versucht. Normalerweise ist sie keine Geheimniskrämerin. Sie hat sich strikt geweigert, darüber zu sprechen.«

Unwillkürlich stellte ich mir die arme Alte bedeckt mit Staub und voll Spinnweben vor, wie sie irgendwo eingeklemmt war und nicht mehr herauskam oder eine Tür nicht mehr öffnen konnte. Gruselig.

»Hoffentlich taucht sie genauso plötzlich wieder auf wie bei deiner Party.« Meinen letzten Geburtstag als *Party* zu bezeichnen, war eine maßlose Übertreibung und ich musste mir ein dämliches Grinsen verkneifen.

»Ja, hoffentlich.«

Warum hörte ich Zweifel, fast schon Angst in Mutter Hildegards Stimme? Diese Frau war die Zuversicht in Person und vertraute auf Gottes allgegenwärtiges Wirken.

Inzwischen waren wir in den Altarraum getreten, wo sich die erfahrenen Profibeterinnen bereits versammelt und in den immerwährenden Lobgesang eingestimmt hatten. Ich überließ mich dem beruhigenden Strom vertrauter Tonlagen und Worte. Meine Lippen bewegten sich automatisch, robotergleich mit. Leo schlich sich wie ein geschickter Dieb in meine Gedanken, und da ich ihn mit seinen blitzenden Augen nicht zurückdrängen konnte, schloss ich ihn in mein Gebet mit ein. Vielleicht brauchte er genauso Hilfe wie Benedikta.

Als die Andacht beendet war, löschte Hildegard die Altarkerzen und die Schwestern zogen in disziplinierten Zweierreihen aus. Ehe wir die Suche fortsetzten, gab es einen schnellen Imbiss im Speisesaal. Doch niemand hatte Appetit. Schließlich durchstreiften wir das weitläufige Klostergelände in Kleingruppen. Meine Mutter und Schwester Clara kümmerten sich um das Aufräumen der Küche. Herr Li hatte sich eine Stirnlampe übergezogen und ging alleine los. Ich blieb bei Mutter Hildegard.

Bewaffnet mit Taschenlampen, um auch in die hintersten und dunkelsten Ecken schauen zu können, schritten wir die langen, verwaisten Gänge ab. Obwohl Hochsommer war und die Abende lang, brach unaufhaltsam die Dämmerung herein. In diesem riesigen Gebäude gab es zu wenig Lampen, um es ausreichend zu beleuchten. Die Stromversorgung stammte aus dem letzten Jahrhundert und war teilweise museumsreif.

Wir hatten uns im westlichen Gebäudeflügel vom Dachgeschoss zum Keller vorgearbeitet. In jedes Zimmer hatten wir geschaut, in jeden Wandschrank geleuchtet, hinter Uhren und geschnitzte Figuren und sogar hinter den großen, verschlissenen Wandteppichen nachgeschaut. Im Keller gab es ein Labyrinth ungenutzter Lagerräume, die früher der Vorratshaltung des

Klosters gedient hatten. Die einstige Bestimmung konnte man zum Teil noch am Geruch erkennen, wie zum Beispiel im ehemaligen Weinkeller, dessen geducktes, gemauertes Gewölbe ich noch nie betreten hatte. Immer noch schmeckte die Luft nach Alkohol und vergorenen Trauben. In einer Ecke fanden wir ein paar kaputte Fässer. Aber von Benedikta fehlte jede Spur. Vorsichtig tasteten wir uns in der Finsternis voran. Keller mochte ich grundsätzlich nicht. Alles, was unter der Erde lag, war mir unangenehm.

Wenn wir Glück hatten, baumelte eine einsame Glühbirne von der Decke und ließ sich einschalten. An den meisten Räumen war das Zeitalter des elektrischen Lichts jedoch spurlos vorübergegangen. In meiner Fantasie sah ich dicke Mönche mit rußenden Fackeln, wie sie geräucherte Schinken oder Säcke voller Getreide einlagerten. Die Szene hätte in einen Film gepasst, aber im Kino blieb den Zuschauern der passende Geruch erspart. Moder, Feuchtigkeit und Schimmel dünsteten die Mauern aus.

Wir leuchteten mit unseren Lampen die nackten Wände ab und stießen höchstens mal auf eine vergessene Kiste oder ein ausrangiertes Regal. Dafür zwangen wir Mäusegroßfamilien zur Flucht und erschreckten Hunderte von Spinnen. Ich war froh, dass sich die Spinnen schnell wieder ins schützende Dunkel zurückzogen und blieb dicht hinter Mutter Hildegard. Wenigstens lenkte mich die Suche von weiteren Grübeleien über mein gestriges Badeerlebnis ab.

»Ich kann mir nicht vorstellen, dass Schwester Benedikta in den Keller gegangen sein soll. Sie meidet doch normalerweise sämtliche Treppen, weil sie Angst hat zu stürzen.« Ich wollte endlich aus dem Keller herauskommen.

»Du hast recht«, stimmte sie mir zu. »Aber wir schauen trotzdem überall nach.«

Ich nickte ergeben. »Irgendwo muss sie sein. Sie hat sich ja nicht in Luft aufgelöst.«

Mutter Hildegard warf mir einen nachdenklichen Seitenblick zu. Wusste ich nicht alles? Gab es hier Geheimgänge oder alte Tunnel? Tore in eine andere Dimension? Schwarze Löcher, die sich auftaten und Menschen verschlangen?

»Hoffentlich nicht«, antwortete die Äbtissin ernst.

Zog sie ernsthaft in Erwägung, dass Schwester Benedikta sich tatsächlich in Luft aufgelöst hatte? Hatte jemand etwas in unser Trinkwasser gemischt und wir wurden alle verrückt?

Mutter Hildegard straffte entschlossen die Schultern. »Wir werden sie finden.«

Nach einer guten Stunde hatten wir die Durchsuchung der alten Vorratsräume abgeschlossen. Sowohl die Spinnwebendichte als auch die Staubschichtdicke ließen darauf schließen, dass hier schon lange kein Mensch mehr gewesen war.

Endlich stiegen wir die steile Treppe nach oben. Erleichtert atmete ich die sanfte Abendluft ein, als wir den Garten des Kreuzganges durchquerten. Langsam senkte sich Dunkelheit auf die Welt wie ein zarter Schleier. Nur die sommerliche Hitze war noch geblieben, um an den vergangenen Tag zu erinnern. Ich strich mit den Handflächen über die Lavendelbüsche, die den schmalen Kiesweg säumten, der zur Kirche führte. Der Geruch des Lavendels mischte sich mit dem süßen Duft der alten Rosen, die an den Säulen des Kreuzgangs rankten. Kieselsteine knirschten unter unseren Füßen.

Es hätte ein friedlicher Abend sein können, wenn ich nicht Mutter Hildegards wachsende Angst gespürt hätte. Auch das war neu für mich. Seit ich denken konnte, war sie die Chefin des Klosters und behielt in jeder Situation einen kühlen Kopf. Sie kümmerte sich um die immer älter werdenden Nonnen, die Verwaltung des Klosters, die Schule, das Bildungshaus, um meine Mutter und mich. Normalerweise war sie der sprichwörtliche Fels in der Brandung des Lebens. Warum war sie derart beunruhigt?

Natürlich war Schwester Benedikta uralt und ihr Herz schon schwach. Aber früher oder später würden wir sie finden. Es war unwahrscheinlich, dass die Erde sich aufgetan hatte, um sie zu verschlingen.

Beim Gehen klimperte Mutter Hildegards mittelalterlich wirkender Schlüsselring, den sie am Gürtel ihres Kleides trug. Bisher hatte ich immer geglaubt, die unzähligen Schlüssel, kleine, große, rostige, glänzende und moderne, hätten sich im Lauf der Jahrhunderte angesammelt und niemand hatte sich die Mühe gemacht, die unnötigen zu entfernen. Nach dem heutigen Abend war mir klar, dass es im Kloster tatsächlich so viele Türen zum Aufschließen gab. Manchmal hatte Hildegard dazu einige Versuche benötigt. Die Schlüssel knirschten in den rostigen Schlössern. Die meisten waren jedoch nicht verschlossen.

Bei der unscheinbaren Holztür, die den Seiteneingang zur

Klosterkirche versperrte, musste sie nicht einmal hinschauen, weil ihre Finger die gewohnte Form des Schlüssels ertasten. Wie oft mochte sie diese Tür schon aufgesperrt haben?

Sie hielt mir die Tür auf und ich betrat den stillen, dunklen Kirchenraum als Erste. Ich hatte erwartet, dass wir die Kirche nur durchqueren würden, um in den gegenüberliegenden Gebäudebereich zu wechseln. Aber Schwester Hildegard ging zielstrebig Richtung Altar, wo sich auch das Chorgestühl der Schwestern befand. Ich folgte ihr und leuchtete fasziniert mit meiner Taschenlampe an den hohen Wänden des Seitenschiffes hinauf. Im Lichtkegel schimmerten die vergoldeten Engelsflügel und Gewänder der Heiligen überirdisch, als wären sie aus einer anderen Welt zu uns gekommen. Kleine Details, die ich bisher noch nie wahrgenommen hatte, rückten durch das punktuelle Licht in den Mittelpunkt meiner Aufmerksamkeit.

»In der Kirche haben wir die Suche doch begonnen«, wunderte ich mich und entdeckte auf einem hölzernen Apfel einen gemalten Schmetterling. »Hier ist sie bestimmt nicht.«

»Wir haben nur oben gesucht«, antwortete Mutter Hildegard. Sie hielt das Licht ihrer Taschenlampe konzentriert auf den Boden gerichtet – als ob man bei den ebenen Marmorplatten stolpern könnte. Ich spürte, wie die innere Anspannung von Mutter Hildegard mit jedem ihrer Schritte wuchs.

Mir schwante Schreckliches und ich wäre am liebsten davongelaufen. Tatsächlich steuerte die Oberin zielstrebig auf eine alte, schmucklose Eisentür zu, die im prunkvoll ausgestatteten Kirchenraum wie ein schäbiger Fremdkörper wirkte. Sie stammte genauso wie der Raum, den sie verbarg, aus den Zeiten der Klostergründung. Vielleicht war sie sogar noch älter. Früher, vor der Errichtung des Klosters, hatte hier eine kleine Kapelle gestanden, die von irischen Missionaren gebaut worden war. Bereits vor der Christianisierung waren Menschen hier ihren Kulten nachgegangen und hatten Tiere oder Menschen geopfert. Schwester Clara hatte mir von keltischen Ritualen und Bräuchen erzählt. An dieser Stelle waren schon die unterschiedlichsten Götter verehrt und angebetet worden. In der bewegten Vergangenheit des Klosters hatten sich die Kirchen, die über der Krypta errichtet worden waren, verändert, wie ich von Schwester Clara wusste. Mal war eine abgebrannt, weil ein Mönch eine brennende Kerze vergessen hatte, mal eingestürzt, weil ein Baumeister einen zu ehrgeizigen Plan verfolgt hatte, oder sie war in einem der unzähligen Kriege zerstört worden. Die Krypta jedoch, die aus massiven Steinblöcken gebaut war, schien davon unberührt geblieben zu sein und die Menschen hatten wieder und wieder eine Kirche darüber errichtet. Als wollten sie davon ablenken, was darunter verborgen lag. Hatte ich schon erwähnt, dass ich über eine blühende Fantasie verfüge?

Die schwere Tür, die mit Eisenbändern und Nägeln verstärkt war, verschloss den schmalen Zugang zur Krypta, die direkt unter dem Hauptaltar lag. Oben saßen die Nonnen mehrmals täglich während ihrer Gebetszeiten, doch so gut wie nie ging eine in die Unterkirche hinunter. Warum in aller Welt sollte sich Schwester Benedikta dorthin verirrt haben?

»Hat Schwester Benedikta überhaupt einen Schlüssel für

die Krypta?«, fragte ich meine Begleiterin, die wohl eher meine Anführerin war, und hoffte damit, Zweifel zu säen. Vielleicht konnte ich Mutter Hildegard davon abbringen, in diesem düsteren Kellergewölbe zu suchen. Ich hatte heute Abend bereits genügend feuchten Moder eingeatmet.

»Es gibt einen Schlüssel in der Sakristei«, antwortete die Äbtissin. »Der ist allen Schwestern zugänglich.«

Damit konnte ich meine Versuche, den Abstieg noch zu verhindern, aufgeben.

»Müssen wir wirklich da runter?«, fragte ich fast schon flehend.

»Wir müssen überall nachsehen.« Mutter Hildegards Stimme war neutral, aber ich spürte, wie viel Kraft sie ihre vermeintliche Entschlossenheit kostete. Wie grauer Nebel kroch Angst in ihre helle Seele.

»Wenn du möchtest, kannst du oben warten«, bot sie mir ohne jeglichen Vorwurf an und steckte den größten der Schlüssel, die an ihrem Schlüsselring baumelten, ins Schloss.

Ich schüttelte den Kopf. Allein wollte ich sie nicht gehen lassen. Vor allem jetzt, nachdem ich ihre Angst gesehen hatte. Und überhaupt, was sollte da unten schon sein?

Die Vorstellung, dass dort Spinnen hausten, war dennoch eine der angenehmsten, die mir einfiel. In diesem Moment wünschte ich mir, ich wäre vor allen bösen Geschichten behütet worden und hätte noch nie etwas von Geistern, Dämonen oder Vampiren gehört oder gelesen. Weder in Büchern noch in Filmen oder in Sonntagspredigten.

Ich hörte das schabende Geräusch des Schlüssels, ein hohles Knacken und dann schwang die Tür erstaunlich leise und mühelos auf. Instinktiv hatte ich mich auf ein anhaltendes, durchdringendes Quietschen eingestellt.

Beide verharrten wir und spürten die kühle Luft, die uns ins Gesicht schlug. Es müffelte alt und abgestanden – wie Pest und Höllenfeuer lag mir als Vergleich auf der Zunge, aber ehrlicherweise wusste ich von beidem nicht, wie es roch. Wir waren heute Abend in vielen schlecht gelüfteten Kellerräumen herumgetappt, aber so widerlich hatte es nirgends gestunken.

»Müsste man mal lüften«, versuchte ich einen Witz.

Mutter Hildegard nickte mir schweigend zu und machte den ersten Schritt und ich hätte schwören können, dass ihr die Angst jetzt bedrohlich und schwarz wie ein kleines Tier im Nacken saß.

Als Kind hatte ich die Krypta panisch gemieden. Ich hatte schon Beklemmungen, wenn ich allein an der alten Eisentür vorbeigehen musste. Es war an der Zeit, dass ich mich meinen Ängsten stellte, redete ich mir ein, als ich vorsichtig hinter der Oberin die hohen, unregelmäßigen Stufen hinunterstieg. Mit der rechten Hand tastete ich mich an der Wand entlang. Es gab kein Treppengeländer und ich wollte nicht seitlich die Treppe hinunter in die Dunkelheit stürzen. Das Licht unserer leistungsstarken Taschenlampen mühte sich gegen die hartnäckigen Schatten dieses Ortes. Es wurde von der Dunkelheit förmlich aufgesaugt. Ich leuchtete in den Raum hinein, konnte aber nur die dicken Säulen und regelmäßig behauenen Steine, die das Gewölbe bildeten, erkennen.

»Schwester Benedikta!«, rief ich. Meine Stimme schien wie das Licht gedämpft und verschluckt zu werden.

Wir erreichten den Boden. Seite an Seite arbeiteten wir uns voran – eine kleine helle Insel inmitten der Finsternis.

»Der Lichtschalter ist gleich da drüben an der Wand«, tröstete mich Mutter Hildegard. »Ich verstehe wirklich nicht, warum man den nicht oben an der Treppe angebracht hat.«

Ich konnte nicht mehr antworten. Mein Hals war zugeschnürt und mir war bewusst, dass ich hier unten noch genauso viel Panik empfand wie früher, wenn nicht sogar noch mehr. Ich fühlte mich eigenartig beobachtet, als hätten die Wände tausend Augen. Meine Angst war so groß, dass ich glaubte, Bewegungen in der Dunkelheit wahrzunehmen. So als würden zwischen den runden Säulen, die den Raum stützten, kleine Wesen hin und her huschen und nur darauf warten, dass das bisschen Licht ausging, um sich dann auf uns zu stürzen.

Ungefragt tauchte wieder die frische Erinnerung an das nächtliche Bad und das unbekannte schwarze Wesen auf. Um nicht laut zu schreien, was ich hier unten unbedingt vermeiden wollte, konzentrierte ich mich auf meinen Atem, der stoßweise kam und ging, wie unter großer Anstrengung. Herr Li hatte mit mir Angstbekämpfung und Selbstbeherrschung trainiert. Trotzdem schwor ich mir: Ich würde nie, nie mehr nachts baden gehen oder mir auch nur einen einzigen Horrorfilm ansehen. Krampfhaft klammerte ich mich an meine Taschenlampe und hielt mich an der Schulter von Mutter Hildegard fest.

Unruhig flackerte über dem schlichten steinernen Altar am

Ende des Raumes das ewige Licht in einer Lampe aus rotem Glas.

»Wer füllt das Öl auf?«, flüsterte ich.

»Herr Li. Seit er bei uns ist. Vorher war es hier völlig dunkel.« Der Mann war unerschrocken. Unser Koch fürchtete weder Tod noch Teufel.

Endlich hatten wir den Schalter erreicht. Das bisschen Licht, das nun von drei Strahlern (das Wort war hier völlig unpassend) an der Gewölbedecke kam, erreichte nicht einmal den Fußboden.

Ich hätte nie hierherkommen dürfen. Ich war mir sicher. So sicher, wie ich gestern gewusst hatte, dass es ein Fehler war, ins Wasser zu gehen. Trotzdem war ich meinen Begleitern beide Male gefolgt und hatte mein Bauchgefühl ignoriert. Wenn es nicht um Schwester Benedikta gegangen wäre, hätte mich freiwillig niemand hier heruntergebracht. Aber vielleicht war sie bewusstlos und hatte deshalb nicht antworten können? Mein Mitgefühl ließ mich weitergehen.

Wir leuchteten in jede Ecke, stiegen über im Boden eingelassene Grabplatten und spähten durch eiserne Gitter in kleine Nischen. Dort standen Steinsärge.

Immer wieder rief die Oberin nach ihrer Mitschwester. Mir kam kein Laut mehr über die Lippen – ich wollte nichts und niemanden hier unten stören. Viele Menschen waren hier bestattet worden. Dass man hier seine letzte Ruhe finden sollte, konnte ich mir nicht vorstellen. Dennoch lagen alle Äbte des ehemaligen Männerklosters in der Krypta begraben. Aber es war nicht die Nähe der Toten, die mich ängstigte. Es war ein unfassbares Gefühl, für das ich keinen Namen wusste. Grauen? Panik? Böses? Unruhe? Die Äbtissinnen waren oben im hellen Kreuzgang beerdigt, wo die Sonne auf ihre Gräber schien und sie ihren Frieden finden konnten.

»Hier ist nichts«, entschied Hildegard und steuerte zur Treppe. Obwohl ich ihr nicht recht geben konnte, war ich erleichtert und folgte ihr nur allzu bereitwillig. Die Äbtissin schob mich vor sich her und ich rannte die Treppe hinauf. Beinahe wäre ich gestolpert.

»Hätte mich auch sehr gewundert, wenn sie sich hierher verirrt hätte«, stellte Mutter Hildegard fest und zog hinter sich die eiserne Tür zu. Diesmal war ein anhaltendes Quietschen und Knirschen zu hören, das mir die Nackenhaare aufstellte. Sie sperrte ab und endlich lockerte sich das einengende Gefühl um meinen Brustkorb.

»Ich bin nicht gerne dort unten«, gestand ich.

»Wer ist das schon, Anna. Es ist ein düsterer Ort. Aber ich werde dafür sorgen, dass neue Lampen eingebaut werden.«

»Es kann dort niemals hell werden«, erwiderte ich.

Mutter Hildegard schaute mir aufmerksam in die Augen. »Ja, du hast recht. So fühlt es sich an.«

Wir wollten uns gerade umdrehen, da hörten wir ein entferntes Schleifen und Klopfen und das kam eindeutig von unten.

Aus der leeren Krypta.

Beide verharrten wir entsetzt und hofften, dass wir uns getäuscht hatten. Aber da war es wieder. Und es wurde lauter.

Es kam näher. Dazwischen erklang eine schwache, jammernde menschliche Stimme. Benedikta!

»Wir holen Hilfe«, entschied Mutter Hildegard. Ihre Augen waren starr. Sie drehte sich abrupt um und begann zu rennen.

Ein donnerndes Geräusch erfüllte den Kirchenraum. Ich lief der Äbtissin nach und hielt sie am Arm fest. Woher ich meine Entschlossenheit nahm, wusste ich selbst nicht. Aber niemals würde ich einen Menschen dort unten im Stich lassen. »Wir müssen zurück. Schwester Benedikta braucht unsere Hilfe und zwar jetzt sofort«, sagte ich so ruhig wie möglich.

»Sie kann nicht dort unten sein. Wir hätten sie gesehen«, wehrte Mutter Hildegard ab und zog mich mit sich.

»Doch sie ist da. Ich bin mir absolut sicher.« Ich hielt sie an beiden Oberarmen fest und versuchte, ihr in die Augen zu schauen. Doch sie wich mir aus. »Wir dürfen keine Zeit verlieren!«

»Anna, ich kann nicht«, flüsterte sie beschämt.

»Gib mir den Schlüssel. Ich gehe«, sagte ich so sanft wie möglich zu ihr. Am liebsten hätte ich geschrien. War ich verrückt geworden? Erst vor ein paar Minuten war ich dort unten tausend Tode gestorben und hatte mir geschworen, diesen Ort nie mehr aufzusuchen.

»Anna, das darfst du nicht. Du musst dich in Sicherheit bringen. Geh nicht zurück.« Tränen standen in Mutter Hildegards Augen.

»Ich muss.« Was auch immer mich zu dieser schwachsinnigen Einsicht gebracht haben mochte. Ich nahm ihr den schweren Schlüsselbund aus der Hand und rannte zurück zur Eisentür.

Ohne weiter nachzudenken, steckte ich den Schlüssel ins Schloss. Wie von alleine schwang die schwere Tür auf und ich sprang immer zwei Stufen auf einmal nehmend hinunter. Ich spürte, dass mein Herzschlag ruhig wurde wie beim Bogenschießen und meine Sinne sich weiteten. Das Grauen sprang mich an, als würde es in jeder Mauerritze hausen. Aber ich war kampfbereit. Sowohl im Traum mit dem abgeschossenen Pfeil als auch im Wasser hatte ich mein Innerstes abgeschirmt. Plötzlich spürte ich die universelle Kraft, die Herr Li so oft beschrieben hatte. Ich schlug das Grauen mit aller Wucht zurück, ließ es meine Seele nicht erreichen und eilte weiter. Herr Li hatte mich genau das gelehrt. Das Training war immer mehr gewesen als Sport oder Selbstverteidigung. Das wurde mir schlagartig bewusst. Meine Aufgabe war, andere zu beschützen.

»Weiche, weiche von mir«, hörte ich ein heiseres Flüstern. Ich leuchtete mit der Taschenlampe in die Richtung, aus der die Stimme gekommen war.

»Schwester Benedikta!«, rief ich.

Sie stand in der Mitte der Krypta. Der Schleier ihrer Ordenstracht war ihr vom Kopf gerutscht. Die wenigen dünnen weißen Haare standen wirr in alle Richtungen ab. Sie schlug um sich und wimmerte ängstlich.

»Ich bin's, Anna! Ich komme zu dir. Alles wird gut.« Mit wenigen Schritten hatte ich sie erreicht und legte einen Arm um die alte Nonne. Sie musste mich erkannt haben, da sie jetzt ganz ruhig wurde und sich an mich lehnte.

»Anna, mein liebes Kind, du bist ein Licht in der Finsternis«, flüsterte sie. Wie ein Kind ließ sie sich von mir führen und ich schob sie entschieden die Treppenstufen hinauf.

»Weiche, weiche von uns«, murmelte Benedikta unablässig.

Mutter Hildegard kniete auf dem Boden und betete. Als sie uns sah, sprang sie auf und half mir, Schwester Benedikta zu stützen. Die Ärmste bot einen grauenvollen Anblick. Ihre Kleidung hing in Fetzen. Aus tiefen Kratzern, die über ihr Gesicht und ihre Arme liefen, tropfte Blut. Sie war schmutzig und roch eigenartig. Es war derselbe Geruch, den ich vorher wahrgenommen hatte, als wir die Tür zur Krypta zum ersten Mal geöffnet hatten. Am schlimmsten war jedoch Benediktas Blick. Aus weit aufgerissenen Augen starrte sie an uns vorbei ins Nichts. So sah blankes Entsetzen aus. Was mochte sie da unten gesehen haben?

Mutter Hildegard sperrte hinter uns ab und lehnte ihre Stirn kurz gegen die kalte Eisentüre. Ich hatte den Schlüssel einfach im Schloss stecken lassen. Bevor sie sich umdrehte, wischte sie sich die Tränen aus dem Gesicht.

»Wir bringen sie in den Kreuzgang«, ordnete ich an. Ich fühlte mich immer noch völlig ruhig und klar.

Ich hob die Schwester hoch und trug sie, wie eine Braut. Sie war leicht wie ein Vögelchen und zitterte am ganzen Körper. Unter ihrer Ordenstracht konnte ich ihre zarten Knochen spüren.

»Hell. Ganz hell«, stammelte sie. Ihre Stimme war so heiser, als hätte sie über Stunden geschrien. Mit bleichem Gesicht versuchte Mutter Hildegard vergeblich, die Tür zum Kreuzgang zu öffnen. Ich drängte sie zur Seite und drückte die Klinke mit meinem Ellbogen hinunter. Es war nicht abgeschlossen.

»Weiche, weiche von mir«, wiederholte Benedikta stöhnend.

Erst als wir ins Freie traten und ich die alte Frau auf eine Bank gelegt hatte, wurde sie spürbar ruhiger. Die Steinbank strahlte die Wärme des vergangenen Sommertages ab und hatte die Erinnerung an das helle Licht der Sonne gespeichert.

»Es tut mir so leid, Anna, aber ich konnte nicht«, setzte die Oberin zu einer Erklärung an.

»Mach dir keine Sorgen. Ruf am besten einen Arzt. Ich bleibe in der Zwischenzeit bei Benedikta«, unterbrach ich sie. Ich verstand nur zu gut, warum sie nicht mit mir hatte gehen können und würde ihr keinen Vorwurf machen. Vor einer halben Stunde hatte ich die Panik am eigenen Leib erfahren. Die Steine der Krypta wurden eindeutig nicht von Mörtel, sondern von etwas Bösem zusammengehalten. Ich nahm Schwester Benediktas Hand in meine und sprach leise zu ihr. »Alles ist gut. Hier kann nichts mehr passieren.« Ich spürte, dass sie mir glaubte.

Mutter Hildegard war schnell zurück. Ihre Mitschwestern folgten ihr still und ernst im Gänsemarsch. Als hätten sie es geübt, bildeten sie einen engen Kreis um uns und begannen zu beten.

Wenn ich hier nicht aufgewachsen wäre, wäre mir das Verhalten der Nonnen unheimlich gewesen, aber so wusste ich, dass sie das einzig Richtige taten. Sie begleiteten ihre liebe Schwester auf ihrer letzten Reise. Ich konnte zusehen, wie das Leben aus Benedikta entwich. Es war, als würde ihr Licht nach oben gezogen und so machte sie sich auf den Weg in die andere Welt, umgeben von der Gemeinschaft, die siebzig Jahre lang ihre

Familie gewesen war. Wo sonst hätte sie hingehört als in den Himmel, dachte ich. Ihre Hand in meiner wurde leichter und leichter. Wie ein kleines Mädchen freute sie sich ohne Angst und Zweifel auf ihr Zuhause.

Für den Arzt, der den Kreuzgang eine Viertelstunde später betrat, musste die Szene unwirklich und gespenstisch wirken. Die Schwestern hatten zwischen den Säulen Kerzen angezündet und waren tief im Gebet versunken. Bis auf ihr stetiges Murmeln war es friedlich und leise. Der Tod stellte in diesen Mauern keinen Schrecken dar und wurde willkommen geheißen, wie ein guter Freund.

Benediktas Atem kam und ging unregelmäßig.

Der Arzt beugte sich zu der Sterbenden. Ich hielt immer noch ihre Hand und wich nicht von ihrer Seite.

Plötzlich riss Benedikta die Augen auf. »Nehmt euch in acht«, flüsterte sie. »Er ist überall.« Auch wenn Benedikta leise gesprochen hatte, wir hatten sie alle verstanden. Die Schwestern bekreuzigten sich reflexhaft.

Der Arzt verdrehte die Augen und ich konnte seine Gedanken lesen, als wären sie auf seine Stirn geschrieben. Er hielt Schwester Benediktas Worte für einen Ausdruck von religiösem Wahn.

Wir hörten ihren letzten Atemzug, ihr schwaches Licht erlosch endgültig. Sie war gegangen. Selbst der Arzt verharrte neben ihr kniend und lauschte.

»Herzstillstand«, stellte er nach kurzer Untersuchung fest. »Sie war ja auch nicht mehr die Jüngste. Aber was ist mit ihr passiert? Wie hat sie sich diese Verletzungen zugezogen?«

»Wir wissen es nicht«, antwortete Mutter Hildegard wahrheitsgemäß.

Der Arzt schüttelte ungläubig den Kopf. »In ihrem Alter sind Wahnvorstellungen keine Seltenheit. Sie scheint verwirrt gewesen zu sein. Mich wundert nur, dass sie sich selbst verletzt hat.«
Aber auch das soll ja in der katholischen Kirche häufiger vorkommen. Selbstgeißelungen, extremes Fasten, glaubte ich seine Gedanken zu hören. Bei uns im Kloster nutzte das niemand als religiöse Praktik. Aber vermutlich hatte der Arzt genau das in Büchern gelesen oder in Filmen gesehen.

»Von wem hat sie da vorhin gesprochen? Wer ist überall?«, fragte er mit hochgezogenen Augenbrauen.

»Keine Ahnung.« Ich zuckte mit den Schultern.

»Vermutlich glaubte sie, dass ihr der Teufel begegnet ist und sie mitnehmen wollte«, mutmaßte er.

»Der hätte ihr schon lange nichts mehr anhaben können«, antwortete ich, ohne nachzudenken.

Der Arzt musterte mich mit einem seltsamen Blick. Dann stellte er den Totenschein aus und verabschiedete sich.

Herr Li trat neben die Bank. Ich hatte ihn bisher gar nicht wahrgenommen, aber nun trug er Schwester Benediktas Körper in die Kapelle des Klosters, wo die Schwestern sich um ihn kümmerten. Ihre Seele brauchte keine Hilfe mehr.

»Du hast alles getan. Leg dich schlafen«, befahl mir Herr Li. Sein Ton ließ keinen Widerspruch zu und ich gehorchte.

Ich schlief tief und fest. Kein Gedanke, kein Zweifel, keine Angst fanden den Weg in meine Träume.

Donnerstag, 23. Juli

Ausgeschlafen und tief erholt wachte ich im Morgengrauen auf und stellte mich ans Fenster, um die aufgehende Sonne zu beobachten. Ihr Anblick tröstete mich und ich spürte, wie Tränen über meine Wangen liefen.

Möglichst leise zog ich mir Sportsachen an und verließ die Wohnung, um mit Herrn Li zu trainieren, was ich in den letzten Tagen sträflich vernachlässigt hatte. Aber gestern hatte ich die Kraft seiner Übungen erfahren. Es schlug gerade 6 Uhr, als ich auf den Hof trat. Die Schwestern waren bereits in der Kirche. Mein Lehrmeister stand reglos da und hatte sein Gesicht mit geschlossenen Augen der Sonne zugewandt. Ob er auch darauf gewartet hatte, dass sie die Nacht verdrängt? Er spürte meine Ankunft, öffnete die Augen und lächelte mich an.

»Guten Morgen, Anna.«

»Guten Morgen, Herr Li.« Ich faltete die Hände vor der Brust und verbeugte mich.

»Ich habe heute Stöcke mitgebracht.«

Das wunderte mich. Normalerweise begann Herr Li den Tag mit Tai-Chi-Übungen oder Meditation. Kampf- und Waffentechniken trainierte er nur am Nachmittag oder abends mit mir. Aber ich wollte jetzt vor allem meinen Körper spüren, bei welcher Übung war mir ziemlich egal. Außerdem hatte ich Herrn Li im Training noch nie widersprochen. Seine freundliche und gleichzeitig autoritäre Art machte das unmöglich.

Er reichte mir einen frischen, noch saftig grünen Haselnussstock, der etwas kleiner war als ich. Der Holzstock lag angenehm schwer in meiner Hand und die graue Rinde war rau und griffig, ganz anders als die Bambusstäbe, die wir sonst zum Training benutzten.

»Habe ich vor Sonnenaufgang abgeschnitten«, erklärte er. »Mach dich mit deiner Waffe vertraut.«

Ich ließ den Stock prüfend durch die Luft sausen, rotierte ihn beid- und einhändig und drehte mich mit ihm. Er machte bei schnellen Bewegungen ein singendes, sattes Geräusch. Rasch hatte ich mich an ihn gewöhnt und mit jeder Drehung wurde das Holz mehr und mehr zur selbstverständlichen Verlängerung meines Armes.

Herr Li beobachtete mich und ließ mir Zeit. Erst nach einer Weile gab er mir Anweisungen, knapp und präzise. Ich führte seine Befehle aus und existierte nur noch in der Bewegung.

Ohne Ankündigung hob er einen weiteren Stock vom Boden auf und griff mich entschlossen und heftig an. Ich parierte instinktiv. Mit ungebremster Wucht krachte sein Stock auf meinen. Ich ließ die Energie von mir abfließen und drehte mich zur Seite.

Wachsam erwartete ich den nächsten Angriff, der nicht lange auf sich warten ließ. Schlag auf Schlag, trieb er mich durch den Hof. Ich wich aus, duckte mich, sprang und parierte nur die Angriffe, denen ich nicht ausweichen konnte. Dumpfe Stockschläge, wenn Holz auf Holz krachte, und unser keuchender Atem waren die einzigen Geräusche.

Aus dem Augenwinkel sah ich, wie die Schwestern nach der Laudes aus der Kirche kamen. Ich nickte Clara zu. Dass ich mich ablenken ließ, wurde von Li mit einem harten Schlag gegen meinen Oberarm quittiert. Früher hatte ich mich oft gefragt, was die Schwestern von unseren Kampfspielen hielten, die im beschaulichen und friedlichen Klosterleben sonderbar kriegerisch wirkten. Glaubten sie wirklich nur an den sportlichen Nutzen des Trainings? Oder wurde mit meiner Ausbildung noch ein anderes Ziel verfolgt, von dem ich bisher nichts geahnt hatte? Warum war Herr Li überhaupt kurz nach meiner Geburt in unser Kloster gekommen? Wegen mir? Um mich zu unterrichten?

Gestern war der Friede im Kloster erschüttert worden und nur durch meine antrainierte Fähigkeit, mein Innerstes vor dem Bösen zu verschließen, hatte ich Benedikta aus der düsteren Krypta retten können. Herr Li betonte immer, welch ausgezeichnete Methode die Kampfkünste böten, Körper und Geist zu disziplinieren und in Einklang zu bringen. Genau um diesen Einklang mühte ich mich schwitzend und keuchend.

Scheinbar hatte Herr Li heute Morgen den Eindruck, dass bei mir besonders viel zu ordnen wäre, womit er natürlich recht hatte. Während des Kampfes hatte ich Leo beinahe vergessen.

Beinahe. So hart war Lis Training schon lange nicht mehr gewesen. Vor allem im Sommer, wenn es sehr heiß war, bremste er mich eher, anstatt mich anzutreiben. Ganz anders heute. Er forderte mich heraus und ließ mir keine Zeit, ihn zu fragen, welches Ziel er verfolgte.

Als ich mich kurz vor sieben auszog, hatte ich keine trockene Faser mehr am Körper. Mit geschlossenen Augen stellte ich mich unter die lauwarme Dusche. Meine Arme und die linke Seite schmerzten von Treffern, die ich kassiert hatte. Das würde ziemlich viele blaue Flecken geben. Zusammen mit den Klamotten von gestern, die immer noch nach Krypta und Angst rochen, warf ich mein Trainingszeug in die Waschmaschine und füllte ausreichend wohlriechendes Waschpulver ein. Eine Weile beobachtete ich die Wäsche, wie sie sich in der Trommel drehte, zog mich an und machte mich endlich auf den Weg in den Speisesaal. Herr Li war seltsamerweise nicht in der Küche.

Während des Frühstücks informierte uns Mutter Hildegard, dass die Beerdigung Schwester Benediktas bereits für morgen geplant sei. Gefasst und nüchtern verteilte sie anstehende Aufgaben. Sie war wieder die starke und selbstbewusste Klostervorsteherin. Ich hatte mich entschlossen, heute und morgen nicht zur Schule zu gehen und stattdessen im Kloster mitzuhelfen. Meine Mutter war damit sofort einverstanden gewesen. In der Schule verpasste man kurz vor den Ferien sowieso nicht viel.

So war mir die Aufgabe zugefallen, beim ortsansässigen Metzger Sedlmeier Weißwürste zu bestellen und für die Essensausgabe zu sorgen. Die Schwestern waren im Dorf sehr beliebt und rechneten mit vielen Gästen zur Beerdigung, die anschließend noch verköstigt werden sollten.

»Aber morgen ist Freitag«, bemerkte ich erstaunt. Normalerweise gab es an Freitagen im Kloster kein Fleisch und keine Wurst.

»Du hast recht, Anna. Aber Weißwürste waren Schwester Benediktas Leibspeise. Sie wäre enttäuscht, wenn wir ihren Gästen Gemüsesuppe vorsetzen würden. Deshalb machen wir eine Ausnahme«, bestimmte die Äbtissin.

Eine Ausnahme im Ausnahmezustand, dachte ich, sagte aber nichts.

»Außerdem werde ich versuchen, Herrn Stromberger zu erreichen, ob er uns in der Krypta zusätzliche Lampen installieren kann.«

»Je eher, desto besser«, stimmte Schwester Clara zu.

Als würden Lampen gegen die ewigwährende Finsternis etwas ausrichten können.

Gleich nach dem Frühstück telefonierte ich mit Metzger, Bäcker und Getränkemarkt, um die Bestellungen durchzugeben. Ich wollte das Kloster nicht verlassen, da ich fürchtete, dass mir Leo über den Weg laufen könnte und ich nicht wusste, wie ich reagieren sollte.

Der Vormittag war mit Gebet und Vorbereitungen gefüllt. Nur Muriel fegte wie frischer Wind dazwischen. Die Nachricht von Schwester Benediktas Tod hatte sich schnell im Dorf herumgesprochen. Als Muriel in der Schulpause in den Kreuzgang kam, war sie bereits bestens informiert.

»Du Ärmste, wie geht es dir? Du könntest einfach mal dein Handy anschalten wie andere normale Menschen auch, dann könnte man mit dir telefonieren oder schreiben und ich müsste nicht immer panisch hier hereinplatzen. Aber da du kein normaler Mensch bist, gelten für dich wohl auch keine normalen Regeln. Es ist einfach schrecklich«, begrüßte sie mich und drückte mich an ihr Herz. »Jetzt wird sie uns ihr Geheimversteck nicht mehr verraten können«, stellte Muriel fest, erwartete aber keine Antwort. »Ich habe gehört, es war ihr schwaches Herz und sie soll sich noch gegeißelt haben. Kann ich mir bei Benedikta gar nicht vorstellen. Sie war doch so eine Liebe. Aber was weiß man schon von den Geheimnissen der Menschen. Komisch finde ich es schon. Zwei Tote so knapp hintereinander. Erst Sebastian, dann Benedikta und beide waren verletzt.« Muriels Gedankenstrom war nicht zu stoppen. »Laura hat erzählt, dass Sebastian sie vorgestern noch nach Hause gebracht hat. Sie hat keine Ahnung, warum er anschließend noch mal zurück zum See gefahren ist. Vielleicht hatte er etwas verloren? Aber er hat ihr gegenüber nichts erwähnt.« Sie biss in ihr Pausenbrot, kaute und fuhr etwas leiser fort. »Am See hat er dann seinen Mörder getroffen. Seine Leiche wurde von der Polizei mitgenommen und wird untersucht. Man will sich gar nicht vorstellen, was die jetzt mit ihm machen. Aber ich hab das schon im Fernsehen gesehen. Schlimmer kann es nicht mehr werden. Es ist noch nicht klar, wann die Beerdigung sein wird. Tim und Elias haben eine Zeugenaussage gemacht. Aber von uns hat niemand etwas gesehen, oder?« Sie biss noch einmal in ihr Brot und musterte mich kritisch. »Ich muss wieder los, wollte nur kurz schauen, wie es dir geht, da du nicht in der Schule warst. Morgen kommt bestimmt das ganze Dorf zu euch ins Kloster. Wer zur Beerdigung gehen möchte, hat schulfrei. Das hätte Benedikta gefallen.« Noch ein Bissen und das Brot war weg. Muriel schleckte sich die Krümel von den Fingerspitzen. »Es war schön, sich mit dir zu unterhalten. Jetzt muss ich mich beeilen. Bis Morgen, meine Liebe.« Sie wartete nicht einmal auf meine Antwort.

Ich schaute ihr lächelnd nach, wie sie mit wippendem Rocksaum und großen Schritten zurück zur Schule lief. Hatte ich irgendetwas gesagt? War überhaupt ein Laut über meine Lippen gekommen?

»Und ruf endlich Elias an oder schalt einfach dein Handy an«, rief sie mir noch zu, bevor sie durch eine Tür verschwand.

Elias! Den hatte ich in dem ganzen Trubel völlig vergessen. Ich würde ihn heute Abend in aller Ruhe vom Festnetz aus anrufen. Vermutlich war ich einer der letzten Menschen (von den anderen Klosterbewohnern mal abgesehen), der kein Smartphone besaß. Ich hatte nur ein uraltes Tasten-Handy mit schwächelndem Akku, das einer von Herrn Lis Kursteilnehmern vor Jahren im Gästehaus vergessen hatte. Außerdem war meine Mutter überaus sparsam und so steckte in dem Gerät nur eine Prepaid-Karte. Die Digitalisierung war nur zaghaft bis zu den Schwestern vorgedrungen. Es gab im Kloster nicht einmal WLAN, immerhin aber LAN-Anschlüsse und ich konnte wenigstens einen etwas betagten Laptop nutzen.

Ich ging Richtung Küche, um mir einen Joghurt aus dem

Kühlschrank zu holen. Muriel beim Essen zuzuschauen, hatte mich hungrig gemacht. Unterwegs begegnete mir Mutter Hildegard, die angespannt und besorgt wirkte, was mich nicht weiter wunderte. Überhaupt war die Stimmung im Kloster ziemlich bedrückt.

Es war nicht das erste Mal, dass ich erlebte, dass eine alte Schwester starb und normalerweise nahm die Gemeinschaft der Nonnen den Tod gelassen und demütig auf. Sie glaubten schließlich alle fest an ein Weiterleben im Jenseits und vertrauten auf Gottes unendliche Gnade. Aber Schwester Benediktas Tod oder vielmehr seine merkwürdigen Umstände machte hier eine Ausnahme.

Ausnahmen und Zufälle häuften sich seit ein paar Tagen übermäßig.

Schwester Clara und meine Mutter wollten in der Krypta aufräumen und die Fetzen von Benediktas Ordenstracht einsammeln. Bestimmt putzten sie auch, was dem Ort nicht schaden würde. Clara hatte zwei Eimer voller Wasser und Zitronen-Bodenreiniger Richtung Kirche geschleppt. Ich spürte, dass es im Moment dort nicht gefährlich war. Trotzdem machte ich einen großen Bogen um die unheilvolle Unterkirche und steuerte auf die Küche zu.

Im Kühlschrank entdeckte ich zwischen großen Schüsseln mit Zucchinizaziki noch einen einsamen Erdbeerjoghurtbecher. Ich lehnte mich an die kühle Marmorarbeitsplatte und versuchte krampfhaft, einen Blick aus einem der Fenster zu vermeiden, weil ich mir sicher war, wen ich dann sehen würde. Herr Li brachte in einem Korb frisch geerntete Zucchini herein und stellte sie neben mir ab.

»Ach, gibt es etwa Zucchini?«, fragte ich ihn unschuldig.

»Heute, morgen, übermorgen und noch die nächsten Wochen«, antwortete er mit unbewegter Miene. »Heute haben sie ihren Auftritt in sommerlichem Schmorgemüse mit Reis.«

»Wunderbar. Da freue ich mich«, erwiderte ich, schaute aus Versehen aus dem Fenster und sah ihn. Leo stand auf dem Parkplatz, wie gestern, und winkte mir zu. Hatte der Mann nichts anderes zu tun, als auf mich zu warten und mir zuzuwinken?

Herr Li musste bemerkt haben, dass ich zusammengezuckt war, denn er trat neben mich ans Fenster und schaute hinaus. Aber Leo hatte sich bereits im Schatten eines Baumes verborgen.

»Ich ernte noch Tomaten und Oregano«, bot ich an.

»Gute Idee, Anna.« Er schien ein wenig zu zögern, gab mir dann eine große Schüssel mit.

Ich war gerade erst im Erdgeschoss angekommen und bog um die Ecke, als mir Elias entgegenkam. Sofort überfiel mich ein schlechtes Gewissen.

»Tut mir leid, dass ich dich nicht angerufen habe. Aber Schwester Benedikta, du hast es bestimmt schon gehört ...«, entschuldigte ich mich.

Elias ging auf mich zu und lächelte mich an. Am Tag schien er mir noch größer und breiter, als ich ihn in Erinnerung hatte.

»Mach dir keine Sorgen. Das ist nichts, wofür du dich entschuldigen müsstest«, erwiderte er. Diesen Satz hatte er schon mal zu mir gesagt. Entschuldigte ich mich so oft?

»Ich freu mich, dich zu sehen.« Er hatte seine Hände lässig in die Taschen seiner Jeans gesteckt, trug einfache Flip-Flops und ein ausgewaschenes, blaues T-Shirt, was das klare Blau seiner Augen zum Leuchten brachte.

Ich wunderte mich, auf was für Gedanken ich kam. Nur wenige Meter von uns entfernt lag Benedikta aufgebahrt in der Kapelle und ich dachte über Elias' Augenfarbe nach. Irgendetwas lauerte mir auf, in der Krypta war Böses am Werk und zwei Menschen waren auf unheimliche Weise gestorben. Was hatte ich mit diesen Ereignissen zu tun? Oder gab es doch Zufälle und meine Fantasie war zu blühend?

»Anna, geht's dir gut?«, fragte er besorgt, da ich stumm den Fußboden musterte und plötzlich mit den Tränen kämpfte.

»Ich habe an Benedikta gedacht.«

Er nickte. »Ihr Tod geht uns allen nah. Früher, als ich noch Ministrant war, hat sie uns nach dem Gottesdienst immer Schokolade zugesteckt.«

»Warum kommst du vorbei?«, fragte ich ihn.

»Weil du nicht zurückgerufen hast. Nach dem Abend am See hab ich mir Sorgen gemacht.« Er zog seine rechte Hand aus der Hosentasche und strich mir eine Haarsträhne aus dem Gesicht, fast beiläufig. Dabei streifte mich sein Geruch. Er roch gut, salzig, nach Wind und Meer. Vermutlich hatte er schon so viel Zeit mit Surfen verbracht, dass seine Haut den Geruch des Salzwassers verinnerlicht hatte. Ich stellte ihn mir vor, wie er auf sein Board sprang und der Bewegung einer gewaltigen Welle folgte. Elias' Nähe war beruhigend, das war mir schon am See aufgefallen.

»Lass uns in den Garten gehen und Tomaten pflücken«, schlug ich vor. »Herr Li braucht sie fürs Mittagessen.«

»Du hast immer noch nicht meine Frage beantwortet, wie es dir geht«, beharrte er.

»Ach, entschuldige, ich habe in letzter Zeit Schwierigkeiten, bei einem Gedanken zu bleiben.« Und das stimmte. Mein Geist war sprunghaft.

»Schon gut.« Er schaute mich erwartungsvoll an.

»Es geht«, antwortete ich zögernd.

»Deine Arme sehen schlimm aus«, stellte er fest.

Ich schüttelte den Kopf. »Das ist nichts. Ich hab heute Morgen mit Herrn Li Stockkampf trainiert und war unkonzentriert.«

Er zog eine Augenbraue hoch, fragte aber nicht nach. Wir steuerten auf die Tomatenhäuschen zu, die Schwester Marthas ganzer Stolz waren. Die Mittagssonne brannte vom Himmel und der Tomatenduft war überwältigend. Wenn es den Tomatensträuchern möglich gewesen wäre, hätten sie unter der Last ihrer Früchte geächzt. So warteten sie stumm, bis sie abgeerntet wurden oder ihre Früchte platzten und zu Boden fielen.

»Nach Dienstagabend habe ich viel nachgedacht, wen oder was wir da im Wasser gespürt haben könnten. Aber ich hab keinen blassen Schimmer. Deshalb fahre ich mit Tim heute Nachmittag noch mal zum See. Im hellen Tageslicht können wir vielleicht eine Erklärung für das da unten finden.«

»Was habt ihr vor?«, fragte ich besorgt.

»Wir gehen tauchen und suchen das, was dich nach unten gezogen hat und woran Sebastian sich tödlich verletzt hat.

Bestimmt ist die Erklärung ganz einfach und irgendetwas treibt dort im Wasser. Vielleicht ein aufgegebenes Fischernetz. Bei Tag schaut die Welt immer anders aus«, hoffte er.

Unser Badesee war zu klein, um mit einem Netz befischt zu werden, das war sicher nicht des Rätsels Lösung.

»Aber das ist doch Sache der Polizei«, warf ich ein. »Die müssen Sebastians Tod untersuchen.«

Elias zuckte mit den Schultern. »Die gehen von einem Angriff an Land aus. Es gab Blutspuren auf der Wiese. Scheinbar wurde Sebastians Körper nur im Schilf versteckt. Ich muss das wissen, das lässt mir sonst keine Ruhe.«

»Passt bloß auf«, bat ich ihn. »Wenn ihr fertig seid, ruft mich sofort an.«

»Uns passiert schon nichts«, sagte er leichthin und lächelte mich an. »Aber klar, ich melde mich dann und berichte dir, was wir herausgefunden haben.«

»Ich schreib dir meine Nummer auf.«

»Die hab ich doch schon längst von Muriel bekommen«, entgegnete er verlegen, was ihn noch sympathischer machte. »Aber ich wollte dich sehen, darum bin ich vorbeigekommen.« Er pflückte ein paar kleine Kirschtomaten.

Ich legte eine besonders große, strahlend rote und sonnenwarme Tomate in die Schüssel. *Paradiesäpfel* wurden sie auch genannt und bei diesem Gedanken musste ich unwillkürlich an Leo denken. Äpfel aus dem Paradies. Vielleicht hatte Eva Adam ja eine Tomate angeboten und keinen Apfel.

Elias musterte mich. »Woran denkst du, Anna?«

»Ach, nichts Besonderes, nur dass die Tomaten in diesem Jahr besonders schön sind.«

»Da hast du recht.« Er hatte die Hände voller Tomaten und ließ sie vorsichtig in meine Schüssel gleiten. Eine davon schob er sich in den Mund. »Und reif sind die! Ich glaube, ich habe noch nie eine so leckere Tomate gegessen.«

Nur gut, dass ich sie ihm nicht angeboten hatte, sonst wäre mir die Szene zu vertraut vorgekommen.

»Elias?« Eine Frage beschäftigte mich schon die ganze Zeit. Ich zögerte, weil ich mich vor der Antwort fürchtete.

»Ja?«

»Wie bin ich Dienstagnacht eigentlich ins Bett gekommen? Ich kann mich an nichts erinnern.« Beschämt schaute ich auf den Boden. Abgestorbene, vertrocknete Tomatenblätter lagen dort und sollten schon längst zum Kompost gebracht worden sein. Mit dem Fuß schob ich sie zusammen.

»Als ich dich aus dem Auto hob, kam Herr Li, als hätte er schon auf dich gewartet. Er hat keine einzige Frage gestellt, sich nur bedankt und dich ins Kloster getragen. Irgendwie ein seltsamer Typ, total undurchschaubar.«

Wir standen bereits an der Klosterpforte und Elias verabschiedete sich von mir. Also hatte sich meine Ahnung bestätigt. Warum nur hatte Herr Li diesen Vorfall mit keiner Silbe, keiner noch so kleinen Andeutung erwähnt?

»Kannst du dich noch an Beate Stromberg erinnern, die Tochter von unserem alten Elektriker?«, fragte die Äbtissin

Schwester Clara kurz darauf beim vegetarischen Mittagessen. Wenn Herr Li kochte, gab es nie Fleisch. Bei der Zubereitung war er außerordentlich erfinderisch. Er schaffte es sogar, dass die Zucchini nicht jedes Mal gleich schmeckten. Nach dem anstrengenden Morgentraining knurrte mir der Magen.

»Ja, ich hatte Beate in der siebten oder achten Klasse in Deutsch. Ein intelligentes Mädchen«, erwiderte Schwester Clara und nahm sich einen Nachschlag vom Schmorgemüse.

»Beate lebt jetzt in München und hat zwei Kinder. Sie hat Jura studiert und arbeitet bei einer großen Investmentfirma. Herr Stromberg hat mir voller Stolz von ihr erzählt. Er hat sich vorhin das Problem in der Krypta angeschaut und hat versprochen, dass er noch heute für mehr Licht sorgen wird.«

»Das ist eine gute Nachricht«, stellte meine Mutter fest.

Schwester Clara nickte zustimmend. »Er ist jetzt in Rente, oder? Auf jeden Fall war er immer schon ein sehr freundlicher und hilfsbereiter Mann.«

Die Finanzsituation der Schwestern war immer angespannt. Oft halfen uns Handwerker aus dem Dorf, ohne dafür eine Rechnung zu stellen, weil jeder wusste, dass das riesige Gebäude mehr verschlang, als die Schwestern sich leisten konnten. Allein die Heiz- und Stromkosten waren enorm hoch. Aber die Schwestern begegneten dem Mangel erfinderisch und sparten, wo sie konnten. Im Winter waren nur wenige Räume gemütlich warm, die meisten blieben kalt und auch Strom wurde gespart, wo es ging. Wir waren ein Vorbild für nachhaltige Lebensweise. Soweit wie möglich versorgten wir uns selbst. Die Schwestern und meine Mutter bewirtschafteten den großen Garten. Die Ernte bestimmte den Speiseplan. Daher ernährten wir uns zurzeit von Tomaten, Gurken und eben Zucchini. Im Winter würde es wieder Kohl, Kartoffeln und Äpfel geben. Um die Hühner und Ziegen kümmerte sich Herr Li und so hatten wir Eier, Ziegenmilch und Käse.

Beim Abspülen der großen Töpfe nach dem Essen konzentrierte ich mich auf die Seifenblasen im Spülwasser und hielt mich von den Fenstern fern. Herr Li half nicht beim Aufräumen und hatte sich entschuldigt. Wollte er mir aus dem Weg gehen oder hatte er Wichtigeres zu tun?

Als ich die Kirche durchquerte, sah ich einen älteren Mann in Arbeitskleidung. Herr Stromberg hielt also sein Versprechen und kümmerte sich um die Beleuchtung. Er hatte eine Leiter im linken Seitenschiff aufgestellt und machte sich darauf an einem Stromverteilerkasten zu schaffen, der aus optischen Gründen erhöht angebracht worden war. Dort oben störte das technische Bauteil die Wanddekoration kaum, weil es hinter einem Engelsflügel verschwand. Aber dadurch war der Kasten auch schwer zugängig. Herr Stromberg machte auf mich einen etwas unsicheren Eindruck, obwohl die Leiter nur fünf Sprossen hoch war. Aber er war schließlich auch nicht mehr der Jüngste.

Ich grüßte ihn freundlich, blieb aber nicht stehen. Die Eisentür der Krypta stand offen und das war für mich Grund genug, möglichst schnell aus der Kirche zu verschwinden. Ich nahm mir vor, den Weg durch den Kircheninnenraum zu vermeiden, solange der Elektriker hier arbeitete. Sicher war sicher. Die offene Tür zur Unterkirche beunruhigte mich.

»Könnten Sie mir kurz helfen?«, rief mir der Elektriker zu. »In meinem Alter steigt man eine Leiter nicht mehr so leicht rauf und runter. Sie müssten mir nur ein kleines Messgerät aus meiner Werkzeugkiste anreichen.«

Ich schaffte es natürlich nicht, so zu tun, als hätte ich nichts gehört. Es war mir immer schon schwergefallen, jemandem eine Bitte abzuschlagen, auch wenn sich gerade alles in meinem Körper dagegen sträubte, zu ihm zu gehen. Ich zögerte.

Das ist nur, weil die Tür offen ist, redete ich mir ein. Aber ich muss ja nicht hinuntergehen. Ich gebe ihm nur schnell sein Werkzeug und verschwinde. Es kann gar nichts passieren. Clara und Mutter haben da unten heute Morgen sogar geputzt.

Ich fand mich nicht sonderlich überzeugend. Meine Knie begannen zu zittern und ich hatte einen abgestandenen, bitteren Geschmack im Mund.

»Ich hab's eilig«, murmelte ich unentschlossen.

»Kein Problem«, versicherte er mir. »Ich halt Sie nicht lange auf.«

In der Zwischenzeit wäre er schon längst die Leiter runter und wieder rauf gestiegen. Aber ältere Menschen wurden manchmal etwas eigenartig, das wusste ich von den Nonnen.

»Ich habe vor einem halben Jahr ein neues Kniegelenk bekommen, aber das macht es auch nicht besser.« Der alte Mann seufzte und sah mir erwartungsvoll entgegen.

Ich näherte mich ihm langsam.

Wenn wenigstens die Eisentür geschlossen wäre, dann würde ich den Gestank aus dem Kellergewölbe nicht riechen. Diese Tür darf nicht offen stehen. Nie.

Ich hörte ein leises, klopfendes Geräusch. Das war das Zeichen zum Weglaufen.

»Sie erinnern mich an eine meiner Enkeltöchter«, riss mich Herr Stromberg aus meiner Panik.

Nur noch zwei, drei Schritte, dann war ich bei ihm. Es wäre absolut kindisch, jetzt wegzulaufen. Ich atmete durch und hörte wieder das klopfende Geräusch. Es war jedoch nur mein eigenes Herz, das aufgeregt und hektisch Blut durch meine Adern pumpte.

Langsam schnappst du über, ermahnte ich mich selbst.

»Was brauchen Sie denn?« Ich stand vor der Werkzeugkiste und bückte mich.

»Ein kleines rotes Kästchen«, beschrieb Herr Stromberg das Gerät. Aber hatte da wirklich gerade der alte Mann gesprochen? Seine Stimme hatte sich verändert oder lag das daran, dass ich mich gebückt hatte? Sie war angenehmer, sanfter, das bildete ich mir wenigstens ein.

Da war kein rotes Gerät. Ich schnappte wirklich über. Wo war dieses Teil? Ich suchte zwischen Schraubenziehern und Kabeln und plötzlich spürte ich die Veränderung. Was innerhalb weniger Sekunden abgelaufen sein musste, passierte in meiner Wahrnehmung in Zeitlupe. Wie heute Morgen bereitete ich mich innerlich auf einen Angriff vor. In der gebückten Position blickte ich hoch und was auch immer ich dort oben auf der Leiter sah, es trug nur noch Herrn Strombergs Hülle. Mit dem freundlichen Rentner hatte DAS nichts zu tun. Sein Gesicht war zu einer grauenhaften Grimasse verzogen, die glühenden Augen drohten, aus den Höhlen zu quellen und seine Zähne waren gefletscht. Ich glaubte, ein Knurren zu hören, und die lauernde Haltung, in der er sich an die Leiter klammerte, passte nicht mehr zu einem älteren Herrn mit Knieproblemen. Den großen Schraubenzieher hielt dieses Etwas fest umklammert in der rechten Hand und dann sprang es plötzlich ab.

In mir kehrte schlagartig große Gelassenheit und Ruhe ein, wie ich es von meinen Trainingseinheiten mit Herrn Li kannte. Ich fokussierte mich und blieb gebückt, während das Etwas auf mich zustürzte. Noch im Flug ergriff ich es, wehrte den Angriff ab, warf es mit einer Hebeltechnik zur Seite und setzte ihm nach. Als hätte ich nie etwas anderes getan, entwaffnete ich es, warf den Schraubenzieher weit weg und brach die Gegenwehr meines Feindes. Ich hörte ein trockenes Knacken. Neben der Gegenwehr hatte ich vermutlich auch den Armknochen gebrochen. Herrn Lis Knochen waren wesentlich stabiler.

Entsetzt starrte mich Herr Stromberg an. Er war wieder zurück. Ich kniete mit meinem ganzen Gewicht auf seiner Brust und hatte ihm den Arm verdreht. Sofort lockerte ich meinen Griff und wartete ab.

»Was ist passiert?«, stotterte er und kämpfte mit den Tränen. Sein Arm musste ihm große Schmerzen bereiten. »Ich kann mich nicht erinnern.« Ich nahm mein Knie von seinem Brustkorb und stand auf. Er blieb liegen. »Mir muss schwindelig geworden sein.

Ich bin von der Leiter gestürzt.« Dass ich gerade noch auf ihm gekniet hatte, hatte er scheinbar ausgeblendet. Er war übel zugerichtet.

»Sie sind gestürzt. Ich konnte Sie leider nicht abfangen und wir sind zusammen umgefallen«, erklärte ich und hoffte, er würde nicht merken, dass ich log. »Bleiben Sie liegen. Ich rufe einen Arzt.«

Mit seiner unverletzten Hand verdeckte er seine Augen. Er weinte und wollte nicht, dass ich es sah. Sein Unterschenkel stand in einem ungesunden Winkel ab.

»Ich bin gleich wieder da.« Bevor ich ging, schloss ich die Tür zur Krypta. Dann rannte ich los, während mein Herz Unmengen an Adrenalin durch meinen Körper pumpte. Ich hätte vor Wut schreien können. Emotionskontrolle, dreh jetzt bloß nicht durch. Bleib ruhig! Atme!, wiederholte ich mein persönliches Mantra.

»Mutter Hildegard!«, schrie ich aus vollem Hals. Das war die einzige Lautstärke, die mir gerade möglich war. »Mutter Hildegard!«

Schwester Clara lief mir beunruhigt entgegen. »Mein Gott, Anna, was ist passiert? Du bist ja außer dir.«

»Hol einen Arzt, Herr Stromberg ist von der Leiter gefallen«, rief ich viel zu laut, da Clara jetzt genau vor mir stand. »Schnell! Ich glaube, er hat sich das Bein und den Arm gebrochen.«

Schwester Clara musterte mich irritiert, eilte aber dann zur Pforte, wo eines der drei Telefone des Klosters stand. Eines in der Pforte am Eingang, eines im Büro von Schwester Hildegard und eines in unserer Wohnung.

Ich konnte nicht auf Clara warten und in die Kirche zurück wollte ich auf gar keinen Fall. In mir hatte sich so viel Energie aufgestaut, dass ich jeden Moment zu platzen drohte. Es reichte! Ich war keine Figur auf einem verdammten Spielbrett. Es war an der Zeit, dass ich die Regeln dieses tödlichen Spieles verstand und ich wusste genau, wen ich danach fragen konnte. Ich war kein dummes, kleines Opfer. Keine Sekunde würde ich mehr abwarten, zitternd und bibbernd, was wohl als nächstes Schreckliches passieren würde.

Ich sah rot, dunkelrot, tomatenrot und das hatte nichts mit Äpfeln, Schlangen oder sonstigem Quatsch zu tun. Antworten, ich brauchte Antworten! Ohne einen Moment nachzudenken, rannte ich durchs Kloster, den Garten und verließ das Klostergelände durch das Eingangstor. Die Madonnenfigur schien ein betrübtes Gesicht zu machen und drückte ihr Jesusbaby schützend an sich.

»Rede, wenn du etwas zu sagen hast«, fuhr ich sie unfreundlich an. Natürlich antwortete sie nicht.

Wie ich das Schweigen satthatte, die Versuche, mich mit ständigen Anspielungen und Drohungen einzuschüchtern. Jeder verbarg etwas vor mir. Meine Mutter, die Nonnen, Herr Li, dieser widerwärtige Angeber. Damit war jetzt Schluss. Wovor wollten mich alle beschützen?!

Wo steckte der Kerl? Den würde ich mir kaufen.

»Leo!«, schrie ich. »Komm raus!« Am liebsten hätte ich noch *wenn du dich traust* hinterhergebrüllt, aber das erinnerte mich zu sehr an einen abgedroschenen Kinderreim.

Amüsiert lächelnd trat er aus dem Schatten eines Ahornbaumes und zog sich ein weißes Hemd an. Sein Lächeln war ein Fehler.

Ich sammelte meine ganze Energie und das war im Moment ziemlich viel und richtete sie auf sein gottverdammtes Innerstes. Er glaubte, mit mir spielen zu können? Dann würden wir das jetzt tun. Spielen! Ich konzentrierte mich kurz und ließ meine Energie los. Li nannte sie Qi. Meine gebündelte Kraft traf ihn wie ein Blitz und sein Körper erzitterte. Die Wucht meines Angriffs erstaunte mich selbst.

»Was soll das, Anna?«, fragte er irritiert und schnappte nach Luft. Beschwichtigend hob er die Hände. Wenigstens das Grinsen war ihm vergangen, stellte ich befriedigt fest. Wie immer war er barfuß.

»Wehr dich«, fuhr ich ihn an. Am liebsten hätte ich mich auf ihn gestürzt und ihn verprügelt. Ich wollte das zu Ende führen, was ich vorher bei Herrn Stromberg angefangen hatte. Dieses Etwas, das mich angefallen hatte, hatte lieber die Flucht ergriffen, als sich mir zu stellen.

»Warum sollte ich?«, fragte er sachlich, war aber einige Schritte vor mir zurückgewichen und stand wieder im Schatten des Baumes. Dabei knöpfte er sich beiläufig sein Hemd zu. »Woher kannst du das und warum bist du so aggressiv?«

»Sei ruhig! Jetzt stelle ich die Fragen. Was hast du mit dem Angriff auf mich in der Kirche zu tun?«, schrie ich ihn an.

»Was für ein Angriff in der Kirche?«, erschrocken schaute er mich an und steckte das Hemd in seine schwarze Stoffhose.

»Tu nicht so unschuldig! Als ob du nichts davon wüsstest.

Ich habe deine Spielchen satt«, gab ich wütend zurück. »Du hast mich doch auch vor dem Badeausflug am See gewarnt.«

»Ich habe dich nur gewarnt, nicht leichtfertig das Kloster zu verlassen. Von Schwimmen oder See war nie die Rede.« Er legte seine rechte Hand aufs Herz und beteuerte: »Also, wovon sprichst du? Ich habe nicht den leisesten Schimmer.«

»Ich rede von diesem bösen Etwas, das sich gerade in der Kirche auf mich gestürzt hat – und sag jetzt bloß nicht, du hättest da nicht deine Finger drin gehabt. Warum sonst belagerst du seit Tagen das Kloster? Hast du nichts anderes zu tun? Erzähl mir nichts von Zufällen, Ausnahmen oder ähnlichem Blödsinn. Ich wäre beinahe ertrunken, Sebastian und Benedikta sind tot und dann fällt mich noch ein Monster in der Kirche an.« Ich klang schon wie Muriel. Wer brauchte schon Punkte und Kommas, um seine Gedanken klar auszudrücken. Bei mir war nichts mehr geordnet. Ich war pure Aggression und verharrte in Kampfposition. »Jetzt sag endlich, was du von mir willst, warum du mich verfolgst, dann klären wir das jetzt und hier!«

Er antwortete in ruhigem Ton, was mich noch wütender machte, soweit das überhaupt möglich war. »Anna, was war da in der Kirche?« Er kam wieder näher. Dachte er vielleicht, die Gefahr sei vorüber?

»Das weißt du ganz genau. Du warst doch bestimmt dabei.«

Er schüttelte den Kopf. »Anna, sag es mir«, befahl er lauter, als nötig. Seine Stimme vibrierte.

»Komm mir nicht zu nahe«, fauchte ich ihn an. »Ich trau dir nicht.«

»Das ist auch besser so. Aber sag mir bitte, was in der Kirche passiert ist«, bat er sanft.

Und wenn mich jemand bittet, gebe ich immer nach. Ich kann nicht anders. Mieser Trick von ihm. »Ich weiß es nicht. Der Elektriker, der sich in der Krypta um die Beleuchtung kümmern sollte, war von einer Sekunde auf die andere verwandelt, besessen, keine Ahnung, wie ich das beschreiben soll. Er stand auf der Leiter und bat mich, ihm ein Werkzeug zu geben. Als ich mich bückte, spürte ich eine Anwesenheit, die vorher nicht da war.« Allein der Gedanke daran jagte meinen Blutdruck hoch. »Du wirst das vermutlich nicht verstehen, aber ich kann vieles wahrnehmen, noch bevor ich es hören oder sehen kann. Es war nicht mehr der Mann, der noch vor wenigen Augenblicken mit mir gesprochen hatte. Ich fühlte etwas sehr Gefährliches.«

Leo nickte, als wäre meine Begründung selbstverständlich. »Und dann?«

»Es war nicht der Elektriker, der sich plötzlich mit einem Schraubenzieher in der Hand auf mich stürzte. Dieses Etwas nutzte zwar seinen Körper, aber es war flinker und wendiger als der alte Mann. Es war schnell, hässlich und sehr böse und griff mich sofort an.«

Leos Blick hatte sich an mir festgesaugt. Mein Herz raste wieder, wie vorhin bei dem Angriff in der Kirche.

»War es dunkel?«, fragte er nachdenklich.

»Warum dunkel?«, echote ich verständnislos.

»Du hast es mit schnell, hässlich und böse beschrieben. Konntest du auch Dunkelheit spüren?«

»Ich weiß nicht, worauf du hinauswillst«, erwiderte ich.

»Egal. Und dann?«

»Was *und dann*?«

»Warum lebst du noch? Wer hat dich gerettet?«

Inzwischen war ich mir nicht mehr so sicher, dass Leo etwas mit dem Angriff zu tun hatte. Was stellte er nur für dämliche Fragen.

»Ich habe es natürlich abgewehrt, zu Boden geschleudert und dabei leider dem armen Herrn Stromberg den Arm gebrochen. Dann war es plötzlich verschwunden. Nur der verwirrte alte Mann blieb zurück. Leo, er war besessen!«, schrie ich entsetzt, als ich verstand, was passiert war. Gleichzeitig erschrak ich über meine eigenen Worte, die genauso gut aus dem Mund unseres alten Priesters hätten kommen können. »Der arme Mann! Es tut mir so leid. Wahrscheinlich habe ich auch noch sein neues Knie kaputt gemacht.«

Leo hielt sich die rechte Hand über die Augen, als wäre er geblendet.

»Dabei hätte ich dieses ETWAS so gerne erwischt und in seine Einzelteile zerlegt! Wie kommt es auf die Idee, sich mit mir anzulegen und sich dabei feige eines Unschuldigen zu bedienen. Beim nächsten Mal kommt es mir nicht davon.«

»Sehr interessant. Wenn das wahr ist.« Leo hatte die Augenbrauen nach oben gezogen und die Stirn in tiefe Falten gelegt. Er schien zu überlegen, ob er mir glauben sollte oder nicht. »Wer hat dir das beigebracht?«, fragte er skeptisch.

»Was?«

»Dich zu verteidigen.«

»Herr Li, unser Koch«, antwortete ich. »Wir machen immer gemeinsam Früh- und Abendsport«, fügte ich noch hinzu und merkte selbst, wie unglaublich komisch sich das anhören musste.

»War ja klar, Sportstunden mit dem Koch«, antwortete er spöttisch.

Ich musterte ihn und wartete auf sein überhebliches Gegrinse, aber diesmal verschonte er mich damit. Ganz entgegen seinem üblicherweise arroganten Auftreten war er gerade sehr ernst.

»Was ich nicht verstehe, ist, dass du im Kloster angegriffen werden kannst. Damit habe ich nicht gerechnet«, sagte er mehr zu sich selbst als zu mir. Er nagte an seiner Unterlippe. Das hatte ich bei ihm noch nie gesehen.

»Das macht die Situation verdammt unübersichtlich«, murmelte er kaum hörbar.

»Geht mir auch so«, erwiderte ich.

Leo schaute mich nachdenklich an und das Lächeln, das er mir jetzt schenkte, war blühend wie ein Strauß roter Mohnblumen und er brachte mich damit völlig aus dem Konzept. Nicht dass ich eines gehabt hätte. Aber ich war von seinem Lächeln gefangen genommen. Meine Wut war wie weggezaubert.

»Nach unserem ersten Treffen hätte ich nicht gedacht, dass du ein derart interessantes und vielseitiges Mädchen bist. Du entwickelst dich schnell und dein Sinn für Humor gefällt mir.«

»Jetzt übertreib mal nicht«, brummelte ich. Nur gut, dass ich nicht rot werden konnte, da mir immer noch die Zornesröte im Gesicht stand. »Aber ich wäre dir echt dankbar, wenn du mir endlich sagen würdest, was du weißt und was du hier willst, sonst zeige ich dir, was ich bei Herrn Li sonst noch so gelernt habe«, versuchte ich wieder an Boden zu gewinnen. Ich wollte vermeiden, dass er mich um seinen schlanken, eleganten Finger wickelte. Gegen Liebenswürdigkeiten konnte ich mich weit schlechter behaupten als gegen gewalttätige Angriffe.

Jetzt wirkte er ehrlich verblüfft. »Du drohst mir?« Seine Stimme klang tiefer als sonst.

»Das ist kein schönes Wort«, entgegnete ich. Aber natürlich hatte ich es als Drohung gemeint. »Ich will damit nur andeuten, dass es noch andere Methoden gibt als ein gepflegtes Gespräch, wenn man von seinem Gegner etwas erfahren will.«

»Du schaust zu viel schlechte Filme«, stellte er trocken fest.

»Im Kloster wohl kaum.« Und das war nicht gelogen. »Ich lebe abgeschieden und fromm.« *Das* war vielleicht ein bisschen gelogen. Ich musste meine Taktik ändern. »Was weißt du über mich?«, ging ich wieder in die Offensive.

Leo schaute sich seine Füße an und wackelte mit den Zehen. »Was ich dir jetzt sage, darf ich dir auf keinen Fall erzählen.«

»Wir machen alle Fehler«, ermutigte ich ihn. Darüber musste er lachen, warum auch immer.

»Du wirst nie Ruhe geben, das spür ich.« Er hob seinen Blick und schaute mir in die Augen. »Demut und Respekt haben sie dich im Kloster nicht gerade gelehrt. Das hat früher besser funktioniert.«

Warum in aller Welt waren seine Augen nicht blau, sondern grün? War ich schon so verblödet, dass ich mich in Leos

Augenfarbe getäuscht hatte? Aber grünere Augen als diese hatte ich noch nie gesehen. Sie waren grün wie Smaragde, glitzernd und tief, wie das satte Grün des Dschungels, wenn die ersten Strahlen der Morgensonne ihn erleuchten, wie Götterspeise mit einem halben Chemielabor künstlicher Farbstoffe. Ich dreh durch, dachte ich. Schon wieder machte ich mir sinnlose Gedanken über eine Augenfarbe. Grün wie das Leben, grün wie die Hoffnung, grün wie –

»Anna, ich wurde geschickt ...« Er stockte und warf mir einen gereizten Blick zu. »Hörst du mir überhaupt zu?«

Ich riss mich von seinen Augen los und nickte. »Entschuldige, aber ich hätte schwören können, dass deine Augen blau sind.«

»Ach, das.« Er blinzelte und schon erstrahlten seine Augen im gewohnten Blau. Mir wurde schwindelig. »Ich hatte das vage Gefühl, grün könnte dir gefallen. Besser?«

»Nein«, antwortete ich wahrheitsgemäß. Grün war tatsächlich perfekt. Ich fühlte mich elend. Aber Leo ignorierte meine Antwort.

»Anna, hör mir jetzt gut zu. Du bist ein halber Engel«, sagte er betont langsam und vorsichtig.

Diese Nachricht war nicht zu toppen. Ich verdrehte die Augen. Und dabei hatte ich gehofft, endlich die Wahrheit zu erfahren.

»Na klar, und du bist der Fürst der Hölle«, entgegnete ich genervt. Ich hatte keine Lust, Märchen aufgetischt zu bekommen.

Zu allem Überfluss verzog er sein Gesicht jetzt auch noch zu einer teuflisch grinsenden Fratze oder wenigstens hielt er es dafür und fand sich mal wieder oberwitzig. Blöder Angeber!

»Nicht ganz. Aber das tut im Moment auch nichts zur Sache.« Seine Gesichtszüge hatten sich wieder eingerenkt.

»Was dann?« Langsam riss mir der Geduldsfaden. Ich ballte die Hände zu Fäusten und spürte meine Fingernägel, die sich in meine Handflächen bohrten.

»Irgendwer oder irgendetwas will dich aus dem Weg räumen.«

»Auch schon bemerkt, Herr Schnellchecker«, warf ich sarkastisch ein.

Er hob abwehrend die Hände. »Ich habe nichts damit zu tun.«

»Warum habe ich gewusst, dass du das sagen würdest? Aber seit du hier bist, jagt eine Katastrophe die nächste.«

»Was aber nicht zwingend an mir liegen muss«, verteidigte er sich. »Lass uns von vorne anfangen.«

»Und wo bitte ist vorne?«, schrie ich ihn an. Geduld war keine meiner Stärken. »Es gibt keine *Halbengel*. Ich bin nicht blöd. Du musst dir schon eine bessere Geschichte ausdenken.«

»Schrei doch nicht so«, beschwerte er sich. »Ich kann mir keine bessere Geschichte ausdenken. Die Wahrheit ist und bleibt: Deine Mutter ist ein Engel, ein Lichtwesen, das bei einem Besuch auf der Erde deinen Vater kennengelernt und dich als kleines Souvenir mitgenommen hat.«

Ich schnappte nach Luft. »Mit deiner blühenden Fantasie solltest du Bücher schreiben. Das glaub ich nicht. Niemals. Ich kenne meine Eltern.«

»Ich weiß. Denen du wie aus dem Gesicht geschnitten bist.

Darüber sprachen wir schon«, entgegnete er genervt. »Anna, stell dich nicht taub und blind. Lies einfach in der Bibel nach. Dort gibt es eine Stelle über die Menschenkinder der Engel. Es hat immer mal wieder welche gegeben, wenn auch nicht allzu oft.«

»Die Bibel ist doch kein Lexikon. Außerdem sind die Texte uralt und man kann sie nicht einfach wörtlich nehmen.«

Leo schüttelte tadelnd den Kopf. »Schlag nach. Genesis, Kapitel 6, Vers 1 bis 4, dann reden wir weiter. Jetzt geh schon.«

Das brauchte er mir nicht zweimal sagen.

»Warte hier. Ich bin gleich wieder da«, zischte ich.

Im Laufschritt eilte ich zurück. Meine Gedanken rotierten. Ich rannte die Treppenstufen hinauf bis zu unserer Wohnung, ohne aus der Puste zu kommen. Mein Adrenalinspiegel war immer noch beachtlich. Ich zerrte die Bibel vom Nachttisch und ließ mich aufs Bett fallen. Früher hatte ich dieses Buch so gut wie nie aufgeschlagen. Aber in den letzten Tagen war es zu meiner bevorzugten Lektüre geworden. Ich musste von der Schlangenszene nur ein paar Seiten weiter blättern:

Als sich die Menschen über die Erde hin zu vermehren begannen und ihnen Töchter geboren wurden, sahen die Gottessöhne (Waren das die Engel?), *wie schön die Menschentöchter waren, und sie nahmen sich von ihnen Frauen, wie es ihnen gefiel.*

Das waren ja wunderbare Nachrichten! Ich las weiter: *Da sprach der Herr: Mein Geist soll nicht für immer im Menschen bleiben, weil er auch Fleisch ist; daher soll seine Lebenszeit hundertzwanzig Jahre betragen.*

Das klang doch ganz interessant. Hundertzwanzig Jahre, das wäre heutzutage einen Eintrag ins Guinness-Buch der Rekorde wert. Sollte Leo die Wahrheit sagen, würde ich dann etwa auch so alt werden?

In jenen Tagen gab es auf der Erde die Riesen, und auch später noch, nachdem sich die Gottessöhne mit den Menschentöchtern eingelassen und diese ihnen Kinder geboren hatten.

Ich schlug das Buch zu, legte es zurück auf meinen Nachttisch und schloss kurz die Augen. »Riesen, Gottessöhne«, flüsterte ich. Plötzlich fühlte ich mich erschöpft und ausgelaugt. Ich ließ mich aufs Bett kippen und wollte einfach liegen bleiben. Wenn ich zurückginge, würde ich Dinge erfahren, die ich eigentlich nicht glauben konnte.

»Aus welcher Anstalt Leo wohl geflohen ist?«, fragte ich mich und schüttelte den Kopf. Verrückte Antworten waren immer noch besser als meine eigene Ratlosigkeit. Auf zur zweiten Runde. Ich stand auf und lief die Treppe hinunter.

»Das reicht mir nicht«, begrüßte ich ihn unfreundlich. »Außerdem ist dort nur die Rede von Gottessöhnen und nicht von Engeln. Da steht nicht, dass es weibliche Engel gibt.«

Leo saß im Schneidersitz auf der Wiese und rauchte eine Zigarette.

»Du darfst das alles nicht so wörtlich nehmen, Engelchen«, grinste er. »Natürlich ist das bei dir nicht so wie damals. Ich wollte dir nur zeigen, dass auf dieser Welt schon erstaunliche Dinge passiert sind.«

Ich schaute auf ihn herab. »Ich glaub dir kein Wort. Da ist überhaupt nicht die Rede von Gottestöchtern oder weiblichen Engeln.«

Er legte den Kopf in den Nacken und schaute zu mir hoch. »Wen wundert's? Das Buch wurde schließlich von Männern geschrieben. Das trübt den Blickwinkel. Überhaupt männlich oder weiblich. Welchen Unterschied macht das schon?« Auffordernd klopfte er auf den Boden. »Komm, setz dich. Sonst ist es so ungemütlich. Ich fürchte, wir werden ein längeres Gespräch führen müssen.«

Ich setzte mich ihm gegenüber. Wir waren nur wenige Meter von der Klostermauer entfernt und ich hatte das Gefühl, dass die Madonnenfigur über dem Eingangsportal uns aufmerksam beobachtete. Meine Nerven waren wirklich überreizt. Ich versuchte mal wieder, meinen Atem zu kontrollieren.

»Zigarette?«, fragte er und hielt mir ein geöffnetes silbernes Zigarettenetui hin. »Das entspannt dich.«

»Nein, danke.«

Er lächelte vielsagend. »Natürlich nicht. Bist ein braves Mädchen.«

»Ich glaub dir die ganze Geschichte nicht.« Abwehrend verschränkte ich die Arme vor der Brust.

»Das hatte ich befürchtet. Jetzt hab ich den Ärger am Hals. Ich muss dir etwas beweisen, was ich dir nie erzählen wollte.« Gespielt theatralisch verdrehte er die Augen.

»Dann versuch es«, forderte ich ihn auf.

»Was genau glaubst du nicht? Dass es Mischwesen gibt?« Er

zog genüsslich an seiner Zigarette und blies den Rauch langsam wieder aus.

Mach jetzt bloß keine Ringe oder Segelschiffe, die durch die Rauchkringel fahren, dachte ich. Muriel liebte diese Szene bei *Herr der Ringe*. Ich fühlte mich auch so schon, als wäre ich mitten in einem Fantasy-Abenteuer gelandet.

»Genau, glaub ich nicht.«

»Du hast in der Bibel gerade von den ersten Mischwesen gelesen. Gott, der Schöpfer, hat es den Engeln und allen anderen natürlich verboten, sich mit den Menschen einzulassen, weil die Kinder immer für ein heilloses Durcheinander gesorgt hatten. Nicht ganz Mensch und nicht ganz Engel, brachten sie das Gleichgewicht zwischen den Welten mehr oder weniger ins Wanken«, begann er im Plauderton zu erzählen, als wäre es ein schönes Märchen. »Aber im Laufe der Jahrtausende kam es ab und zu vor, dass ein Engel dieses Verbot missachtete. So unschuldig und rein, wie die immer tun, sind die nämlich gar nicht. Die wollen einfach keine Fehler zugeben.« Er zog ein letztes Mal an seiner Zigarette und drückte sie am Boden aus.

»Das klingt so, als würdest du Engel nicht mögen«, stellte ich erstaunt fest.

»Stimmt. Engel sind die Schlimmsten. Die anderen kümmern sich wenigstens um ihren Nachwuchs«, erwiderte er. Er ließ die abgebrannte Zigarette in der Wiese liegen, nahm eine neue und zündete sie mit einem Streichholz an.

»Du wirst doch die Kippe hier nicht einfach liegen lassen?«, fragte ich ihn.

»Wen stört's?«, meinte er gut gelaunt.

»Mich. Was ist, wenn ein Tier die Kippe frisst oder ein kleines Kind sie sich in den Mund steckt? Das ist gefährlich.«

Leo lachte, bis er sich die Tränen aus den Augenwinkeln wischen musste. »Du bist mir so ein Engelchen.« Trotzdem nahm er die Kippe und steckte sie sich in die Hosentasche seiner Jeans.

»Hoffentlich hast du sie ordentlich ausgedrückt. Nicht dass du gleich in Flammen aufgehst.«

»Das wäre durchaus möglich«, erwiderte er munter. »Aber zurück zu den Engeln. Wenn unerlaubterweise mal wieder ein kleines Menschenenglein entsteht, versuchen die Engel natürlich alles, um die Affäre zu vertuschen und geheim zu halten. Im Himmel können sie ein solches Kind nicht behalten, es zu töten, widerspricht normalerweise ihrer Natur, daher bleibt nur der Ausweg, es auf die Erde zu bringen. Solange die Wesen klein sind, kann man nicht vorhersehen, ob oder wie stark die Engelsfähigkeiten ausgeprägt sind, daher ist es besser, diese Kinder unter Verschluss zu halten. Sicherheitshalber.«

Ich ahnte schon, was jetzt kommen würde.

»Lange Zeit hatte es sich bewährt, die Kinder in ein Kloster zu stecken. Euer Kloster war da immer recht beliebt. Die Halbengel blieben dort, führten ein mehr oder weniger gottesfürchtiges Leben und fielen nicht weiter auf. Einige besonders begabte wurden heilig gesprochen oder je nach gesellschaftlicher Stimmungslage manchmal auch verbrannt. Aber das ist schon eine Weile her. Die Zeiten haben sich geändert. Denn jetzt gibt es

Handys, Fernsehen, Internet und Social Media. Die Hölle ist überall. Aber es dauert, bis sich so etwas bei den Engeln rumspricht. Sie gehören nicht zur schnellsten Sorte unter Gottes Wesen. Ein Kloster ist heutzutage nicht mehr geeignet, einen Halbengel auf Dauer von der Welt fernzuhalten, wie man bei dir ja sieht. Das Zeitalter der Aufklärung und die Suche nach Selbstbestimmung haben die dort oben wohl verpennt. Wie gesagt: Tempora mutantur. Wenn du mir folgen kannst?«

»Nein«, erwiderte ich.

»Hast du kein Latein in der Schule?«, fragte er unschuldig und rauchte vor sich hin. Ich hatte das Gefühl, dass er inzwischen von einer zarten Schicht Rauch und Qualm umgeben war.

»Doch. Ich lerne Latein. Tempora mutantur – die Zeiten ändern sich. Das verstehe ich. Aber willst du behaupten, ich sollte im Kloster eingesperrt werden?«

»Genau, das war der Plan. Früher war das kein Problem. Es war üblich, ein Kind einem Kloster zu schenken und man konnte davon ausgehen, dass es dort bis zu seinem Lebensende blieb. Sehr praktisch war das. Und genau da haben die Engel nicht mitgedacht. Du wirst wohl kaum die ewigen Gelübde ablegen?«, fragte er interessiert und starrte mir mal wieder auf den Busen. »Wäre wirklich schade, pure Verschwendung deiner Anlagen.«

Warum unterhielt ich mich mit diesem unverschämten Kerl?

»Wohl kaum. Aber wo liegt das Problem?«

»Das ist ganz einfach. Die Mischwesen stören das Gleichgewicht und glaub mir, das Gleichgewicht ist ohnehin labil genug.«

»Sehr hübsch, diese Geschichte von den Engeln und ihren Kindern. Aber sie hat nichts mit mir zu tun.«

»Jetzt geht das wieder los! Ich hatte gehofft, du würdest die Wahrheit langsam mal schlucken. Du bist vielleicht starrsinnig.« Er steckte sich die dritte Zigarette mit dem noch glühenden Stummel an und schüttelte resigniert den Kopf. Er zog kräftig. Die Kippe steckte er in die Hosentasche. Ich war mir sicher, dass er sie nicht gelöscht hatte.

»Früher waren die Menschen leichter zu überzeugen.« Er nahm einen tiefen Zug. »Obwohl, das stimmt so auch nicht«, sinnierte er.

»Du rauchst zu viel«, stellte ich fest.

Er lächelte nachsichtig. »Da hast du recht, Anna. Ist berufsbedingt. Erinnert mich ein wenig an zuhause.«

Wie auf ein geheimes Signal unterbrachen wir beide gleichzeitig unsere Unterhaltung und schauten zum Klostertor. Wenige Minuten später trat Frau Meissner, meine Lateinlehrerin, durch den steinernen Torbogen. In einer Hand trug sie ihre große schwarze Lehrerinnentasche und in der anderen einen gut gefüllten Stoffbeutel.

»Grüß Gott, Frau Meissner«, grüßte ich sie automatisch.

»Hallo Anna«, erwiderte sie lächelnd. »Schwester Renata hat mir gerade ein paar Prachtexemplare eurer Zucchini geschenkt.«

»Wunderbar. Die schmecken wie der Sommer selbst«, antwortete ich.

Frau Meissner musterte Leo und sagte zurückhaltend »Grüß Gott« zu ihm.

Leo nickte ihr zu und antwortete freundlich. »Wohl kaum. Aber lassen Sie sich die Zucchini schmecken.«

Frau Meissner blickte ihn ratlos an und ging ohne ein weiteres Wort.

»Du hast vorhin erzählt, dass du Menschen wahrnehmen kannst, bevor du sie siehst. Wie ist das?«, nahm Leo das Gespräch wieder auf, als hätte es keine Unterbrechung gegeben.

Ich war mir sicher, er hatte es genauso wie ich gespürt, dass sich uns jemand näherte. Ich war scheinbar nicht die Einzige, die das fühlen konnte. »Nicht nur Menschen, auch Tiere, Pflanzen, Dinge. Es ist ihre Präsenz, sie strahlen etwas aus, eine Energie, die sie umgibt. Ich kann das sehen. Nicht nur mit den Augen.«

»Eine Aura«, schlug er vor.

Ich nickte. »Spürst du das auch? Diese Aura?«

Er zuckte nur mit den Achseln und gab keine Antwort.

»Ich spüre noch mehr als die reine Anwesenheit, ich nehme Emotionen wahr und ich weiß ...«, ich zögerte, »ich weiß, wie eine Seele aussieht.«

Warum hatte ich ihm das erzählt? Noch nie hatte ich mit jemand darüber gesprochen. Nicht einmal mit Herrn Li.

»Das ist erstaunlich, wirklich sehr ungewöhnlich«, hörte ich ihn murmeln. Die Worte waren nicht für mich bestimmt gewesen. »Und kennst du noch andere Menschen, die diese Dinge wahrnehmen?«, fragte er.

»Nein. Aber es gibt bestimmt noch andere. Auf diesem Planeten leben fast acht Milliarden Menschen. Ich kenne nur zu wenige.« Damit hatte ich mich bisher immer getröstet.

Er lächelte wissend und das konnte ich nicht ausstehen. Ich spürte die abgekühlte Wut wieder auflodern.

»Egal«, wiegelte er ab und wechselte abrupt das Thema. »Wie waren deine Mitmenschen bisher zu dir? Bist du unbeliebt? Wirst du in der Schule gemobbt? Fühlst du dich unfair behandelt? Bekommst du, was du willst oder bist du oft unglücklich?«

Was sollten diese Fragen? Ich pflückte ein Gänseblümchen und drehte es zwischen den Fingern. Die Blütenblätter waren strahlend weiß. »Von den letzten Tagen mal abgesehen, nein, alles war gut. Ich finde das Klosterleben nur manchmal etwas langweilig.«

Schon wieder klappte er das Zigarettenetui auf. »Das habe ich mir gedacht, du kannst Energien und Seelenanteile sehen, du rufst bei den Menschen in deiner Nähe nur positive Gefühle hervor, du harmonisierst jede Gemeinschaft, vermutlich vertrauen dir alle, vielleicht kannst du sie sogar beeinflussen und so weiter. Anna, das ist nicht normal, das ist der Engelsanteil deines Charakters.«

»Blödsinn.« Ich begann, dem Gänseblümchen die Blütenblätter auszureißen. Ein Engel hätte das bestimmt nie getan, eine unschuldige Blume zu misshandeln. Leo schaute mir zu, bis die arme Blume kein Blütenblättchen mehr hatte und ich sie zurück ins Gras fallen ließ.

»Außerdem ist deine Haut perfekt, elfenbeinfarben, fast durchscheinend. Du bist ein kleines bisschen heller, als Menschen es normalerweise sind, so als würde Licht hindurchschimmern. Es ist nicht viel, aber wenn man aufpasst, kann man dieses innere Leuchten wahrnehmen.«

»Quatsch.« Ich musterte meinen Arm, der von der Sommersonne leicht gebräunt war. Da war nichts durchscheinend oder elfenbeinfarben, auch wenn ich zugeben musste, dass die Beschreibung mir schmeichelte. »Sieh doch, ich werde braun. Das würde man bei meinen hellen Haaren gar nicht erwarten.«

»Das musst du von deinem Vater haben. Er war Italiener. Der Menschenanteil ist ziemlich dominant.«

Vor Staunen blieb mir der Mund offen stehen. »Deine Geschichte wird ja immer besser. Ein Engel und ein Italiener!«

Leo musterte mich. »Italiener sollen gut ankommen. Deiner Mutter hat er auf jeden Fall gefallen.«

Ich schnappte nach Luft, wie ein Fisch auf dem Trockenen.

»Ich weiß, dass das alles für dich unglaublich klingt. Aber werd jetzt bloß nicht hysterisch.«

Ich und hysterisch? Nie. Am liebsten hätte ich laut losgeschrien. Morgen würde ich diesen Irrsinn Muriel erzählen und wir würden zusammen darüber lachen.

Leo schüttelte den Kopf. »Mädchen, Mädchen, dreh mir bloß nicht durch. Nimm eine Zigarette, das hilft«, bot er mir erneut an.

Ich winkte nur ab. »Mein vermeintlicher Vater, was weißt du von ihm?«

»Nicht viel«, blockte er ab, »und das tut auch nichts zur Sache.«

»Tut nichts zur Sache?«, fragte ich verblüfft. »Du erzählst mir hier unglaubliche Dinge und was mich wirklich interessiert, tust du als unwichtig ab.«

Leo seufzte. »Von mir aus. Aber ich weiß wirklich nicht viel. Dein Vater war wie gesagt Italiener. Katholischer Priester in irgendeinem kleinen süditalienischen Dörfchen. Er war leidenschaftlicher Exorzist und hat sich auf die Dämonenjagd spezialisiert. Muss ein ziemlicher Spinner gewesen sein. Auf jeden Fall trieb er es zu bunt und gefährdete damit das Gleichgewicht.«

»Das Gleichgewicht?«, stellte ich ungläubig fest.

»Genau dieses. Sogar den Engeln wurde sein Eifer zu viel und sie schickten ein Engelchen los, um ihn zur Ordnung zu rufen. Für deine Mutter scheint das der erste Außendienst gewesen zu sein und sie verliebte sich anscheinend in diesen schleimigen Möchtegern-Dämonenjäger.«

»Hallo? Du sprichst immerhin von meinem Vater«, empörte ich mich künstlich.

»Dann glaubst du mir also?«, fragte er amüsiert.

»Nein. Ich meine das eher hypothetisch«, wehrte ich ab.

Leo grinste. »So, so. Hypothetisch.«

»Lebt mein Vater noch?«, fragte ich vorsichtig. Vielleicht konnte ich wenigstens einen Elternteil von mir kennenlernen. Ob er überhaupt von meiner Existenz wusste?

»Nein. Wurde von ein paar Dämonen gefressen«, antwortete Leo beiläufig und zog an seiner Zigarette. Die wievielte war das inzwischen?

Ich starrte ihn an. Beinahe wäre ich auf seine Geschichte hereingefallen.

»Du hältst mich zum Narren.« Ich machte Anstalten aufzustehen. »Ich glaube, ich muss langsam ins Kloster zurück.«

»Werd jetzt bloß nicht empfindlich«, erwiderte er. »Mit Dämonen zu kämpfen, scheint auf jeden Fall in der Familie zu liegen. Aber du hast mehr Talent und bist offensichtlich besser vorbereitet.«

Ich schnaubte abfällig. Der Kerl ging mir gehörig auf die Nerven. Von unserem Pfarrer und Muriels Büchern war ich zwar eine Menge Dämonengeschichten gewohnt, aber davon war keine einzige wahr. Hoffte ich zumindest!

»Zurück zum Thema: inneres Leuchten«, nahm Leo den Faden wieder auf. »Sieh dir Fotos an, wo die Gesichter der Umstehenden im Schatten liegen. Nur du bist immer eindeutig zu erkennen. Es sieht so aus, als wärst nur du geblitzt worden. In eurem Schulschaukasten hängt ein gutes Beispiel. Du stehst mit deinen Mitschülerinnen in der schwach beleuchteten Kirche bei einem Chorauftritt. Das Licht kommt von hinten. Dich erkennt man sofort, als wäre eine Taschenlampe auf dein Gesicht gerichtet gewesen. Schau es dir an!«

»Ok, dann machen wir das jetzt.« Ich stand auf. »Wenn du willst, kannst du mich begleiten.«

»Gerne.« Geschmeidig kam er auf die Beine und klopfte sich ein paar Gänseblümchenblätter von der Jeans ab.

Ich steuerte auf das Eingangstor zu, weil ich den kürzesten Weg durch den Klostergarten nehmen wollte.

»Mir wäre es lieber, wenn wir außenrum gehen würden«, schlug er vor.

»Von mir aus«, gab ich seiner Bitte nach und musterte ihn von der Seite. »Warum soll ich dir eigentlich glauben, dass du mit den Anschlägen der letzten Tage nichts zu tun hast?«

»Ist dir in meiner Gegenwart bisher auch nur ein einziges Haar gekrümmt worden?«, antwortete er mit einer Gegenfrage. »Wenn ich dir etwas hätte antun wollen, hätte ich unter dem einsam gelegenen Lindenbaum ausreichend Gelegenheit dazu gehabt.«

»Vielleicht willst du mich quälen.«

»Nein. Ich versichere dir, von mir droht dir keine Gefahr.« Pause. »Im Moment wenigstens.« Diesen kleinen Zusatz hatte ich sehr wohl gehört oder war es nur ein Gedanke in seinem Kopf gewesen? Ich war mir nicht sicher, ob sich seine Lippen bewegt hatten.

»Außerdem hast du mich vorher angegriffen. Du kannst das, gewöhnliche Menschen verfügen nicht über diese Fähigkeiten.«

»Ach, das. Das ist keine Zauberei. Das hat mir Herr Li beigebracht.«

»Der Koch«, stellte er nüchtern fest.

»Genau der Koch«, antwortete ich. »Er kocht wunderbar.«

»Das hatte ich mir fast schon gedacht. Und er hat dir natürlich auch das Kochen beigebracht.«

»Selbstverständlich«, gab ich zurück.

»Früher wurde hier gefastet und Bier gebraut. Heute wird asiatisch gekocht. Was ist nur aus diesem Kloster geworden?« Er schüttelte den Kopf.

Ich konnte nicht nachfragen, was er damit meinte, weil wir

in der Zwischenzeit den Schaukasten erreicht hatten. Leo zeigte mit dem Finger auf das erwähnte Bild und tatsächlich war ich besser zu erkennen als meine Mitschülerinnen. Ich konnte mich kaum losreißen. Auf diesem Foto sah ich wirklich aus wie das Nürnberger Christkind, mit wallendem Goldhaar und strahlendem Gesicht.

Panik stieg in mir auf und ich wäre lieber von schwarzen Fäden oder mutierten Elektrikern angegriffen worden, als dieses Foto weiter anzustarren. Das Undenkbare wurde hiermit zu einer realen Möglichkeit und das machte mir Angst.

»Das ist Zufall. Ich wurde von irgendetwas angestrahlt.« Aber bei der spärlichen Beleuchtung hier im Kloster konnte ich absolut sicher sein, dass da keine zusätzliche Lampe vor oder über mir gewesen war.

»Wie du meinst. Dann ist es Zufall.« Sein Blick war spöttisch.

Es war zwar erst Nachmittag, aber ich fühlte mich bereits todmüde und völlig erschöpft. Ich konnte mich kaum noch auf den Beinen halten. Die Konfrontation mit meiner Herkunft haute mich förmlich um. Zu gerne hätte ich immer noch an Leos Worten gezweifelt, doch ich wusste jetzt, dass er die Wahrheit sagte. Endlich verstand ich, warum ich anders war.

»Ich glaube, ich muss mich hinlegen.«

Ich, ein halber Engel? Mein Verstand wehrte sich noch dagegen, in meinem Innersten jedoch kehrte eine unermessliche Ruhe ein.

Leos Blick war verständnisvoll. »War verdammt viel für dich. Du weißt, wo du mich findest.«

Ich nickte nur und schleppte mich zurück ins Kloster und dann in unsere Wohnung. Jede Treppenstufe schien meine letzte Kraft zu fordern und es dauerte eine Ewigkeit, bis ich in meinem Zimmer auf mein Bett fallen konnte.

Nach etwa einer Stunde erwachte ich aus tiefem Schlaf, vielleicht war ich auch bewusstlos gewesen. Mein Gehirn hatte die Notabschaltung durchgeführt und die Gedankenflut kurzzeitig zum Stillstand gebracht.

Vor meinem Gespräch mit Leo hatte ich einen Berg Fragen gehabt, jetzt war es ein Gebirge. Und ich hatte immer noch keine Ahnung, was hier wirklich passierte.

Ich stellte mich unter die Dusche und zog mir danach frische Sachen an. Ich hatte das erstbeste Kleid aus dem Schrank gezerrt. Es war dunkellila. Meine Haare waren noch feucht und hingen mir in schweren, dicken Strähnen über die Schultern. Was hätte ich sonst tun sollen? Ich musste doch erfahren, was noch alles auf mich zukommen würde. Langsam, wie ferngesteuert, stieg ich die Treppe hinunter. Wenn ich wirklich ein Engel gewesen wäre, hätte ich fliegen können. Aber von Flügeln fehlte bei mir jede Spur.

Ich traf Mutter Hildegard im ersten Stock. Sie hatte den Arm voller Zucchini und lächelte mich an. Warum waren alle immer freundlich zu mir? Ich schaute in Mutter Hildegards gütige Augen und sah darin Sorge und sehr viel Liebe, wie immer.

»Heute Abend gibt es kalte Zucchinisuppe. Magst du in der Küche helfen?«

Verneinend schüttelte ich den Kopf. Meine Kehle war wie zugeschnürt und das lag nicht daran, dass ich überhaupt keine Lust hatte diese langweiligen, gurkenähnlichen Gebilde zu schnippeln. Ich hatte den armen Elektriker, der den Schwestern helfen wollte, ohne mit der Wimper zu zucken, krankenhausreif geschlagen. Wenn er sich nicht verwandelt hätte, das Böse aus ihm verschwunden wäre, hätte ich ihn vermutlich sogar getötet. Als mir das bewusst wurde, erschrak ich vor mir selbst. Zu töten hatte mich Herr Li nicht gelehrt. Der Äbtissin rutschte eine Zucchini aus der Hand. Ich fing sie im Flug und reichte sie ihr. Was wusste sie über mich und meine Herkunft? Wenn Leos absurde Theorie stimmen sollte, wie war ich dann ins Kloster gekommen? War ich wie ein Findelkind vor der Klosterpforte abgelegt worden? War der 26. Juli nicht mein Geburtstag, sondern nur mein Liefertag? Welche Geheimnisse bewahrten die Schwestern? Warum hatten sie mir nie etwas erzählt? Das kleine Samenkörnchen Zweifel war inzwischen zu einem Urwaldriesen herangewachsen.

»Zucchini hatten wir ja schon lange nicht mehr«, erwiderte ich und bemühte mich, normal zu klingen. »Wie geht es Herrn Stromberg? Hat er sich schlimm verletzt?«

»Ach, der Ärmste. Er war ganz verwirrt. Er hat sich den rechten Arm und den linken Unterschenkel gebrochen. Muss böse gesplittert sein. Er wird morgen operiert. Außerdem hat er unzählige Prellungen und ein verrenktes Knie. Er wird einige Tage im Krankenhaus bleiben müssen.«

»Das tut mir leid.«

»Er muss sehr unglücklich von der Leiter gestürzt sein. Aber der Arzt meint, es wird alles wieder gut. Obwohl er nicht mehr der Jüngste ist.«

»Da bin ich aber froh. Ich mache noch einen kleinen Spaziergang. Bis zum Essen bin ich zurück.«

»Pass auf dich auf und geh nicht zu weit«, bat Mutter Hildegard.

Sie alle wussten es. Ich war mir sicher.

Auf dem Weg nach draußen traf ich Herrn Li, der mich bat Bierbänke und -tische für das Weißwurstessen nach der Beerdigung aufzustellen. Ich vertröstete ihn auf später und versprach, nach dem Abendessen zu helfen.

Dann kam Clara, die meine Unterstützung beim Ausdrucken von Liedblättern brauchte. Das war in fünf Minuten erledigt. Sie wirkte fast enttäuscht, dass ich so schnell damit fertig war.

Als Nächstes schleppte ich für Schwester Immaculata noch Gießkannen zu den Rübenbeeten. Normalerweise wässerte sie diese morgens mit dem Gartenschlauch.

Langsam aber sicher hatte ich den Verdacht, dass mich alle mehr oder weniger instinktiv am Verlassen des Klosters hindern wollten. Spürten sie, dass ich der Wahrheit nah war?

Mir reichte es. Im Obstgarten schlug ich drei weitere Bitten aus, was mich durchaus Überwindung kostete. Aber ich würde platzen, wenn ich nicht endlich Antworten bekam. Vor allem stand dort draußen jemand, der Erklärungen hatte, ob sie mir gefielen oder nicht.

Als dann auch noch mein Handy klingelte, drückte ich den Anruf einfach weg. Es reichte. Meine Stimmung war geladen. Schwungvoll stieß ich das Tor der Gartenpforte auf und blickte mich ungeduldig um. Wo steckte der Kerl?

Lange zwei oder drei Minuten später löste sich Leo aus dem Schatten eines Baumes. Ich hatte ihn nicht wahrgenommen.

»Hast du eigentlich nichts Besseres zu tun, als hier herumzulungern?«, blaffte ich Leo an.

Übertrieben freundlich deutete er eine Verbeugung an, die so ganz anders war als die von Herrn Li. »Im Moment gerade nicht. Ich war mir sicher, dass du mehr wissen willst und stehe voll zu deiner Verfügung. Hübsch siehst du aus. Lila steht dir ausgezeichnet.«

Die Hitze hatte nachgelassen. Das Sonnenlicht wurde langsam sanfter und blendete nicht mehr. Ich musterte ihn. Seine Augen waren blau, tiefblau, wie der Sommerhimmel über uns. Kein Mensch hatte solch eine intensive Augenfarbe und vor allem kannte ich bisher niemanden, der sie wechseln konnte. Auch er wirkte frisch geduscht, glatt rasiert und hatte sich umgezogen. Er trug jetzt Turnschuhe, eine graue Hose und ein schwarzes Hemd und hätte nicht besser aussehen können. Wo war er gewesen? Ich traute mich nicht, danach zu fragen, weil ich seine Antwort instinktiv fürchtete.

»Hast du geschlafen?«, fragte er.

Ich nickte. Das Wort *bewusstlos* hätte es eher getroffen. Mein überforderter Geist hatte mir eine Zwangspause verordnet. Ich fühlte mich immer noch wie betäubt.

»Während du weg warst, habe ich mir überlegt, dass ich dir die Zusammenhänge erklären sollte. Du musst das große Ganze begreifen, sonst kommst du nicht mit.«

Ich fühlte mich wie ein kleines Boot auf dem stürmischen Ozean in Seenot. Völlig orientierungslos.

»Dann erklär mir die Welt«, bat ich ihn schicksalsergeben. Was blieb mir auch anderes übrig.

»Das hast du schön gesagt, Anna.« Er lächelte. »Es ist mir eine Ehre, das zu tun.«

»Na dann«, forderte ich ihn auf.

»Wenn du magst, gehen wir zu deinem Platz unter der Linde und setzen uns dort in den Schatten. So schnell ist die Welt nämlich nicht erklärt und ich finde es besser, wenn wir ungestört sind.« Er drehte sich um und holte hinter dem Stamm eines Ahorns einen Korb hervor. »Ich habe auch eine kleine Erfrischung mitgebracht.« Mit diesen Worten hielt er den altmodischen Koffer aus Weidengeflecht hoch.

»Ein Picknick?«, fragte ich verblüfft.

»Du wirst eventuell eine Stärkung brauchen.« Den Korb lässig unter den linken Arm geklemmt, ging er voraus und ich folgte ihm. Warum lief ich diesem Kerl hinterher, der sich einbildete, mir die Welt erklären zu können? Aber wahrscheinlich konnte er es. Wenigstens seine Sicht.

Warm spürte ich die Sonne auf meinem Rücken. Inzwischen waren meine Sinne wieder klar und aufnahmefähig. Ich hörte Insekten summen und das Gras wachsen, fast wenigstens. Mein Blick glitt über blühende Wiesen. Duftender Klee und saftig gelbe Butterblumen wiegten sich im lauen Wind. Der Tag war schön, wie ein Geschenk. Die Natur um mich zu betrachten, half mir, zu mir selbst zu kommen.

Leo ging vor mir, mit kraftvollen Schritten. Ich betrachtete ihn, seine schmalen Schultern, seinen Rücken, seinen Hintern. Er musste meinen Blick gespürt haben, denn er drehte sich um, blieb stehen und wartete, bis ich neben ihm war. Gemeinsam, Seite an Seite, gingen wir weiter.

»Du stehst unter Schock«, stellte er fest. Er hatte meinen Blick falsch gedeutet und ich war froh, dass er sich schwertat, meine Gedanken zu erraten.

»Es wird besser, wenn ich hier draußen bin und durch die Wiesen gehe. Das beruhigt mich.« Dass sein Anblick mich sowohl von meinen Sorgen als auch von der Harmonie der Welt ablenkte, ließ ich unerwähnt.

»Typisch.« Leo seufzte.

»Was ist typisch?«

»Ihr Engel seid harmoniesüchtige Geschöpfe. Natur ist Balsam für eure Seelen. Glaubst du mir inzwischen?«

»Ich habe mich noch nicht endgültig entschieden«, entgegnete ich leichthin.

»Es ist nichts, was du entscheiden könntest. Es ist die Wahrheit«, erwiderte er knapp.

Unter der Linde klappte er seinen riesigen Picknickkorb auf, entfaltete eine rot-schwarz karierte Decke und legte sie auf den Boden. Dann holte er Gläser, Teller, Besteck, weiße Stoffservietten, Weintrauben, Käse, Baguette, Wasser und Weißwein heraus und arrangierte alles sorgfältig. Ich war sprachlos. Mein Magen knurrte wenig zurückhaltend.

»Komm, setz dich«, forderte er mich auf.

Er entkorkte den Wein und schenkte ihn in schwere, handliche Gläser.

»Ich trinke keinen Wein«, lehnte ich ab.

»Das habe ich befürchtet«, erwiderte er grinsend. »Keine Laster. Aber du bist natürlich auch noch zu jung, um Alkohol zu trinken.« Er öffnete die Wasserflasche. »Aber es würde dich lockerer machen und du würdest dich der Wahrheit nicht länger verschließen.« Einladend hob er die Flasche hoch.

Ich schüttelte den Kopf.

»Was hältst du davon, wenn ich den kleinen Schluck Wein mit Wasser verdünne?«

»In Ordnung«, stimmte ich zögernd zu.

Er reichte mir mein Glas und stieß mit mir an. »Auf deine Gesundheit und ein langes Leben.«

»Das Gleiche für dich«, erwiderte ich seinen Trinkspruch. Ich war tatsächlich durstig. Das Getränk war angenehm kühl und erfrischend. Leo beobachtete mich amüsiert. Mit ausgestreckten Beinen lehnte ich mich zurück und blickte über die sanften, grünen Hügel.

»Mein Gott, Leo, ist das ein vollkommener Tag.«

Er schaute mich erstaunt an. »Dass du in deiner Situation noch so viel Sinn für die Schönheit der Welt hast, wundert mich ehrlich gesagt.«

Der Augenblick hätte perfekt sein können, wenn sich nicht

immer wieder verstörende Gedankenfetzen in meinen Kopf geschlichen hätten. Die sterbende Benedikta, der fassungslose Ausdruck von Herrn Stromberg, als er auf dem Kirchenboden lag.

»Ich habe den alten Mann schwer verletzt, er liegt im Krankenhaus, und morgen begraben wir Schwester Benedikta.« Mit diesen Worten vernichtete ich die friedliche Idylle.

Leo biss ein großes Stück vom Camembert ab und antwortete mit vollem Mund. »Das mit dem Elektriker war nur ein Unfall. Du hast dich vermutlich gegen einen fetten Dämon gewehrt, der den Körper des Mannes als Tarnung benutzte. Er hatte einfach Pech, dass er zur falschen Zeit am falschen Ort war. Dämonen nehmen, was sie kriegen können. Vielleicht ist Benedikta demselben Dämon begegnet und war nicht so schlagkräftig wie du.« Damit kaute er weiter. Leo sprach so selbstverständlich von einem Dämon, als würde es sich dabei um eine Katze oder einen Hund oder ein anderes unfolgsames Haustier handeln.

»Musst du probieren. Schmeckt wunderbar«, bot er mir das Stück an, von dem er gerade abgebissen hatte. »Ist Ziegencamembert«, ergänzte er in herausforderndem Tonfall.

Ich verstand ihn sofort. »Den du auf dem Wochenmarkt gekauft hast?«

»Gute Kombinationsgabe«, entgegnete er anerkennend. »Du solltest nach dem Abitur vielleicht zur Polizei gehen.«

Die Schwestern, die wirklich jede Einnahmequelle nutzten, belieferten den Marktstand eines ortsansässigen Bauern mit selbstgemachten saisonalen Produkten. Zurzeit waren das vor allem eingelegte Zucchini, selbst eingekochte Tomatensauce und eben Ziegenkäse, den Herr Li herstellte.

»Du wolltest am Markt Herrn Li treffen?«

»Aber natürlich. Nachdem du mir erzählt hast, was er dir alles beigebracht hat, war ich neugierig auf ihn«, gab er freimütig zu. »Man hat nicht oft die Gelegenheit, einen derart begabten Koch, Käser und Kampfkünstler zu treffen. Und ich muss schon sagen, sein Käse ist ausgezeichnet.«

»Und?«, fragte ich misstrauisch. »Hast du ihn getroffen?«

Leo biss erneut vom Käse ab und nickte.

»Hast du ihm erzählt, dass du mich kennst?«

Für die Antwort ließ er sich Zeit, legte den Käse zurück auf die Platte und griff nach dem zierlichen Käsemesser, das er nicht benutzt hatte.

»Nein. Ich hatte nämlich den Verdacht, dass du ihm nichts von mir erzählt hast.« Er lächelte mich amüsiert an. Dann nahm er den Käserest, roch daran und schob ihn sich in den Mund.

»Es wundert mich, dass du Geheimnisse vor deinem Lehrer hast«, stellte er kauend fest. Er war schwer zu verstehen. Der Bissen war zu groß gewesen. Warum war ich froh, dass er nichts von unserer Bekanntschaft erzählt hatte?

»Du solltest dir den Mund nicht so vollstopfen. Das ist gierig und man versteht dich kaum und außerdem geht dich das gar nichts an, was ich wem erzähle.«

Er schluckte. »Seh ich genauso. Gier ist eine meiner Stärken.«

Irgendetwas in mir warnte mich beständig, dass es nicht gut war, sich mit Leo zu treffen. Ich war sicher, dass Herr Li es mir verbieten würde. Aber es war meine Chance, die Wahrheit über mich zu erfahren. Leo schenkte mir Wein nach und vergaß diesmal das Wasser. »Ja, ja, die Gier. Sie ist eine der sieben Todsünden«, dozierte er. »Aber damit kennst du dich als brave Klosterschülerin und halbes Engelchen bestimmt aus.«

Das Gespräch entwickelte sich bedrohlich. Leos Aura auch. Ich fühlte mich zunehmend unwohl. Sein Blick wurde durchdringend und kühl. »Hochmut, Geiz, Zorn, Neid, Faulheit und nicht zu vergessen die gute alte Wollust.« Seine Augen funkelten gefährlich und seine Mundwinkel zuckten.

»Du wolltest mir von der Welt erzählen«, erinnerte ich ihn und lenkte von den Todsünden ab.

Er lehnte sich mit dem Rücken an den Baumstamm und schloss die Augen. »Gut, wechseln wir das Thema.« Und dann begann er mit angenehmer Erzählerstimme: »Das Wissen über den Aufbau der Welt ist uralt, so alt, dass es in der Menschenwelt fast schon vergessen ist. In Sagen, Märchen und alten Überlieferungen finden sich noch Spuren davon. Aber die moderne Weltsicht, die Technik und Fortschritt anbetet, begnügt sich mit der naturwissenschaftlich erklärbaren Ebene.« Er nahm eine Traube, warf sie in die Luft und fing sie mit dem Mund auf. »Es gibt aber viel mehr, als die Menschen mit ihrem beschränkten Verstand erfassen können. Die Welt besteht aus unterschiedlichen Schichten. Der Einfachheit halber fange ich mit den drei Hauptsphären an, die vielen Zwischenräume lasse ich jetzt mal aus. Diese Sphären werden in deinem Kulturkreis Himmel, irdische Welt und Hölle genannt. Weniger wertend als

Himmel und Hölle sind die Bezeichnungen Licht- und Schattenreich. Soweit ist dir das bekannt. Aber wer glaubt wirklich noch daran? Glaubst du an das himmlische Paradies und die ewige Verdammnis?« Er schaute mich fragend an.

»Ich habe das bisher eher für eine bildhafte Darstellung gehalten«, gab ich zu und zog meine Beine an.

»Du glaubst es also nicht«, fasste er zusammen. »Und doch ist es wahr. Die Vorstellung mit Himmel oben und Hölle unten ist hingegen zu einfach. Die Teufel und Dämonen hausen nicht unter der Erde, sonst hätte man sie beim U-Bahn-Bau oder anderen Grabungsarbeiten längst persönlich angetroffen. Genauso wenig fliegen Engel über unseren Köpfen und gefährden den Flugverkehr.«

Er klang wie ein Lehrer, der sich gerne reden hörte. Ich gähnte, worauf Leo mich mit Trauben bewarf.

»Entspann dich bloß nicht zu sehr. Das ist hier keine nette Märchenstunde«, ermahnte er mich.

Ich fühlte mich ertappt.

»Dieses ganze System ist eins, geschaffen von dem alles umhüllenden Schöpfer, dem bewegungslosen Beweger, dem Einen, der Einen, des Einen, von allem und nichts, dem Grund allen Seins, von Gott selbst. Wie immer man das ausdrücken will. Ich leg mich da auf keine religiös oder weltanschaulich geprägten Begriffe fest.«

»Du sprichst von Gott. Ich hätte gar nicht gedacht, dass du ein religiöser Mensch bist.« Ich war ehrlich erstaunt.

»Du hörst mir nicht zu, Anna. Ich spreche nicht von Religion.

Mit diesem menschlichen Irrsinn will ich tatsächlich nichts zu tun haben. Ich erkläre dir den Aufbau der Welt. Religion ist das, was die Menschen sich zusammengereimt haben, um ihr Leben erträglich zu machen und um ihre Kriege zu rechtfertigen.«

»Ach.«

»Normalerweise sind die drei Hauptsphären voneinander ordentlich getrennt und das ist gut so, denn sonst würde es zu einem unüberschaubaren Chaos kommen. Das empfindliche Gleichgewicht zwischen den Schichten zu halten ist oberstes göttliches Gebot. Keine Ebene kann ohne die beiden anderen existieren. Das hat dir bestimmt dein kochender Lehrer auch schon erzählt: kein Licht ohne Dunkelheit, kein Tag ohne Nacht, kein Gut ohne Böse. Alles zusammen ist Gottes Schöpfung.«

»Die Dualität. Ja, davon spricht Herr Li oft. Keine Härte ohne Schwäche, keine Gewalt ohne Sanftmut, kein Frieden ohne Krieg«, zitierte ich die oft gehörten Gegensatzpaare. »Er sagt auch immer: Das Feste ist Wurzel des Leichten. Das Ruhende ist Meister des Eiligen.«

»Dieser Ausspruch ist zwar ursprünglich von Laotse. Aber Herr Li ist ohne Zweifel ein weiser Mann und hat viel dazugelernt«, bestätigte er. »Darum hat er dich den Kampf gelehrt.«

»Kennst du ihn schon länger?«, fragte ich irritiert.

»Nein. Wie kommst du darauf?«, gab er mit unschuldigem Blick zurück und schnitt das Baguette in Scheiben.

»Weil du gerade gesagt hast, er hätte viel dazugelernt.«

»Ich habe mich versprochen. Die Begegnung auf dem Wochenmarkt war unsere erste.«

Aber ich spürte, dass er log. Ehe ich nachfragen konnte, fuhr er fort.

»Du«, er zeigte mit dem Brotmesser auf mich, »deine bloße Existenz stört das Gleichgewicht zwischen den Sphären. Du gehörst nicht ganz auf die Erde und nicht ganz in den Himmel und ich vermute mal, das will jemand ändern. Darum wirst du angegriffen.«

»Und Sebastian und Schwester Benedikta? Welchen Part übernehmen sie in deiner Theorie?«

»Zufallsopfer. Weiter nichts.«

»Sie sind tot«, warf ich entrüstet ein.

Gleichgültig zuckte er mit den Achseln. »Bei diesem Sebastian weiß ich es nicht genau, aber deine Benedikta ist ohne Unterbrechung in Gottes Obhut gekommen, so rein und hell, wie ihre Seele war. Sieht man selten.«

Mir wurde schwindlig. Genauso hatte ich Schwester Benediktas Tod wahrgenommen. Die Puzzleteile fügten sich zusammen. »Aber warum war bisher nichts passiert und jetzt kommt es auf einmal so geballt?«

»Ist nur eine Vermutung, sicher bin ich mir auch nicht. Aber innerhalb der Klostermauern warst du bis jetzt abgeschirmt. Dieser Ort unterliegt einem besonderen Schutz, auch wenn die Nonnen die Aufsicht ziemlich vernachlässigen. Früher, als das Kloster noch ein Männerkonvent gewesen war, ging es strenger zu. Da wäre keiner durchgekommen. Aber während der Säkularisation geriet das alte Wissen in Vergessenheit. Bisher hattet ihr verdammt viel Glück, dass du ausreichend geschützt warst.

Der Platz ist mit unzähligen Gebeten aufgeladen und von mächtigen Ritualen besänftigt. Er ist heilig.«

»Gilt das auch für andere heilige Plätze, Kirchen oder so?«, fragte ich.

»Nur bedingt. Euer Kloster ist besonders, weil es in einer durchlässigen Gegend gebaut worden ist. Vor dem Christentum befand sich an dieser Stelle ein keltischer Kultplatz mit einer heiligen Quelle. Du kannst dir das wie Pforten vorstellen, die den Wechsel von einer zur anderen Sphäre ermöglichen. Durchgänge gibt es grundsätzlich nur von und zur Welt der Menschen. Vom Himmel gibt es keinen direkten Weg in die Hölle. Aber das kennt man ja aus einschlägigen Büchern und Filmen und ich muss sagen, da ist oft viel Wahres dran. Auch wenn die immer heillos untertreiben. Was da passieren könnte, ich sag dir, für euch Menschen wäre es grauenvoll. Die Pforten müssen bewacht werden und zwar besser, als diese Hildegard das im Moment macht.« Er lächelte mich zuckersüß an. »Noch ein Träubchen, mein Engel?«

»Eine Pforte zur Hölle?« Oh mein Gott, ich wusste, wo sich dieses Ding befand! Schwester Benedikta hatte an meinem letzten Geburtstag beim Verstecken vermutlich einen Blick hinter die falsche Tür geworfen. Die Ärmste! Ein Schauer lief mir über den Rücken. Warum nur war sie ein zweites Mal hinuntergestiegen?

»Verdammt abgedroschenes Thema«, stellte ich fest und versuchte, möglichst kaltblütig zu klingen.

»Aber es kommt nie aus der Mode. Fang!« Und schon hatte

er ein paar Trauben auf mich abgefeuert. Ich fing sie alle sechs.

»Gute Reflexe«, lobte er. »Du darfst die Trauben auch essen. Zum Himmel gibt es auch einen Durchgang, nur so nebenbei erwähnt.«

Die Trauben waren ziemlich süß. Fast unangenehm. Bevor ich nach dem Tor zum Himmel fragen konnte, fuhr Leo im Plauderton fort.

»Viel bedrohlicher sind jedoch die zufälligen Risse, die selten aber immer mal wieder zwischen den Sphären auftauchen und die gesamte Schöpfung in Gefahr bringen. Dann macht sich alles auf die Socken, um hier mal ordentlich Spaß zu haben. Ist aber erst ein, zwei Mal passiert. Damals hat sich die Erde in einen Kriegsschauplatz konkurrierender Mächte verwandelt, auf dem sich Schatten- und Lichtwesen bekämpft haben. Aber so schlimm ist es zurzeit nicht, es geht ja nur um dich.«

Leo war ein begabter Erzähler und ich hörte ihm gerne zu. Seine Stimme machte mich süchtig, abhängig und hypnotisierte mich. Ich wollte, dass er weitersprach, auch wenn ich inzwischen ahnte, dass es mehr war als eine unglaubliche Geschichte, die ich zu hören bekam.

»Normalerweise solltest du im Klosterbereich absolut sicher sein. Ich kann mir den heutigen Anschlag nicht erklären. Du musst ab sofort immer auf der Hut sein«, ermahnte er mich. »Ich werde ein paar Nachforschungen anstellen.«

Das hieß, ich war nirgends mehr sicher und am schlimmsten war für mich, dass ich meinen Feind nicht kannte. Dieses Gespräch war alles andere als eine beruhigende Gutenachtgeschichte gewesen. Was, wenn ich im Schlaf überfallen würde? Oder wenn es noch ein unschuldiges Opfer gab?

In der Stille drangen die Glockenschläge des Kirchturmes zu uns herüber. Ich zählte mit. Sechs Uhr, ich musste mich beeilen, um nicht zu spät zum Abendessen zu kommen und sprang auf.

»Ich muss zurück.«

Leo blieb entspannt sitzen und schaute zu mir hoch. »Einen angenehmen Abend wünsche ich dir.«

»Wohl kaum«, antwortete ich und rannte los, als könnte ich so die Wahrheit hinter mir lassen.

In Rekordzeit erreichte ich das Kloster und traf im Treppenhaus auf meine Mutter, die ebenfalls zum Speisesaal ging.

»Um Himmels willen, Anna, du rennst ja, als wäre der Teufel hinter dir her. Lass dich doch nicht hetzen.«

Keuchend stützte ich mich auf den Oberschenkeln ab. »Ich wollte nicht zu spät kommen.«

»Die Schwestern haben uns bestimmt noch etwas von der Suppe übrig gelassen«, sagte sie freundlich.

Die Erkenntnis, dass diese Frau nicht meine Mutter sein sollte, machte mich traurig und einsam.

Nach dem Abspülen und Aufräumen der Küche gingen die Schwestern und meine Nicht-mehr-Mutter in die Kapelle, um bei Schwester Benedikta zu wachen und für sie zu beten. Gerne hätte ich ihnen gesagt, dass nur noch Benediktas Körper als leere Hülle übrig war, ihre Seele schon lange und wohlbehütet angekommen war. Aber ich hatte das schon oft gesehen, dass

Gebete für die Seelen der Lebenden hilfreicher waren als für den Verstorbenen.

Ich zog mir Trainingskleidung an und folgte Herrn Li in den Garten, wo wir ein umfangreiches Dehn- und Kräftigungsprogramm absolvierten. Heute war Ausdauer gefordert. Mir war klar, ich sollte Herrn Li von Leo erzählen. Ob ihm Leo auf dem Markt unter den Kunden aufgefallen war? Was wusste er? War Herr Li nur wegen mir hier? Bisher gehörte der Koch wie die Schwestern und meine Mutter völlig selbstverständlich zu diesem Ort. Aber Herr Li passte nicht hierher. Das war mir bisher nur nicht aufgefallen. Obwohl ich ihn schon mein ganzes Leben kannte, wusste ich gar nichts von ihm. Ich kannte weder sein Alter noch seinen Vornamen. Oder war Li sein Vorname und ich kannte seinen Nachnamen nicht? Wieder fehlte mir der Mut, ihn auf Dienstagnacht anzusprechen. Auch der Unfall von Herrn Stromberg oder vielmehr mein Angriff auf ihn blieb unerwähnt. Das Gefühl der Einsamkeit verstärkte sich.

Das Festnetztelefon klingelte, als ich gegen 21 Uhr verschwitzt und erschöpft unsere Wohnung betrat. Elias! Mein Handy lag ausgeschaltet auf dem Küchentisch. Ich hatte ihn tatsächlich vergessen, freute mich aber sehr, seine Stimme zu hören.

»Hi Anna, wir haben nichts gefunden«, begrüßte er mich.

»Schön, dich zu hören.« Ich wartete, dass er weitersprach.

»Tim und ich sind getaucht, bis die Flaschen leer waren, aber da war gar nichts. Ein paar kleine Fische im trüben Wasser, sonst nichts.«

»Das habe ich mir schon gedacht«, erwiderte ich.

»Tut mir wirklich leid. Ich hätte dir und mir gerne eine Erklärung geliefert.«

»Nichts, wofür du dich entschuldigen müsstest, Elias«, nahm ich seine Formulierung auf. »Danke, dass ihr überhaupt nachgeschaut habt.«

»Kein Thema.«

Eine Pause entstand. Ich strich über die Tischdecke mit Veilchenmuster.

»Wir haben uns das vermutlich nur eingebildet. Baden in einem nachtschwarzen See ist mehr als unheimlich«, versuchte ich ihn zu beruhigen.

»Aber ich bin mir sicher, dass da etwas im Wasser war. Und auch Sebastian wurde angegriffen. Wenn auch nicht im Wasser.«

Beinahe hätte ich ihm von Dämonen und Engeln erzählt. Aber es ging nicht.

»Es wird eine logische Erklärung geben. In der Nacht lässt man sich leicht täuschen. Erst bei hellem Licht erkennt man die Wirklichkeit. Das sagt Herr Li immer.«

»Von ihm hat mir Muriel schon erzählt. Er ist ja sowas wie dein privater Kampfkunstmeister, behauptet sie.«

»Du kennst ja Muriel«, wich ich aus.

Er lachte. Wie gerne wäre ich jetzt bei ihm gewesen und hätte mit ihm über die unglaublichen Gespräche mit Leo geredet. Ich sehnte mich nach Trost, nach Schutz, nach Zugehörigkeit. Meine kleine, überschaubare Welt war mir in den letzten Tagen fremd geworden.

»Sie sagt, du kannst sogar Kung-Fu«, fuhr er fort.

»Nur ein wenig«, gab ich zu.

»Du untertreibst bestimmt. Trainiert Herr Li nur dich?«, fragte er.

»Meistens, ja. Das liegt aber daran, dass die Schwestern einfach zu alt sind. Du solltest mal sehen, wenn Schwester Renata mit uns Tai-Chi übt.«

»Das ist bestimmt lustig.«

»Sehr. Früher hat sie öfter mitgemacht. Jetzt ist es nur noch Schwester Clara, die ab und zu mit uns trainiert. Manchmal gibt er auch Kurse für gestresste Manager und so.«

Ich unterdrückte ein Gähnen. Elias hatte es trotzdem gehört.

»Geh ins Bett. Ich werde morgen mit meiner Familie zur Beerdigung kommen. Dann sehen wir uns«, kündigte er an.

»Ich freu mich«, antwortete ich. Dann fiel mir auf, wie unpassend die Antwort war. »Nicht auf die Beerdigung, meine ich natürlich, sondern darauf, dass wir uns sehen.«

»Ich freu mich auch auf dich, Anna. Schlaf gut.«

Er hatte aufgelegt. Ich war allein in der Wohnung, duschte und legte mich ins Bett.

Obwohl ich müde war, fand ich keine Ruhe. Eine Frage, die ich schon lange hätte stellen sollen, quälte mich. Daher stand ich auf, zog mir eine Strickjacke über mein weißes Nachthemd und schlich schon wieder (zum wievielten Mal heute?) hinaus. Ich würde nicht schlafen können, ehe ich eine Antwort hatte. Barfuß, da ich vergessen hatte, in Schuhe zu schlüpfen, verließ ich das Klostergelände. Ich war mir sicher, dass ich ihn treffen würde und tatsächlich lehnte er entspannt an der Klostermauer.

»Schon den Modestil gewechselt? Engel tragen gerne solche weiten weißen Fetzen. Eben richtige Wolkenkinder«, witzelte er.

»Das ist mein Nachthemd. Ich war schon im Bett«, verteidigte ich mich.

»Na dann. Wenn du nicht vorhast, ab jetzt immer so herumzulaufen, bin ich beruhigt.« Leo zündete sich eine Zigarette an und inhalierte tief. »Was treibt dich so spät heraus in die Dunkelheit? Du solltest schon lange sanft und halbwegs sicher schlafen.«

»Das Gleiche gilt für dich oder leidest du unter Schlafproblemen?«

»Wohl kaum«, erwiderte er lächelnd.

»Ich muss dir unbedingt eine Frage stellen.«

»Das habe ich befürchtet und ich darf sie dir nicht beantworten. Aber nett von dir, dass es um dich immer hell ist. Sonst würden wir hier ganz schön im Dunkeln stehen«, frotzelte er.

Ich ignorierte seine Anspielung. Er war nervös. Ich konnte es fühlen. »Wer bist du?«

Mit einem tiefen Seufzer entließ er den Rauch durch Mund und Nasenlöcher. »Das willst du nicht wissen, glaub mir.«

»Doch. Sonst würde ich nicht fragen«, gab ich genervt zurück.

»Das ist dein menschlicher Anteil. Ich wundere mich, dass bei dir beide Anteile so stark sein können. Deine Engelsseite hat es schon immer gewusst und mir misstraut.«

Und wie ich so vor ihm stand, fiel mir auf, dass ich wirklich heller war als er. Er war Teil des Schattens, ich nicht. Eine Ahnung wurde langsam zur Gewissheit.

»Geh lieber wieder ins Bett. Ich darf es dir nicht sagen«, forderte er mich auf.

Wie hatte ich nur so blind sein können? Leo hatte mir genügend Hinweise gegeben. Er wartete geduldig und beobachtete mich dabei. Bestimmt konnte man mir die Erkenntnis an der Nasenspitze ansehen.

»Du solltest jetzt weglaufen«, stellte er sachlich fest und ich hörte Bedauern in seiner Stimme.

»Sollte ich?«, fragte ich.

Er nickte. »Unbedingt. Das ist die einzig angemessene Reaktion auf deine Erkenntnis und ich bin mir sicher, jeder Teil von dir, ob Mensch oder Engel fordert das. Du bist dazu geboren und erzogen, vor mir Angst zu haben. Wehr dich nicht dagegen. So ist der Aufbau der Welt. Ich bin das, was dich bedroht. Ich bin dein Feind. Lauf endlich!« Ungeduldig warf er seine Zigarette ins Gras.

»Und du wirst mich dann verfolgen?« Seit ich wusste, wer er war, hatte ich seltsamerweise keine Angst mehr vor ihm.

»Nein. Das ist nicht mein Auftrag«, erklärte er.

»Was ist dann dein Auftrag?«

»Der ist geheim. Ich hab dir eh schon zu viel erzählt. Das kann mich Kopf und Kragen kosten.« Er zündete sich die nächste Zigarette an.

»Was ist dein Auftrag?«

Leo verdrehte die Augen zum Nachthimmel. »Du bist eine

Nervensäge. Ich sollte herausfinden, ob es dich gibt, ob du tatsächlich ein Mischwesen bist und ob du über besondere Fähigkeiten verfügst.«

»Und?«

»Ist alles mit Ja zu beantworten.«

»Und?«

»Bis jetzt ist von unserer Seite noch nichts entschieden. Ich werde Bericht erstatten. Ab dann ist die Angelegenheit Chefsache.«

Ich beobachtete jede seiner Bewegungen. »Du bist also ein Schattenwesen.«

»Nett von dir, dass du mich so nennst.«

»Wie meinst du das?«

»Normalerweise wählt man für unsereins andere Namen.«

»Zum Beispiel?«

»Ich bin der, vor dem man dich seit Kindesbeinen an gewarnt hat. Wenigstens einer davon, ein Teufel.« Er klang traurig.

»Ein Teufel. Nicht *der* Teufel?« Ich war vollkommen ruhig. Genauso wie Herr Li es mich gelehrt hat, wenn man seinem Feind gegenübersteht und dessen Fähigkeiten einschätzen muss. Nur dieser Augenblick war Realität und keine Trainingseinheit im Klosterhof. Jegliche Aggression und Unruhe waren von mir abgefallen. Ich war konzentriert und aufmerksam.

»Du hast vielleicht Nerven, Anna. Was hat dieser Koch nur mit dir angestellt, dass du derart kaltblütig bist. Das ist für einen Menschen, vor allem für ein Mädchen in deinem Alter außergewöhnlich.« Wieder zog er sein Zigarettenetui aus der

Hosentasche, steckte sich eine Zigarette in den Mund und entzündete sie mit einem Fingerschnippen. Bisher hatte er ein Feuerzeug benutzt. Eine kleine Flamme züngelte zwischen seinen Fingern. Er lächelte und beide beobachteten wir das Feuer.

»Wir beherrschen die Flammen«, erklärte er und ließ sie wieder erlöschen. »Ich bin tatsächlich nur *ein* Teufel, sozusagen untere Gehaltsstufe. Mein Chef ist Luzifer, der Fürst der Hölle, der Teufel, wie ihr ihn derzeit nennt.«

»Und du heißt weder Leo Pard noch ist das dein wirkliches Aussehen«, stellte ich fest.

»Sehr scharfsinnig«, spottete er. »Ich bin Schatten, sonst nichts.«

Er war plötzlich verschwunden, aber er war noch da, ich konnte seine Anwesenheit unverändert fühlen. Ich blickte mich um. An einer Stelle war die Dunkelheit undurchdringlicher. Das war er.

»Ich kann jegliche Gestalt annehmen, Mensch oder Tier«, kam seine Stimme aus dem dunklen Nichts.

Er tauchte plötzlich wieder auf und ich kämpfte gegen den Schreck. Mein Herz stockte. In rasendem Wechsel, wie in einer personifizierten Dia-Show, nahm er die Gestalt von Elias an, dann von Muriel, Mutter Hildegard, Michael Jackson, Elvis, der Papst in vollem Ornat und so ging es weiter. Ich schloss die Augen, das war nicht auszuhalten.

»Hör auf. Ich hab's verstanden«, sagte ich leise.

Als ich die Augen öffnete, traute ich dem nicht, was ich sah. Das war unmöglich! Ich kniff die Augen zusammen und versuchte es erneut. Aber ich hatte mich nicht getäuscht. Eine verzweifelte Heiterkeit überfiel mich und ich brach in unkontrolliertes Lachen aus.

Vor mir stand ein riesiger Leopard mit dunkelgelbem Fell und schwarzen Rosetten als Zeichnung. Der lautlose Jäger war riesig und sein langer Schwanz peitschte unruhig hin und her. Seine Augen blitzten strahlend grün, was wohl nicht originalgetreu war, und sein Raubtierkörper dampfte in der kühlen Nachtluft. Sein Fell glänzte und seine Zähne blitzten bedrohlich, als wären alle Muskeln und Sehnen angespannt, wie kurz vor dem tödlichen Sprung.

Ich konnte mich nicht mehr halten und bog mich vor Lachen. Tränen liefen mir über die Wangen. Mein Bauch schmerzte. Ich bekam kaum noch Luft. Wenn das so weiterginge, würde ich an meinem eigenen Lachen ersticken.

Die Raubkatze antwortete mir mit einem durchdringenden Fauchen. Ich hielt mir verzweifelt den Bauch.

Leo verwandelte sich in die gewohnte Gestalt zurück, aber ich konnte mich nicht beruhigen. Ich kicherte und schnappte gleichzeitig nach Luft.

»Das war der Moment, in dem es angebracht gewesen wäre, in Ohnmacht zu fallen«, stellte er sichtlich irritiert fest. »Dann hätte ich dich ins Kloster zurückgebracht. Aber was machst du? Brüllst hier vor Lachen! Mensch Anna, das ist nicht lustig.«

Er stand ratlos vor mir.

»Ich hätte das nicht tun sollen, jetzt ist sie übergeschnappt«, murmelte er vor sich hin. »Ich dachte, sie wäre psychisch stabil.

Ich wollte ihr doch nur Angst einjagen. Aber da ist wohl nichts mehr zu machen. Dieser Auftrag bringt nur Ärger mit sich.«

Atme!, befahl ich mir. Ganz ruhig! Beruhige dich!, redete ich mir selbst zu und es half tatsächlich. Mein Lachkrampf ließ nach.

»Was sollte das werden?«, fragte Leo fast schon gekränkt.

»Der Leopard«, begann ich und spürte schon wieder, wie sich meine Bauchmuskeln verkrampften. Ich kicherte.

»Ja und?«, fragte er schroff. »Was war mit dem Leoparden?«

»Ich hab erst vor ein paar Tagen im Tierlexikon geblättert, weil ich eine ungewöhnliche Schlange gesehen habe. Wenn ich mich recht erinnere, war es eine Anakonda, die bei uns nicht heimisch ist. Die hast du ja ganz gut hinbekommen.« Ich konnte das Lachen kaum unterdrücken. Es war so schlimm, dass ich gleichzeitig Schluckauf bekam.

»Du spinnst doch«, stellte er fest. Ich spürte, wie er wütend wurde. Die Luft um ihn vibrierte.

»Dabei habe ich mir auch ein Bild eines Leoparden angeschaut. Du scheinst ja ein begeisterter Tierimitator zu sein. Der Leopard«, mein Schluckauf unterbrach mich, »im Buch, das kann ich dir versichern, der hatte keinen …« Ich musste schon wieder lachen.

»Wenn du es nicht gleich sagst, was so witzig sein soll, nehme ich dich mit in die Hölle und steck dich in den nächstbesten Kessel mit siedendem Öl«, drohte er.

»Wenn du mich berühren könntest«, rutschte mir heraus. Mein Lachkrampf hatte mich unvorsichtig werden lassen. Aber mir war aufgefallen, dass Leo, obwohl er mir immer sehr nahekam, mich noch nie berührt hatte, ganz anders als Elias. Der nahm meine Hand oder streifte mich zufällig. Leo nicht.

Leos Gestalt hatte sich drohend verfinstert und ich war mir plötzlich nicht mehr sicher, ob meine Theorie stimmte.

»Warum hast du gelacht?«, kehrte er zum Thema zurück, worüber ich erleichtert war. Ich hatte ihn verunsichert und an seiner Eitelkeit gekratzt. Er wollte unbedingt den Grund meiner überzogenen Heiterkeit erfahren. Seine Stimme war kalt und schneidend.

»Der Leopard im Tierlexikon hatte keinen geringelten Schwanz«, stellte ich sachlich fest und biss mir auf die Lippen, um nicht erneut loszukichern. »Du hast da irgendetwas durcheinandergebracht. Deiner war schwarz-weiß geringelt wie der eines Lemuren. Kann ja mal passieren, Leopard und Lemuren stehen im Lexikon auf der gleichen Seite. Vielleicht hat dich das verwirrt. Und ich finde diese kleinen Äffchen echt niedlich, wie sie ihren putzigen, langen Ringelschwanz hocherhoben und stolz durch die Gegend tragen. Wie ein halbes S gebogen. Daran könntest du noch ein wenig arbeiten, an der Schwanzhaltung, meine ich.«

Ehe ich fertig gesprochen hatte, war er verschwunden, und zwar vollständig. Ich konnte seine Anwesenheit nicht mehr spüren. Nur Stille blieb zurück und ein leichter Geruch nach Feuer.

»Der schwarz-weiße Ringelschwanz stand dir wirklich gut«, erzählte ich der Nachtluft.

Ich wartete, aber Leo kam nicht zurück. Alleine ging ich zurück ins Kloster, in dem ich nie mehr sicher sein würde. Wahrscheinlich hatte ich mir mit meiner Albernheit gerade einen Teufel zum Feind gemacht, wenn das überhaupt möglich war. Ich war mit meinem Spott zu weit gegangen und offensichtlich verstand ein Teufel gar keinen Spaß.

Freitag, 24. Juli

Bereits auf dem Rückweg hatte mir leidgetan, wie schäbig ich mich gegenüber Leo verhalten hatte. Ich hatte ihn beleidigt und das, nachdem er mir bestimmt mehr erzählt hatte, als ihm erlaubt gewesen war. Er würde sicher Ärger bekommen. Teufel hin oder her, das hatte ich nicht gewollt. Ich musste mich bei ihm entschuldigen.

Lange hatte ich nicht einschlafen können und an Leo gedacht. Mein schlechtes Gewissen quälte mich. Gleichzeitig verstörte mich die Frage, warum ich Sympathie für einen Teufel empfinden konnte. Aber er hatte mir die Wahrheit erzählt. Wenn er gelogen hätte, hätte ich es sogar bei ihm gespürt – glaubte ich wenigstens. Ein ehrlicher Teufel? War das ein Widerspruch in sich?

Trotz meiner kurzen Nachtruhe stand ich noch vor sechs auf und ging in den Innenhof zu Herrn Li. Wir begrüßten den anbrechenden Tag mit einer Tai-Chi-Form in aller Stille und Sammlung. Dabei sprachen wir kein Wort.

Nach einer schnellen Dusche zog ich mir ein schwarzes Kleid an, kämmte meine Haare und band sie zu einem schlichten Pferdeschwanz zusammen. Auch das Frühstück verlief still.

Die Vorbereitungen für die Bewirtung der Trauergäste waren abgeschlossen. Bis zur Beerdigungsfeier war noch Zeit. Daher entschloss ich mich, kurz rauszugehen. Ich wollte mich bei Leo für mein blödes Verhalten entschuldigen.

Aber er war nicht da. Ich wartete eine halbe Stunde unter dem Ahornbaum, aus dessen Schatten er sich gewöhnlich löste. Leise rief ich sogar seinen Namen. Nichts. Er war weg und ich fühlte mich seltsam verlassen.

Langsam kamen die ersten Gäste aus dem Ort zur Beerdigung und ich schloss mich ihnen auf dem Weg zur Kirche an. Die Schwestern hatten sich dort bereits um den Sarg versammelt. Der Deckel war geschlossen. Die Schwestern wollten verhindern, dass jemand die seltsamen Verletzungen in Benediktas Gesicht sah und darüber Gerüchte verbreitete.

Muriel saß neben mir und reichte mir während des Gottesdienstes ein Taschentuch nach dem anderen. Ich kämpfte zwar gegen die Tränen, konnte sie aber nicht zurückhalten. Ich weinte nicht nur um Schwester Benedikta und den sinnlosen Tod von Sebastian, sondern auch um mich selbst und meine Einsamkeit. Ich weinte, weil ich weder meinen Vater noch meine Mutter kannte, und ich trauerte, dass ich mit meinem Wissen für immer allein bleiben würde.

Nach der Beerdigung war ich zusammen mit dem Metzger für die Ausgabe der Weißwürste und Brezen zuständig. Er klatschte die Würste auf den Teller. Ich löffelte eine Portion süßen Senf dazu und legte eine Breze daneben. Soweit war das nicht weiter schlimm. Unerträglich war jedoch, dass Herr Sedlmeier, der die Leiche von Sebastian im Schilf gefunden hatte, jedem Gast ungefragt sein schreckliches Erlebnis schilderte, das mit jedem Paar Würste schlimmer wurde. Fast das ganze Dorf hatte sich zur Beerdigung eingefunden und ich wünschte mir, taub zu sein.

»Sie können sich nicht vorstellen, wie der arme Kerl zugerichtet war. Wunden über und über. Alles war voller Blut.«

Ich legte die Breze auf den Teller und reichte ihn der Frau vor mir, die schon ziemlich blass um die Nase war.

Guten Appetit brauchte man nach dieser Einleitung des Metzgers nicht mehr wünschen.

Der nächste Gast trat vor, ein älterer Mann mit Halbglatze.

»Der arme Kerl. So jung. Gut, dass ich ihn gefunden habe. Als Metzger ist man ja den Anblick von Blut gewohnt. Wer so was nur tut?« Mit diesen Worten fischte er ein Paar Würste aus dem Kupferkessel mit heißem Wasser und legte sie auf den Teller.

»Eins können Sie mir glauben«, er schaute dem armen Mann in die Augen, »ich würde das nicht mal einer Sau antun.«

Der Mann hob abwehrend die Hände, drehte sich auf dem Absatz um und ging, ohne seinen Teller anzunehmen. Ungläubig starrte der Metzger ihm hinterher.

»Was hat der denn?«, fragte er mich.

»Ich fürchte, dem ist der Appetit vergangen«, antwortete Muriel an meiner Stelle. Sie war die Nächste in der Schlange.

»Sie sollten sich lieber etwas zurückhalten, Herr Sedlmeier. Manche Menschen sind feinfühliger als andere.«

Der Metzger brummte etwas Unverständliches vor sich hin und reichte Muriel den abgewiesenen Teller.

»Doppelte Portion Senf, bitte, und zwei Brezen«, sagte sie zu mir.

»Mit wenig Salz und nicht zu braun«, ergänzte ich ihre Bestellung.

Muriel lachte. »Du kennst mich eben. Elias steht mit seinen Eltern übrigens ganz hinten in der Schlange. Sein Vater hat ewig auf Mutter Hildegard eingeredet. Wenn du willst, lösen Tim und ich dich ab, sobald wir gegessen haben. Geht ganz schnell. Dann kannst du mit Elias essen.« Sie strahlte mich an.

»Danke, Muriel. Gerne. Aber gerade hältst du den Betrieb auf.« Hinter ihr stockte die Wurstausgabe.

Sie drehte sich um und rief: »Sorry. Tschuldigung. Bin schon weg.«

Tatsächlich löste mich Muriel ab, bevor Elias an der Reihe war. Sie konnte mindestens genauso schnell essen wie sprechen.

Entschlossen drückte sie Elias zwei Teller in die Hand.

»Lasst es euch schmecken. Ich schmeiß hier mal den Laden mit dem Herrn Sedlmeier.« Und schon hatte sie mich von meinem Posten gedrängt und pries den Leuten die ausgezeichneten Würste an, was weit besser ankam, als die Schilderungen vom Leichenfund.

»Hallo, Anna«, grüßte mich Elias mit einem zurückhaltenden Lächeln.

Er trug ein schwarzes Polohemd, eine dunkle Jeans und Turnschuhe. Wie ich hatte er seine Haare zu einem Pferdeschwanz zusammengebunden.

»Lass uns in den Innenhof vom Kreuzgang gehen. Da ist es ruhiger.« Ich nahm ihm meinen Teller ab.

Er folgte mir und wir setzten uns in die Sonne, auf die Bank, auf der Schwester Benedikta vor zwei Tagen gestorben war. Das erzählte ich Elias aber nicht. Wir balancierten die Teller auf den Knien und aßen schweigend.

»Hast du dich von dem Schreck erholt?«, fragte er besorgt.

Die Frage war, von *welchem* Schreck, dachte ich. Kampf mit einem Dämon zu Land oder zu Wasser, die Pforte zur Hölle oder heitere Gespräche mit einem Teufel? In den letzten Tagen hatte sich der Schrecken bei mir häuslich niedergelassen.

»Ja. Alles bestens«, log ich und war gleichzeitig froh, als ich spürte, dass er mir nicht glaubte. Dadurch fühlte ich mich tatsächlich ein wenig besser. Elias war ein guter Beobachter. Tröstend legte er mir die Hand aufs Knie, was sich erstaunlich beruhigend anfühlte.

»Ich wollte dich fragen, ob du morgen mit mir einen Ausflug machen willst?«

Jetzt war ich verblüfft.

»Muriel hat mir zwar erzählt, dass ich es garantiert nicht schaffen werde, dich aus den Klostermauern herauszulocken. Aber ich fliege am Sonntag nach Australien und bin an deinem Geburtstag schon weg und da habe ich mir gedacht, wir könnten am Samstag ein bisschen vorfeiern.«

Mein Herz klopfte wie wild – endlich mal nicht, weil ich vor etwas fliehen oder gegen etwas kämpfen musste, sondern weil ich mich freute.

Meine Mutter und die Schwestern mochten es zwar nicht, wenn ich den Klosterbereich verließ und inzwischen wusste ich ja warum. Wenn sich die Aufregung um Schwester Benediktas Beerdigung wieder gelegt hatte, würde ich sie fragen, was und wie viel sie mir mein ganzes Leben über vorenthalten hatten. Seit gestern aber war auch klar, dass ich hier nicht sicherer war als irgendwo sonst. Sollte doch kommen, was wollte, ich hatte keine Angst. Trotzig verschränkte ich die Arme vor der Brust. Als ich registrierte, dass Elias geduldig auf meine Antwort wartete, entspannte ich mich und ließ die Arme sinken.

»Gerne. Ich komme supergerne mit.«

Verblüfft schaute er mich an. »Das freut mich mehr als du dir vorstellen kannst. Ich muss zugeben, ich hatte mich auf eine längere Überzeugungsarbeit eingestellt.«

Ich spürte, wie mir vor Verlegenheit Hitze ins Gesicht stieg.

»Wenn du vorher noch um Erlaubnis fragen musst, ist das kein Problem. Ich kann dich auch bei deiner Mutter abholen, damit sie mich kennenlernt.«

»Ich krieg das schon hin.«

»Oder bei den Schwestern. Die erinnern sich bestimmt noch an mich. Schließlich war ich hier lange Ministrant.«

»Nicht nötig.«

Elias hatte seine Würste pur gegessen. Dafür tauchte er jetzt die Breze in den süßlichen braunen Senf. »Wo möchtest du hin?

Hast du einen Wunsch? Ist ja schließlich Teil deines Geburtstagsgeschenkes.«

Ich schüttelte den Kopf. »Hast du einen Vorschlag?«

In dem Moment trat die Äbtissin aus der Kirche und eilte mit schnellen Schritten durch den Kreuzgang. Als sie uns sah, kam sie auf uns zu.

»Ach, hier bist du, Anna. Der Herr Pfarrer hat schon nach dir gefragt.« Dann musterte sie Elias und zu meiner großen Verblüffung begrüßte sie ihn, als hätte sie ihn erst gestern gesehen. »Hallo Elias, schön, dass du unserer Benedikta die letzte Ehre erwiesen hast. Deine Eltern habe ich schon getroffen. Ich bin froh, dass deine Familie sich mit dem Kloster immer noch verbunden fühlt. Dein Vater ist wie immer sehr großzügig und wird für die Renovierung unserer Kirche spenden.«

Elias lächelte gezwungen. Das Verhältnis zu seinem Vater schien angespannt zu sein. Ich konnte seine Ablehnung spüren.

Mutter Hildegard schüttelte Elias' Hand. »Lasst euch von mir nicht stören. Ich muss nur schnell etwas aus dem Büro holen.« Weg war sie.

»Dann überleg ich mir für morgen ein Ziel«, kam Elias auf unser Gespräch zurück.

»Wunderbar. Ich bin gespannt.«

»Passt es, wenn ich dich gegen neun abhole? Oder ist dir das zu früh?«

»Nein. Ich stehe auch am Wochenende immer um kurz vor sechs Uhr auf, um mit Herrn Li zu üben«, antwortete ich.

Beeindruckt schaute er mich an. »Na dann, um acht.«

Mutter Hildegard eilte schon wieder an uns vorbei. »Anna, tut mir leid, dass ich euch unterbreche. Aber könnt ihr Muriel bitte beim Abräumen helfen?«

Endlich waren alle Tische und Stühle wieder gestapelt, das Geschirr gespült und der Abfall beseitigt. Alle hatten geholfen. Muriel, Tim, Elias und ich standen zusammen.

»Tim und ich machen uns aus dem Staub. Elias, fährst du mit uns?«

Er nickte. »Wenn ihr mich mitnehmt.«

»Dich immer«, erwiderte Muriel lächelnd.

»Also dann, bis morgen um acht«, sagte Elias zu mir.

Muriel blieb der Mund offen stehen und sie brauchte mindestens drei Atemzüge, bis sie die Nachricht verarbeitet hatte und ihre Sprache wiederfand.

Darüber mussten wir alle drei lachen.

»Wie hast du das bloß geschafft? Elias! Die Welt ist ungerecht! Ich versuche seit Jahren, sie aus diesem Gemäuer herauszulocken und dann kommst du und schwuppdiwupp ist alles möglich und kein Problem mehr mit der Führungsetage weit und breit. Hast du ihr Drogen verabreicht, ihr Daumenschrauben angelegt oder ...«, sie schaute erst Elias an, dann mich, »oder? Nein, das ist undenkbar. Anna, dieser Kerl gefällt dir besser als ich. Das ist doch nicht möglich. Obwohl, wenn ich's mir recht überlege, fällt mir durchaus ein Grund ein ...«

»Stopp«, rief ich und hielt mir die Ohren zu.

»Ja, dann wünsche ich euch beiden morgen einen schönen

Tag und sobald du daheim bist, Anna, rufst du mich an und zwar sofort und erzählst mir alles. Und wenn ich *alles* sage, dann meine ich *alles*.« Sie nahm mich in die Arme und drückte mich ganz fest an sich.

»Danke, dass du immer eine so zurückhaltende und verständnisvolle Freundin bist«, flüsterte ich ihr ins Ohr.

»Keine Ursache«, raunte sie verschwörerisch zurück. Dann schaute sie mich besorgt an. »Und pass bitte auf dich auf. Seit dem Ausflug zum See habe ich Angst um dich und verstehe deine Mutter und die Schwestern immer besser.«

Ich blieb allein zurück und schaute ihnen nach. Mein Herz wurde dabei ein paar Gramm schwerer und die spielerische Heiterkeit des Augenblicks war wohl mit den dreien ins Auto gestiegen.

Auf dem Weg in unsere Wohnung entschied ich mich, noch einmal rauszugehen. Vielleicht war Leo da. Ich hatte die vage Hoffnung, dass ihm am Vormittag zu viel Betrieb im und um das Kloster gewesen war. Der Gedanke, dass ich ihn ernsthaft beleidigt hatte, machte mir Sorgen. Ein Teil von mir hatte ein verdammt schlechtes Gewissen, der andere vermisste ihn.

Als ich aus dem Klostertor trat, schaute ich zu Maria und dem Jesuskind hinauf. »Habt ihr zwei Leo gesehen?« Aber wie immer blieben sie stumm, in ihrer innigen Liebe gefangen.

Keine Spur von ihm. Ich untersuchte sogar den Boden um den Ahornbaum nach Zigarettenkippen, fand aber keine einzige. Er war heute nicht da gewesen. Oder lösten sich selbst die Zigarettenstummel in Schall und Rauch auf, wenn er verschwand?

Zum zweiten Mal schmeckte ich heute den bitteren, salzigen Geschmack meiner Tränen. Ich setzte mich, lehnte mich an den Stamm und weinte.

Beim Abendessen teilte ich meiner Mutter mit, dass ich morgen einen Ausflug mit einem Freund machen würde und was dann kam, hatte ich nicht erwartet.

»Wenn du möchtest«, antwortete meine Mutter nach einer beklemmenden Stille und starrte auf ihren Teller.

»Du hast nichts dagegen?«, fragte ich nach. Diese Antwort war mir unheimlich. Bisher hatten schon kleine Besorgungen zu ewig langen Diskussionen geführt. Die Nonnen tauschten schweigend Blicke untereinander aus, blieben aber stumm. Auch das Gesicht von Herrn Li zeigte keine Regung.

»Nein. Du weißt bestimmt, was du tust.«

Nicht einmal Mutter Hildegard oder Schwester Clara äußerten einen Einwand. Ich kämpfte schon wieder mit den Tränen. Sie hatten es also aufgegeben, mich zu beschützen. Sie hatten erkannt, dass es für mich keine Sicherheit mehr gab. Mein Herz zog sich schmerzhaft zusammen. Ich war auf mich allein gestellt.

Die Hitze ließ am Abend nur langsam nach und lag nach wie vor drückend über dem Klostergelände. Ich kam in einer leichten, weiten Baumwollhose und einem schlichten Unterhemd zum Training.

Im friedlichen Kreuzganginnenhof sagte Herr Li ernst zu mir: »Heute üben wir Angriffsstrategien.«

Ich war erleichtert. Wenigstens einer glaubte weiterhin an mich. Herr Li gab mir noch eine Erfolgschance. Wir trainierten hart und lange. Er zeigte mir neue Techniken, die mit roher Gewalt und brutaler Härte nur den Tod des Gegners zum Ziel hatten. Das hatte er bisher vermieden. Ich lernte schnelle, geräuscharme Griffe, um einen Kehlkopf einzudrücken, das Genick zu brechen oder die Atmung zu lähmen. Ich war eine aufmerksame und ernste Schülerin.

»Hab kein Mitleid«, befahl er mir. »Wenn es nötig ist, sei zum Äußersten entschlossen und greife an. Gib niemals auf.«

Ich saugte sein Wissen auf und übte, als könnten mir diese Techniken mein Leben retten. Zum Schluss verneigte ich mich vor ihm, wie ich es immer zu Beginn und am Ende einer Trainingseinheit tat. Normalerweise erwiderte er einfach meinen Gruß. Heute aber nahm er meine gefalteten Hände zwischen seine Hände und berührte damit seine Stirn. Dann verneigte er sich vor mir.

»Gute Nacht, Anna.«

»Gute Nacht, Herr Li.«

Ich wusste, dass er mir nachschaute. Müde schleppte ich mich und mein schweres Herz die Treppenstufen zu unserer Wohnung hinauf.

In meinem Traum lief ich durch endlose graue Gänge, ein undurchschaubares Labyrinth enger Wände. Ich wurde von oben beobachtet. Hubschrauber kreisten und richteten Suchscheinwerfer auf mich. Sie schossen auf mich. Ich hörte das Pfeifen und Einschlagen der Geschosse und rannte schneller durch die ausweglosen Gänge, die kein Versteck und keinen Schutz boten.

Ich rannte und rannte. Als hätte die Bedrohung von oben nicht gereicht, gab der Boden unter mir nach. Riesige schwarze Löcher taten sich auf, dürre Hände, gewaltige Pranken und züngelnde schwarze Fäden versuchten, mich zu fangen und mit sich in die Tiefe zu ziehen. Ich sprang so hoch und so weit ich konnte, hielt mich an den Wänden, die kaum Halt boten, fest. Meine aufgeschürften Hände, die blutenden Fingerkuppen hinterließen rote Streifen auf dem Putz. Verzweifelt rief ich um Hilfe und wusste doch, dass ich hier ganz allein gefangen war, wie ein Tier in der Falle. Früher oder später würden meine Kräfte schwinden, ich würde müde werden. Dann blieb nur noch die Frage, wer mich umbringen würde.

Samstag, 25. Juli

Vor dem Morgengrauen wachte ich auf und horchte auf die Stille. Zum Aufstehen war es noch zu früh, daher nahm ich Muriels alten iPod, steckte mir die Stöpsel in die Ohren und hörte Musik. Die Traumbilder verblassten und ich freute mich zunehmend auf den heutigen Tag. Elias kam, um mich abzuholen!

Beim Morgentraining war nichts von der gestrigen kämpferischen Entschlossenheit zu spüren.

»Folge der Kraft«, war die einzige Anweisung, die Herr Li mir gab. Dann bewegten wir uns langsam und kontrolliert im Fluss der Zeit. Ich liebte Tai-Chi. Die Welt schien sich zu öffnen und ich konnte den gesamten Kosmos umarmen, eins mit allem und jedem. Mich selbst nahm ich kaum noch wahr und spürte zugleich jede Zelle meines Körpers.

Welch unglaubliches Glück, dass Herr Li bei uns im Kloster wohnte und mich unterrichtete, dachte ich am Ende der Übungsreihe, als wir uns der aufgehenden Sonne zuwandten. Natürlich war auch das kein Zufall. Aus dem Augenwinkel betrachtete ich den kleinen, drahtigen Mann mit den glatten, alterslosen Gesichtszügen: Er war nur wegen mir hier und nicht, weil er gern kochte oder gestressten Managern das Bogenschießen beibringen wollte. Sogar Muriel hatte all die Jahre mehr verstanden als ich. Sie bezeichnete Herrn Li gern als meinen privaten Kampfkunst-Meister. Wenn Herr Li mich nicht vorbereitet hätte, hätte ich den Angriff des mutierten Elektrikers nie und nimmer überlebt. Im Wasser war ich überrumpelt worden und hatte zu schnell aufgegeben. Davor hatte er mich beim gestrigen Training noch mal eindringlich gewarnt. Ohne Li wäre ich nicht zu der geworden, die ich jetzt war. Er hatte meine Fähigkeiten entwickelt, geduldig, über Jahre. Ich war die Ursache, er die Folge.

Heute verneigte ich mich besonders tief vor ihm. Betrübt, weil ich seine Ansprüche enttäuschen würde. Meine Angreifer waren weit älter und mächtiger als ich, daher rechnete ich mir trotz des Trainings keine realen Chancen aus. Wobei Herr Li nie eine Forderung an mich gestellt hatte. Genauso wenig hatte er mir seine Enttäuschung gezeigt, wenn ich nicht zum Training gekommen war. Gelassen und klar begegnete er mir und den Ereignissen des Lebens. Wie die Nonnen ruhte er achtsam im Augenblick. Ich musste noch viel lernen. Aber die Zeit wurde knapp. Das spürten wir beide.

Zum Frühstück gab es Zucchinikuchen. Die zwanghafte Zucchiniverwertung nahm allmählich kuriose Züge an. Aber der Kuchen schmeckte erstaunlich gut.

Danach hatte ich mich viermal umgezogen. Der erste Versuch war Gewohnheit: blauer Rock und weiße Bluse. Damit sah ich wie eine brave Klosterschülerin aus, die ich nicht mehr war. Schließlich hatte ich mich mit einem Teufel unterhalten.

Zweiter Versuch: abgeschnittene Jeans und rotes T-Shirt. Schrecklich! Meine Beine waren von Training und Dämonenkampf mit blauen Flecken übersät.

Dritter Versuch: bunt gestreifte Sommerhose, weißes T-Shirt. Grauenhaft, wie aus dem letzten Jahrhundert!

Vierter und letzter Versuch: dunkelblaues Sommerkleid. Ich schaute einfach nicht mehr in den Spiegel. Meine Haare ließ ich offen. Ich setzte mich aufs Bett und wartete. Elias kam eine halbe Stunde zu früh und ersparte mir Kleidungsversuch Nummer fünf. Er klopfte an unsere Wohnungstür. Eine Klingel gab es nicht.

»Guten Morgen, Frau Konda. Ich bin Elias Steinwart«, stellte er sich vor und so erfuhr ich seinen Nachnamen. Ich saß immer noch auf meinem Bett und lauschte.

»Guten Morgen, Elias. Möchtest du eine Tasse Kaffee? Ich habe gerade eine frische Kanne gemacht«, bot meine Mutter an. Sie machte sonst nie am Vormittag Kaffee. Ob sie ihn kennenlernen wollte? Vielleicht suchte sie aber auch nach einer Möglichkeit, ihm den Ausflug auszureden.

»Gerne«, nahm Elias die Einladung an. Ich hörte, wie er den Stuhl vom Tisch wegzog und sich hinsetzte.

»Deine Eltern wohnen in dem alten Schloss?«, fragte meine Mutter.

»Ja, es ist schon ewig im Besitz unserer Familie und es ist auch mehr ein Gutshaus als ein Schloss.«

Jetzt wusste ich auch, warum mir der Name Steinwart bekannt vorkam und warum Mutter Hildegard Elias sofort erkannt hatte. Die Grafen Steinwart waren über Jahrhunderte wichtige Stifter und Förderer des Klosters gewesen. Schwester Clara hatte mir von der Familie erzählt. Einige von Elias' Vorfahren waren sogar in der Klosterkirche bestattet worden und lagen dort unter den Bodenfliesen.

»Ist Anna da?«, fragte er.

»Sie kommt bestimmt gleich. Sie ist in ihrem Zimmer.«

Das war mein Stichwort. Ich stand auf, ignorierte den Spiegel an meiner Zimmertür und ging in die Küche. Das war meine erste Verabredung.

Ich atmete tief durch und lächelte ihn an. »Hallo Elias.«

Er hatte sich auf ein Treffen mit meiner Mutter vorbereitet. Mit Hemd und blauer Stoffhose sah er vertrauenserweckend aus, wenn er auch am Modell Traumschwiegersohn durch seine Rastalocken scheiterte. Aber meine Mutter schien das kein bisschen zu stören. Sie ging nach nebenan ins Wohnzimmer, um die guten Tassen zu holen.

»Hallo, Anna. Gut geschlafen?«

»Ja, danke«, erwiderte ich und erkannte an seiner gerunzelten Stirn, dass er mir nicht glaubte. Sah ich etwa so zerknittert aus? »Na ja, geht so«, gab ich zu. »Ich hab schlecht geträumt. Und du?«

»Gut. Ich hab von dir geträumt«, antwortete er leise.

Ich lächelte verlegen. »Hoffentlich kein Albtraum.«

Geschirr klapperte und meine Mutter war wieder da, um Kaffee einzuschenken.

»Nein. Definitiv nicht.«

Der Kaffee war stark, fast bitter. Ich stürzte die Tasse hinunter. Meine Mutter ließ uns ohne Weiteres ziehen. Sie hatte weder gefragt, was wir vorhatten, noch wann ich wiederkäme.

Elias' alter roter Polo parkte vor der Klosterkirche. Langsam rollten wir die Auffahrt zum Kloster hinunter. Ich war gespannt, wohin wir fahren würden. Elias verriet nichts. Wir kurbelten die Fensterscheiben herunter. Der Fahrtwind spielte mit meinen Haaren. Ich schloss meine Augen, lehnte den Kopf an die Nackenstütze und fühlte mich frei und glücklich. Elias steckte sein Handy am Radio an und summte leise mit. Es war schön, ihm zuzuhören.

Ein stabiles Hoch bescherte uns seit Tagen sonniges Wetter und heute würde es dazu noch drückend heiß werden.

»Heute Abend gibt es bestimmt wieder ein heftiges Gewitter«, stellte Elias fest.

»Regen wäre nicht schlecht. Unser Garten und vor allem die Zucchinipflanzen brauchen dringend Wasser«, erwiderte ich. »Nicht dass uns unser Lieblingsgemüse ausgeht.«

»So schlimm?«, fragte er.

Ich nickte. »Zucchinisuppe, Puffer, Gemüse, gefüllt, überbacken, püriert, gebraten, eingelegt, im Kuchen und bald macht noch jemand Eis draus. Das Zeug verdoppelt sich über Nacht.«

Elias lachte. »Meine Mutter kämpft auch gegen die Zucchiniflut und behauptet, das wäre gesund. Ich kann die Dinger schon nicht mehr sehen.«

»Willkommen im Club. Muriel weiß höchstens, wie dieses Gemüse aussieht. Aber sie ist davon überzeugt, dass es ungenießbar ist.«

»Sie ernährt sich wohl hauptsächlich von Tütensuppen und Tiefkühlessen. Hat mir Tim erzählt.« Elias bog auf eine schmale Straße ab. »Kein Wunder, dass sie hyperaktiv ist, mit den ganzen Geschmacksverstärkern und Farbstoffen, die sie sich damit einwirft.«

»Weder Muriel noch ihre Mutter stehen gerne in der Küche. Kannst du denn kochen?«, fragte ich neugierig.

»Aber natürlich, meine Mutter ist Ärztin. Gesunde Ernährung ist ihr wichtig. Mein Bruder und ich haben von ihr Kochunterricht bekommen. Und du?«

»Ja schon, vor allem chinesisch.«

»Das war ja klar. Herr Li hat dir wohl alles beigebracht, was er weiß.«

Damit traf er wahrscheinlich ins Schwarze. Gestern Abend hatte ich das Gefühl gehabt, dass mir Herr Li nichts mehr vorenthalten hatte und leider war es dabei nicht ums Kochen gegangen.

Elias bog von der Landstraße ab. »Muriel hat mir erzählt, dass du überlegst, nach dem Abi in München Restaurierungswissenschaften zu studieren.«

»Ja, das stimmt. Ist eine Idee von mir, weil ich Schwester

Clara schon immer bei ihren Reparaturen und Restaurierungen im Kloster geholfen habe. Man muss für den Studiengang aber eine Aufnahmeprüfung machen und wer weiß, ob ich die schaffe.«

»Das packst du schon.« Er stellte das Auto auf einem gekiesten Parkplatz ab und zog die Handbremse. Auf einer Anhöhe stand eine kleine Kirche.

»Das hoffe ich.« Ich stieg aus und schaute Elias erwartungsvoll an.

»Ich hab dir doch erzählt, dass ich Schreiner bin. Im Frühjahr habe ich für diese Kirche ein Lesepult gebaut. Es ist ein Nachbau eines alten Ambo, der im Heimatmuseum verstaubt und nicht mehr benutzt werden kann, weil er vermutlich unter dem Gewicht eines schweren Buches zusammenbrechen würde. Die Kirchengemeinde hatte gesammelt und mich mit einer Rekonstruktion beauftragt. Und da ich ja von Muriel wusste, dass du dich für alte Dinge interessierst, dachte ich mir, ich zeige dir mein Werk. Vielleicht gefällt es dir.«

»Ich bin gespannt.« Irritiert schaute ich mich um, ich hätte schwören können, dass ich Leo gespürt hatte. Aber weit und breit war keine Spur von ihm, kein Schatten, kein Tier, nichts. So plötzlich die Wahrnehmung aufgetaucht war, so schnell war sie auch wieder verschwunden. Ich musste mich getäuscht haben und ging neben Elias zur Kirche.

Er hielt mir die schlichte Holztür auf und schon beim Eintreten war ich sofort verzaubert.

Helles Licht strahlte durch die bunten Glasfenster und malte leuchtende Lichtpunkte auf Fußboden und Wände. Die Innenausstattung war schlicht. Vom Hauptaltar blickte mir Maria gütig lächelnd entgegen und begrüßte mich still. Ich legte meine Hand aufs Herz und erwiderte ihren Gruß. Dann tauchte ich meine Finger in das steinerne Weihwasserbecken, das mit frischem Wasser gefüllt war, machte eine Kniebeuge und bekreuzigte mich. Mit gesenktem Kopf verharrte ich kurz. Als ich wieder aufblickte, erkannte ich, dass Maria rechts und links von zwei großen Engelsstatuen flankiert wurde. Es waren die Erzengel Gabriel und Michael. Ihre Gesichtszüge zeugten von Entschlossenheit und Strenge. Waren sie nicht die ausführende Gewalt Gottes? Schauten sie mich an?

Gabriel, links von Maria, hatte die rechte Hand leicht erhoben, als würde er jeden Moment zu sprechen beginnen. In der linken Hand hielt er einen Stab, um den sich ein Spruchband wand. Als würde ich magnetisch angezogen, näherte ich mich der überlebensgroßen Figur. »Ave Maria gratia plena, Dominus tecum«, las ich laut vor und Elias, der hinter mir stand, wiederholte die Worte auf Deutsch: »Gegrüßet seist du Maria, voll der Gnade, der Herr ist mit dir.« Fast automatisch formten meine Lippen das Gebet und ich schloss mich dem förmlichen Gruß des Engels an.

Michael auf der anderen Seite war gerüstet mit flammendem Schwert und Brustpanzer. Zu seinen Füßen standen die Worte QUIS UT DEUS.

Elias zuckte entschuldigend mit den Schultern. »Keine Ahnung, was das heißt. Ich war auf der Mittelschule. Da lernt man kein Latein. Den anderen Text kenne ich nur, weil ich lange Ministrant war.«

»Wer braucht schon noch Latein? Ich finde, Schreiner ist ein toller Beruf.«

»Das erzähl mal meinem Vater. Der ist nicht so begeistert. Bei uns haben alle studiert. Ich pass in diese Familie nicht wirklich rein. Vielleicht wurde ich ja im Krankenhaus mit Tim oder einem anderen Baby vertauscht. Ich sehe meinen Eltern oder meinem Bruder nicht einmal ähnlich.«

Das kannte ich nur zu gut.

»Für meine Familie bin ich eine einzige Enttäuschung. Meine Mutter versucht, es zu verbergen. Aber mein Vater zeigt es mir deutlich.«

»Das ist nicht fair. Du kannst surfen und Möbel bauen. Das ist doch toll.«

Er lächelte. »Jeder muss seinen eigenen Weg gehen.«

Schön, wenn man seinen Weg kannte. Ich fühlte mich gerade ziemlich orientierungslos.

»Und was heißt es jetzt? Du weißt es doch bestimmt«, unterbrach Elias meinen Gedanken.

»Wer ist wie Gott?«, übersetzte ich. Das war die Bedeutung von Michaels Namen. Von Schwester Clara und dem Schatz ihres unerschöpflichen Wissens wusste ich, dass Michael der Engel war, der Adam und Eva aus dem Paradies vertrieben haben soll. Die Geschichte mit dem Apfel verfolgte mich auf Schritt und Tritt. Ich trat zurück und musterte die steinernen Wesen. Beide Engel trugen gewaltige vergoldete Flügel.

»Eine beeindruckende Figurengruppe.« Elias sah zu den dreien hoch. »Als würden die Engel jeden Moment zu uns sprechen, so lebendig wirken sie.«

Alles, nur das nicht, bat ich inständig. Bei diesem Familientreffen würde sich wahrscheinlich herausstellen, dass ich für die Engel eine einzige Enttäuschung war.

»Schau und das ist mein Lesepult.« Damit lenkte Elias meine Aufmerksamkeit auf sein Werk. Elegant geschwungen und perfekt gearbeitet stand der Ambo neben dem Altar.

»Die Vorlage ist aus dem Barock. Ich habe mich bemüht, eine genaue Kopie anzufertigen. Wenn die Gemeinde wieder Geld hat, soll der Ambo sogar noch vergoldet werden«, erklärte er stolz.

Ich strich mit den Fingerspitzen über die glatte Holzoberfläche. »Er ist wunderschön.«

Elias lächelte. »Freut mich wirklich, wenn er dir gefällt.« In allen Einzelheiten erklärte er mir Verarbeitung, Holzauswahl und auch die Schwierigkeiten bei der traditionellen Holzverbindung. Ich hörte ihm nur mit einem Ohr zu, weil der kritische Blick der beiden Engel mich durchbohrte.

Ich war froh, als wir wieder zum Ausgang gingen. In meinem Kopf glaubte ich, die Stimme der Madonna zu hören, die mir warnend zuflüsterte: *Pass auf dich auf, Anna.* Anders als die stumme Steinfigur über unserem Klosterportal schien sie etwas mitteilungsfreudiger zu sein. Oder hatte mich einer der beiden Engel gewarnt? Ich schnappte nach Luft.

Elias musterte mich besorgt. »Was ist los? Anna, du bist ganz blass.«

»Alles wunderbar«, erwiderte ich und zwang mich zu einem Lächeln. Sein skeptischer Blick verriet mir, dass er mir das nicht abnahm. Ich hätte ihm so gerne erzählt, was mir durch den Kopf ging. »Wo fahren wir jetzt hin?«, fragte ich ihn stattdessen.

»Wenn du magst, nach München. Zur Feier des morgigen Tages gehen wir jetzt was essen und du kannst deine Zucchinidiät wenigstens für einen Tag unterbrechen. Einseitige Ernährung führt nämlich zu Mangelzuständen.«

»Super Idee! Echt nett von dir, dass du um mich besorgt bist.« Ich kicherte.

»Immer.«

Seine Antwort macht mich verlegen und ich wusste darauf nichts zu sagen.

Die Fahrt bis München verging wie im Flug. Wir parkten an einem großen Biergarten und suchten uns unter ausladenden Kastanienbäumen einen schattigen Sitzplatz. Elias holte Käse, eine große Breze und eine Maß alkoholfreies Bier. Es schmeckte wunderbar. Ich fühlte mich in Elias' Nähe wohl und sicher. Er brachte mich zum Lachen und ließ mich die Erlebnisse der letzten Tage fast vergessen.

Während wir durch den Englischen Garten schlenderten, erzählte Elias mir vom Surfen, von gewaltigen Wellen und dem unbeschreiblichen Gefühl, sie zu reiten. Am Eisbach schauten wir den Stadtsurfern zu. Die dortige stehende Welle zog Surfer wie Zuschauer an. Elias kannte zwei der jungen Männer, die gerade mit ihren Surfboards vom Fahrrad stiegen.

»Treibt's dich mal wieder in die große Stadt«, zog ihn einer der beiden auf.

»Ich hab mir gedacht, du wärst schon am anderen Ende der Welt unterwegs«, stellte der zweite fest und drückte Elias sein Surfbrett in die Hand. Dann lehnte er sein Fahrrad ans Brückengeländer.

»Morgen flieg ich«, antwortete Elias. Die drei Wellenreiter klatschten sich freundschaftlich ab.

»Das sind Erik und Basti, studieren beide in München. Medizin und Jura«, stellte er sie vor. »Und das ist Anna.«

»Hallo«, grüßte ich einsilbig.

»Hi Anna, wo hast du den Elias denn aus dem Wasser gezogen? Ist mal ganz was Neues, ihn mit einem Mädchen zu treffen. Der hat sonst nur Wellen im Kopf.« Basti lachte. Er war klein, hatte kurze schwarze Haare und eine auffallend gekrümmte Nase, fast wie ein Schnabel. Trotz der Hitze trug er einen langen Neoprenanzug.

»Elias hat seine Eltern besucht und da haben wir uns getroffen.«

»Nächstes Jahr kommt Anna zum Studium nach München«, fügte Elias hinzu.

Wenn alles gut geht und mich bis dahin kein Dämon gefressen hat.

»Ich spring jetzt ins Wasser. In diesem Anzug geh ich bei der Hitze sonst noch ein«, entschuldigte sich Basti und ging von der Brücke zum Bach hinunter, wo seitlich der Einstiegplatz war. Die Surfer standen Schlange. Immer nur einer konnte die Welle reiten.

»Ich bin Erik.« Erik, der seinem Namen alle Ehre machte, streckte mir die Hand hin. Er sah wirklich aus, als wären seine Vorfahren Nordmänner gewesen: ein bärtiger Hüne mit langen blonden Haaren und beeindruckenden Muskelpaketen an Armen, Beinen, Oberkörper, eigentlich überall.

»Mit Erik war ich schon an den französischen Atlantikstränden unterwegs«, erzählte Elias, während er seinen Blick über die anderen Surfer schweifen ließ.

Darum beneidete ich die beiden. Ich hatte es bisher nur bis zu unserem Badesee geschafft und war dort auch noch fast ertrunken. Weiter als nach München war ich noch nie gekommen.

»Und Elias, wie schaut's aus?«, rief Basti ihm vom Wasser aus zu. »Ich leih dir mein Board. Das ist die Gelegenheit, vor Anna anzugeben.« Geschmeidig glitt er über die Welle, von rechts nach links und wieder zurück. Dann ließ er sich von der Strömung mitnehmen und machte seinen Platz für den Nächsten frei.

»Soll ich vor dir angeben?« Elias grinste mich an.

»Warum nicht? Ich würde dich gerne mal surfen sehen.«

Er lachte. »Nur für dich stell ich mich hier in Unterhose aufs Brett und lass mich ins Wasser fallen. Der Bach heißt nicht umsonst Eisbach. Außerdem bin ich kein guter Flusssurfer. Erwarte nicht zu viel.«

Ohne Zögern knöpfte er sein Hemd auf, zog es aus und drückte es mir in die Hand, genauso seine Hose. In einer karierten, kurzen Shorts stand er vor mir und lachte mich an. »Nur für dich«, wiederholte er und ging hinunter zum Wasser.

Erik trat ihm sein Board ab und überließ ihm auch seinen Platz in der Schlange. Die beiden unterhielten sich und als Elias dran war, schlug ihm Erik aufmunternd auf den Rücken. Elias hatte das Brett mit einer Leine am Knöchel befestigt. Mit einer geschickten Bewegung brachte er sich und das Board fast gleichzeitig auf die Welle, absolvierte eine spektakuläre Wende mit Sprung und ließ sich dann auf dem höchsten Punkt der Welle rückwärts nach hinten ins Wasser fallen. Dabei winkte er mir noch lachend zu, dann war er untergetaucht. Sofort hatte ein anderer Surfer seinen Platz eingenommen. Elias ließ sich noch ein Stück treiben.

»Und, Anna?«, rief mir Erik zu. »Willst du's auch mal probieren?«

»Lieber nicht«, gab ich zurück und spürte plötzlich Panik in mir aufsteigen, als ich mir vorstellte, was sich unter der Welle verbergen könnte.

Ich war heilfroh, als Elias unbeschadet ans Ufer kletterte. Es waren schon zwei unbeteiligte Menschen wegen mir ums Leben gekommen. Plötzlich machte ich mir Sorgen, dass Elias in meiner Nähe in Gefahr sein könnte.

Elias brachte das Brett zurück und kam dann zu mir auf die Brücke. Glitzernde Wassertropfen hingen an seinen Wimpern. War es nur die Erleichterung, dass ihm nichts passiert war, oder noch etwas anderes, ein neues Gefühl? Als er vor mir stand und sich wie ein junger Hund schüttelte, hätte ich ihn gerne geküsst, das kalte Wasser auf seiner Haut gespürt und auf seinen Lippen geschmeckt.

»Und hat es sich gelohnt? Bist du beeindruckt?«, fragte er grinsend und tropfend.

»Sehr. Ich könnte das nicht.«

»Übung«, erwiderte er. »Das Warten auf die perfekte Welle war bisher mein Lebensinhalt. Mehr wollte ich nicht. Ich hab jede freie Minute dafür genutzt.« Er machte eine vielsagende Pause und schaute mich direkt an. »Dafür kannst du Kung-Fu.«

»Womit man aber nicht so gut angeben kann.«

»Ach, da wäre ich mir gar nicht so sicher. Kannst du Betonsteine durchschlagen, aus dem Stand auf Hausdächer springen oder durch Bambuswälder fliegen?« Er hatte die Arme vor seinem Oberkörper verschränkt.

»Nein. Weder noch«, gab ich zu. »Aber ich treffe beim Bogenschießen mit geschlossenen Augen ins Schwarze.« Scheinbar wollte ich doch ein bisschen angeben. Dass ich seit gestern wusste, wie man möglichst schnell und effektiv tötet, ließ ich lieber unerwähnt.

»Das glaub ich dir sofort.« Seine Antwort wunderte mich. »Komm wir setzen uns in die Sonne. Ich muss erst ein bisschen trockener werden, bevor ich mich anziehen kann. In nasser Hose will ich nicht durch die Stadt laufen.«

Wir ließen uns am Bachufer nieder und beobachteten die Surfer. Elias legte wie selbstverständlich seinen Arm um mich und ich lehnte meinen Kopf an seine Schulter.

Mein Herz hämmerte dabei zwar wie wild, aber Elias' Nähe fühlte sich richtig an, wenn auch ziemlich nass. An unserem Zusammensein gab es nichts Falsches, was man verschweigen, verstecken oder verheimlichen müsste. Nur ich verheimlichte ihm zu viel von mir. Innerhalb einer knappen Woche hatte ich zwei Männer kennengelernt, die unterschiedlicher nicht hätten sein können. Wie Tag und Nacht, kamen mir Leos Worte wieder in den Sinn, wie Sonnenschein und Finsternis, wie Sicherheit und Gefahr. Wer von den beiden was verkörperte, war klar.

»Danke, dass du mich abtrocknest.« Das Wasser aus seinen Haaren tropfte auf mein Kleid. »Ich brauch jetzt einen Kaffee. Möchtest du auch einen?«

»Lieber ein Eis.« Ich aß für mein Leben gerne Eis.

»Dann suchen wir eine Eisdiele.« Er stand auf und lachte mich an. »Mach lieber mal die Augen zu, ich zieh mich um. Sonst bekomme ich noch Ärger mit Mutter Hildegard.«

Ich schaute ihn verständnislos an.

»Ich will nur nicht mit nasser Unterhose rumlaufen. Das macht komische Flecken«, erklärte er.

»Du willst dich hier ausziehen?«, fragte ich entgeistert. »Mitten im Park?«

»Aber natürlich. Das ist im Englischen Garten nichts Ungewöhnliches. Nackte Sonnenbader gibt es hier mehr als genug.«

»Ich hab noch keine gesehen«, erwiderte ich.

»Wir gehen einen anderen Weg zurück, dann kannst du dich mit den Details der menschlichen Anatomie vertraut machen«, schlug er grinsend vor.

Dieses Gespräch hätte auch Leo Spaß gemacht und tatsächlich hatte ich schon wieder das überdeutliche Gefühl, seine Anwesenheit zu spüren. Aber nur ganz kurz. Sonderbar.

»Ich mach jetzt die Augen zu«, kündigte ich an.

Kurz darauf sagte er: »Kannst die Augen wieder aufmachen.« Er hatte seine Hose an und knöpfte sich gerade das Hemd zu. Seine nasse Boxershorts lag im Gras.

Er ließ sich nicht davon abbringen, mir die FKK-Strecke entlang des Eisbachs zu zeigen. Tatsächlich lagen, saßen oder standen einige splitterfasernackt auf der Wiese. Ich wusste gar nicht, wo ich hinschauen sollte, und hielt meinen Blick auf den Boden gerichtet. Völlig ungeniert watschelten Enten an den Sonnenanbetern vorbei oder ließen sich mit Brotstückchen füttern.

»Anna, entspann dich, das ist wie im Paradies. Nackt und unbekümmert, so wie Gott die Menschen geschaffen hat.«

»Sie wurden aber vertrieben«, warf ich ein. Jetzt fing er auch noch mit dieser Geschichte an.

»Das stimmt. Und das alles nur, weil sie einen Apfel gegessen haben. Dabei soll Obst doch gesund sein.« Er schüttelte tadelnd den Kopf und grinste.

»Kannst du dich an den Engel heute Morgen in der Kirche erinnern?«

»Der mit Schwert oder der mit Stab?«, fragte er.

»Mit Schwert und Brustpanzer. Der Erzengel Michael soll Adam und Eva aus dem Paradies geworfen haben.«

»Mit so was kennst du dich als Klosterbewohnerin natürlich aus«, zog er mich auf. »Glaubst du das denn wirklich?«

»Was?«, fragte ich zurück, um Zeit zu gewinnen. Warum drehte sich plötzlich alles um dieses Thema: Schlangen, Versuchung, Engel, Teufel und Äpfel in beliebiger Kombination.

»Dass es Engel gibt, die Gottes Befehle ausführen? Dass es einen personifizierten Teufel gibt, der die Menschen in Versuchung führt? Dass es eine Sünde ist, nackt auf der Wiese zu liegen?«

Wäre ich mutiger gewesen, hätte ich ihm die Wahrheit gesagt. Ja, es gibt Engel. Ich bin selbst ein halber und mit einem Teufel habe ich mich vorgestern stundenlang unterhalten. Aber durfte ich überhaupt darüber sprechen?

»Ich weiß nicht«, wich ich aus. »Aber nackt auf der Wiese zu liegen, erhöht wohl vor allem das Hautkrebsrisiko. Für mich wär das nichts.«

Elias nahm meine Hand und das war gut.

Wir setzten uns in ein Straßencafé. Elias trank einen doppelten Espresso, ich löffelte ein Bananensplit mit viel Sahne und Schokosauce.

Ich erzählte ihm von der Schule und meinem Alltag im Kloster. Von dem langweiligen Leben, das ich noch bis vor einer Woche geführt hatte. Er wollte alles wissen – was ich las, was ich gerne aß, welche Musik ich hörte und welche Filme und Bücher mir gefielen. Auf manche Fragen wusste ich spontan keine Antwort.

»Weißt du, wer sich am besten mit mir auskennt?«, unterbrach ich sein Interview.

»Vermutlich Muriel.« Mit seinem kleinen Espressolöffel schnappte er sich etwas Vanilleeis mit Sahne von mir.

»Richtig. Sie kennt mich besser als ich selbst. Wenn du mehr wissen willst, musst du sie fragen.«

Elias lächelte unschuldig. »Das habe ich schon längst. Sie ist unbestritten Anna-Expertin, aber ich höre lieber dir zu.«

»Wenn du so viel über mich weißt, wie ich von Tim, dann ...« *möchtest du mit mir vermutlich nichts mehr zu tun haben,* dachte ich. Aber ich ließ den Satz unvollendet.

»Gibt es über ihn so viel zu erzählen?«, fragte Elias ehrlich erstaunt. »Ich kenne Tim eigentlich ganz gut.«

»Bestimmt nicht so gut wie Muriel.«

»Davon bin ich überzeugt und das ist auch gut so«, antwortete er grinsend.

»So hab ich das nicht gemeint.«

»Ich weiß, Anna. War nur ein blöder Scherz.«

Eine alte Frau mit einem schwarzen Pudel setzte sich an den Nebentisch. Der Hund bellte Elias an. Erst als ich ihn mit einer Eiswaffel fütterte, gab er Ruhe.

»Über dich weiß Muriel kaum etwas. Tim ist verschwiegen«, stellte ich fest.

»Das kann ich mir vorstellen. Er redet nicht viel. Aber ich erzähl dir alles. Ich habe keine Geheimnisse vor dir.«

Ich schon, dachte ich. Irgendwie war dieser Gedanke sogar aufregend.

»Was willst du wissen?«

»Erzähl mir einfach von dir«, bat ich ihn.

»Ich bin einen Tag älter als Tim. Unsere Mütter haben sich nach der Entbindung im Krankenhaus ein Zimmer geteilt und somit kenne ich ihn schon mein ganzes Leben lang. Mein Vater ist Anwalt. Meine Mutter arbeitet als Ärztin im Kreiskrankenhaus.

Ich habe einen älteren Bruder, Georg. Er ist Mediziner, wie meine Mutter, und arbeitet in München, ist verheiratet und hat zwei Kinder. Luisa ist zwei und Jonas vier.«

»Dann bist du ja schon Onkel.« Ich kratzte den Rest meines Bananensplits zusammen. »Wie alt ist dein Bruder?«

»32. Er ist ausgezogen, bevor ich in die Schule gekommen bin. Eigentlich haben alle erwartet, dass ich auch Jura oder wenigstens Medizin studieren würde. Das ist eine alte Familientradition und es hat gedauert, bis sie eingesehen haben, dass das nichts für mich ist. Mein Vater ...« Er brach ab und suchte nach Worten.

Ich konnte spüren, wie verletzt er war. Hinter seiner coolen Fassade lag eine bittere Traurigkeit.

»Schule war nie mein Ding und ich wollte das so schnell wie möglich hinter mich bringen. Danach habe ich eine Schreinerausbildung gemacht. Ich muss mit den Händen arbeiten und am Abend sehen, was ich geschaffen habe.« Er betrachtete seine Hände, die breit und kräftig waren.

Ganz anders als die eleganten, schmalen Finger von Leo. Warum dachte ich schon wieder an einen Teufel?

»Ich kann nicht in einem Büro versauern und mich mit Streitereien anderer Leute rumschlagen. Ich muss raus. Wenn du einmal auf einer Welle gestanden bist, lässt es dich nie mehr los. Dafür lebe ich, für diesen einen Augenblick. Dann bin ich eins mit der Welt, mit allem.«

Ich wusste genau, was er meinte. Ich kannte dieses Gefühl vom Bogenschießen, vom Tai-Chi und aus stillen Meditationen.

»Die absolute Freiheit, nichts kann dich festhalten oder einengen. Es ist, als würde sich das Universum für dich öffnen, als wärst du der Mittelpunkt der Welt.«

Elias schaute mich erstaunt an. »Wo hast du das erlebt? Ich dachte, du hättest das Kloster bisher kaum verlassen.«

Natürlich konnte er sich nicht vorstellen, dass ich dieses Gefühl in meinem eingeschränkten Lebensumfeld erfahren hatte. Er brauchte dafür riesige Wellen und die Weite des Ozeans und reiste bis zur anderen Seite der Erde, um die perfekte Welle zu erwischen. In seinen Augen war ich vermutlich hinter Klostermauern eingesperrt.

»Im Garten«, gab ich lächelnd zurück. »Freiheit ist nicht an einen Ort gebunden.«

Wahrscheinlich hielt er meine Behauptung für Blödsinn. Daher versuchte ich, mein Gefühl zu erklären: »Was für dich das Wellenreiten ist, ist für mich Bogenschießen, meinem Atem zuhören, eine Blume betrachten oder einfach nur an einem sonnigen Tag unter einem Baum sitzen. Freiheit liegt in uns und nicht da draußen.« Ich klang schon fast wie Herr Li.

Die Sonne strahlte auf uns herunter. Da ich meine Sonnenbrille zuhause vergessen hatte, blinzelte ich Elias geblendet an. Ob er verstanden hatte, was ich damit sagen wollte?

»Du bist wirklich ein ganz besonderes Mädchen«, sagte er leise und beugte sich näher zu mir herüber.

Nicht einmal in meinen kühnsten, romantischsten Träumen hätte ich mir einen perfekteren Nachmittag vorstellen können. Ich fühlte mich, als hätte durch die Begegnung mit Elias ein neues Leben begonnen.

Plötzlich drängte sich ein Mann zwischen uns hindurch, rempelte Elias an und fegte mit seinem rechten Arm den Zuckerstreuer vom Tisch. Klirrend zersprang er auf dem Granitpflaster. Eine Schicht strahlend weißer Zuckerkristalle und glitzernder Glasscherben bedeckte den Boden zu unseren Füßen. Darauf lag eine halb gerauchte, glimmende Zigarette. Ohne sich zu entschuldigen oder umzudrehen, ging der Kerl weiter. Wir starrten ihm perplex nach und sahen die blutrote Aufschrift, die den Rücken seines schwarzen T-Shirts zierte: TOUCHED BY EVIL.

Schimpfend kam die Kellnerin an unseren Tisch und begutachtete den Scherbenhaufen. Der eilige Gast hatte sich ohne zu bezahlen davongemacht. Elias und ich halfen, die Glasscherben aufzusammeln, während sich die geprellte Bedienung über die zunehmende Rücksichtslosigkeit in unserer Gesellschaft ausließ.

»Touched by Evil«, murmelte Elias. Grübelnd starrte er auf den Boden, der inzwischen wieder sauber war.

Instinktiv reagierte mein Körper auf diese Worte und ich verschränkte meine Arme vor der Brust. Ich lehnte mich zurück und hätte am liebsten verhindert, dass er weitersprach und mir damit die Leichtigkeit des Augenblicks raubte. Meine eigene Erinnerung war bedrückend genug. Aber Elias fixierte weiterhin einen imaginären Punkt auf dem Boden, als wäre er hypnotisiert. Wahrscheinlich war es das erste Mal, dass er das Unfassbare, was er gesehen und gefühlt hatte, in Worte fasste?

»Das im See war böse, schwarz und dunkel. Als wäre das Wasser verschmutzt mit etwas Klebrigem oder Öligem. Ich glaube, ich stand in dieser Nacht eine Stunde unter der Dusche und habe versucht, den Geruch nach Verwesung abzuwaschen. Es war zwar kein sichtbarer Schmutz da, aber ich konnte es noch den ganzen nächsten Tag riechen, so als wäre es in jede Pore meiner Haut eingedrungen. Ich war überzeugt, jeder würde es an mir wahrnehmen. Aber nur mein Vater hat mich gefragt, wo ich mich mal wieder herumgetrieben hätte.«

»Es ist vorbei«, versuchte ich das Thema zu beenden.

Zum ersten Mal seit er das Gespräch auf den Dämon gelenkt hatte, schaute er mir in die Augen. Sein Blick war prüfend und ernst. »Da war etwas Böses und es wollte dich töten, Anna. Es hat dort unten gelauert.«

Ich hielt das silberne Eisschälchen schräg, wartete bis sich Schokosauce auf meinem Löffel gesammelt hatte, und schob ihn mir in den Mund. Selbst die Sauce hatte beim Gedanken an die schwarzen Fäden ihren Geschmack verloren. Sie war nur noch widerlich klebrig.

»Ich lebe noch«, versuchte ich ein Lächeln. »Vielleicht haben wir uns in der Dunkelheit nur etwas eingebildet?« Ich klang kein bisschen überzeugend.

»Nein«, antwortete er energisch. Seine Augen ließen mich nicht los. »Es, was auch immer es ist, hat Sebastian auf dem Gewissen. Aber ich bin mir sicher, du warst das Ziel.«

Mir war übel. Mein Magen war ein Eisklumpen.

»Wie konntest du dich befreien, Anna? Es wollte dich.« Er hatte nach meiner kalten Hand gegriffen und wärmte sie nun in seinen Händen.

»Keine Ahnung. Ich muss kurz bewusstlos gewesen sein. Ich

kann mich nur daran erinnern, wie ich unter Wasser gezogen wurde und dann war alles schwarz. Erst an Land bin ich wieder zu mir gekommen, wo du mir auf den Rücken geklopft hast.«

Touched by Evil, der T-Shirt-Spruch beschrieb das Erlebnis im See sehr treffend. Gedankenverloren streichelte Elias meine Finger. Seine sanfte Berührung vertrieb zwar das kalte Grauen, aber beruhigend war sie nicht. Ich war angespannt. Waren das die bekannten Schmetterlinge, die in meinem Bauch ein Grummeln auslösten, oder hatte ich einfach zu viel Eis, Sahne und Schokosauce gegessen? Oder hatte ich einfach Angst?

»Sebastian war zur falschen Zeit am falschen Ort. Nachdem du entkommen bist, hat es seine Wut abreagiert. Das bei Sebastian war kein Mord, das war ein Gemetzel, purer Zorn«, analysierte er das Geschehen.

»Du hast Sebastian gesehen?«, fragte ich verblüfft.

Er nickte. »Tim und ich haben ihn identifiziert. Wir waren zusammen in der Schule.«

Ich drückte seine Hand. Es tat mir unsäglich leid. »Das muss schrecklich gewesen sein.«

Er nickte. »Ich habe Menschen nach Haiangriffen gesehen, denen die Tiere einen Arm abgebissen oder ein Stück Fleisch herausgerissen haben. Aber das hier war anders. Ich weiß nicht, wie ich es beschreiben soll, aber ich kann dir versichern, so was würde kein Tier einer anderen Kreatur antun. So viel grausame Zerstörungslust. Da hat Metzger Sedlmeier leider nicht übertrieben. Was war das, Anna?«

»Es war ein Dämon aus der Hölle«, rutschte es mir heraus.

Ich verspürte den Impuls, ihm alles zu erzählen. Elias sollte alles wissen. Nur Leo würde ich auslassen. Mein Innerstes weigerte sich, seine Existenz preiszugeben. Warum auch immer.

Elias schaute mich fassungslos an, obwohl ich ihm gerade die Antwort auf seine Fragen gegeben hatte.

»Ein *was*?«

»Ein Dämon aus der Hölle. Du hast es doch selbst gerade beschrieben und dort im Wasser auch gespürt. Über sie gibt es uralte Geschichten.«

Elias schüttelte den Kopf und mir wurde augenblicklich klar, ich hatte einen Fehler gemacht. Wie sollte ich aus diesem Thema wieder herauskommen?

»Anna, das sind Märchen! Das im Wasser war real. *Dämonen.*« Er sprach das Wort prüfend aus und überlegte. »Du bist im Kloster aufgewachsen und die Nonnen haben vor der Hölle Angst und dem Fegefeuer und dem letzten Gericht. Aber das ist alles nicht real. Dämonen können in unserer Welt niemanden angreifen. Das sind Fabelwesen. Geschöpfe einer kranken Fantasie.«

Ich zuckte mit den Schultern. Bei dem Wort *Fabelwesen* hätte ich beinahe laut losgelacht. Sofort war vor meinem inneren Auge der einzigartige Leopard aufgetaucht. Um mein dämliches Grinsen zu verbergen, hielt ich mir stattdessen die rechte Hand vor den Mund. Leo war alles andere als ein Fabelwesen, auch wenn er mit dem geringelten Lemurenschwanz verdammt dicht dran gewesen war. Ob er mir meine Beleidigung jemals verzeihen würde?

Elias musterte mich. »An so okkultes Zeug glaub ich nicht.« Nervös trommelte er mit seinem Kaffeelöffel auf den Tisch. Sein Verstand dominierte seinen Instinkt. Noch. Ich war mir sicher, er spürte, dass ich die Wahrheit gesagt hatte, aber er wollte es nicht an sich heranlassen. Das konnte ich nur allzu gut nachvollziehen. Gestern war es mir noch genauso ergangen.

»Es muss eine logische Erklärung für alles geben«, beharrte er und ich ließ ihn in dem Glauben. Ich hatte kein Recht, sein sicheres Weltbild zu zerstören. Wie sollte ich ihn auch überzeugen? Während ich mit Elias hier in der Sonne saß, kamen mir die langen Gespräche mit Leo ziemlich abgedreht vor. Aber die bloße Erinnerung an das namenlose Böse war mächtig genug, unsere Stimmung zu verdüstern und unsere vermeintlich beherrschbare Realität ins Wanken zu bringen.

»Bestimmt gibt es eine logische Erklärung«, erwiderte ich.

Elias schüttelte sich und versuchte, die Beklemmung loszuwerden.

»Tut mir leid, dass ich damit angefangen habe. Ich wollte dir keine Angst machen. Aber dieses Erlebnis beschäftigt mich sehr«, gab er zu.

Ich rührte im geschmolzenen Rest meines Bananensplits und beobachtete, wie sich die einzelnen Flüssigkeiten zu einem braunen Brei vermischten. Gut und Böse, Schwarz und Weiß, Tag und Nacht und dazwischen unzählige Abstufungen von Braun- und Grautönen, so wie in meinem Eisschälchen.

»Noch ein Eis, Anna?«, fragte er mich und bemühte sich um einen unbeschwerten Tonfall.

»Nein, ich bin überzuckert und unterkühlt.« Ich legte den Löffel auf den Unterteller, wo er einen dicken braunen Fleck hinterließ. Aber ich hätte mich nicht mehr überwinden können, ihn abzulecken. Mir war der Appetit vergangen.

Noch immer lag meine Hand in seiner.

Die Zeit war wie im Flug vergangen. Es war höchste Zeit, dass wir uns auf den Heimweg machten. Elias' Eltern hatten für heute Abend ein Abschiedsgrillfest organisiert.

»Nur Familie. Mein Vater ist schwierig«, hatte Elias sich entschuldigt und wieder hatte ich den Schatten auf seiner Seele gesehen. Er hätte mich gerne dabeigehabt, traute sich aber nicht, seinem Vater zu widersprechen.

Bei der Heimfahrt hörten wir Eric Clapton und Elias summte wieder leise mit. Ich beobachtete die vorbeiziehende Landschaft und wäre mit ihm bis ans Ende der Welt gefahren.

Kurz nach 17 Uhr hielt Elias direkt vor der Kirchentüre und stieg mit mir aus. In einer knappen halben Stunde würden sich die Schwestern zur Vesper versammeln.

»Danke für den Ausflug. Es war ein wunderschöner Tag.«

»Danke, dass du ihn mit mir verbracht hast.«

Verlegen musterte ich meine Zehen in den zu kleinen Sandalen.

Elias hingegen blickte in den Himmel hinauf. »Der wunderschöne Tag geht viel zu schnell zu Ende. Das haben wir gerade noch rechtzeitig geschafft, bevor das Gewitter losbricht.«

Ich blickte hoch. Elias hatte recht, der Himmel verdunkelte

sich rasend schnell. Der Sturmwind trieb gewaltige Wolkentürme vor sich her. Die Luft lud sich auf und alles in der Natur spannte sich an.

»Da oben braut sich ganz schön was zusammen. Das sieht noch schlimmer aus als gestern«, stellte ich fest und spürte die näherkommenden Entladungen der Blitze.

Elias nickte. »Die Gartenparty wird wohl ins Wasser fallen.«

Seite an Seite starrten wir in den Himmel und beobachteten das Naturschauspiel.

»Ihr müsst definitiv drinnen feiern.«

Er drehte sich zu mir und grinste. »Nicht weiter schlimm. Wir haben genügend Platz und können auch am offenen Kamin im Rittersaal grillen. Besonders heiter wird es so oder so nicht werden.«

Eine heftige Windböe blies mir plötzlich meine Haare ins Gesicht. Sanft strich Elias sie mir mit beiden Händen hinter die Ohren. Mein Herzschlag kam aus dem Rhythmus und hüpfte aufgeregt.

»Was mich wirklich beunruhigt, ist der Gedanke, dass ich dich die nächsten vier Monate nicht sehen werde. Und ich habe jetzt schon Sehnsucht nach dir.« Behutsam legte er seine Hände an meine Wangen. Seine Fingerspitzen waren rau. Mein Gesicht glühte. Ich suchte erfolglos nach Worten. Aber mein Gehirn war nicht nur von den Gewitterböen leer gefegt.

»Ich werde dir schreiben. Du kannst doch hoffentlich Emails lesen in deinem Klostergefängnis. Dann kann ich dir auch Fotos schicken. WhatsApp oder anderes Teufelszeug nutzt du ja nicht.«

Mein Herz wurde immer schwerer.

Elias beugte sich vor und hauchte mir einen flüchtigen Kuss auf die Wange. Seine Hände wanderten in meinen Nacken. Er verharrte mehrere Atemzüge ganz nah an meinem Gesicht. Ich spürte seine Rastalocken, die mich am Ohr kitzelten und vom Bad im Eisbach immer noch ein wenig feucht waren, spürte seine Bartstoppeln auf meiner Haut und ich konnte ihn riechen, salzig und frei wie das Meer.

Er schaute mir kurz forschend in die Augen, zögerte und dann küsste er mich entschlossen, aber sehr zart auf den Mund. Und dann war es schon wieder vorbei.

»Pass auf dich auf, Anna. Du bist einzigartig«, sagte er leise. »Ich bin bald zurück.«

Ich hatte die Augen noch geschlossen und wagte nicht zu atmen. Mein erster Kuss! Hoffentlich hatte uns keiner gesehen. Aber auch egal. Eigentlich durfte es jeder sehen! Am liebsten hätte ich *noch mal* gesagt.

»Anna?«

Ich blinzelte und sah in seinen Augen Sorge und Angst. »Pass du gefälligst auf dich auf. Mit Haien schwimmen ist viel gefährlicher« ... *als mit Dämonen zu kämpfen*, vollendete ich den Satz im Geiste.

Er schloss mich in seine Arme und ich fühlte mich beschützt. Am liebsten hätte ich ihn gebeten, dass er seinen Urlaub absagen, bei mir bleiben und mich nie mehr loslassen sollte. Aber ich blieb stumm und horchte auf das regelmäßige Schlagen seines Herzens. Er roch sauber und frisch. Ob das an seiner Vorliebe für Wassersport oder am Waschpulver lag? Für mich roch Elias nach Meeresbrise und Freiheit, eine betörende Kombination.

»Bis bald«, verabschiedete er sich und ließ mich los.

Ich brachte kein Wort heraus.

Neben der Schmetterlingsflatterei im Bauch spürte ich bittere Tränen in meiner Kehle und drehte mich von ihm weg. Kaum geküsst und schon verlassen, ging ich wie in Trance zur Kirchentür, öffnete sie, trat in die kühle, stille Kirche und hörte, wie sie hinter mir ins Schloss fiel. Noch länger hätte ich diese Abschiedsszene nicht ausgehalten. Gedämpft durch das dicke Eichenholz drang das Geräusch des startenden Motors, das Knirschen der Reifen auf dem gekiesten Weg und ich wusste, Elias war weggefahren, unterwegs zur anderen Seite der Erde. Ich war wieder allein. Allein mit einem wilden Gefühlschaos. Der Ausflug hatte mich weder abgelenkt noch beruhigt. Er hatte meine Verwirrung nur noch gesteigert. Mein Leben war zum Dauerausnahmezustand mutiert.

Ich ging im Mittelgang der Kirche nach vorne und setzte mich in die vorderste Bank.

Bevor ich einem Menschen gegenübertreten konnte, brauchte ich dringend Zeit, um mich zu sammeln, mein rasendes Herz zu beruhigen und wieder zu Atem zu kommen. Wenigstens äußerlich wollte ich einen normalen Eindruck machen. Innerlich war das bedeutend schwieriger, wenn nicht unmöglich.

Wie sollte ich sortieren, was ich gleichzeitig fühlte: Abschied, Trauer, Schmerz, Einsamkeit, Angst, Zweifel, Wut, Freude, Verliebtsein und wie die ganzen Worte auch hießen, die versuchten,

Emotionen zu beschreiben, aber immer unzulänglich bleiben mussten.

Ich achtete auf meinen Atemrhythmus und versuchte, meine Muskeln zu entspannen. Doch je länger ich hier saß, desto leerer und ausgelaugter fühlte ich mich. Einsam und ausgeschlossen. Der Ort, der mir bisher Heimat gewesen war, fühlte sich mit einem Mal fremd an. Was tat ich hier? Gehörte ich hier überhaupt noch her? Mein Inneres war vor Verwirrung blind und taub.

Dafür nahm ich meine Umgebung überdeutlich wahr. Ich sah Staubkörnchen tanzen, roch den Duft der Sommerblumen vor dem Altar genauso wie den modrigen Gestank des Wassers in der Vase, das schon längst hätte gewechselt werden müssen. Das weiße Altartuch hatte Flecken und die Kerzen waren fast ganz heruntergebrannt. Sehr leises Knistern und Rascheln war zu hören. Vermutlich hatten sich irgendwo ein paar Mäuse eingenistet oder der Holzwurm nagte an den hölzernen Einbauten. Alles würde früher oder später kaputtgehen, nichts war von Dauer. Die toten Augen der verstaubten Heiligenfiguren, Bischöfe, Stifter und Engel waren allesamt auf mich gerichtet. So fühlte es sich wenigstens an. Ich kniete mich hin. Das schwarze Kunstleder der Kniebank war kalt auf meiner Haut. Aus Gewohnheit faltete ich die Hände und senkte meinen Kopf. Ich sprach zu der, die mich verlassen hatte. Meine Mutter, wo war sie? Konnte sie mich hören?

Ich verstehe die Welt nicht mehr. Wer bist du? Gibt es dich wirklich? Kann ich Leo glauben? Bist du meine Mutter? Bist du ein Engel? Sprich mit mir, bitte. Gib mir ein Zeichen.

Der Kirchenraum lag im Zwielicht. Gleich würde der erste Donner krachen. Die Spannung war kaum auszuhalten.

Natürlich erhielt ich keine Antwort auf meine Fragen. Keine der hölzernen Engelsfiguren öffnete die Lippen und gab mir Antworten. Ich horchte in mich hinein. Vielleicht würde ich dort eine Antwort finden. Aber da war nichts. Nur sinnlose Leere.

Daher entschloss ich mich, für Sebastian und Schwester Benedikta zu beten. Automatisch formten meine Lippen die Worte und ich murmelte abwechselnd ein Vaterunser und ein Ave Maria. Die Gebete taten ihre Wirkung, wenigstens für mich. Versunken in dem vertrauten Klang und aufgehoben in der vorhersehbaren Abfolge beruhigte sich meine Seele.

Das Ave Maria war tief in mir verankert und wenn ich schon selbst nicht mehr wusste, wen ich Mutter nennen sollte, wandte ich mich an die himmlische Mutter. So hatte ich es gelernt.

»Mutter, wenn du mich hörst, hilf mir. Ich will nicht nur den Worten eines Teufels glauben. Sprich mit mir. Wer bin ich? Woher komme ich?«

Die Veränderung geschah plötzlich.

Gleißendes Licht brach gewaltsam herein, als wäre das Kirchendach aufgerissen worden und die Sonne drohte, hereinzustürzen. Der darauffolgende Donner ließ die Grundmauern des Gebäudes erzittern. Meine Augen konnten die unerwartete Helligkeit nicht ertragen, sie schmerzten und tränten. Halbblind tastete ich nach der Sitzbank. Selbst mit geschlossenen Lidern war ich geblendet. Hatte ein Blitz eingeschlagen? Würde die Kirche in Flammen aufgehen? Mir war klar, ich musste so schnell wie möglich von hier verschwinden. Unsicher stand ich auf und klammerte mich an die hölzerne, von vielen Händen glatt polierte Banklehne. Erneut krachte es, als würden Steinbrocken aus dem gemauerten Gewölbe herabstürzen und neben mir auf der Erde einschlagen. Der Boden bebte. Ich würde zermalmt werden.

Kam meine Mutter zu mir? Hier herunter auf die Erde? Hatte sie mich gehört?

Wenn sie es war, wollte ich sie sehen, auch wenn es mich das Augenlicht kosten würde. Vorsichtig öffnete ich die Augen ein wenig und blinzelte. Was ich sah, raubte mir den Atem und fast den Verstand. Wie sollte mein Gehirn das erfassen und verarbeiten?

Eine breite Lichtsäule, hell wie ein Blitz, stand vor mir und drehte sich funkensprühend um die eigene Achse. Tränen liefen mir übers Gesicht. Der Schmerz zuckte bis in mein Gehirn. Das Bild wurde direkt auf meine Netzhaut gebrannt, mein Sehnerv war betäubt.

War das meine Mutter?

Aber sie hatte nichts Mütterliches an sich. Insgeheim hatte ich sie mir leuchtend, schön und sanft vorgestellt, ein bisschen wie die Engel bei den kitschig-hübschen Hummelfiguren. Dieses Geschöpf würde mich niemals gütig lächelnd an die Hand nehmen.

Um mich herum stand die Zeit still. Meine Gedanken rasten und ich erfasste die Situation klar und deutlich. Wie hatte ich nur so naiv sein können? Wenn meine Mutter an meinem Leben hätte Anteil nehmen wollen, hätte sie das schon längst getan. Sie wusste, wo ich zu finden war. Ich hatte den Ort, an dem sie mich wie ein unliebsames Haustier entsorgt hatte, nie verlassen. Aber sie war mir ferngeblieben. Wahrscheinlich schämte sie sich sogar für mich, ihren unwürdigen, untalentierten Nachwuchs. Ich war ein Systemfehler, ein peinlicher Fehltritt, eine Missgeburt. Es wäre besser, ich wäre nie entstanden. Nie hatte sie mich gewollt. Diese Erkenntnis traf mich wie ein Schlag und katapultierte mich aus meiner kleinen, heilen Welt, in der ich fast siebzehn Jahre geborgen und sicher gewesen war, hinaus in einsame Unsicherheit. Traurigkeit überrollte mich, wie eine riesige Welle, und schlug über mir zusammen.

Die Anwesenheit meiner Mutter brachte mir neben der bitteren Erkenntnis auch die Gewissheit, dass Leo die Wahrheit gesagt hatte. Tief in mir fühlte ich, dass ich diesem strahlenden Wesen ähnlich war. Ich war ein halber Engel. Daran gab es keinen Zweifel mehr. Aber meine Mutter war nicht gekommen, mir unsere Ähnlichkeit zu beweisen. Sie war gekommen, endlich ihren Fehler auszumerzen. Sie würde mich töten, weil ich angefangen hatte, mein Klostergefängnis zu verlassen. Solange ich mich an die Regeln gehalten hatte, war nichts passiert, weil ich unsichtbar gewesen war und vielleicht hatte sie mich schon fast vergessen gehabt. Vermutlich waren siebzehn Jahre in der Zeitrechnung der Engel nicht mehr als ein Wimpernschlag.

Aber selbst wenn ich mehr über meine Abstammung gewusst hätte, wäre ich bereit gewesen, für den Rest meines Lebens innerhalb dieser Mauern eingesperrt zu sein?

Es war nur eine Frage der Zeit gewesen, bis ich das viel gepriesene Gleichgewicht gestört hätte und meine Mutter eine Lösung für mich hätte finden müssen. Leider war ich ihr dreimal entkommen. Deshalb waren andere Menschen an meiner Stelle verletzt und getötet worden. Die Zeit des Weglaufens war vorbei. Es ging einzig um mich. Mein Entschluss stand fest. Ich würde durch meine bloße Existenz niemanden mehr gefährden. Reglos blieb ich vor meiner Mutter stehen, aufrecht, und blickte ihr entgegen, obwohl mir die Augen schmerzten. Ich versuchte, ihre Beweggründe zu verstehen und zu erfühlen. Hatte sie nie Zuneigung für mich empfunden? War sie enttäuscht gewesen, als sie mich zum ersten Mal gesehen hatte? War ich ihr zu wenig schwebendes, strahlendes Licht und zu viel träger Körper?

Die Lichtsäule drehte sich jetzt langsamer und kam zum Stillstand. Sie reichte noch immer vom Fußboden bis zur Gewölbedecke. Abgesehen von der blendenden Helligkeit strahlte das Licht nichts ab, keine Wärme, keinen Geruch und keine Luftbewegung.

»Mutter?«, fragte ich laut, bekam aber keine Antwort. Das Wort war falsch. Ich spürte nichts Mütterliches in diesem Leuchtkörper. War eine Mutter in der Lage, das Leben, das sie weitergegeben hatte, zu zerstören? Hatte ich zu viele Märchen und Geschichten gelesen, wo Mütter zum Wohl ihrer Kinder sogar ihr eigenes Leben opfern würden?

Bloße Aggression und ungezügelter Zorn schlugen mir offen entgegen, als wäre der erste Angriff gegen mich bereits geführt. Warum hasste sie mich? Weil ich Beweis ihrer eigenen Fehlbarkeit war? Auch wenn Herr Li mich über Jahre ausgebildet hatte, diesem Wesen hatte ich nichts entgegenzusetzen. Herr Li hatte mich nur den Kampf gegen das Dunkle gelehrt. Mit einem Angriff meiner eigenen Art hatte nicht einmal er gerechnet. Ich erkannte meine Hilflosigkeit. Dieses Licht würde mich vernichten, würde den Fehler meiner Existenz ungeschehen machen.

Warum hatten die Engel sich überhaupt die Mühe gemacht, mich hierher zu bringen? Hatten sie meine Mutter daran gehindert, mich nach der Geburt sofort zu töten? Sollte im Himmel nichts Böses geschehen?

Das Licht nahm allmählich Gestalt an und ich verharrte staunend und reglos. Das hier war kein kleiner, dunkler Dämon, es war gewaltig und sehr, sehr wütend. Es war hell und klar und das machte die Gewalt, die von ihm ausging, noch schwerer erträglich. Der Engel war gekommen, um die Ordnung, von der Leo gesprochen hatte, wiederherzustellen. Mein Tod war besiegelt wie das Amen in der Kirche. Ich wunderte mich, dass mir in Anbetracht der ausweglosen Situation derart billige Vergleiche durch den Kopf schossen.

Sollte ich mich wirklich kampflos meinem Schicksal fügen? Aber was konnte ich noch erreichen? Mein Widerstand würde wahrscheinlich nur noch mehr kämpfende Engel in die Kirche locken. Wer würde mir helfen? Keiner. Das Wichtigste war, dass niemand zu Schaden kam. Außer mir natürlich. Eine große Ruhe machte sich in mir breit. Mein Atem ging regelmäßig, mein Herz pumpte zuverlässig und kräftig. Ich stellte mich in Position, ich war bereit.

Der Engel veränderte seine Gestalt, sah jetzt aus wie ein Mann, alterslos und ebenmäßig schön. Er war bekleidet mit einem Gewand, das bis auf die Füße reichte, und um die Brust trug er einen Gürtel aus Gold. Ich erinnerte mich, dass ich diese Sätze erst vor wenigen Tagen in der Bibel nachgelesen hatte. In der Offenbarung des Johannes wurde ein Engel genauso beschrieben und ich wusste jetzt, was der Evangelist gesehen hatte.

Sein Haupt und seine Haare waren weiß wie weiße Wolle, leuchtend weiß wie Schnee, und seine Augen wie Feuerflammen; seine Beine glänzten wie Golderz, das im Schmelzofen glüht.

In der Hand trug der Engel ein züngelndes, leuchtendes Flammenschwert. Sein Blick war irr und versuchte, mich in die Knie zu zwingen. Mit aller Kraft lehnte ich mich dagegen auf. Ich würde standhaft bleiben. Das war eine Frage der Würde. Warum war es eigentlich ein männlicher Engel? War es vielleicht gar nicht meine Mutter? War ein anderer Engel geschickt worden, mich zu töten? Und vor allem, warum zögerte er? So viele Fragen, die mir nie mehr beantwortet werden würden. Angesichts meines sicheren Todes waren sie eigentlich nicht mehr wichtig, doch für mich bedeuteten sie alles.

Ich schloss die Augen, begrüßte noch einmal den zarten Lufthauch, der beim Einatmen durch meine Nase strömte, spürte, wie der lebenserhaltende Sauerstoff sich in meinem Körper ausbreitete und ihn belebte. Bewusst ließ ich das Ausatmen geschehen, horchte auf das Pulsieren meines Blutes und verabschiedete mich. Jetzt, am Ende meines Lebens, war der Zeitpunkt, alles loszulassen – alles, was ich war, alles, was ich hätte sein können. Alle Gefühlswirrungen lösten sich auf. Ich erlebte noch einmal meinen ersten Kuss und spürte die Leichtigkeit des vergangenen Nachmittags. Ich war eins mit dem Kosmos, mit der gesamten Schöpfung, und es tröstete mich, dass ich immer mit allem verbunden bleiben würde, egal ob ich weiterleben oder jetzt sterben würde. Ich sah die Gesichter der Menschen, die ich liebte, meine Eltern, Muriel, die Nonnen und noch viele andere, unbekannte, die ich nicht mehr kennenlernen würde. War das der berühmte Film, der vor dem geistigen Auge abläuft, ehe man stirbt?

Noch einmal erinnerte ich mich an Leo, die Heiterkeit, die Kraft und auch die Gefahr, die von ihm ausgegangen war. Alles ließ ich los, schloss die Augen und wartete hellwach. Meine Wahrnehmung war geschärft. An meiner Wange hafteten noch Reste von Elias' Körpergeruch. Ich roch meinen eigenen Schweiß, den Duft des Waschpulvers, mit dem mein Kleid gewaschen worden war. Der heranrollende Donner, das Ticken der Kirchturmuhr, der Luftzug durch die undichten Fensterverglasungen, die Bewegung des Minutenzeigers, ich hörte alles gleichzeitig.

Ehe sich die Glocke in Bewegung setzen konnte, ahnte ich ihren Schlag und spürte die Nähe der Nonnen im Kreuzgang, hörte ihre schleifenden, langsamen Schritte auf den ausgetretenen Steinplatten. 17.30 Uhr! Sie würden jeden Moment die Kirche zu ihrem gemeinschaftlichen Gebet betreten.

Das durfte nicht passieren! Nicht noch mehr Tote!

»Tu es endlich!«, schrie ich den Engel an. »Töte mich! Und dann verschwinde! Lass die Schwestern in Ruhe!«

Das Wesen blieb tatenlos stehen und stierte mich aus seinen blitzhellen Augen an. War ich gerade noch völlig ruhig gewesen, schoss mir jetzt eine Überdosis Adrenalin ins Blut. Mein Herzschlag begann zu rasen, meine Atmung beschleunigte sich. Diese Reaktion hatte nichts mehr mit Herrn Lis geforderter Emotionskontrolle im Kampf zu tun, das war blanke Wut. Der Engel würde niemand Unschuldigen mehr töten! Ich ging auf ihn zu. Ich spürte meine Kraft, als wäre ich eine vorgespannte Feder. Endlich erhob der Engel sein Schwert zum tödlichen Streich gegen mich. Genau das wollte ich. Sein riesiger Mund öffnete sich. Seine Stimme war laut wie Donner. Ich konnte ihn nicht verstehen. Sprach der Kerl Englisch? Oder wie nannte man die Sprache der Engel? Normalerweise hätte ich mich über diesen Gedanken amüsiert, aber im Moment klingelten mir von dem Lärm die Ohren. Hatte er wirklich gesprochen oder war es das tobende Gewitter, das ich hörte? Warum nur passierte alles so langsam, als wären wir Statisten in einer Zeitlupenaufnahme?

In diesem Moment, unmittelbar vor dem tödlichen Angriff, sperrte Mutter Hildegard die Tür auf, betrat die Kirche und ließ ihre Mitschwestern an sich vorbeiziehen. Der Engel und ich starrten zur geöffneten Tür. Wie angewurzelt blieben die ersten Nonnen stehen und brachten die Prozession ins Stocken. Nur Schwester Clara drängte sich an ihren Schwestern vorbei und rannte auf mich zu. Ihr Schleier flatterte in der Luft, als wäre er ein schwarzer Flügel.

»Anna! Lauf weg!«, schrie sie. »Anna!« Ihre Stimme überschlug sich.

Er würde Clara töten. Ich spürte es, konnte seinen Wahnsinn fühlen. Sei entschlossen, tu, was nötig ist, erinnerte ich mich an Herrn Lis letzte Lektion. Meine Wut verwandelte sich in Entschlossenheit. Als wäre eine Flamme in mir entzündet worden, durchströmte mich eine Gluthitze, die drohte, meine Adern zu verbrühen. Ich dehnte mich nach allen Seiten aus und konnte meine Arme und Beine kaum mehr fühlen. Vermutlich übernahm mein Engelsanteil instinktiv die Kontrolle. Schwester Clara stellte sich schützend vor mich und drängte mich zurück. Das erhobene Schwert des Engels sauste zischend nieder. Ich packte Clara an der Schulter, schob sie zur Seite und warf mich dazwischen. Zu spät. Schwester Clara sank getroffen zu Boden und blieb reglos liegen. Ich hatte zu spät reagiert! Zu sehr war ich von dem neuen, bisher unbekannten Gefühl der Ausdehnung abgelenkt gewesen. Ein Schwall ihres warmen Blutes traf mich im Gesicht und brachte mich zur Besinnung. Ich hätte sie niemals so nah an mich herankommen lassen dürfen. Endlich hatte ich die volle Kontrolle über meinen veränderten Körper zurück, nahm Anlauf und stürzte mich auf den Engel.

Während des Sprungs traf ich eine Entscheidung. Ich würde niemals aufgeben. Was hier geschah, hatte nichts mit der Ordnung der Welt zu tun. Es stand diesem Wesen weder zu wehrlose Menschen noch mich zu töten. Gleichgewicht hin oder her. Egal ob Engel oder nicht. Auch wenn ich in den Augen dieses Engels unerwünscht und alle Menschen im Vergleich zu den himmlischen Kreaturen nichts wert waren, würde ich für unser Lebensrecht einstehen. Ich würde ihm zeigen, dass ich mich wehren konnte und die verteidigte, die meine Familie waren. Diese Nonnen hatten mich aufgenommen und liebten mich, so wie ich war.

Mit einem dumpfen Laut prallte ich auf den Engel, packte seinen Schwertarm und versuchte ihn zu entwaffnen. Aber sein eiserner Griff um die Waffe lockerte sich keinen Millimeter. Sein Körper war hart und glatt wie Metall. Nichts an ihm gab nach. Er war von meinem Angriff derart verblüfft, dass er mich nicht einmal abgewehrt hatte. Jetzt aber packte er mich mit der anderen Hand wie lästiges, kleines Ungeziefer. Zusammen schnellten wir in die Luft. Dann schleuderte er mich von sich weg und ich sah den Boden auf mich zurasen.

Ich ruderte mit den Armen und versuchte, den Sturz irgendwie abzufedern. Aber bei dieser Höhe half kein Falltraining. Krachend landete ich in einem Seitenaltar zu Füßen der heiligen Katharina auf dem Rücken. Ein höllischer Schmerz durchzuckte meine Schulter. Ich fand mich benommen inmitten von modrigem Wasser, weißen Rosen und meinem Blut wieder. Eine gläserne Blumenvase, die den Altar geschmückt hatte, war bei meinem Aufprall zerbrochen. Die Glasscherben zerschnitten mir die rechte Hand und den Unterarm. Mein Blut vermischte sich auf dem weißen Altartuch mit dem Blumenwasser zu einem rosaroten Schleier. Den Kopf hatte ich mir an einer Säule angeschlagen und ein spitzer Holzsplitter hatte sich in meine linke Schulter gebohrt. Bei meinem Abrollversuch hatte ich der Heiligenfigur den linken Arm abgerissen und das alte Holz war zackig und spitz abgebrochen. Ich schüttelte die Glasscherben von meiner Hand und tastete nach meiner schmerzenden Schulter. Der Splitter ragte ein paar Zentimeter aus meiner Haut heraus. Ich schmeckte mein eigenes Blut und vermutlich das von Schwester Clara, spürte aber kaum Schmerzen. Für weitere Bestandsaufnahmen blieb keine Zeit. Wo war dieser verrückte Engel? Ich blickte mich um und sah ihn unter dem Kirchengewölbe schweben. Erst jetzt nahm ich seine gewaltigen Flügel wahr. Sein Flammenschwert sprühte Funken.

Ich brauchte eine Waffe. Dringend. In meiner Not rappelte ich mich auf und griff nach dem Schwert, das die Heilige lässig in der unversehrten Hand hielt. Gewaltsam entriss ich es ihr. Glücklicherweise war es nicht aus Holz wie die Figur, sondern aus Metall. Prüfend wog ich es in der Hand. Es war viel zu leicht, eine einfache Requisite, keine Waffe. Aber es war das Beste, was ich auf die Schnelle finden konnte. Meine Augen trafen sich mit Katharinas Glasaugen und ich hatte den Eindruck, sie würde mir aufmunternd zunicken, und das, obwohl ich ihr gerade auch noch die zweite Hand abgebrochen hatte. Aber Märtyrer waren Verstümmelungen wohl gewohnt.

Zur Probe ließ ich Katharinas Schwert durch die Luft sausen, behielt dabei den schwebenden Engel im Blick. Katharina von Alexandrien war nicht gerade meine Lieblingsheilige. Sie war durch einen Schwerthieb enthauptet worden, weil sie sich zu Jesus als ihrem wahren Herren bekannt und sich geweigert hatte, mit einem anderen Mann verheiratet zu werden. Ausgerechnet Schwester Clara hatte mir von ihr erzählt. Als Katharina im Gefängnis saß und auf ihre Hinrichtung wartete, soll ihr eine weiße Taube Essen gebracht haben und ein ENGEL hatte ihr Trost gespendet und ihre Wunden versorgt. Was für ein Wahnsinn. Und jetzt wurden Clara und ich stattdessen von einem Engel angegriffen. Von Trost keine Spur.

Langsam setzte der Geflügelte zur Landung an und faltete seine beeindruckenden Schwingen hinter seinem Rücken zusammen. Das Schwert fauchte wie ein voll aufgedrehter Gasbrenner. Dieses Lichtwesen musste komplett durchgedreht sein! Mit lautlosen Schritten kam es langsam näher und stieg achtlos über die am Boden liegende Nonne. Seine Augen bohrten sich in meine. Ich starrte zurück und verbat mir zu zwinkern. Keine Schwäche zeigen. Clara war ehrlich und rechtschaffen, hatte genau wie Katharina die Gemeinschaft mit Jesus als ihren Lebensweg gewählt. Sie hätte es verdient gehabt, von einem Engel behütet, statt von ihm ermordet zu werden. Es war ungerecht. Dann musste sich eben ein halber Engel um Clara kümmern. Märtyrergeschichten hatten noch nie zu meinen Favoriten gezählt. Duldsamkeit und Demut gehörten nicht zu meinen Stärken.

Den Blick zu erwidern war, als würde ich innerlich in Brand gesetzt. Mir war glühend heiß. Vorsichtig lockerte ich meine Muskeln. Glücklicherweise konnte ich sogar meinen linken Arm bewegen und auch sonst war ich trotz des Splitters in der Schulter noch einsatzfähig. Warmes Blut lief mir über den Rücken.

Der Engel grinste mich boshaft an. Ich hatte keine Ahnung, ob er überhaupt verletzlich war und ob meine Waffe, eher Spazierstock als Schwert, etwas gegen ihn ausrichten konnte. Aber egal. Ich würde nichts unversucht lassen, um Clara zu schützen. In Verteidigung war ich schließlich Spezialistin. Wahrscheinlich stand Herr Li gerade in der Küche. Ich hätte seine Hilfe gut gebrauchen können.

Der Engel hob sein Schwert. Ich atmete ein. Angetrieben von einer nie zuvor gespürten Kraft rannte ich auf ihn zu. Äußerst unklug, sich ohne Deckung hinzustellen. Aber als Engel war er scheinbar mächtig genug und konnte auf eine ordentliche Kampftechnik verzichten. Der Kerl war an die drei Meter groß, breit und kräftig. Ich sprang ab und erkannte noch in der Luft, dass er schneller sein würde. Ich hatte seine Bewegung kaum wahrgenommen, schon drang die Spitze des Flammenschwertes in meine rechte Schulter. Von der Einstichstelle breitete sich der brennende Schmerz wie eine rasende Flutwelle in meinem Körper aus und raubte mir den Atem. Der Geruch meines eigenen verbrennenden Fleisches stieg mir in die Nase. Jeden Moment würde ich das Bewusstsein verlieren.

Konzentrier dich, atme!, befahl ich mir und kämpfte gegen einen übermächtigen Würgereiz.

Die Gewitterzelle musste jetzt direkt über der Kirche sein. Sturmwind brauste um die alten Mauern, zuckende Blitze und grollender Donner wechselten sich in Sekundenschnelle ab.

Der Engel zog das Schwert zurück, packte mich um die Körpermitte und schleuderte mich erneut durch die Luft. Ich war nur noch Schmerz und Wut. Sonst nichts.

Ein scharrendes Geräusch, gefolgt von einem durchdringenden Quietschen, lähmte meine Trommelfelle. Dann krachte ich auf die Treppenstufen, die zum Hauptaltar hinaufführten. Tief in mir hörte ich Knochen knacken und Sehnen und Muskeln reißen. Der Boden bebte. Fokussiert auf meinen Schmerz fühlte ich mich in meiner Benommenheit seltsam geborgen. War ich dem Ende schon so nahe? War das der näherkommende, gnädige Tod? Den kalten Steinboden und die einzelnen Stufen unter mir fühlte ich jedoch sehr genau.

Ein schrecklicher Gestank erfüllte plötzlich das Kirchenschiff und ich schnappte vergeblich nach Luft. Hinderten mich gebrochene Rippen am Atmen? Wo war der Engel? Ich riss meine Augen weit auf, aber um mich herum war nur zäher schwarzer Nebel. War ich durch den Sturz blind geworden? Hatte ich eine Gehirnblutung? Von welcher Seite hatte ich den nächsten Angriff zu erwarten?

Blind tastete ich mit meiner linken Hand nach meiner lächerlichen Waffe, fand sie aber nicht. Ich hatte das Schwert verloren. Die schwarze Wolke hüllte mich ein, berührte mich jedoch nicht. Mehr als eine Handbreit Luft befand sich zwischen mir und der Dunkelheit.

War ich hinter der rauchigen Schicht vor dem wütenden Engel versteckt? Ich konnte ihn nicht mehr sehen. Mühsam versuchte ich, meinen dröhnenden Kopf anzuheben und biss die Zähne zusammen, um ein Stöhnen zu unterdrücken. Was ging hier vor sich?

Unvermittelt lichtete sich der schwarze Nebel, der mich umgeben hatte. Die Schicht zog sich von mir so schnell zurück, wie sie gekommen war und ich erkannte, dass der gesamte Kirchenraum von einzelnen düsteren Rauchschwaden durchzogen war. Ich ignorierte die tobenden Schmerzen und kroch langsam die Stufen hinauf. Blut lief mir in die Augen. Aufs Äußerste erschöpft, lehnte ich mich an den steinernen Altar und versuchte einen Überblick über die Situation zu gewinnen. Immer noch hing ein schrecklicher Gestank in der Luft. Ob der Geruch von den düsteren Rauchschwaden ausging? Wo zum Teufel war der Engel?

Es dauerte einige Zeit, bis ich begriff, dass er nur wenige Meter von mir entfernt war. Er hatte seine körperliche Gestalt aufgegeben und sich in Licht zurückverwandelt, aber ich konnte seine Aura weiterhin spüren. Sein Lichtkörper war hinter einer dicken Schicht schwarzer Luft verborgen oder vielmehr darin gefangen. Die Schwaden umschlossen ihn, ließen ihn nicht durch. Ich hatte nicht das Gefühl, dass er sich dort freiwillig aufhielt. Er drehte und wendete sich, versuchte sich auszudehnen, konnte jedoch das Dunkel, das sich wie eine zähe Haut um ihn legte, nicht durchstoßen.

Seine Schreie waren so laut wie das Gebrüll eines Löwen. Wie vorhin konnte ich nichts verstehen. Er war gefangen und wurde langsam zu einer leuchtenden Kugel zusammengepresst. Die schwarze Hülle zog sich unaufhaltsam und erbarmungslos um den Lichtkern zusammen. Die schwebende Kugel schrumpfte, bis die Schreie schließlich verstummten. Bedrohlich finster hing die etwa einen Meter große Kugel jetzt im Chorraum der Kirche direkt über dem Hauptaltar und das war eindeutig zu nah an mir.

Die Schwestern, die vom schwarzen Rauch unberührt waren, knieten auf dem Kirchenboden und hatten ihre Hände in Herzhöhe gefaltet. Ihre gemurmelten Gebete durchbrachen die gespenstische Stille. Sogar das tobende Gewitter hielt gespannt den Atem an. Der Anblick der Nonnen rührte mich zutiefst und ich bewunderte ihr grenzenloses Gottvertrauen. Jeder normale Mensch wäre in Panik ausgebrochen und vor dem Unerklärlichen geflohen. Sie jedoch waren bei mir geblieben.

Als hätte er nur auf seinen Einsatz gewartet, erschien aus dem schattigen Nichts ein elegant gekleideter Mann neben der offenstehenden Kryptatür und zog wie der lang erwartete Star sofort alle Blicke auf sich. Das war also das krachende und quietschende Geräusch gewesen, das ich bei meinem letzten Angriffsversuch gehört hatte. Die Kryptatür hatte sich geöffnet. Gemächlich, jeden Schritt auskostend, kam der Mann auf mich zu, stieg die Stufen zum Altar hinauf, als wäre es eine Bühne. Er musterte erst mich und dann die betenden Nonnen, als würde er sich unserer ungeteilten Aufmerksamkeit versichern wollen. Wohlgefällig nickte er, dann schnippte er einmal mit den Fingern. Das Geräusch hallte wie ein Schuss im Kirchenschiff wider. Erst einmal geschah gar nichts. Nur die drückende Stille verdichtete sich. Doch dann brach das Gewitter wieder mit aller Naturgewalt los. Dröhnender Donner jagte grelle Blitze und umgekehrt.

Fast gleichzeitig erwachte die schwarze Schicht, die den Engel eingesperrt hielt, zum Leben und schlug an der Oberfläche kleine, unruhige Wellen. Die wabernde Hülle begann schneller und schneller spiralförmig um die Kugel zu kreisen und zog sich noch stärker zusammen, bis der schwarze Ball nur noch einen Durchmesser von wenigen Zentimetern besaß. Von dem gleißend hellen Licht des Engels war nichts mehr zu erkennen, so undurchdringlich schwarz war jetzt die lebendige Ummantelung.

Langsam beruhigte sich die kreisende Bewegung. Die Kugel kam direkt über dem Altar zum Stillstand und senkte sich herab.

Die brennenden Kerzen erloschen, als wären sie gleichzeitig durch einen Schalter ausgeknipst worden. Genauso plötzlich bekam ich heftigen Schüttelfrost und meine Zähne schlugen klappernd aufeinander. Die Kugel war hinter mir, ganz nah an meinem Kopf und der fremde Mann stand mit einem Mal vor mir. Ich war umzingelt von hinterhältiger Boshaftigkeit. Sein Blick streifte mich beiläufig. Sorgfältig wich er meiner Blutspur aus, stieg über meine ausgestreckten Beine und näherte sich dem Altar. Kalte Panik lähmte jede meiner Nervenzellen und ich verfiel in eine sonderbare Schockstarre. Sogar der unkontrollierbare Schüttelfrost hörte auf.

Wie ein Zauberer trug der fremde Mann Handschuhe aus schwarzem Leder und mit großer Geste griff er über meinen Kopf hinweg nach der schwebenden Kugel, die in seiner Hand erneut zusammenschmolz, bis sie schließlich eine feste, glänzende schwarze Murmel geworden war. Wie gebannt folgte ich seinen Bewegungen mit den Augen. Er hielt die kleine Kugel triumphierend zwischen Zeigefinger und Daumen und präsentierte sie erst mir, dann seinem Publikum, das ihn entsetzt anstarrte. Nachdem er den Augenblick zur Genüge ausgekostet hatte, steckte er die Murmel mit einem amüsierten Lächeln auf den Lippen in seine Westentasche.

Wie um sich zu versichern, dass sie dort wohlbehalten gelandet war, klopfte er noch dreimal auf die Tasche und wirkte dabei sichtlich erfreut und befriedigt.

Doch die absurde Inszenierung war noch nicht vorbei. Der Mann drehte sich spielerisch um die eigene Achse, verneigte sich zuerst vor den Schwestern und danach vor mir.

Er trug einen schwarzen Nadelstreifenanzug mit Weste, blütenweißem Hemd, schwarzer Krawatte und Schuhe aus Schlangenleder. Ich starrte auf seine Schuhe. War das möglich? Schlangenleder? Aber ich erkannte die Schuppen und die Musterung der Schlange, die ich erst vor Kurzem im Tierlexikon betrachtet hatte. Er trug eine gehäutete Anakonda an seinen Füßen, was bestimmt kein Zufall war.

Ich verstand die Warnung, denn ich wusste genau, wer hier mitten in unserer Kirche stand, und ich wusste auch, dass jetzt der Moment gekommen war, wegzulaufen. Aber ich hatte keine Kraft mehr. Es kostete mich unvorstellbare Mühe, überhaupt bei Bewusstsein zu bleiben und nicht einfach ohnmächtig wegzukippen. Mein Tod war nahe. Aber ich durfte den Mann nicht aus den Augen lassen, ich musste wach bleiben. Er war derjenige, gegen den meine Seele rebellierte. Die Steinkälte von Altar und

Marmorfußboden hatte sich in mir ausgebreitet. Warmes Blut lief mir in die Augen und trübte meinen Blick.

Als hätte er gerade ein besonderes Kunststück vorgeführt, verbeugte sich der Mann erneut, erntete aber wiederum keinen Applaus. Mit seiner gepflegten Erscheinung wirkte er seriös, wenn auch nicht gerade unauffällig. Ich schätzte ihn auf 60, er hatte graumelierte Haare, war mittelgroß und mittelschlank, sorgfältig rasiert und frisiert. Sein Aftershave stieg mir in die Nase. Es roch dumpf erdig und ein wenig rauchig, war aber zurückhaltend.

Lässig stützte er sich jetzt auf seinen schwarzen Gehstock. Hatte er den vorher schon in der Hand gehalten? Ich war mir nicht sicher. Mit hochgezogenen Augenbrauen zog er aus seiner Hosentasche ein sauberes, exakt gefaltetes Taschentuch, warf es mir wortlos zu und musterte mich interessiert. Ich presste es auf die Stelle an meinem Kopf, die am stärksten schmerzte, und spürte, wie das Taschentuch warm und feucht wurde.

Befriedigt schaute er in die Runde und deutete erneut eine elegante Verbeugung an, die ich schon öfter so ähnlich an Leo gesehen hatte.

»Die Damen«, grüßte er knapp. Seine Stimme klang einschmeichelnd und gleichzeitig boshaft. »Verzeihen Sie mein unangekündigtes, gewaltsames Eindringen.« Bei diesen Worten verzog sich sein Mund zu einem obszönen Grinsen. Die Nonnen hielten ihren Blick gesenkt. Auch sie wussten, wen sie da vor sich hatten.

»Von der gegnerischen Seite wurde eine klar definierte Grenze überschritten und ich sah mich gezwungen, auf neutralem

Boden einzugreifen. Ein übermotivierter Einzeltäter trieb hier sein Unwesen und gefährdete damit das Gleichgewicht zwischen den Welten. Leider haben die Engel sich der Sache nur zögerlich angenommen und so musste ich in Ihre geweihten Mauern vorstoßen.« Wieder huschte ein diabolisches Grinsen über sein Gesicht. »Sehen Sie mir die Unannehmlichkeiten nach, die mein Besuch Ihnen verursacht«, bat er gespielt unterwürfig. »Wer hätte gedacht, dass ein Engel zu einem derart brutalen Vorgehen gegenüber Ihrem Schützling fähig sein könnte? Wo dieses Mädchen doch seiner Art entstammt. Ihm sogar ausgesprochen ähnlich ist. Normalerweise wäre sein Blick schon tödlich gewesen. Und dieses Kind hat gleich mehrere Attacken überstanden.« Mit künstlichem Bedauern schüttelte er den Kopf und schnalzte dabei mit der Zunge. »Verstehe einer Gottes Schöpfung. Wie gut, dass ich gerade noch das Schlimmste verhindern konnte«, stellte er mit einem prüfenden Blick auf mich fest.

Ich konnte seine Lüge fühlen. Was aus mir wurde, ob ich lebte oder starb, war ihm reichlich egal. Ihm war es einzig und allein darum gegangen, den Engel einzufangen.

Fast beiläufig schnippte er erneut mit dem Finger und die zähen schwarzen Nebelfäden, die inzwischen wie düsterer Rauch auf den Fußboden herabgesunken waren, gerieten an einigen Stellen in Bewegung und türmten sich rasch auf. Aus den diffusen Schattensäulen traten sechs junge, elegante Männer im Smoking hervor. Als wäre es eine Selbstverständlichkeit, stellten sie sich mit unbewegten Mienen nebeneinander und neigten vor ihrem Herrn und Gebieter kaum merklich den Kopf.

Einen davon erkannte ich sofort, auch wenn er eine andere Gestalt gewählt hatte. Hätte ich die Kraft dazu gehabt, wäre ich am liebsten aufgesprungen und zu ihm gelaufen, so glücklich war ich, ihn in meiner Nähe zu wissen, und wunderte mich im selben Moment über meine überschwängliche Freude.

Die sechs Schönlinge hätten einer Armani-Werbung entstiegen sein können, so gutaussehend waren sie, allesamt ähnlich und doch individuell verschieden. Alle waren dunkelhaarig und von sanftem Zwielicht umgeben. Ihre Gesichtszüge waren unbewegt. Ich wusste genau, welcher von ihnen Leo war, der Erste von rechts in der Reihe, am nächsten zum Teufel.

Er war groß gewachsen, größer als bisher. Der schwarze Anzug passte ihm wie angegossen. Er trug Lackschuhe, ein weißes Hemd ohne Krawatte, das ein, zwei Knöpfe zu weit offen stand. Seine kurzen schwarzen Haare waren sorgfältig gekämmt und sein kleiner Spitzbart perfekt gestutzt. Er wirkte wie ein Spanier oder Italiener mit dunkler Haut, edlen Gesichtszügen und stolzer Haltung. Eine Hand steckte entspannt in seiner Hosentasche, in der anderen trug er fast beiläufig ein großes, silberglänzendes Schwert.

Ich wurde immer schwächer und fror bis auf die Knochen. Der kräftezehrende Schüttelfrost war zurückgekommen. Ich hatte keine Kraft mehr, das Taschentuch auf die Kopfwunde zu pressen und ließ meinen Arm sinken. An meinen Fingern fühlte ich warmes Blut, das auf den Steinfußboden tropfte und dort schnell abkühlte. Lange würde ich nicht mehr durchhalten. Ich saß in meinem eigenen Blut und beobachtete, wie das Leben aus mir herausfloss. Auf dem hellen Marmorfußboden hatte sich um mich herum eine dunkelrote Lache gebildet.

Ich suchte Leos Blick, um mich an ihm festzuhalten. Unbewegt ruhten seine Augen auf mir.

Sein Zwinkern war ein unauffälliger Lidschlag, der nur für mich bestimmt gewesen war. Aber sein Chef hatte es bemerkt, er drehte sich ungehalten um und fauchte ihn an.

»Hüte dich«, ermahnte er ihn und seine Stimme war jetzt hart und schneidend wie kalter Stahl. »Dein Auftrag ist beendet. Sie geht dich nichts mehr an.«

Ohne Zweifel war der Teufel gewohnt, dass seinen Befehlen widerstandslos Folge geleistet wurde. Leo hingegen schaute ihn herausfordernd an. Seine dunkelbraunen Augen funkelten kampflustig. Ich hielt den Atem an. Bitte keine Nahkämpfe mehr! Ich wollte auf keinen Fall, dass wegen mir auch noch Leo verletzt würde. Meine Existenz hatte schon zu viel Schaden angerichtet. Ich schaute zu Schwester Clara, die der Engel getötet hatte und die immer noch unberührt am Boden lag. Der Schleier ihrer Schwesterntracht lag über ihrem Gesicht und verdeckte es, wie ein schwarzes Leichentuch. Tränen liefen mir über die Wangen. Ich konnte ein leises Wimmern nicht unterdrücken. Mein Körper und meine Seele waren wund.

Keiner von beiden gab nach. Sie durchbohrten sich mit ihren Blicken und ich konnte spüren, dass sie ihre körperliche Manifestation jeden Moment aufgeben würden, um sich aufeinander zu stürzen.

Doch plötzlich fing der Ältere an zu lachen. »Von mir aus,

wenn es dir so wichtig ist, dann kümmere dich um sie. Nicht dass sie uns nach dem ganzen Aufwand noch verblutet«, spottete er.

Mein Blut war inzwischen wie ein kleiner Wasserfall über die Altarstufen geflossen und versickerte in den unregelmäßigen Ritzen der Marmorfliesen.

»Blutflecken können auf Marmorböden ziemlich hartnäckig sein«, sinnierte er und musterte den Fleck, der seinen Ordnungssinn zu stören schien. Dann wanderte sein Blick zu Leo, der immer noch unbewegt auf seiner Position verharrte.

»Worauf wartest du? Hilf ihr!«, befahl er ungeduldig.

Leo schüttelte bedauernd den Kopf. »Ich kann sie nicht berühren«, erwiderte er mit sanfter Stimme und es machte mich glücklich, sie zu hören. Sein besorgter Blick ruhte auf mir und ich bemerkte erstaunt, dass mir davon wärmer wurde.

»Ach, tatsächlich?« Der Chef drehte sich zu mir um und kam einen Schritt näher. »Du hast es sicher probiert?«

Leo nickte.

»Und?«, fragte er nach.

»Näher als dreißig Zentimeter ist nicht drin.«

Ich hatte mit meiner Vermutung recht gehabt. Leo konnte mich nicht berühren.

»Dann schauen wir doch mal.« Er stand jetzt direkt vor mir, schloss die Augen und atmete hörbar ein. Dann hob er erstaunt den Kopf. »Interessant. Das hätte ich nicht erwartet.«

Betont sorgfältig zog er sich seine Handschuhe aus, als wäre es eine rituelle Handlung. Ohne hinzuschauen, reichte er sie einem seiner Begleiter, der sie unterwürfig entgegennahm. Wie ein Chirurg oder Pantomime lockerte er seine Finger und beugte sich dann zu mir herab.

Ohne Schwierigkeiten legte er mir seine linke Hand auf den Kopf und ich spürte augenblicklich, wie meine Schmerzen nachließen und meine Wunden aufhörten zu bluten. »Halb so schlimm«, murmelte er und zog mir entschlossen mit der anderen Hand den Holzsplitter aus der linken Schulter. Mir wurde übel und ich kämpfte gegen einen heftigen Würgereiz. Auf keinen Fall wollte ich die Reste meines nachmittäglichen Bananensplits samt Schokosauce und Sahne neben des Teufels Schlagenlederschuhe und den Altar erbrechen. Mit einem jämmerlichen Rest Willensstärke konzentrierte ich mich auf meinen Atem.

»War nur eine böse Platzwunde am Kopf und noch ein paar kleinere Kratzer. Die Kopfschmerzen werden bald vergehen. Außerdem hat dir der Engel einen tiefen Stich verpasst. Aber alles wird wieder heil«, tröstete er mich, als würde er mit einem kleinen Kind sprechen. Tatsächlich war jetzt jeglicher Schmerz aus meinem Körper verschwunden und hatte wohliger Wärme Platz gemacht. Verblüfft befühlte ich meine Schulter. Die Wunde war geschlossen.

»Mit dir werden wir noch viel Freude haben, das spüre ich.« Beiläufig tätschelte er mir den Kopf und ich schlug ihn innerlich zurück, was er mit einem amüsierten Lächeln quittierte. Nicht einmal der Teufel selbst würde in meinen Kopf eindringen und meine Gedanken lesen.

»Vor allem unser junger Hitzkopf hier.« Mit diesen Worten

wandte er sich an Leo. Lächelnd zog er die Hand zurück. »Mutig. Starrköpfig und sehr begabt. Ein echtes Geschenk des Himmels. Hätte ich nach deinen bisherigen Berichten nicht erwartet. Du hast mir wohl doch nicht alles erzählt«, stellte er fest.

»Schwester Clara«, presste ich hervor. »Ist sie tot?« Ich hatte keine Ahnung, ob sie es gewollt hätte, dass der Teufel ihr half.

»Schön, dass du so viel an die anderen denkst. Das ist dein Wesen.« Langsam drehte Luzifer sich um und ging auf die Nonne zu. Er berührte Schwester Clara mit seinem Spazierstock, als wäre sie eine überfahrene Katze am Straßenrand. »Die gute Schwester Clara. Sie lebt noch, das ist nur der Schock«, stellte er fest. »Ihre Hand aber wird leider nicht mehr zu retten sein. Obwohl, die Chirurgie hat in den letzten Jahren große Fortschritte gemacht.«

Geschmeidiger, als es zu seinem Körper passte, ging er in die Knie und legte ihr seine bloße Hand auf die Schulter. Es dauerte nur wenige Sekunden, dann kam Clara zu sich. Benommen setzte sie sich auf und mir fiel ein tonnenschwerer Stein vom Herzen.

Ihre abgetrennte Hand lag einen Meter von ihr entfernt auf dem Boden. Ein äußerst verstörender Anblick. Die Hand war bleich und tot und erinnerte mich an eine der vielen Reliquien, die das Kloster verwahrte. Das Flammenschwert des Engels hatte die Wunde verschlossen und es war nur wenig Blut ausgetreten.

Schwungvoll erhob sich der Teufel und wandte sich wieder mit lauter Stimme an die große Runde. »Wie unhöflich von mir, dass ich mich noch nicht vorgestellt habe.« Mit würdevollen

Schritten stieg er die Treppenstufen wieder hinauf und stellte sich direkt neben mich vor den Altar. »Ich bin Luzifer, der Fürst der Hölle höchstpersönlich, und betrachten Sie es als Ehre, dass ich mich dieser Angelegenheit angenommen habe. Man hat nicht alle Tage die Gelegenheit, das Schwert eines Erzengels zurück in den Himmel zu bringen. Ich versichere Ihnen, man tut, was man kann, einem verirrten Geist«, dabei klopfte er auf seine Westentasche, in der er die schwarze Murmel verwahrte, »den rechten Weg zu weisen.« An Leo gewandt fuhr er fort. »Würdest du so gütig sein, mir die Waffe zu reichen.«

Mühelos reichte Leo ihm das riesige Schwert, das vor wenigen Minuten noch gleißend hell in Flammen gestanden hatte. Das Schwert war jetzt erloschen und das Metall glänzte kühl.

»Michael wird sich freuen, sein Eigentum zurückzubekommen und das Engelchen, das ich mir vorhin in meine Westentasche gesteckt habe, wird in ziemliche Erklärungsnöte geraten. Normalerweise werden die Geschöpfe der Hölle – meist sehr voreilig – der Lüge bezichtigt. Wer glaubt schon dem Teufel? Aber in diesem Fall ist die Beweislast für die Lichtträger erdrückend. Das wird ein ziemlicher Spaß werden«, stellte er erfreut fest.

Luzifer nahm das Schwert in die linke Hand und tippte mit den Fingern der rechten Hand leicht gegen die Klinge. Das Schwert war auf magische Weise entzündet und Flammen züngelten auf. Nur waren sie jetzt nicht mehr hell und leuchtend, sondern rötlich blau und rauchten und stanken, wie ein schwelendes Grillfeuer mit feuchter Kohle. Der Rauch biss in den Augen und kratzte im Hals. Lächelnd drehte der Teufel die Waffe in der Hand und vollführte spielerisch ein paar Hiebe und Stiche, dann ließ er die Flammen wieder erlöschen.

Er trat zu seinen Begleitern und grinste. »Diese eingebildeten Leuchtkörper werden Gesichter machen, das wird uns die nächsten tausend Jahre versüßen.« Der Teufel war überaus gut gelaunt, seine Augen sprühten glühende Funken.

Die Schwestern bekreuzigten sich eilig.

»Aber für Sie, meine Damen, gibt es keinen Grund zur Sorge. Ich muss schon sagen, ich habe in der letzten Zeit selten einen Ort besucht, an dem so viele gottesfürchtige Menschen leben. Sie haben sich vorbildlich für Ihren Schützling eingesetzt, ohne jeglichen Neid oder Argwohn. Ich gebe das ungern zu, aber Ihre Seelen sind so rein, dass nicht einmal ich sie noch versuchen könnte. Sehr erstaunlich, wenn auch nicht erfreulich. Sie werden alle zusammen eine Zierde für das Himmelreich sein. Was man von diesem Engel«, er deutete wieder auf seine Westentasche, »nicht behaupten kann. Aber eins sei mir noch gestattet anzumerken. Sie sollten sich mehr um die Instandhaltung der Kirche kümmern. Früher lebten hier zwar eher weniger fromme Männer, aber wenigstens bröckelte der Stuck nicht von der Decke. Außerdem war ordentlicher geputzt und abgestaubt. Ihnen fällt noch die Decke auf den Kopf.« Er drehte sich um, hielt aber im Schwung der Bewegung inne. Scheinbar gefiel sich der Teufel in seiner weltmännischen Geschwätzigkeit. »Nehmen Sie den Zwischenfall als Warnung. Das offensichtlich Gute ist manchmal unerwartet böse und das Böse von Zeit zu Zeit erstaunlich rechtschaffen und gut. Dieser Hinweis gilt vor allem für dich, kleine Anna.« Er beugte sich zu mir hinunter. »Sei nicht leichtgläubig und bleibe wachsam. Und merke dir, es ist immer gefährlich, sich mit dem Teufel einzulassen.« Ein Lächeln huschte über sein Gesicht. »Ob halber Engel oder nicht.«

Die nachfolgende, stumme Warnung war an Leo gerichtet und auch, wenn er sie nicht laut aussprach, konnte ich es hören. Das bildete ich mir wenigstens ein.

Und auch wenn sie ein halber Mensch ist, ist sie selbst für dich nicht ungefährlich. Du wirst die Finger von ihr lassen.

»Außerdem ist es äußerst unhöflich, Gespräche anderer Wesen zu belauschen«, sagte er übertrieben freundlich zu mir. Seine Gesichtszüge drohten dabei zu entgleisen. Leo, der Luzifers Kommentar an mich richtig deutete, konnte sich ein Grinsen nicht verkneifen.

»Diese Jugend. Neugierig und übermütig«, murmelte der Ältere kopfschüttelnd vor sich hin. Er hatte sich schon zum Gehen umgedreht, als er stutzte und noch einmal zurückkam. Mit seinem Gehstock deutete er auf verschiedene Farbmuster, die ein Maler im Auftrag des Landesamtes für Denkmalpflege an die Wand der Kirche gepinselt hatte. Die Kirche sollte nämlich in den nächsten Wochen einen neuen Anstrich erhalten. Vorausgesetzt der Spendenaufruf war erfolgreich.

»Ich komme ja nicht oft hierher, aber diese Kirche hat wahrlich schon bessere Zeiten gesehen. Wie ich bereits erwähnt habe, lässt nicht nur die Sauberkeit zu wünschen übrig. Falls Sie den Kirchenraum neu streichen lassen, dann muss ich auf diesem frischen Lindgrün bestehen. Wenn möglich noch ein dezenter Schuss gelb dazu. Das wäre optimal.«

Er deutete mit seinem Stock auf ein hellgrünes Farbmuster und ritzte mit der Metallspitze ein kleines Kreuzchen in den Putz. »Diesen Ton trug die Kirche nach ihrem Bau und es ist die einzig mögliche Farbe. Hat immer sehr gut ausgesehen und die Leichtigkeit der Architektur und der Stuckarbeiten zur Geltung gebracht.« Theatralisch schloss er die Augen und machte eine Pause. »Die Farbe schuf eine geglückte Vereinigung von Irdischem und Himmlischem. Es ist das zarte Grün der ersten Frühlingsblumen, die sich der wärmenden Sonne entgegenstrecken, das verblassende Grün des Herbstes, das die Sehnsucht des Sommers in sich trägt, das Grün der Hoffnung, dass die Kryptatür für immer geschlossen bleiben möge«, fügte er grinsend hinzu.

Sein Ton war wieder ernst geworden. »Sagen Sie diesem Denkmalschützer, Kunsthistoriker oder Architekten oder wem auch immer, er kann sich sein Pissgelb und Schweinerosa sonst wohin stecken. Wir sind doch nicht in Disneyland. Kein Sinn für Ästhetik.« Angewidert schüttelte er den Kopf. »Die Menschen haben nur noch ihre digitalen Spielzeuge im Kopf und verlieren das bisschen Geschmack, das sie einst besessen haben. Früher, da gab es noch ernsthafte Künstler, die verstanden ihr Handwerk.«

Und in diesem Grundton ging es weiter. In seinem engagierten Monolog klang der Teufel schon fast wie unser alter Pfarrer, der auch immer predigte, dass früher alles besser gewesen wäre.

Während seines kunsthistorischen Vortrags stellte ich lautlos die Frage, die mich seit Erscheinen des Engels quälte, und suchte dazu Leos Blick.

War das meine Mutter?

Erstaunt schaute er mir in die Augen, doch sein Blick war sanft. Ich hatte ihm noch nie Zugang zu meinen Gedanken gewährt, aber nur so konnte er meine Frage wahrnehmen. Kaum merklich schüttelte er den Kopf. Er versuchte nicht, mit mir mental zu kommunizieren. Vermutlich fürchtete er, dass Luzifer es sofort bemerken würde.

Mir fiel der zweite tonnenschwere Stein vom Herzen. Schwester Clara war am Leben und meine Mutter wollte mich vielleicht doch nicht töten.

Zum Glück hatte Luzifer von unserer stillen Unterhaltung nichts mitbekommen, da ihn seine Ausführungen über Baugeschichte und fehlgeleiteten Denkmalschutz vollends in Anspruch genommen hatten. Endlich kam er zum Schluss.

»Die Damen. Wir werden uns wohl so bald nicht wiedersehen. Ich wünsche viel Vergnügen im Himmel, wenn es dann so weit ist.« Er lächelte süßlich. »Mein Gefolge wird vorher noch ein wenig für Ordnung sorgen. Bei Ihrer angespannten Personalsituation will ich Sie ein wenig unterstützen.«

Lässig lehnte er sich auf seinen Gehstock und musterte mich noch einmal unverschämt eindringlich. Er bewegte seine Lippen nicht, aber seine Stimme erklang klar und deutlich in meinem Kopf.

Auch dir, kleine Anna, ein erfüllendes Leben. Obwohl ich

sicher bin, dass wir uns bald wiedersehen werden. Seine Augen waren schwarz und kalt, wie leere Höhlen. *Und was soll das für eine Kritzelei auf der Bodenfliese sein? Warst du das? Solche Störungen haben im Haus Gottes nichts zu suchen. Darauf solltest du achten.*

Ich hatte keine Ahnung, worauf der Teufel anspielte. Welche Kritzelei?

Dann spazierte Luzifer zur Krypta und war von einer Sekunde zur nächsten verschwunden. Noch ehe er die Tür durchschritten hatte, hatte er sich in Zwielicht aufgelöst. Seine Begleiter, auch Leo, verwandelten sich augenblicklich in schwarzen Rauch zurück. Zusammen brausten sie zwei oder drei Runden durch das Kirchenschiff. Die Düsternis verzog sich innerhalb von Sekunden, als wäre in der Krypta ein großer Staubsauger angeschaltet worden, der Ruß und Rauch in die Tiefen der Hölle zurücksaugte.

Kurz bevor Leo sich verwandelt hatte, hatte er mir ein Versprechen gegeben. Mit einem markerschütternden Knall schlug die schwere Eisentür zu.

Der Spuk war vorbei.

Als wäre ich gerade aus tiefem Schlaf aufgeschreckt, blickte ich mich um. Die Kirche sah aus wie immer, alles war an Ort und Stelle, als wäre nie etwas gewesen und wir wären gerade aus einem gemeinschaftlichen Albtraum erwacht. Selbst das Schwert, das ich Katharina in meiner Not entrissen hatte, hielt die Heilige wieder in der Hand und sogar mein Blut war rückstandslos von den Marmorstufen getilgt. Die Kerzen brannten. Wir blieben äußerlich unversehrt zurück. Wäre da nicht Claras einsame Hand auf dem Steinboden gewesen.

Wie es im Inneren jeder Einzelnen ausschaute, würde ich nie erfahren.

Erst jetzt nahm ich Herrn Li wahr. Er nickte mir ernst zu, bevor er auf Schwester Clara zueilte. Die betagten Schwestern verharrten noch im Gebet, nur Mutter Hildegard kam zu mir, kniete sich neben mich und nahm mich schweigend in den Arm. Dankbar für ihre Nähe lehnte ich meinen Kopf an ihre Schulter. Würden wir jemals Worte finden, über das gerade Erlebte zu sprechen?

Meine menschliche Mutter wartete in der Klosterküche auf uns mit dem Abendessen und durfte in ihrer sicheren Welt verweilen. Ich war froh, dass sie dem Teufel nicht begegnet war. Auch wenn sie mich nicht geboren hatte, fühlte ich mich ihr tief verbunden.

Das Sommergewitter war unterdessen vorübergezogen und die goldene Abendsonne hatte die Oberhand über die finsteren Wolken gewonnen. Vereinzelte Sonnenstrahlen fanden ihren Weg durch die hohen Glasfenster ins Kirchenschiff. Die Glocken begannen zu schlagen. Es war 18 Uhr, die Dämmerung würde noch auf sich warten lassen. Nur 30 Minuten waren vergangen. Mir schien seit dem Angriff des Engels und dem Eingreifen der Hölle eine halbe Ewigkeit vergangen zu sein.

Mutter Hildegard hatte mich losgelassen und war aufgestanden. Sie ging zu ihren Mitschwestern und sprach leise mit ihnen.

Ich blieb sitzen und betastete meinen Kopf und meine rechte Schulter. Die tiefen Wunden, die mir der Engel während unseres Kampfes zugefügt hatte, waren vollends verheilt. Nur meine Haare und mein Kleid waren noch blutverklebt und feucht.

Luzifers Berührung war bedrohlich gewesen, aber ich hatte keine Kraft mehr gehabt, mich gegen ihn zu wehren. Er hatte seine Manipulation auf die äußeren Schichten meines Körpers beschränkt. Mein Innerstes hatte er gemieden. Vielleicht konnte er zwar meinen Körper, nicht aber meine Seele berühren. Trotzdem hatte er mir überdeutlich klargemacht, dass er mächtig genug wäre, mein Leben zu vernichten. Etwas Dunkleres hatte ich noch nie wahrgenommen und doch war da ein kleiner glimmender Funke gewesen. Seine Seele?

Ich lehnte meinen Kopf zurück, schloss die Augen und horchte auf meinen Herzschlag, der wieder kräftig und regelmäßig war. Die Ordenstrachten der Schwestern raschelten und leise Schritte entfernten sich. Niemand sprach mich an und ich war froh darüber.

Ob es sie erschreckte, dass der Teufel selbst mich berührt hatte? Hatten sie seine Behauptung, dass ich ein halber Engel sei, geglaubt oder hatten sie es alle seit 17 Jahren gewusst und mir verschwiegen?

Die Antworten waren nicht mehr wichtig. Hier saß ich, unter mir die Pforte zur Hölle und über mir der Durchgang zum Himmel und es war gut so.

Zum ersten Mal war mir klar, dass in meinem Leben alles richtig war.

Ich gehörte genau hier hin, auf die Welt zwischen Himmel und Erde, hier war mein Platz, hier war ich zuhause.

Neben mir lag eine Altarkerze, die der höllische Aufräumtrupp übersehen hatte. Ich hob sie auf, entzündete sie an der Nachbarkerze und steckte sie wieder auf den Ständer. Voll Dankbarkeit kniete ich mich vor den Altar, schloss meine Augen und betete.

Ich war noch am Leben, obwohl ein Engel versucht hatte, mich zu töten. Luzifer selbst hatte mich gerettet. Ich lehnte meinen Kopf, der schwerer als sonst zu sein schien, an den steinernen Altar. Eigentlich hatte er nur den zornigen Engel einfangen wollen. Ich war ihm anfangs reichlich egal gewesen, ein kleines unbedeutendes Opfer. Aber einem anderen war ich nicht egal gewesen. Ich hatte seine Gegenwart wahrgenommen, als mich die schwarze Schicht eingehüllt hatte, ohne mich zu berühren. Leo war als Erster durch die Kryptatür gestürzt und hatte sich schützend um mich gelegt und so einen weiteren Angriff des Engels verhindert. Der nächste Schlag wäre sicher tödlich gewesen. Noch einmal erinnerte ich mich an die bedrohliche Nähe des grausamen Engels. Ohne Leos Eingreifen wäre ich jetzt tot. Ihm verdankte ich mein Leben.

»Amen«, flüsterte ich zur Bekräftigung. So war es. Mühsam zog ich mich am Altar hoch. Leo war mein Retter gewesen. Warum hatte er das getan?

Hinter mir waren Schritte zu hören. Ich drehte mich um.

Herr Li hatte die abgeschlagene Hand aufgehoben, in ein sauberes Tuch gewickelt und begleitete Schwester Clara gerade in den Kreuzgang. Sie schien kaum Schmerzen zu haben und wirkte sehr gefasst. Sicher war der Notarzt bereits verständigt. Vermutlich würde er sich über die Häufung sonderbarer Unfälle im Kloster wundern. Er war schon bei Schwester Benedikta äußerst skeptisch gewesen.

Ich blieb vor dem Altar stehen und dachte an Leo. Sein neues Aussehen hatte das bisherige Bild von ihm fast vollständig verdrängt. Ich konnte mich nur undeutlich an seinen Körper, die mittelblonden Haare und sein durchschnittliches Gesicht erinnern. Heute war er er selbst gewesen und hatte keine Tarnidentität genutzt. Auch wenn er eigentlich Dunkelheit war, hatte er seine bevorzugte Gestalt gewählt. Da war ich mir sicher. Gerne hätte ich ihn jetzt neben mir gehabt (egal in welchem Körper), mich an ihn gelehnt und mir Himmel und Erde erklären lassen. Er war der Einzige, der Antworten auf meine Fragen wusste. Aber er war dort, wo er hingehörte, in den Tiefen der Hölle. Um ihm wenigstens ein bisschen näher zu sein, ging ich zur geschlossenen Kryptatür und legte meine Handfläche auf die Klinke. Gleichzeitig spürte ich Sehnsucht und Panik und wich zurück.

Ich erinnerte mich an die letzten Worte Luzifers. Welche Steinfliese hatte er mit seinem Spazierstock angetippt? Ich kniete mich hin und suchte den Fußboden ab. Auf einer roten Marmorplatte, die von weißen und grauen Steinadern durchzogen war, war tatsächlich ein kleines Zeichen eingeritzt. Bisher hatte ich es übersehen. Es war nur drei oder vier Zentimeter groß und zeigte zwei aneinandergereihte Bögen. Es erinnerte mich an die Kinderzeichnung eines fliegenden Vogels. Ich bückte mich und fuhr mit den Fingern die wellige Linie nach. Die Form war für ein professionelles Steinmetzzeichen zu unregelmäßig und dilettantisch ausgeführt. Wer hatte es eingeritzt? Und warum hatte Luzifer mich darauf aufmerksam gemacht?

Ratlos kniete ich auf dem kalten Stein und horchte auf mein pochendes Herz. Aber mein Verstand wollte keine Fragen mehr beantworten. Ich beschloss, später darüber nachzudenken und stand auf.

Schon bevor ich aus dem Seiteneingang der Kirche trat, konnte ich den frischen Regen riechen, der nach dem heftigen Gewitter die Natur besänftigte, den Staub von den Blättern wusch und die Zucchini wachsen ließ. Die Wassertröpfchen glitzerten in der Luft. Ich konnte sie beobachten, wie sie ganz langsam aus den Wolken fielen und dann von der durstigen Erde aufgesaugt wurden. Als würde die Zeit stillstehen, hörte ich dem Geräusch des fallenden und aufschlagenden Wassers zu.

Mit weit geöffneten Augen stellte ich mich in die Mitte des Keuzganginnenhofes, schaute hinauf in den wolkenverhangenen Himmel und begrüßte jeden einzelnen Tropfen, der sanft auf meine Haut traf. Ich spürte das Wasser in meinem Gesicht, auf meinen Kopf, wie es langsam meine Haare tränkte und mein Kleid durchweichte. Noch einmal schmeckte ich mein Blut, das Tropfen für Tropfen verdünnt wurde und über mein Gesicht an mir herunterfloss.

Ich war am Leben! Unverletzt! Die Gefahr war vorüber! Der Engel, der mich töten wollte, war nur noch eine schwarze Murmel in Luzifers Westentasche. Ich drehte mich im Kreis, spürte die nasse Wiese unter meinen Füßen und die langen Grashalme, die meine Waden kitzelten.

Alle waren noch mit Schwester Clara und ihren eigenen Gedanken beschäftigt. Um mich kümmerte sich glücklicherweise gerade niemand.

In meinem Kopf tobte eine wahre Gedanken- und Bilderflut: die kleine Kirche mit den ernsten Erzengeln, Elias surfend auf der Welle, seine Angst, der Geschmack des Vanilleeises, TOUCHED BY EVIL, der Kuss, die zerstörerische Helligkeit des Engels, seine donnernde Stimme, die Sehnsucht nach meiner Mutter, meine Enttäuschung und Resignation, Schwester Claras Schrei, meine erwachenden Fähigkeiten, der Kampf, der Geschmack von Blut, Kälte, die aufschlagende Kryptatür, Höllengestank, Leos Nähe, der Teufel selbst, seine Berührung, die abgeschlagene Hand. Alles wollte gleichzeitig gesehen, gehört, geschmeckt, gerochen und gefühlt werden. Als würde es mir das Gehirn zerreißen. Ich brauchte Ruhe und ich wusste, was ich dafür tun musste.

Entschlossen lief ich in unsere Wohnung, trocknete mich weder ab noch zog ich mich um. Ich holte meinen Bogen aus dem Schrank, schnallte mir meinen ledernen Unterarm- und Brustschutz um, nahm den Köcher mit den Pfeilen und ging zum Bogenschießen in den Obstgarten.

Keine Ahnung, wie lange ich heute für das Abschießen der acht Pfeile brauchte, ob Minuten oder Stunden. Es war egal. Beim Schießen gab es nur mich, meinen Körper, meinen Atem, meine Waffe, das Ziel und die große Leere.

Die Dämmerung war hereingebrochen und langsam verabschiedete sich das Tageslicht. Mir war es einerlei. Mein eigenes, inneres Licht erhellte das Ziel. Ich schoss mit geschlossenen Augen. Jeder Pfeil war ein Dank für die Liebe und Güte, die ich erfahren hatte. Für meine Eltern, für die Nonnen, für Schwester Clara, für Herrn Li, für Muriel, für die Toten, für Elias, für Leo.

So beendete ich den Tag allein, musste keine Erklärungen und keine Antworten mehr geben. Ich spürte jeden Augenblick so deutlich, als wäre er mein gesamtes Leben, das sich ganz neu anfühlte.

Als ich in unsere stille Wohnung zurückkehrte, war es bereits dunkel. Meine Mutter war nicht da. Ich räumte meine Bogenschießausrüstung weg, zog mein blutiges, zerfetztes Kleid aus und stopfte es in den Abfall. Lange stand ich unter der Dusche und wusch die eingetrockneten Blutkrusten von meinem Körper.

Anschließend schrubbte ich die Duschwanne blitzblank. Ich wollte meine Mutter nicht beunruhigen. Meine langen, feuchten Haare hatte ich zu einem Zopf geflochten und ging nackt in mein Zimmer. Lange drehte ich mich vor dem großen Spiegel an meiner Zimmertür. Von meinen Verletzungen war nichts mehr zu sehen. Nicht einmal Narben würden zurückbleiben. Ich schlüpfte in mein Nachthemd, kochte mir noch eine Tasse Tee und legte mich ins Bett.

Obwohl ich wusste, dass Muriel vor Neugierde platzen würde, brach ich mein Versprechen und rief sie nicht mehr an. Was hätte ich ihr erzählen sollen?

Eigentlich brauchte ich einen tiefen, traumlosen Schlaf.

Stattdessen sehnte sich jede meiner Zellen nach Leo. Ich stand auf einem Hocker und starrte durch das Dachfenster in die Nacht. Wann würde er sein Versprechen einlösen?

Sonntag, 26. Juli

Heute war mein Geburtstag. Meine Mutter hatte wie jedes Jahr einen saftigen Schokokuchen mit Aprikosenmarmeladenfüllung und extra dicker Schicht Schokoladenguss gebacken. Altes Familiengeheimrezept.

Sie musste schon im Morgengrauen aufgestanden sein. Gestern hatte ich sie nicht mehr gehört. Der köstliche Duft erfüllte das halbe Kloster und lockte mich früh aus dem Bett. Gestern hatte ich überhaupt keinen Gedanken mehr ans Essen verschwendet. Dafür meldete sich mein Magen jetzt unmissverständlich. Rilana, probierte ich gedanklich den Vornamen meiner Mutter aus, schlug gerade Sahne zum Kuchen, als ich noch im Nachthemd in die Küche schlurfte.

Fest drückte sie mich an sich und wischte sich mit einem karierten Geschirrtuch die Tränen aus den Augen. »Meine Große«, flüsterte sie mir gerührt ins Ohr. »Viel Glück und viel Segen.«

»Danke, Mama.« Ich setzte mich an den Küchentisch. Ein dickes Stück Kuchen lag bereits auf meinem Teller.

»Du bist die beste und liebste Mama der ganzen Welt«, sagte ich zu ihr und meinte es aus tiefstem Herzen genau so. Ob biologische Mutter oder nicht, sie war meine Mutter, die Frau, die mir rückhaltlos ihre ganze Liebe geschenkt, mich getröstet, umsorgt und behütet hatte. Ich würde sie nie nach meiner Herkunft fragen.

Sie setzte sich zu mir und schob mir ein Kuvert über den Tisch. Ich schaute sie überrascht an. Noch nie hatte ich ein Geldgeschenk bekommen, sondern eher einen selbstgestrickten Pulli oder ein altmodisches Nachthemd.

»Das ist dein Geschenk von den Schwestern und mir. Wir beteiligen uns an deinem Führerschein.«

Ich war sprachlos.

»Wir haben uns beraten und begriffen, dass du mehr Freiheit brauchst. Und außerdem«, sie lächelte mich liebevoll an, »werden wir alle älter und freuen uns, wenn du uns ab und zu chauffierst. Du siehst also, unser Geschenk ist nicht ganz uneigennützig. Außerdem kannst du mit einem Auto leichter zu uns zurückkommen, wenn du uns nächstes Jahr verlassen wirst. Mutter Hildegard hat sich schon beim Autohändler beraten lassen.«

»Ich werde euch nie verlassen.« Am liebsten hätte ich losgeheult.

»Ich weiß«, erwiderte sie und drückte meine Hand. »Nach Schwester Claras schrecklichem Unfall haben wir uns gestern gar nicht mehr gesehen. Du hast es wahrscheinlich noch nicht mitbekommen.« Fragend schaute sie mich an.

Ich schüttelte den Kopf. »Was ist denn passiert?«

»Der Holzspalter klemmte. Clara wollte ihn reparieren und dann schlug ihr das Messer die Hand ab. Alle waren gestern deswegen sehr aufgeregt.«

»Wie schrecklich«, murmelte ich und starrte auf die Tischplatte.

»Mach dir keine Sorgen. Das wird schon wieder. Sie ist jetzt im Krankenhaus und wird gut versorgt. Als ich kam, hast du schon tief und fest geschlafen.« Liebevoll lächelte sie mich an.

»Wie war dein Ausflug mit Elias?«

»Sehr schön. Wir waren in München.«

Der Ausflug schien mir ewig lange zurückzuliegen. Gegen den Angriff in der Kirche verblasste alles andere. Elias gegen Leo. Sicherheit gegen Gefahr.

»Das freut mich für dich, dass ihr einen schönen Tag hattet. Elias ist ein netter Junge«, erwiderte meine Mutter und klatschte mir einen Löffel Schlagsahne auf den Teller. *Ganz anders, als sein Vater*, hörte ich ihren unausgesprochenen Gedanken.

Erstaunt schaute ich von meinem Kuchenstück auf. Bisher hatte ich nur selten versucht, ihren stillen Monologen zuzuhören. In den vergangenen Jahren hatte ich bei ihr vor allem Abwesenheit gespürt. Was wusste sie über Elias' Familie? Aber der durchlässige Moment war vorbei.

Ich versuchte ein möglichst gleichgültiges Gesicht aufzusetzen. »Kennst du eigentlich seine Eltern? Elias war lange Ministrant bei uns.«

Meine Mutter schüttelte den Kopf. Auch wenn sie in ihre innere Stille zurückgekehrt war, spürte ich, dass sie log. Warum verweigerte sie mir eine alltägliche Auskunft? Stattdessen erzählte sie vom geplanten Mittagessen.

Ich konzentrierte mich auf sie, aber offensichtlich hatte sie nichts davon mitbekommen, dass sich gestern das Tor zur Hölle geöffnet und Luzifer in unserer Kirche einen Engel gefangen genommen hatte. Sonst hätte ich es wahrscheinlich gefühlt. Sicher war ich mir jedoch nicht mehr. Sie zweifelte scheinbar nicht einmal daran, dass sich Clara die Hand bei der Reparatur des Holzspalters abgetrennt hatte. Wo doch jeder wusste, dass sie äußerst vorsichtig war. Die Ärzte der Uniklinik hatten die Hand glücklicherweise wieder annähen können und in ein paar Wochen würde man sehen, ob und wie erfolgreich die Operation gewesen war.

Die Geschichte mit dem höllischen Auftritt hätte Muriel bestimmt begeistert, aber als sie noch während des Frühstücks in unsere Wohnung stürmte, wollte sie nur Neuigkeiten von Elias wissen. Zu gerne hätte ich ihr Gesicht gesehen, wenn ich ihr von Luzifer und seinen Teufeln erzählt hätte. Das war genau der Stoff, den Muriel schätzte. Wenigstens in Büchern und Filmen. Wie sie das Thema in der Realität verkraftet hätte, war fraglich. Aber sie ließ mich sowieso nicht zu Wort kommen und gab das Gesprächsthema vor.

»Warum hast du gestern nicht mehr angerufen? Du hattest es mir versprochen. Weißt du, was mit Menschen passiert, die ihre Versprechen nicht halten? Die kommen in die Hölle, ins Fegefeuer oder was weiß ich. Auf jeden Fall ist es einer Freundin gegenüber unverzeihlich. Wenn du nicht Geburtstag hättest, würde ich nie mehr ein einziges Wort mit dir reden. Ich habe den ganzen Abend und die halbe Nacht auf deinen Anruf gewartet. An Schlaf war natürlich nicht zu denken. In meiner Verzweiflung musste ich Tim anrufen. Aber der wusste auch von nichts. Und da behauptet der, Elias wäre sein Freund. Jungs! Erzählen die sich eigentlich gar nichts? Noch dazu war Tim kurz bei Elias' verregnetem Grillfest gewesen. Er gehört ja quasi zur Familie. Wo wart ihr denn jetzt eigentlich? Und was habt ihr gemacht? Ich will alles wissen, von der ersten bis zur letzten Minute! Was hatte er an? Was hat er dir erzählt? Wo habt ihr gegessen?« Dann senkte sie ihre Stimme, die letzte Frage flüsterte sie: »Hat er dich geküsst?«

Erst nachdem ich ihr ausführlich von meinem Ausflug mit Elias berichtet hatte, wobei ich ihr den Kuss genauso wie den dramatischen Verlauf des Tages verschwieg, war sie zufrieden und konnte mir gratulieren.

»Komm steh auf«, befahl sie mir. Dann drückte sie mich ganz fest und ihre Stimme nahm eine feierliche Tonlage an. »Meine Lieblingsfreundin. Alle guten Wünsche zu deinem 17. Geburtstag und gerne esse ich ein Stückchen von deinem Geburtstagskuchen.« Sie kicherte ausgelassen und ließ sich auf einen Küchenstuhl plumpsen. Meine Mutter legte ihr lächelnd ein beeindruckend großes Stück Schokokuchen auf den Teller, das Muriel konzentriert verschlang. Es reichte vermutlich aus, den kompletten Tagesbedarf an Kalorien zu decken.

Bevor sie mir ihr Geschenk überreichte, sammelte sie mit dem angefeuchteten Zeigefinger die Krümel vom Teller. Ihre

Haare glänzten heute auffallend bläulich schwarz. Hatte sie sie gefärbt? Bevor ich sie fragen konnte, sprang sie auf.

»Nachdem du jetzt einen Freund hast, sollst du ein wenig für deine Schönheit tun. Nicht dass du das nötig hättest, aber es schadet ja nie.« Mit diesen Worten drückte sie mir ein kleines Plastiktütchen in die Hand und umarmte mich erneut.

Das Angebot meiner Mutter, ein zweites Stückchen (!) Schokobombe zu essen, nahm sie erfreut an und setzte sich wieder. So dünn, wie Muriel war, wandelte sie Kalorien bestimmt sofort in Bewegungsenergie und vor allem in Worte um.

»Elias ist nicht mein Freund. Ich kenne ihn doch erst seit ein paar Tagen«, antwortete ich leise. Aber meine Mutter achtete nicht auf uns, sondern ging ins Bad und startete dort die Waschmaschine.

Muriels Blick war verschwörerisch. »Und ihr habt romantisch am Lagerfeuer gesessen, er hat dir so nebenbei im See das Leben gerettet, dich nach Hause gebracht, horcht mich über dich aus, spricht übrigens nur noch von dir und gestern ist er dann mit dir nach München gefahren, hat eine kleine Surfeinlage dargeboten und dir ein Eis spendiert, einen Tag vor seiner Abreise nach Australien und das, obwohl zuhause seine Familie auf ihn wartet. Du hast recht, ich habe auch den Eindruck, dass du dem Kerl vollkommen egal bist, und er eigentlich nichts von dir will.« Muriel kontrollierte in einem kleinen Spiegelchen den Sitz ihres schwarzen Lidstriches. »Außerdem habe ich da so meine Quellen. Am liebsten wäre er gar nicht mehr nach Australien geflogen, obwohl er seit Ewigkeiten dafür gespart hat.«

Um vom Thema abzulenken, nahm ich den Inhalt der Tüte unter die Lupe. Lila Lidschatten, schwarze Wimperntusche, helles Make-up, Puder, eine Wimpernzange (!), kleine Glitzersteinchen und was auch immer.

»Bin mir nicht sicher, ob ich damit besser aussehe«, stellte ich skeptisch fest.

»Bestimmt. Du übst die nächsten vier Monate und dann wird Elias dich kaum wiedererkennen«, prophezeite sie mir.

»Das fürchte ich auch.«

Zu Muriels Schmink-Überlebens-Set gehörten auch noch fünf Fläschchen unterschiedlich farbigen Nagellacks: durchsichtig, pink, kirschrot, lila und schwarz mit silber Glitzer – ob der Leo gefallen würde?

Muriel war aufgestanden und löste mit flinken Fingern meinen geflochtenen Zopf. Über Nacht waren meine Haare getrocknet und fielen jetzt in sanften Wellen über meine Schultern.

»Die Haare kannst du so lassen«, zupfte sie an mir herum. »Vielleicht mal ab und zu eine Glanzspülung, wobei das eigentlich kaum nötig ist. Du siehst auch so schon engelsgleich aus. Aber was ja gar nicht geht, sind deine Fingernägel. Wo hast du dir die denn so ramponiert? Hast du gestern noch im Steinbruch geschuftet?« Missbilligend schüttelte sie den Kopf. »Da wird auch der Nagellack nicht viel ausrichten können. Aber das wächst ja nach. Vielleicht solltest du bei deinen Kung-Fu-Spielen besser aufpassen.«

So schnell sie gekommen war, verabschiedete sie sich. »Ich treff mich noch mit Tim. Bis morgen. Wann ist eigentlich deine offizielle Party? Bisher habe ich noch keine Einladung bekommen. Oder verteilst du die morgen in der Schule? Meinst du, Tim kann auch einen Platz auf der Gästeliste bekommen?«

Kurz bevor sie aus der Wohnungstür schlüpfte, drehte Muriel sich noch mal zu mir um und drückte mir ein weiteres Päckchen in die Hand. »Mensch, das hätte ich doch beinahe vergessen. Das ist von Elias. Hat er Tim für dich mitgegeben. Küssen soll er dich auch von ihm. Das übernehme natürlich ich. Möchtest du?« Muriel legte die Arme um mich und grinste.

»Muss nicht sein.« Ich schob sie lachend von mir weg.

Muriel schaute mir skeptisch in die Augen. »Meine liebe Lieblingsfreundin, warum habe ich nur das Gefühl, dass du mir etwas verschweigst?«

War Muriel jetzt auch noch unter die Hellseher gegangen? Aber Leo blieb mein Geheimnis.

»Dein Gefühl ist völlig unbegründet«, log ich. »Grüß Tim von mir.«

Da hatte sie die Wohnungstür schon längst hinter sich zugeschlagen. Muriel hatte immer das letzte Wort.

Auf dem Weg in die Sonntagsmesse traf ich die Schwestern vor der Kirche, die mir alle herzlich gratulierten. Dem Teufel persönlich begegnet zu sein, schien sie nicht weiter zu belasten. Fröhlich drückte mich eine nach der anderen an ihr Herz und wünschte mir Gottes Segen. Artig bedankte ich mich für mein großzügiges Geschenk.

Als ich mit den Klosterschwestern durch war, erwartete

mich am Ende der Schlange Herr Li, der nie am Gottesdienst teilnahm, und überreichte mir eine schmale Papierrolle, die mit einem braunen Seidenbändchen umwickelt war. Er befahl mich ebenfalls dem Schutz seiner Götter anheim, berührte mich jedoch nicht. Zurückhaltend wartete er, bis ich sein Geschenk vorsichtig entrollt hatte.

Wie erwartet, handelte es sich um eine Kalligraphie. Ich bekam jedes Jahr eine zum Geburtstag und eine zu Weihnachten. Die Schönheit und die harmonische Anordnung der Schriftzeichen begeisterte mich immer wieder. Herr Li war ein Meister im Umgang mit Tusche und Pinsel. Da er wusste, dass ich nur wenige Zeichen lesen konnte, erklärte er mir die Worte und übersetzte den Text.

»Das Meer verwehrt keinem Wasser den Zutritt. Daher seine Tiefe.«

Fragend schaute ich ihn an. Er hatte den Spruch bestimmt nicht zufällig gewählt. Sein Gesicht blieb jedoch wie immer unergründlich freundlich. Ich verneigte mich tief.

Vom Sonntagsgottesdienst und der Predigt bekam ich heute gar nichts mit, weil ich ständig an den zornigen Engel, an Leo und seinen Chef denken musste. Hätte der Pfarrer heute vom Teufel gepredigt, hätte nicht nur ich sehr genau gewusst, wovon er sprach. Vermutlich besser als er selbst. Das hoffte ich zumindest für ihn.

Ich blieb sitzen, bis der letzte Ton der Orgel verklungen war. Die Kirche leerte sich schnell. Nur Mutter Hildegard stand in meiner Nähe und unterhielt sich mit einem Besucher. Zusammen betrachteten sie die Farbmusterproben an der Wand. Ich erkannte den Mann sofort, da er den vielen Abbildungen seiner Vorfahren in unserem Kloster ausgesprochen ähnlich sah. Balthasar Steinwart, Elias' Vater. Obwohl er groß war, wirkte alles an ihm breit und gedrungen.

»Es muss dieses Lindgrün sein mit einem dezenten Schuss gelb«, wiederholte Hildegard Luzifers Worte. Ich hielt unwillkürlich den Atem an.

Der Mann schüttelte den Kopf. »Niemals. Ich habe mit dem Kirchenmaler gelb besprochen.«

Hildegard winkte mir zu. »Anna, komm doch mal. Der Graf möchte gelb. Was sagst du zur Wandfarbe, gelb, grün, rosa oder weiß?«

»Grün«, antwortete ich.

Graf Steinwart warf mir einen kühlen Blick zu. »Hier geht es nicht um Lieblingsfarben. Weder von Ihnen noch von diesem Kind. Dafür gibt es Experten.«

Was für ein unsympathischer, arroganter Kerl.

»Die Kirche wird lindgrün«, beharrte die Äbtissin.

»Dann werden Sie von mir für die Renovierung keinen Cent bekommen. Das ist nämlich keine Geschmacksfrage, sondern eine Entscheidung von Fachmännern.«

Mutter Hildegard verschränkte die Hände vor der Brust. »Sie haben recht. Wir werden auf die Untersuchungsergebnisse warten. Ich habe mich bereits mit dem Denkmalschutzamt in Verbindung gesetzt. Dann sehen wir weiter.« Mit einem herablassenden Nicken entließ sie den Grafen und drehte sich um.

Ich konnte seine Fassungslosigkeit spüren, bis sich die Kirchentür hinter ihm schloss. Er war es offensichtlich nicht gewohnt, derart abgefertigt zu werden. Diesen Mann als Vater zu haben, war bestimmt nicht einfach. Elias tat mir leid.

Nach dem Mittagessen (Ratatouille mit viel Zucchini, dazu Schweinefilet und Baguette, dann Himbeereis) öffnete ich in meinem Zimmer das Geschenk von Elias. Das hatte ich mir aufgehoben. Es war eine CD, ein Best-of-Album von Eric Clapton. Mit silberfarbigem Folienstift hatte er einen Satz über die Plastikhülle geschrieben: ANNA, YOU TURNED MY WHOLE WORLD UPSIDE DOWN. UND JETZT BIN ICH AUF DER FALSCHEN SEITE.

Ich freute mich und war gleichzeitig traurig. Wie schade, dass er auf dem Weg zur anderen Seite, nach Down Under, war. Ich warf das Geschenkpapier in den Mülleimer. Der Satz passte auch auf mich. Leo hatte meine Welt umgedreht und ich fühlte mich zur falschen Seite hingezogen.

Bestimmt stammte die Zeile aus einem Liedtext. Aber ich kannte nur wenige Lieder von Eric Clapton. Ich schob die CD in das Laufwerk meines Laptops und lud sie mir auf Muriels alten iPod. Der Tag war viel zu schön, um ihn allein in meinem Zimmer zu verbringen. Ich würde mir Elias' Geschenk unter der Linde im Schatten anhören.

Insgeheim hoffte ich auf einen weiteren Gratulanten. Auch wenn Luzifer mich höchstpersönlich vor Leo gewarnt hatte, wünschte ich mir nichts sehnlicher als ihn wiederzusehen.

Unterwegs dachte ich nach. Der Teufel hatte recht gehabt. Manchmal machen unsere Vorstellungen und Vorurteile uns blind für die Wahrheit. Nie hätte ich gedacht, dass ein Engel eine Bedrohung sein könnte. Das vermeintlich Gute konnte sich leicht hinter einer Fassade der Rechtschaffenheit verbergen. Weiß und schwarz, gut und böse. Diese Einteilung war einfach und bequem. Aber die Wahrheit liegt dazwischen und wird schnell übersehen. Wie oft war ich gegenüber meiner Umwelt blind gewesen?

Auf dem Hügel ließ ich meinen Blick über die Landschaft schweifen, sah das Kloster, einige Häuser des nahen Dorfes, den Gutshof der Steinwarts – Elias' Zuhause – und den Badesee. Obwohl ich heute erst siebzehn wurde und mich noch ein Jahr von der Volljährigkeit trennte, war ich gestern innerhalb von nur dreißig Minuten erwachsen geworden. Meine Welt war jetzt eine andere.

Ich saß unter den ausladenden Ästen der alten Linde und lackierte mir die Zehennägel, schwarz mit Silberglitzer. Die Kopfhörerstöpsel in den Ohren sang ich mit Eric Clapton um die Wette. Ein paar Texte kannte ich, mehr oder weniger.

Claptons Beschreibung tiefer Finsternis ließ mein Herz schneller schlagen. Kurz schloss ich die Augen. Genauso war es gestern gewesen, als Leo mich mit Dunkelheit umgeben und vor dem durchgeknallten Engel beschützt hatte. Ihn hatte ich als Erstes gespürt. Sein Chef und die anderen Helfer wären zu spät gekommen.

»Knockin' on heaven's door«, sangen Eric Clapton und ich. Nur Leo hatte ich es zu verdanken, dass ich den gestrigen Tag überlebt hatte. Fast hätte ich tatsächlich an der Himmelspforte anklopfen müssen. Leo, ein Wesen aus der Unterwelt, hatte mitfühlend gehandelt und mich vor dem sicheren Tod bewahrt. Was war die Welt verrückt.

Ich tauchte den Pinsel in das dickflüssige Schwarz und lackierte weiter.

Plötzlich stockte mir der Atem. Leo! Obwohl ich auf ihn gewartet hatte, zuckte ich zusammen und malte einen schwarzen Streifen quer über meinen Fuß.

Er hatte diesmal nicht die sanfte Variante gewählt und sich dezent aus dem Schatten des Baumes herausbewegt, sondern war direkt vor mir aus dem Nichts aufgetaucht.

Anstatt sich für sein abruptes Erscheinen zu entschuldigen, zog er die Augenbrauen hoch. Er steckte wieder im gewohnten Körper, war mittelblond, barfuß und trug Jeans und ein schwarz-weiß geringeltes T-Shirt. Mir wäre seine gestrige Gestalt lieber gewesen.

»Was war das?«, blaffte er mich an.

»Hallo. Schöner Tag heute. Ich freu mich auch, dich zu sehen«, erwiderte ich.

»Hast du etwa gesungen?«, überging er meine Begrüßung.

Was war mit ihm los? Normalerweise waren seine Manieren tadellos.

»Nein. Ich hab Selbstgespräche geführt.« Es war mir peinlich, dass er mich singen gehört hatte.

»Jetzt mal ehrlich, was sollte das werden?« Er schaute abschätzig auf mich herab.

»Das war *Knockin' on Heaven's Door* von Eric Clapton. Aber wahrscheinlich kennt man das in der Hölle nicht.«

»Du meinst wegen dem Himmelstor?« Demonstrativ blickte er nach oben. »Du unterschätzt uns. Natürlich kenne ich dieses Liedchen, das übrigens Bob Dylan komponiert hat. Eric Clapton hat es nur gecovert. Übrigens sehr optimistisch, um nicht zu sagen naiv. Es gibt genügend, die nicht an die Himmelspforte, sondern an das Tor zur Hölle klopfen müssen«, spielte er sich auf. Klugscheißen war wohl ein teuflisches Hobby.

Er ließ sich auf der Wiese nieder. Dreißig Zentimeter neben mir und keinen Millimeter weiter weg. Ich lehnte mich an den Stamm der Linde zurück und verschränkte die Arme.

»Bei dir habe ich das Lied nur am Text erkannt.« Er holte aus seiner Hosentasche ein silbernes Etui, klappte es auf, entzündete eine Zigarette mit einem Fingerschnippen und grinste mich an. »Singen ist eigentlich eine Kernkompetenz von Engeln.«

Natürlich wusste ich, dass ich im Vergleich zu den Nonnen keinen einzigen Ton traf. Aber Leo hätte über diese Schwäche auch dezent hinwegsehen können. Aber nein, er musste es aufbauschen und mich kritisieren. Kaum war er da, ärgerte ich mich über ihn, und wenn er weg war, sehnte ich mich nach ihm.

»Als ob du es besser kannst!«, fauchte ich ihn an.

Leo zuckte mit den Schultern. »Warum hörst du eigentlich so altes Zeug? Die Schnulze ist mindestens schon vierzig Jahre alt.«

»Hab ich von Elias bekommen, zum Geburtstag«, erklärte ich herausfordernd.

Im hohen Bogen schleuderte er seine Zigarette weg.

»Hör mir bloß mit diesem Typen auf!«, fuhr er mich mit zusammengekniffenen Augen an. »Ich kenn mindestens die halbe Familie.«

»Du kennst seine Familie?«

»Einige Steinwarts haben an unserer Pforte angeklopft. Für dich ist das kein Umgang. Du wirst dich von diesem Kerl fernhalten.«

Tatsächlich war mir Balthasar Steinwart bei der kurzen Begegnung in der Kirche heute mehr als unsympathisch gewesen. Trotzdem wollte ich Leos Befehlston nicht einfach so hinnehmen.

»Das entscheidest nicht du. Elias ist ganz anders«, nahm ich ihn in Schutz.

»Das wird sich erst noch zeigen«, murmelte er. »Meistens fällt der Apfel nicht weit vom Stamm.«

Was wusste Leo? Ich musterte ihn. Aber seine Fassade hielt dicht.

Er griff nach meinem iPod, klickte sich durch die Lieder und lästerte weiter. »Das Album war bestimmt im Angebot. Nice Price. Geizig ist der Kerl auch noch.« Dann las er die Titel vor. »Knockin' on Heaven's Door, hast du gestern ja schon ausprobiert. Das überspringen wir. Tears in Heaven. Für ein Geburtstagsgeschenk ziemlich depressiv, aber eigentlich ein schöner Song.«

»Na, dann sing es mir doch vor.«

Leo ließ mich nicht aus den Augen. Erst summte er die Melodie, dann sang er leise und einfühlsam. Tränen stiegen mir in die Augen und ich versuchte krampfhaft, den Wasserüberschuss hinunterzuschlucken. Auch wenn ich das nur sehr ungern zugab, dieser Teufel konnte verdammt gut singen. Seine Stimme war angenehm rauchig und rau, sehr einprägsam. Er sang besser als Eric Clapton.

Nachdem er das Lied beendet hatte, schlug er die ausgestreckten Beine übereinander und stützte sich mit den Händen ab. Er wusste genau, dass er mich beeindruckt hatte. Ich wischte mir über die feuchten Augen.

Beim Zuhören war mein Herz schwer geworden. Weder wusste ich seinen wahren Namen, noch würde ich ihm jemals im Jenseits begegnen. Leo war Teil einer anderen Welt. Er gehörte nicht in den Himmel. Dort könnten wir tatsächlich niemals zusammen sein. Uns blieben nur mehr oder weniger kurze Treffen auf der Erde. Und nicht einmal die wollte Luzifer zulassen.

Er klickte weiter. »Wonderful tonight«, las er vor. Erneut begann er sehr leise, fast flüsternd zu singen. Nagellack, lange blonde Haare. Plötzlich hatte ich das unsinnige Gefühl, Leo würde mich beschreiben. Er steigerte die Lautstärke und betrachtete mich dabei abwesend. Er schien selbst erstaunt, welche Worte ihm über die Lippen kamen. Bei *I love you* versenkte sich sein Blick in meinem. Um nicht noch mehr Boden zu verlieren, rief ich mir in Erinnerung, dass es nur ein Liedtext von Eric Clapton war, den Leo nachsang. Mir war trotzdem schwindelig und meine Seele saugte jedes Wort auf.

Und so ging es weiter. Leo kommentierte jedes Lied und meistens sang er die ersten Takte an. Das war so schön, dass ich ihm seine geschmacklosen Kommentare allesamt verzieh. Wenn es nach mir gegangen wäre, hätte er mir das komplette Album vorsingen dürfen.

»Ich muss zugeben, der Typ hat ein Händchen für passende Lieder. Das gefällt mir gar nicht. Ahnt er, wer und vor allem was du bist?«, fragte er kopfschüttelnd. »Himmel hier, Himmel da, Himmel überall.«

»Bestimmt nicht. Ich kann es ja selbst kaum glauben.«

»Ich eigentlich auch nicht. Wenn ich kurz zusammenfassen darf, du trägst den Namen einer riesigen Würgeschlange, unterhältst dich regelmäßig mit einem Teufel und, was wirklich unfassbar ist, du kannst nicht singen. So langsam fürchte ich, dass der Hinweis auf deine Engelsherkunft nur ein Gerücht ist und du doch nur ein ganz gewöhnliches Menschenkind bist.«

Was nicht das Schlechteste wäre, dachte ich.

»Wenn auch ein sehr hübsches Menschenkind«, fügte er hinzu und ließ seinen Blick auf meinem Busen ruhen, um mich in Verlegenheit zu bringen. »Die offenen Haare stehen dir übrigens ausgezeichnet. Über die Farbe des Nagellacks kann man geteilter Ansicht sein.« Prüfend nahm er das Nagellackfläschchen in die Hand, schraubte es auf und begann seine Fingernägel zu bepinseln. »Wenn ich deinen Auftritt in der Kirche nicht miterlebt hätte, hätte ich ernsthafte Zweifel. Aber zwei Engelsattacken überleben. Alle Achtung.« Prüfend streckte er seine linke Hand weg.

»Man kann nicht behaupten, dass es für mich gut lief.«

Er lackierte sich die Nägel der rechten Hand. »Für die meisten Menschen wäre ein direkter Blickkontakt schon tödlich gewesen und du hast dir mit diesem Himmelsvertreter ein ganz entspanntes Augenduell geliefert. Luzifer war hin und weg von dir. Im Vergleich zu diesen mageren, asketischen Engeln bist du ein erfreulicher Anblick. Athletisch und kräftig.«

Dieses Thema wollte ich auf keinen Fall vertiefen.

»Ein schickes T-Shirt hast du heute an«, lenkte ich ab. »Schwarz-weiß geringelt steht dir.«

»Nicht wahr? Ich habe geahnt, dass es dir gefällt«, gab er breit grinsend zurück.

Selbstironie hatte ich ihm eigentlich nicht zugetraut. »Und ich hatte mir schon Sorgen gemacht, dass ich dich beleidigt haben könnte, weil ich letztens über deinen geringelten Schwanz gelacht hatte. Dafür will ich mich seit Tagen entschuldigen. Ich wollte dich nicht kränken.«

Er schaute mich nachdenklich an und strich sich über die Haare. »Ja, ja. Mein Schwanz«, sagte er träumerisch und schloss die Augen. Dann schlug er sie plötzlich wieder auf und starrte mich unverschämt an. »Schön, dass er dir gefallen hat.«

Dieses Thema war zweifellos nicht besser als mein Gesang oder meine kräftige Gestalt.

»Aber keine Sorge. So leicht beleidigt man einen Teufel nicht«, tat er meine Entschuldigung großmütig ab. Ich spürte, dass das nicht stimmte.

»Sehr putziges Muster«, zog ich ihn auf.

»Putzig. Was ist das für ein dämliches Wort. Diese Hemden trägt die Schwarzmeerflotte.« Mit der Faust klopfte er sich auf die Brust. »Du verstehst, harte Matrosen, raue Männer, die sich von Wodka und Heimweh ernähren und auf baufälligen Atom-U-Booten durch die Ozeane streifen. Das ist für euren Planeten gefährlich, lebensbedrohlich, nicht putzig. Und zwar für euch alle.«

»Sei doch nicht so empfindlich. Ich hab's nicht böse gemeint.«

»Schluss mit den Entschuldigungen.« Leo stand auf und griff in seine Hosentasche. »Ehe ich es noch vergesse und wir uns in Szenarien der atomaren Bedrohung verstricken. Hier, nachträglich zu deinem Geburtstag.« Betont feierlich überreichte er mir ein kleines Päckchen, das sorgfältig in rotes Geschenkpapier verpackt und mit einem schmalen schwarzen Samtbändchen verschnürt war. Die Farben der Hölle, wie geschmackvoll. Ich nahm es erstaunt entgegen.

»Warum nachträglich? Ich hab doch heute Geburtstag«, beschwerte ich mich und schüttelte das Päckchen.

»Nein, das glaube ich nicht. Nur du bist immer so wahnsinnig gutgläubig. Zwischen deiner Geburt und der Abgabe im Kloster ist einiges passiert. Aber egal. Und lass das nervige Geschüttel. Schau rein und fang jetzt bloß nicht an zu raten.«

»Lenk nicht ab, sag mir lieber, was du weißt.« Es interessierte mich natürlich brennend, welche Informationen Leo über meinen Geburtstag hatte, aber ich war mir gleichzeitig sicher, dass er mir darüber nichts erzählen würde.

»Das mach ich nur äußerst selten«, bestätigte er umgehend

mein Gefühl. Er würde immer mehr Geheimnisse vor mir haben als ich vor ihm.

»Und, wünscht du mir etwas oder singst mir wenigstens ein Geburtstagslied? Ich mag es nämlich, wenn du singst.«

»Danke für das Kompliment. Bedaure zutiefst, weder noch. Für heute habe ich schon genug gesungen. Du hattest dabei schon ganz feuchte Augen. Glückwünsche und Geburtstagsständchen gehören nicht zum teuflischen Repertoire, das andere will ich dir nicht antun.«

Was auch immer *das andere* sein mochte.

»*Kannst* du mir nicht antun«, verbesserte ich ihn. Ich hatte nicht vergessen, dass er mich nicht berühren konnte. Bei einem reinen Engel musste der erzwungene Abstand viel größer sein als bei mir. Aber mein menschlicher Anteil schien ziemlich dominant zu sein. Trotzdem hatte nur Luzifer es geschafft, mich anzufassen. Als hätte er meine Gedanken erraten, warnte Leo mich.

»Jetzt bild dir bloß nichts auf deine Engelsabstammung ein und fühl dich sicher. Dein menschlicher Teil ist und bleibt angreifbar. Da gibt es genügend Tricks. Dämonen müssen sich zum Beispiel an keinerlei Regeln halten. Kannst du dich noch an die Sonntagspredigt erinnern? Der Priester hatte recht: Dämonen lauern überall.« Das klang plötzlich überraschend ernst. »Jetzt mach gefälligst das Geschenk auf«, fügte er unfreundlich hinzu.

»Geduld gehört nicht zu deinen Stärken«, zog ich ihn auf.

»Nein«, erwiderte er grinsend.

Betont langsam packte ich aus, öffnete sorgfältig die Schleife, löste die Klebefilme.

»Provozier mich nicht«, warnte er mich und sprang auf. »Du wirst das Papier nie mehr verwenden, zerreiß es gefälligst.« Seine Augen blitzten angriffslustig. Breitbeinig stand er vor mir und hatte seine Hände zu Fäusten geballt. War er von Rauch umgeben?

»Du und deine Zerstörungslust.«

Wie ein ungeduldiges Raubtier auf Beutezug umrundete er mich. Auch wenn Leo Pard nicht sein wirklicher Name war, wirkte er gerade wie ein unruhiger, gereizter Räuber. Lauernd blieb er vor mir stehen.

»Wenn du nicht Geburtstag gehabt hättest ...«

»Hast«, verbesserte ich ihn. Um sein Rumgerenne zu unterbrechen, stand ich ebenfalls auf.

Endlich war das Papier entfernt und ich hielt eine kleine Schachtel mit der Aufschrift PANDORA in der Hand. Ungläubig schaute ich ihn an, woraufhin er sich vor Lachen schüttelte.

»Kennst du die Geschichte?«, fragte er atemlos.

»Natürlich«, erwiderte ich. »Und du erwartest allen Ernstes, dass ich diese Schachtel öffne?«

»Selbstverständlich. Du bist neugierig. Vermutlich kennst du sowieso nur die halbe Geschichte. Die mit den Krankheiten, Seuchen und Plagen, die aus der Büchse der Pandora entkommen sind. Aber die Story ist noch viel besser. Pandora war die erste Frau auf der Erde«, dozierte er in schulmeisterlichem Ton. »Sie wurde auf Befehl des Göttervaters Zeus von Hephaistos aus Lehm geschaffen. Dieser Teil kommt dir bestimmt bekannt vor. Menschen aus Lehm zu schaffen, war mal groß in Mode.

Pandora war ein anmutiges Geschöpf, liebreizend und talentiert, worauf auch ihr Name hinweist: Pandora heißt so viel wie die Allbeschenkte. Von Zeus bekam sie eine Büchse geschenkt, wobei das ein Übersetzungsfehler von Erasmus von Rotterdam war. Man muss sich das eher vorstellen wie eine ...«

»Du schweifst ab«, ermahnte ich ihn. Das Gespräch mit Leo machte mir großen Spaß. Er selbst war ein einziges Überraschungspaket.

»Nur ein wenig. Von mir könntest du wirklich etwas lernen. Schulen werden ja immer schlechter. Auf jeden Fall bekam sie dieses Ding und ich sag dir, bei Geschenken muss man vorsichtig sein. Man sollte nicht alles annehmen, vor allem nicht von Zeus.« Er lächelte hintergründig.

Ich nickte. »Schon verstanden. Zum Präsent gab es die überaus sinnvolle Anweisung, die Büchse auf gar keinen Fall zu öffnen, genauso wie Eva wusste, dass sie von dem einen Baum auf gar keinen Fall essen durfte.«

Er schaute mich gespannt an. »Genau. Und dann passiert das, was jeder aus der Kindererziehung kennt.«

»Und damit kennst du dich natürlich auch aus«, warf ich ein. Hatten Teufel Kinder? Wie pflanzten sich die Schattenwesen eigentlich fort?

»Aber natürlich. Nicht wie du denkst.«

»Sondern wie?«, fragte ich nach.

»Ich studiere die Menschheit seit Jahrtausenden«, entgegnete er gelassen, »und glaub mir, ich habe schon viele Methoden gesehen, wie man die lieben Kleinen auf Linie bringt und hält.«

Das war in meinen Augen eine eigenartige Definition des Erziehungsbegriffes. Ich war mit viel Liebe und Vertrauen groß geworden. Nie hatte ich das Gefühl gehabt, dass mich jemand auf Linie bringen wollte.

»Wenn du willst, dass jemand etwas tut, dann musst du es ihm verbieten. Das ist der sicherste, schnellste und effektivste Weg«, fasste er seine Theorie zusammen.

Da war etwas Wahres dran. »Du willst damit andeuten, das mit Eva und Pandora sei geplant gewesen?«

»Selbstverständlich.« Entrüstet schaute er mich an. »Ich hätte nicht gedacht, dass du so naiv bist. Natürlich war das geplant.«

Wenn das stimmte, wäre es ein riesiger Skandal. »Warum haben eigentlich immer die Frauen Schuld?«

»Das fragt ja genau die Richtige«, kommentierte er mit einem abfälligen Kopfschütteln. »Das ist doch nun wirklich schon immer so und außerdem macht ihr Frauen es einem viel zu leicht. Man kann schlecht beweisen, dass es wirklich Eva und Pandora waren, die das Verbotene getan haben. Vielleicht waren es sogar Adam und Epimetheus. Aber die Geschichtsschreibung war lange eine rein männliche Angelegenheit und egal, ob es um Kriege oder um den Geschlechterkampf geht, sie wird immer aus der Perspektive der Sieger geschrieben und das waren eindeutig die Männer. Selbst schuld kann ich dazu nur sagen. Ihr Frauen wehrt euch ja kaum. Ihr seid inkonsequent und zögerlich, harmoniesüchtig und demütig und hofft immer, irgendjemand würde irgendwann eure Verdienste, die unbestritten sind, schon würdigen. Was ihr euch im Lauf der Geschichte schon alles gefallen lassen habt.« Betrübt legte er die Stirn in Kummerfalten.

Ich fühlte mich von Leos Urteil persönlich angegriffen. Seine abfälligen Bemerkungen über Frauen machten mich wütend. Gleichzeitig wusste ich, dass er recht hatte. »Was willst du damit sagen?«

»Nichts. Ich mache mir nur so meine Gedanken als stiller Beobachter der Situation. Ich wundere mich schon seit Jahrhunderten, nein, seit Jahrtausenden, warum ihr Frauen euch immer wieder unterdrücken lasst und euch nicht endlich mal zur Wehr setzt. Aber ihr ertragt wirklich viel, von der Ursünde bis zur schlechteren Bezahlung am Arbeitsplatz.«

Das war ja schlimmer als in der Schule. »Hast du heute deinen sozialkritischen Tag? Du solltest zur Gewerkschaft gehen oder dich als Gleichstellungsbeauftragte bewerben.« Trotzig verschränkte ich die Arme vor der Brust.

»Ich schweife ab, zurück zu deinem Beinahe-Geburtstag. Pandora ist, wie du weißt, ein Firmenname von einem dänischen Schmuckhersteller. Die Menschen kommen wirklich auf seltsame Ideen!« Er musste wieder lachen. »Und stell dir vor, das kauft auch noch jemand«, presste er unter Tränen hervor. Seine Aura begann zu vibrieren und seine körperliche Manifestation wurde erschüttert. Es schien, als würde er jeden Moment in Rauch oder Flammen aufgehen.

Ein Teil von mir wollte fliehen oder sich wenigstens die Ohren zuhalten. Ich atmete tief ein und aus und lockerte meine angespannten Muskeln. »Du zum Beispiel.«

»Wer sagt denn, dass ich es gekauft habe«, orakelte er. »Ich hab die Verkäuferin ...«

»Dann mach ich es jetzt auf«, unterbrach ich ihn.

Ich spürte, dass er sich zu konzentrieren versuchte, seine Körpergrenzen wurden wieder deutlicher.

»Ja, bitte. Ich kann dir versichern, bei der echten Büchse der Pandora, die übrigens eher eine kleine Kiste ist, steht nicht Pandora drauf.« Er begann schon wieder zu lachen und schlug sich mit den Händen auf die Oberschenkel.

»Schön, dass du dich über mein Geschenk so freust«, behauptete ich. Leo lachen zu sehen, sein Vibrieren und seine ungebändigte Kraft zu fühlen, war vermutlich genauso gefährlich und energiegeladen, wie im Abkühlbecken eines Atomreaktors zu schwimmen.

Sein erwartungsvoller Blick ruhte auf mir und er wirkte in diesem Moment auf mich so vertraut menschlich, als schwanke er zwischen Vorfreude auf die geglückte Überraschung und Angst vor der Enttäuschung, dass mir sein Geschenk nicht gefallen könnte. Ich konnte nicht anders, ich musste ihn anlächeln.

»Jetzt lass dein Engelsgrinsen und mach endlich auf«, fauchte er. Da war er wieder, der arrogante, ungeduldige Teufel.

»Wann hast du eigentlich Geburtstag?«, fragte ich und spürte, wie er wütend wurde.

»Sag ich nicht.«

»Dann bekommst du auch nie ein Geschenk von mir«, drohte ich. Der Schatullendeckel war noch immer geschlossen.

»Will ich auch nicht.«

»Du bist unausstehlich.«

»Danke für das Kompliment, sehr freundlich.«

Ich war mir sicher, wenn ich das Geschenk nicht bald öffnete, würde er es mir wieder wegnehmen oder verbrennen oder verschlingen oder was weiß denn ich. »Oh.«

»Nix O. Du musst A sagen.«

In der Schachtel lag ein geflochtenes dunkelbraunes Lederarmband mit silbernem Verschluss. Ich holte es heraus und entdeckte einen kleinen silbernen Anhänger.

»Ein Apfel.« Ich sah ihn fragend an.

Leo lächelte süß.

»Der fast reif ist.« Er trat einen Schritt auf mich zu. Sofort spürte ich Hitzewallungen. Strahlte Leo diese Hitze aus oder ich? Meine Körpertemperatur erhöhte sich durch seine Nähe um gefühlte fünf Grad und das war alles andere als angenehm.

»Im Sommer ist ein Vampir bestimmt erträglicher als ein Teufel«, plapperte ich gedankenlos. Muriel und ich hatten uns schon öfter darüber unterhalten. Im Winter würde man sich mit so einem unterkühlten Typen nur einen ordentlichen Schnupfen einfangen.

Fassungslosigkeit lag in Leos Blick. »Wie meinen?«, fragte er.

»Du bist heiß«, beschwerte ich mich.

»Nein, ich bin wohltemperiert. Die Hitze liegt nur an dir. Dir wird einfach heiß in meiner Gegenwart. Schön, dass du mir heute so viel Komplimente machst«, antwortete er mit eindeutigem Unterton. »Vampire.« Das Wort spuckte er abfällig aus.

Ich betrachtete den kleinen Apfel und Leo beobachtete mich.

Dann lächelte er hintergründig. »Für dich mein Engelchen, der Apfel der Versuchung.«

Sein Geschenk gefiel mir. Über Äpfel hatten wir uns in den vergangenen Tagen oft unterhalten.

»Danke. Machst du mir das Armband zu?«

»Ich kann nicht. Du musst mich darum bitten«, kam über seine Lippen, ehe ihm klar wurde, dass ich genau das gerade getan hatte. »Du bist mutig, das mag ich so an dir. Komm her«, forderte er mich mit einem unglaublichen Grinsen auf.

Sehr witzig, da ich direkt vor ihm stand. Lächelnd durchbrach er zum ersten Mal meine Sicherheitsbarriere und griff nach meinem Handgelenk. Es konnte tatsächlich noch heißer werden. Ich fühlte mich, als hätte ich 42,7 Grad Fieber. Beinah hätte ich aufgeschrien, als seine Fingerspitzen mein Handgelenk berührten. Ohne hinzuschauen, ließ er den Verschluss geschickt zuschnappen. Seine Augen hatten sich in meinen festgesaugt und er beobachtete jede meiner Regungen.

»Herr Li hat verdammt gute Arbeit geleistet, bei dir kommt wirklich kaum ein Gedanke durch«, stellte er anerkennend fest. »Ein vielseitig begabter Koch.«

Ich merkte es gar nicht mehr, dass ich mich vor ihm verbarg, vermutlich machte ich das intuitiv. Es war nur eine Frage der Konzentration. Inzwischen war es überdeutlich, dass Herr Li mich von Kindheit an auf diese Begegnungen mit dem Bösen vorbereitet hatte.

Leo hatte mein Handgelenk nicht losgelassen und verstärkte den Druck. »Und hast du jetzt Angst?«

Ich schüttelte den Kopf.

»Solltest du aber. Ich bin alles, was du fürchtest.« Seine Stimme war noch tiefer als sonst und hallte im Inneren meines Kopfes seltsam wider. Ich schüttelte mich, weil ich merkte, dass meine Konzentration nachließ. Wenn Leo so nah wie jetzt war, drohte ich, die Kontrolle über meine Gedanken zu verlieren.

»Das ist der klassische Satz für die Vampirgeschichten, die du nicht ausstehen kannst«, versuchte ich einen Witz, obwohl ich spürte, dass die Situation mir entglitt und unberechenbar wurde. Seine Anziehungskraft auf mich nahm stetig zu. Leo war wie ein gewaltiger Magnet, der alles, was ich war, an sich zog. Ein düsterer Schleier legte sich um mich. Erstaunt schaute ich ihn an. Konnte er sich über seinen Körper hinaus ausdehnen? Ich schüttelte mich erneut.

»Du und deine Begeisterung für Vampire. Solche Bücher sollte man Mädchen in deinem Alter wirklich nicht lesen lassen. Da haben deine Mutter und die Schwestern ausnahmsweise recht«, stellte er mit normaler Stimme fest. Die Luft war wieder klar.

Von einer Sekunde auf die andere hatte er mich losgelassen. Ich taumelte einen Schritt zurück und rieb mein Handgelenk. Er hatte mir seine Macht demonstriert. Als wäre nichts gewesen, betrachtete er jetzt seine schwarz lackierten Fingernägel.

»Sie haben mich auch immer vor dem Teufel gewarnt«, warf ich ein.

»Zu recht.« Sein Augenaufschlag war filmreif und meine Knie weich wie Pudding.

Ich lächelte ihn an, ich konnte einfach nicht anders.

»Lass das dämliche Engelsgegrinse, das kann ich nicht ausstehen«, schimpfte er. »Außerdem funktioniert es nur bei Beseelten.«

»Und du hast keine Seele?«, fragte ich und gewann wieder an Boden.

»Natürlich nicht«, antwortete er entschieden.

»Das glaub ich nicht. Ich kann sie sehen.«

Er packte mich am Arm. Sein Griff tat mir weh. »Das ist unmöglich!«

Ich wand mich heraus und wich zurück.

»Und«, er stockte, »wie ist sie?«

»Etwas dunkel, aber sehr hübsch«, erwiderte ich.

»Hübsch!«, schrie er.

Ich brach in ein prustendes Lachen aus.

»Kein dämliches Gekicher«, warnte er mich. Sein Blick war unsicher. »Du lügst. Du mit deiner halben menschlichen Seele, da weiß man nie, woran man ist. Wärst du ein richtiger Engel, würde ich merken, wenn du lügst. Aber Menschen lügen wie gedruckt und meistens glauben sie ihre eigenen Lügen und verkaufen es dir als die Wahrheit«, beschwerte er sich. »Langsam verstehe ich den Engel und warum er dich töten wollte. Du störst jegliche Ordnung ... unter diesem Gesichtspunkt kann man den Anschlag verstehen.«

»Bist du verrückt?!« Das wurde ja immer schöner. »Bereust du etwa, dass du mich vor ihm beschützt hast?«

Leo sah mich skeptisch an. »Du hast mich erkannt?«

»Aber natürlich. Ich kann deine Anwesenheit fühlen, egal in

welcher Gestalt, auch wenn du nur Schatten bist. Du warst in der Kirche als Erster bei mir.«

»Das macht die Geschichte nicht einfacher«, antwortete er resigniert.

»Danke, Leo, dass du mir das Leben gerettet hast. Das wollte ich dir schon die ganze Zeit über sagen.«

»Wird nicht wieder vorkommen. Ich hab schon genügend Schwierigkeiten wegen dir«, erwiderte er unfreundlich.

Ich bückte mich und schraubte das Nagellackfläschchen zu. Bei der Hitze würde es schnell eintrocknen.

»Hat es eigentlich irgendeinen Vorteil, mit dir befreundet zu sein?«, fragte ich.

Fassungslos starrte er mich an. »Wie meinst du das?«

»Na, das ist doch klar. Wenn wir mal wieder zu den Vampiren zurückkehren: Der Biss eines Vampirs schenkt einem die Unsterblichkeit.«

»Auferlegen, antun, einen damit bestrafen, wären hier die passenderen Verben. Warum fängst du immer mit diesen Widerlingen an«, schimpfte er.

»Ist sie denn nicht erstrebenswert, die Unsterblichkeit?«

Er schüttelte den Kopf.

»Wirklich nicht?«

»Nein«, schrie er ungehalten.

»Aber du selbst bist doch unsterblich.«

»Ich bin auch nicht menschlich. Für die menschliche Seele ist die Unsterblichkeit ein Fluch.« Er flüsterte jetzt. »Eure Sterblichkeit ist das wertvollste Geschenk. Vergiss das nie.«

Ich spürte, dass es ihm ernst war. Nichts Spöttisches oder Spielerisches lag mehr in seiner Stimme.

»Im Vergleich zu den Tieren, die zwar sterben werden, sich darüber aber keine Sorgen oder keine Gedanken machen und keine Angst davor empfinden, ausgelöscht und vergessen zu sein, habt ihr Gewissheit über euren Tod. Ihr könnt nicht beeinflussen, wann und wie ihr sterben werdet, aber ihr wisst, dass dem Tod keiner entkommen wird. Der Tod ist gerecht, gleichmachend und er treibt euch an, Unglaubliches zu vollbringen.« Er hielt inne. Sein Blick war sanft. »Euer begrenztes Leben intensiviert eure Gefühle, macht eure Freude heller, eure Verzweiflung schwärzer, das Böse abgründiger und eure Liebe tiefer.«

Ich traute mich nicht, ihn zu unterbrechen.

»Das Wissen um den Tod ist die Triebkraft. Ihr Menschen seid deswegen faszinierend, weil ihr gegen das Vergessen anlebt. Ihr erschafft Wunderbares, Musik, Kunst, Technik und seid in diesen Schöpfungen Gott sehr nah und ähnlich, da er euch ja nach seinem Ebenbild erschaffen hat. Aber ihr könnt auch umschlagen in Zerstörung, Krieg und Hass. In jedem von euch liegt die Möglichkeit eines eigenen Universums begründet, das unweigerlich dem Untergang geweiht ist. Ihr könnt entscheiden, immer wieder.«

Ich hörte die Verbitterung in seiner Stimme. »Und du?«

»Ich habe keine Wahl. Das ist mein Schicksal.«

Voll Mitgefühl legte ich meine Hand an seine Wange und er ließ es kurz geschehen, bis er mich ungeduldig abschüttelte.

»Gut, ich hab's verstanden, die Unsterblichkeit ist also nicht erstrebenswert. Aber was ist jetzt mit dir? Kannst du etwas Besonderes?«, fragte ich.

»Nein, bedaure«, gab er knapp zurück. »Nichts, was dir nützen könnte. Obwohl, wenn ich's mir recht überlege«, er grinste anzüglich, »Sex mit mir ist unvergleichlich.«

»Sagt wer?«, fragte ich betont lässig, obwohl jede meiner Körperzellen glühte.

»Ach, da gäbe es einige. Aber darüber spricht ein Gentleman nicht.« Er zog mich näher an sich. Ich sehnte mich nach den 30 Zentimetern Sicherheitsabstand. Wenigstens ein Teil von mir. Der andere Teil legte den Kopf an seine Schulter. Unter meiner Wange knisterte es, als wäre er elektrisch geladen.

»Falls du vorhast, deine Unschuld zu verlieren, komm ja nicht auf die Idee, dich diesem surfenden, langhaarigen Kerl an den Hals zu werfen, du würdest bitter enttäuscht.«

»Er hat mir im See das Leben gerettet«, warf ich ein.

Leo wickelte sich eine meiner Locken um den Zeigefinger. »Nein. Das war immer noch ich und das weißt du auch. Er hätte das nicht geschafft.«

»Du warst es?«, flüsterte ich.

Er schob mich ein Stück von sich weg und blickte mich ernst an. »Natürlich. Ich habe diesen verblödeten Dämon in die Hölle zurückgeschickt. Dämonen einfangen ist für mich Routine. Geht wirklich gar nicht, dass ein Engel die Drecksarbeit von einem Dämon erledigen lässt.«

Mir schwirrte der Kopf. »Wie kommt ein Engel in die Hölle?«

»Gar nicht. Muss er auch nicht. Aber ein paar Dämonen treiben sich immer auf der Erde rum. Das ist wie Flöhe hüten. Und das Schlimmste ist, die sind faul, dämlich und illoyal. Es reicht, wenn du ihnen drohst, dann erledigen die alles für dich. Genau das hat der Engel gemacht. Dieser Elias hat dich nur ans Ufer geschleppt und dir ein wenig auf den Rücken geklopft. Befreit hab ich dich.«

Ich schluckte. »Du hast ganz schön lange gebraucht.«

»Ich kann dir versichern, es war noch ausreichend Leben in dir. So leicht bringt man den Engelsanteil in dir nicht um. Außerdem solltest du dich erschrecken. Ich hatte dich ausdrücklich davor gewarnt, rauszugehen.«

»Ich wäre fast gestorben vor Angst.«

Leo setzte sich hin und schraubte das Nagellackfläschchen auf. Er inhalierte kurz den Lösemittelgeruch. »Bist du nicht. Du hättest dich gegen diesen kleinen Dämon sogar selbst verteidigen können, aber dir fehlte das Vertrauen in deine Fähigkeiten.«

»Von denen ich herzlich wenig wusste«, warf ich beleidigt ein.

Seelenruhig begann er, auch noch seine Zehennägel zu lackieren. »Mach jetzt bloß nicht auf wehrloses Opfer. Das steht dir nicht. Es ist erstaunlich, dass der Elektriker noch am Leben ist und selbst wenn ich dir von deiner englischen Begabung früher erzählt hätte, hättest du mir kein Wort geglaubt. Gib zu, dass du mich im Verdacht hattest, dich unter Wasser gezogen zu haben.«

Ich hatte ihn tatsächlich verdächtigt. Schließlich hatte ich am See seine Anwesenheit überdeutlich gefühlt und ihn bei den parkenden Autos gesehen. Ich suchte seine Augen, die gerade bernsteinfarben glühten.

»Dann hast du mir schon zweimal das Leben gerettet.«

»Ich finde auch, dass das allmählich zur schlechten Gewohnheit wird«, bestätigte er.

»Und Benedikta? Konntest du sie nicht beschützen?«

»Hör mir mit dieser alten Nonne auf! Manchmal denke ich, in diesem Kloster wohnen nur noch Verrückte. Man kann das Verstecken spielen wirklich übertreiben. Das hat einmal funktioniert. Wobei ich nicht glaube, dass der Höllentrip ihr gutgetan hat. Aber dieses Mal wurde sie auch noch entdeckt und ein paar Dämonen haben sich auf sie gestürzt. Ich bin durch die halbe Hölle gerannt. Bei dem Chaos da unten dauert alles ein wenig länger. Als ich sie erreichte, war es fast zu spät. Ich hab Benedikta zurückgeschickt und den Durchgang wenigstens von unserer Seite verschlossen. Ihr müsst euch besser drum kümmern, dass die Tür zubleibt. Da hat Luzifer völlig recht.«

»Aha«, antwortete ich einsilbig und fragte mich, was Benedikta wirklich in die Krypta gelockt hatte. Ich konnte mir nicht vorstellen, dass sie ein zweites Mal freiwillig durch die Pforte auf die andere Seite geschlüpft war.

Leo trat plötzlich einen Schritt zurück und verwandelte sich vor meinen Augen zu Dunkelheit. Zurück blieb nur der Geruch nach kaltem Zigarettenrauch.

»Anna«, hörte ich Herrn Lis Stimme.

Ich hatte sein Kommen nicht gefühlt. Leos Anwesenheit war so dominant, dass meine Sinne nicht wie gewohnt funktionierten.

Ich winkte ihm zu. Mit einem großen Korb kam er den Hügel

hinauf. »Ich habe Himbeeren gepflückt und deine Stimme gehört.«

Er hätte nie direkt gefragt, ob ich mich mit jemandem getroffen hatte.

»Ich hab Musik gehört und dazu gesungen«, erwiderte ich.

Der Zigarettenrauch lag noch immer in der Luft. Li warf mir einen kurzen Blick zu, der mich bis ins Mark traf. Aber ich schwieg.

Er reichte mir eine kleine Plastikschale mit rotem Deckel. »Hier ein paar Himbeeren. Ganz frisch.«

Kurz nachdem Herr Li gegangen war, kam Leo zurück. Er breitete eine weiße Tischdecke aus und stellte einen schwarzen Koffer darauf ab. »Schluss jetzt mit dem Gequatsche.«

Wie ein Zauberer öffnete er den Kofferdeckel. Aber zum Glück passierte nichts Überirdisches. In Glasbehältern gab es Eis: Vanille, Pistazie und Tiramisu! Meine Lieblingssorten. Für die nötige Kühlung sorgte vermutlich doch ein teuflischer Zaubertrick.

»Ich liebe Eis.«

»Ich weiß. Ein Teufel kennt geheime Wünsche, Laster und dergleichen. Vor mir musst du nichts verstecken. Du darfst du selbst sein.« Leo griff zum Portionierer, formte perfekte Eiskugeln und schichtete sie in einen Becher. Zum Schluss holte er eine silberne Metallflasche aus seinem Koffer, schüttelte sie und sprühte mit geübtem Schwung einen dekorativen Sahneberg auf seine Eiskreation. Dann griff er in Herrn Lis Tupperbox und verzierte den Eisbecher mit einzelnen Himbeeren.

Heute Morgen Geburtstagskuchen und jetzt noch den Eisbecher-Overkill! Von einer zierlichen Bikini-Figur war ich damit Lichtjahre entfernt.

»Bleib ein braves Mädchen und iss dein Eis. Sonst muss Meister Li noch mehr Angst um dich haben.« Er reichte mir Eisbecher und Löffel. Die restlichen Himbeeren schüttete er sich auf einmal in den Mund und wischte sich mit dem Handrücken den roten Saft von den Lippen.

»Ich hab überlebt. Warum sollte er jetzt noch um mich Angst haben?« Das Eis war köstlich.

»Weil du nie sicher sein wirst und du dir falsche Freunde suchst. Bei mir ist es ja bekannt und Meister Li spürt das. Aber ich bin dir ja peinlich. Über mich sprichst du ja grundsätzlich mit niemandem.« Er nahm einen Löffel und sprühte einen riesigen Klecks Sahne drauf. »Bei Elias ist das anders. Den darf scheinbar jeder sehen. Aber er ist eine schlechte Wahl. Allein sein Kuss. Das wird nichts. Glaub mir.«

Ich verschluckte mich. Er hatte uns die ganze Zeit beobachtet. »Wusste ich es doch. Ich habe deine Anwesenheit gefühlt. Ständig. Aber ich will das nicht. Das ist mein Leben!«, fauchte ich ihn an.

Er hob beschwichtigend die Hände. »Schon klar. Ich habe nur auf dich aufgepasst. Sonst wäre von deinem Leben nicht mehr viel übrig, Engelchen.«

»Ich weiß. Dafür bin ich dir auch dankbar. Aber von Elias droht mir keine Gefahr und nenn mich gefälligst nicht Engelchen.« In meinem Gehirn blubberten kleine Zornbläschen.

»Wäre dir Angie lieber? Kommt von Angelus und heißt auch Engel.«

»Untersteh dich!« Ich nahm einen großen Löffel Eis und zielte auf ihn.

»Elias, allein der Name!«

»Erst passt dir seine Familie nicht. Jetzt gefällt dir sein Name nicht. Wenn ich es nicht besser wüsste, würde ich behaupten, du wärst eifersüchtig.«

»Gott bewahre«, flüsterte er und schleckte das Eis von meinem Löffel. »Warum ich den Namen Elias nicht mag, kannst du im Alten Testament im ersten Buch der Könige, Kapitel 18, nachlesen. Mit der Bibel kennst du dich ja langsam aus. Ein Teufel verbindet mit diesem Namen keine positiven Assoziationen, glaub mir. Sein Feldzug gegen Baal war eine blutige Angelegenheit.«

Ich schaute ihn verblüfft an. »Dass du dich in der Bibel so gut auskennst.«

»Berufsbedingt. Kann ich auswendig«, antwortete er.

»Angeber!«, stellte ich fest. Was er mit einem charmanten Lächeln quittierte.

»Kein Mensch kann die Bibel auswendig. Römer, Kapitel 12, Vers 21«, forderte ich ihn heraus. Die Stelle kannte ich, weil sie bei den Nonnen in diesem Monat der Leitspruch war.

»Ich bin auch kein kleiner, beschränkter Mensch«, erinnerte er mich. »Lass dich nicht vom Bösen überwinden, sondern überwinde das Böse mit Gutem«, leierte er die Bibelstelle wortgetreu und ohne Betonung herunter.

»Wenn du das sagst«, zog ich ihn auf.

Sein Blick verfinsterte sich, als er kapierte, dass ich ihn hereingelegt hatte.

»Vergiss nie, auch wenn wir beide hier so gemütlich plaudern, ich bin ein Teufel, dazu geschaffen böse zu sein.« Seine Stimme war erneut widerhallend. Sie dröhnte unheimlich und betäubend laut in meinem Kopf. »Das Böse in mir kannst du nicht mit Gutem überwinden. Niemals. Darauf kannst du warten, bis du schwarz wirst. Das ist nicht vorgesehen. Wir gehören zur Welt wie das Gute, sind Teil der Schöpfung. Ohne Finsternis kein Licht.«

Wie konnte ich das nur immer vergessen oder insgeheim verdrängen? Er war ein Teufel. Ich musste mich besser konzentrieren, ich musste auf der Hut sein. Seine Charmeoffensiven waren vermutlich nur ein Trick, ein Mittel zum Zweck, aber was führte er wirklich im Schilde?

Er sprach wieder normal, fast bedauernd. »Und ich bezweifle zutiefst, dass du dich jemals auf unsere Seite schlagen wirst, auch wenn Luzifer das natürlich hofft.«

Da lag also der Hund begraben. Leo hatte nicht nur meine Fähigkeiten ausspionieren sollen, sondern auch erkunden, ob ich für die Hölle nützlich sein könnte. Das hatte er bisher nicht ernsthaft versucht.

Ich kam gar nicht dazu ihn zu fragen, denn er gab mir im nächsten Moment schon die Antwort.

»Du bist für uns zu hell. Wäre deine menschliche Seite verführbar, dann hätten wir eine Chance. Aber die Schwestern und der alte Chinese haben ganze Arbeit geleistet. Du bist mitfühlend und warmherzig. Bei dir strahlen beide Seelenanteile. Was von mir natürlich kein Kompliment ist.«

»Trotzdem danke, für mich klingt das gut«, sagte ich schüchtern.

»Aber das ist nur eine Momentaufnahme. Menschen werden ständig zum Schlechten verführt. Denk nur an die sieben Todsünden! Schneller als du denkst, kann dein Charakter kippen und dein Licht verlöschen. Du wirst immer aufs Neue wählen müssen, bei jeder Entscheidung, jeder Tat, jedem Wort.«

»Und du kannst nicht wählen?« Ich spürte, dass Leos Aura sich wieder verändert hatte.

»Nein. Das ist wieder so ein menschliches Privileg. Mir steht das nicht zu.« Er verzog keine Miene und hielt sich vollkommen bedeckt. Das glaubte er zumindest.

»Der Engel hat beim Angriff eine Wahl getroffen.«

Leo hatte die Augen geschlossen und nickte. »Ganz richtig. Er hat die Ordnung infrage gestellt, gegen seine Bestimmung gehandelt. Das Schlimmste, was man tun kann. Keine Ahnung, was ihn dazu getrieben hat.«

»Immer dieses Gequatsche von der Ordnung!«, brauste ich auf. Die Wesen in Himmel und Hölle schienen mir allesamt Pedanten und Ordnungsfanatiker zu sein. »Aber wenn der Engel eine Wahl hatte, müsstest du doch auch wählen können?«

Leo hüllte sich in Schweigen und verschlang löffelweise Sahne. Pur.

»Verrätst du mir jetzt, nachdem die ganze Aufregung vorüber ist, deinen wirklichen Namen?«, fragte ich.

»Aufregung nennst du das? Du wärst beinahe gestorben.« Er schaute mich halb erstaunt und halb bewundernd an.

»Ja, ja. Das hab ich schon verstanden. Jetzt interessiert mich aber dein Name. Sag ihn mir, bitte.«

»Niemals«, gab er entschieden zurück. »Namen bedeuten Macht.«

»Ach, komm schon«, bettelte ich. »Ich erzähl es doch niemandem.«

»Höchstens deiner Freundin Muriel. Dann könnte ich meinen Namen auch gleich über sämtliche Social Media Kanäle verbreiten, wobei ich mir nicht sicher bin, welcher Weg schneller und effektiver wäre«, entgegnete er und schenkte klares Wasser aus einer Karaffe in glitzernde Kristallgläser. Er drehte das Wasserglas in seiner Hand und beobachtete die Bewegung der Flüssigkeit.

Leo war und blieb ein Geheimniskrämer.

»Wenn du mir schon nicht deinen Namen sagst, darf ich dir aber noch ein paar Fragen stellen.« Ich schaute ihn auffordernd an.

»Neugierde ist keine Tugend und ziemt sich nicht für deinen Stand«, ermahnte er mich. »Du solltest lieber dein Eis aufessen, bevor es schmilzt. Probier Pistazie.«

Es war das beste Pistazieneis, das ich jemals gegessen hatte.

»Ich hab heute Geburtstag, da darf man sich was wünschen.«

Leo verdrehte die Augen. »Drei Fragen, nicht mehr. Dann muss ich los.«

Darauf hätte ich mich besser vorbereiten sollen. Um Zeit zu

gewinnen, schob ich mir einen weiteren großen Löffel Pistazieneis in den Mund. Aber meine Taktik ging nicht auf.

»Wird's bald. Sonst ist die erste Frage verfallen.«

»Kann Weihwasser den Teufel abwehren?«, fragte ich spontan.

Er antwortete schnell. »Nein. Definitiv nicht. Das ist nur ein Gerücht.« Dann lachte er ausgelassen. »Angenehm ist es zwar nicht und ich würde auch nicht damit duschen wollen, aber es verwandelt mich nicht zwangsläufig zu Staub oder Asche.«

»Weil du das bereits bist«, warf ich ein.

Er nickte anerkennend. »Du siehst, Weihwasser ist keine geeignete Strategie. Bei niederen Geschöpfen wie Dämonen wirkt es besser. Nächste Frage.«

Das ging mir zu schnell. Ich hatte hundert Fragen. Aber gerade war mein Hirn wie leer gefegt.

»Haben Engel und Teufel überhaupt ein Geschlecht?«

»Dir fallen ja seltsame Fragen ein.« Er schüttelte missbilligend den Kopf. »Du könntest mich fragen, ob Jesus tatsächlich am Kreuz gestorben und – noch viel interessanter – wieder auferstanden ist. Ich könnte dir sagen, ob es Außerirdische gibt, ob Atlantis existiert hat, ob es das Fegefeuer gibt, ob König Ludwig ermordet wurde, ob du dein Abitur bestehen wirst ...«

»Hör auf. Du klingst ja schon wie Muriel. Die spricht auch ohne Punkt und Komma«, beschwerte ich mich. »Mag ja sein, dass meine Frage dämlich ist. Trotzdem will ich eine Antwort.«

Schon als Kind hatte ich mich über die unterschiedlichen Engelsdarstellungen gewundert. Mal waren es wehrhafte Männer mit gewaltigen Flügeln, dann wieder hübsche Frauen oder dicke, pausbäckige, nackte Kinder, die Geige oder Trompete spielten. Wie waren sie wirklich? Wie sollte ich mir meine Mutter vorstellen?

»Also gut. Hier ist die Geschichte von den Bienchen und Blümchen. Aufklärung für Anfänger. Hoffentlich bist du dafür schon alt genug.« Er schaute mir spöttisch in die Augen. Ich hielt seinem Blick stand, was ihn zu einem anzüglichen Grinsen provozierte. »Na dann. Weder Engel noch Teufel noch Gott selbst sind männlich oder weiblich. Licht- und Schattenwesen können sich innerhalb bestimmter Grenzen entscheiden, welche Manifestation sie auf der Erde wählen. Als Teufel kann ich jegliche Gestalt annehmen. Ich für meinen Teil habe mir angewöhnt, als Mann zu erscheinen. Das war im Lauf der Geschichte einfach praktischer. Einer Frau hört eh keiner zu. Außerdem kann ich auch ein Tier sein, nur lebendig muss es sein. Pflanzen funktionieren nicht, da sie durch Fotosynthese vom Licht leben. Aber Pilze sind in Ordnung«, erklärte er.

Ich dachte schon, er wäre fertig, aber er kam gerade erst in Fahrt. Monologe lagen ihm.

»Gott kann alles sein. Für ihn gibt es keinerlei Einschränkungen, egal ob helles Licht, ein Gefühl der Liebe und Hoffnung, tiefer innerer Friede, ein bärtiger, alter Mann, ein brennender Dornbusch, eine liebende Mutter. Gott kann dir in allem und überall begegnen und er ist öfter bei euch, als ihr glaubt.«

Es überraschte mich, dass Leo so ausführlich von Gott sprach.

»Die ewige Dualität ist kennzeichnend für das Leben auf

der Erde und das macht es spannend. Die Aufteilung in zwei Geschlechter schenkt euch die Sexualität als schöpferische Kraft. Dafür werden die Menschen beneidet, selbst von den Engeln und Teufeln. Wenn wir eine menschliche Gestalt gewählt haben, ist uns nichts Menschliches mehr fremd: Begierde, Lust, Hunger, Durst, Eifersucht.« Er starrte mich an.

Ich bekämpfte eine Ganzkörperhitzewelle mit einem großen Löffel Tiramisu-Eis. Interessant, dass Leo eher negative Empfindungen aufzählte. Ich konnte nicht nachfragen, sonst hätte ich meine dritte Frage verschenkt. Er dozierte munter weiter.

»So war das vermutlich auch bei deiner Mutter. Wahrscheinlich hast du deine Frage wegen ihr gestellt. Sie ist Licht, wie ich Schatten bin. Sie hat für ihre Mission auf der Erde eine weibliche Gestalt gewählt, mit allen irdischen Folgen. Sie wurde völlig unvorbereitet mit körperlichem Verlangen konfrontiert. Das hatte sie vermutlich noch nie erlebt. Während der Schwangerschaft musste sie menschlich bleiben. Du bist die materielle Erinnerung ihres Besuches auf der Erde. Nach deiner Geburt konnte sie wieder zur Körperlosigkeit zurückkehren. Erdausflüge sind ihr vermutlich für die nächsten tausend Jahre verboten. Du wirst ihr irgendwann im Himmel begegnen.« Leo streckte sich im Gras aus und schloss seine Augen. Plötzlich schreckte er hoch und horchte.

»Entschuldige mich einen Augenblick. Die Pflicht ruft.«

Innerhalb eines Sekundenbruchteils wechselte er seinen Körper und spazierte gelassen zum Fuß des Hügels. Leo war wieder der teuflisch gutaussehende Spanier von gestern, mit Spitzbart und tiefschwarzen Haaren. Sein Anzug saß tadellos. Das weiße Hemd strahlte in der Sonne. Nur auf die Lackschuhe hatte er verzichtet.

Eine Rauchsäule stieg vom Boden auf. Leo näherte sich ihr.

»Was willst du?«, rief er ungeduldig.

Der Rauch bewegte sich nicht. Leo ging ohne Zögern in die dunkle Säule hinein. Ich konnte ihn kaum noch erkennen. Es dauerte einige Minuten, dann machte er einen Schritt rückwärts.

»Vergiss es«, schrie er. »Das mach ich nicht.«

Der Rauch löste sich auf und wurde Körper. Auch diesen Anzug tragenden Schönling hatte ich gestern in der Kirche gesehen. Er war wie Leo ein Teufel, Mitarbeiter Luzifers.

»Er schickt mich. Du kannst dich nicht widersetzen«, brüllte der junge Mann und sprang auf Leo zu. Er packte ihn am Hemdkragen.

Leo stieß ihn von sich weg. »Dann soll er selber kommen. Von dir muss ich keine Befehle annehmen.«

Gleichzeitig gaben beide ihren Körper auf. Zwei dunkle Wolken stießen aufeinander, drehten sich umeinander, wirbelten durch die Luft und zerstoben auf dem Boden. Fasziniert beobachtete ich das Schauspiel. So sah es aus, wenn zwei Teufel Streit hatten.

Leo nahm wieder Gestalt an. Es dauerte, bis seine Körpergrenzen stabil waren. Er musste sehr aufgebracht sein.

»Mach es doch selbst. Du weißt ja, wo du hinmusst«, schrie er. Aber der andere war weg. Die Luft war klar.

Leo strich sich über den Spitzbart. Dann drehte er sich um und kam zu mir zurück.

»Entschuldige, berufliche Unstimmigkeiten. Und ich werde dir nicht erklären, um was es gegangen ist.« Er setzte sich neben mich, immer noch in Hemd und Anzug. Ich spürte seine Anspannung. »Letzte Frage. Ich muss langsam wirklich los.«

»Ich mag diesen Körper«, rutschte mir heraus. Ich biss mir auf die Lippen.

Er schaute mich an und grinste. »Ich weiß.«

Tausend Fragen hätte ich ihm stellen wollen. Ich zögerte, ehe ich die einzige formulierte, auf die ich unbedingt eine Antwort haben musste: »Warum hast du mich gerettet?«

Die Frage hing in der sommerlichen Hitze fest und Leo machte keinerlei Anstalten, sie zu beantworten. Er schloss die Augen und ließ sich die Sonne ins Gesicht scheinen. Minute um Minute verstrich.

»Weil Begegnungen mit dir echt sind«, sagte er leise, wie zu sich selbst. »Deine Fähigkeit im Augenblick zu leben, ist eines großen Zenmeisters würdig. Du bist anders und ich kann dir versichern, ich habe schon viele Frauen kennengelernt. Du hast mich verengelt, verzaubert oder verhext, kann man bei dir ja nicht so genau wissen.«

Während er sprach, hatte ich das Atmen eingestellt. Ich umklammerte mein Wasserglas. Der Apfelanhänger klimperte dagegen, weil meine Hände zitterten.

Im Vergleich zu seinen vorherigen Ausführungen war diese Antwort mehr als knapp. Aber er hatte von sich gesprochen und nicht über andere. Mit seiner Ehrlichkeit hatte er mich kalt erwischt. Ich stellte das Glas auf die Tischdecke und krampfte meine verräterischen Hände ineinander.

»Werde ich dich wiedersehen?«, fragte ich und fürchtete die Antwort.

»Immer mit der Ruhe. Deine Fragen sind leider aufgebraucht, Engelchen«, ermahnte er mich.

Mein törichtes Herz klopfte aufgeregt.

»Aber da der Teufel gerne Regeln bricht, antworte ich dir. Wenn du mich wiedersehen willst, dann nimm dein silbernes Äpfelchen in die Hand und denk an mich.«

»Und das funktioniert?«, fragte ich skeptisch.

»Zu jeder Tages- und Nachtzeit, falls Not am Mann ist.« Ich hätte nicht fragen sollen. Ich wusste genau, wo er jetzt hinschaute. »Und ich meine es so, wie ich es sage.« Sein Ton war mehr als zweideutig.

Die Hitze stieg mir ins Gesicht.

»Vergiss nicht, wahre Befriedigung kann dir nur der Teufel bescheren.« Sein Lächeln war alles andere als freundlich. Gierig hätte es besser getroffen. »Und denk daran, Luzifer selbst hat dich vor mir gewarnt. Und ich warne dich vor falschen Freunden. Bleib aufmerksam. Verlass dich auf deine Gefühle und trainier weiter mit diesem alten Chinesen. Hörst du?«

Er stand auf und zog mich zu sich hoch. Unsere Zehenspitzen berührten sich. Mit den Fingern streichelte er mir über die Wange und beugte sich zu mir. Seine Lippen kamen meinen immer näher. Unwillkürlich schloss ich meine Augen und meine

Lippen öffneten sich leicht. Widerstand war zwecklos. Welcher Teil von mir das wollte, war ja klar. Gleichzeitig brach mir kalter Angstschweiß aus und mein Herzschlag raste, als befände ich mich in höchster Gefahr, bereit zur Flucht. Alles stand still. Selbst die Bienen stellten ihr Summen ein.

Nichts passierte.

Als ich die Augen wieder aufschlug, war er weg und mit ihm mein Eisbecher, der silberne Löffel, die Tischdecke und die Wassergläser. Verschwunden. Zum Teufel gegangen! Was für eine dämliche Formulierung!

Ich glaubte, ihn noch riechen zu können, doch auch dieser Sinneseindruck verflüchtigte sich rasch.

Allein stand ich unter dem Baum. Der Duft der Lindenblüten war süß und überdeckte meine Geruchswahrnehmung von Leo. Nur das Armband am Handgelenk war der Beweis dafür, dass er mich leibhaftig besucht hatte und nicht nur in meiner Fantasie existierte.

Erschöpft legte ich mich ins Gras und starrte in die Blätter. Dann wedelte ich seitlich mit den ausgestreckten Armen. Ich stellte mir vor, meine Fingerspitzen wären lange Federn, durch die der warme Sommerwind strich. Wie schade, dass ich keine Flügel hatte. Gerade war mir zum Fliegen zumute.

In der Bibel stand, dass die Erde in sieben Tagen geschaffen worden war. Nicht viel Zeit. Aber auch bei mir hatte eine Woche gereicht, um meine vertraute Welt auf den Kopf zu stellen. Für immer.

Seit heute (oder vielleicht auch schon länger) war ich siebzehn und hatte mich zum ersten Mal verliebt.

Und zwar gleichzeitig in zwei Männer, die kaum unterschiedlicher sein konnten. Am schlimmsten war, dass beide für mich im Augenblick unerreichbar weit weg waren.

Wem gehörte mein schwerleichtes Herz? Wem konnte ich vertrauen?

Ich hatte keine Ahnung, aber tonnenweise Sehnsucht.

Ende...

Die Autorin

Christine Ziegler ist in Garmisch-Partenkirchen geboren und aufgewachsen. Sie studierte Restaurierungswissenschaften und arbeitete in unterschiedlichen Museen. Das Spannungsfeld zwischen Vergangenem und Zukünftigem fasziniert sie. Heute schreibt und lebt sie mit ihrer Familie und einem getigerten Kater in der Nähe von München. Oft trifft man sie jedoch unterwegs, wo sie Menschen, Tieren und Dingen zuhört. Alles und jeder erzählt. Daraus entstehen ihre Geschichten, die von Verlust, Vergessen und dem Mut zur Veränderung berichten.

Der zweite Teil der Anna Konda-Trilogie erscheint im Frühjahr 2021

Leseprobe
Jaguarkrieger von Christine Ziegler

Christine Ziegler

Jaguarkrieger

Der große Krieg liegt mehr als 20 Jahre zurück. Berlin ist weitgehend zerstört und atomar verseucht. Der 16-jährige Will schlägt sich als illegaler Computerspieler durch. Er ist Anführer der Jaguarkrieger, einem erfolgreichen Gamer-Clan. Als ihn die Sicherheitsbeamten aus Sektor 1 in die Enge treiben, muss Will in die aufgegebenen Gebiete fliehen. Doch die Jagd auf ihn geht weiter, bis er sich dem Kampf stellt …

352 Seiten, geb. mit Schutzumschlag, 18,90 €,
ISBN 978-3-943086-80-5

1

„Will, du kennst die Firma. Die schrecken vor nichts zurück."

Der Angesprochene kniff die Augen zu schmalen Schlitzen zusammen. Das war die einzige Reaktion, die er sich im Moment erlauben konnte. Er und sein Team waren in der entscheidenden Endschlacht. Jetzt war volle Konzentration gefragt. Jeder Fehler gefährdete den Erfolg der Mission.

Tom war in Wills Zimmer geplatzt und hatte ihm einen Stapel ungeöffneter Briefe auf den Schreibtisch neben die Computertastatur geworfen. Seitdem versuchte er, die Aufmerksamkeit seines Mitbewohners auf sich zu ziehen. Er scharrte mit den Füßen, räusperte sich und knackte mit den Fingerknöcheln.

„Will, könntest du jetzt mit diesem Schwachsinn aufhören und mir zuhören", forderte er ungeduldig. Seine Stimme zitterte.

Ohne die Augen vom Bildschirm zu lösen, schüttelte Will leicht den Kopf. Die Finger seiner linken Hand flogen über die Tastatur. Mit der rechten Hand steuerte er die Maus präzise mit minimalen Bewegungen. Schussgeräusche und Detonationen waren nicht zu hören, nur das permanente Klackern der Tasten. In dem abgedunkelten Raum brannte eine einzelne Kerze. Will spielte nie ohne Kerzenlicht.

Dieser *Schwachsinn*, dachte Will, sichert euer Überleben. Schließlich lebt ihr von meinen Preisgeldern. Ohne Training kein Erfolg, kein Geld, kein Essen. So einfach war das. Außerdem konnte er seine Clanmitglieder nicht einfach im Stich lassen, nur weil Tom mit ihm ein Gespräch über die Firma und mögliche Gefahren führen wollte. Zu *Optigenio* war in seinen Augen alles gesagt. Er hatte sich mehr als ausgiebig mit dem Vorgehen der Biotechnologiefirma beschäftigt, die ihrer aller Leben ruiniert hatte. Er wusste, dass *Rückläufer*, wie sie es waren, auffallend oft unter ungeklärten Umständen ums Leben kamen. Das war seit Beginn des Programms so. Aber wen kümmerte das schon? Wer interessierte sich für Verlierer? Für sie gab es keinen Schutz. Daher versteckten sie sich in der aufgegebenen Zone und blieben soweit wie möglich unsichtbar.

Mit den Leuten von Optigenio wollte Will nichts mehr zu tun haben. Nie mehr. Je weniger er von ihnen erfuhr, desto besser. Sein altes Leben war Geschichte, verblassende Erinnerung, und das sollte so bleiben.

„Du musst tun, was die wollen. Sonst finden sie uns", drohte Tom.

Wie ein quengelndes Kleinkind, dachte Will genervt und wechselte seine Bewaffnung. Er brauchte jetzt ein Präzisionsgewehr, eine Scharfschützenwaffe. Am besten wäre es, in Deckung zu bleiben. Jammern war alles, was Tom konnte.

„Kämpf endlich", sagte Will leise.

„Gib mir Deckung!", war aus seinem Headset zu hören.

„Wird gemacht", erwiderte Will und folgte seinem Mitspieler. „Ich nehm den Linken. Knall du den Typen auf dem Dach ab. Dann holen wir uns die Kiste und ziehen uns über die Brücke zurück. Sonst geraten wir in einen Hinterhalt."

Will war Clanführer und trainierte täglich mit seinem Team. So oft es ging, versuchten sie in einem LAN-Room gemeinsam zu spielen. Wenn das nicht möglich war, verabredeten sie sich online, so wie heute.

„Ich war bei der Post."

„Mal wieder. Was du dort überhaupt willst. Wer soll dir schon schreiben?" Will hielt den Atem an. Er hatte einen Gegner übersehen.

Post wurde schon lange nicht mehr persönlich zugestellt, sondern an eine mehr oder weniger nahegelegene Poststation adressiert. Dort holte man die Sendungen ab. Falls es überhaupt funktionierte. Manchmal brauchte ein Brief Wochen, bis er sein Ziel erreichte. Mit Paketen lief es noch schlechter. Sie wurden meist geplündert oder verschwanden spurlos.

„Ich mach das mit der Post nur, weil du dich nie um deine Angelegenheiten kümmerst."

Will hatte einen Fehler gemacht. „Verzieh dich", murmelte er angespannt.

Tom tat so, als hätte er ihn nicht gehört. „Dort habe ich Rainer, unseren ehemaligen Erzieher, getroffen", berichtete er. „Aus dem Heim."

Als ob ich nicht wüsste, wer Rainer ist, dachte Will und ärgerte sich gleichzeitig, weil er sich von Tom ablenken ließ. Gerade hatte er einen Treffer ins Bein kassiert. Seine Lebensanzeige war kürzer geworden. Rainer war in dem Kinderheim, in dem er mit Tom und den anderen drei Bewohnern dieses Hauses *aufbewahrt* worden war, einer der Sozialpädagogen gewesen, die für Ruhe und Ordnung sorgen sollten. Ein schleimiger Typ. Rainer hatte versucht, auf guter Kumpel und Vertrauter zu machen. Will hatte ihn noch nie ausstehen können.

„Will, verdammt, wo bleibst du? Ich bin gleich tot", tönte die Stimme aus dem Kopfhörer.

„Dein Vater und die Firma suchen dich und die werden dich finden."

Der Lüfter des Rechners brummte laut. Wills Lippen waren ein schmaler Strich. „Tom, halt einfach den Mund! Wenn ich jetzt sterbe, war die letzte Stunde umsonst."

„Ja und?", konterte Tom aufgeregt. „Wenn du mir nicht zuhörst, werden wir alle mit dir auffliegen und wer weiß, was dann mit uns passiert. Das kann dann wirklich unser Tod sein."

Wo er recht hat, hat er recht, dachte Will. Wenn er sich noch länger ablenken ließ, wären sein Team und er verloren.

„Will, es geht um Optigenio. Wie du dich vielleicht erinnerst, sind das keine Freunde von uns."

Der Feind hatte ihn erwischt. Sein Lebensbalken war verschwunden und seine Clanmitglieder beschwerten sich lautstark. Gereizt riss Will sich das Headset vom Kopf, knallte es auf den Schreibtisch, schaltete den Bildschirm aus und drehte sich mit dem Bürostuhl zu seinem ungebetenen Gast um. Im Zimmer war es jetzt still und dunkel. Nur die Kerzenflamme warf unruhige Schatten an die Wand.

„Warum konntest du nicht noch 15 Minuten warten, bis du mir deinen zusammenhanglosen Schwachsinn erzählst?"

Tom schaltete das Licht an und ließ sich auf das schmale Bett fallen, das neben dem Fenster stand.

„Wir haben verloren. Bist du jetzt zufrieden?" Wills blaue Augen funkelten wütend. Er musterte seinen ältesten Freund, der vor Aufregung schwitzte. Tom war dick und unbeweglich. Mit seinem Pulloverärmel wischte er sich die fettig glänzenden Schweißperlen von der Stirn. Optigenio hin, Optigenio her. Es wurde Zeit, dass Tom sein Leben selbst in die Hand nahm und sich nicht länger von der Firma und den Erlebnissen seiner Vergangenheit abhängig machte. Er hatte noch vor seinem eigenen Schatten Angst. Ungeduldig wippte Will mit seinem linken Bein.

Optigenio war der Fluch ihrer Kindheit. Das Logo der Firma, eine Doppelhelix, war auf Toms Pullover gestickt. Will verachtete ihn dafür, dass er immer noch Firmenkleidung trug. In der Anstalt war jedes Kleidungsstück mit dem Zeichen der Firma und der persönlichen Objektnummer beschriftet gewesen. Wie sie selbst auch, dachte Will bitter. Alle Rückläufer bekamen bei der Ankunft im Kinderheim einen Ortungschip im linken Oberarm implantiert. *Sorgfaltspflicht* nannten sie es dort. Als ob sie hinter den hohen Sicherheitszäunen des abgesperrten Geländes hätten verloren gehen können. Es interessierte sowieso niemanden, ob sie lebten oder starben.

„Was ist passiert?", fragte er, weil er wusste, dass Tom keine Ruhe geben würde, bis er ihm sein Erlebnis in allen Einzelheiten geschildert hatte. Das war schon immer so gewesen. Will kannte Tom, seit er selbst mit neun Jahren in das Kinderheim von Optigenio gebracht worden war. Tom lebte dort bereits seit seinem ersten Lebensjahr. Bei einer Vorsorgeuntersuchung war festgestellt worden, dass er an einer seltenen Stoffwechselstörung litt, einen angeborenen Herzfehler hatte und stark kurzsichtig war. Seine Eltern hatten ihn nach der Untersuchung nicht mehr abgeholt und so war das Kleinkind von der Arztpraxis direkt ins Kinderheim gebracht worden. Tom konnte sich nicht an seine Familie erinnern, hatte kein einziges Foto, wusste nicht einmal ihren Namen oder wo sie lebten, was in Wills Augen nicht das Schlechteste war.

Will hingegen erinnerte sich genau an seine Familie und hasste sie dafür. Wobei sich Wills Ablehnung auf seinen strengen Vater konzentrierte. Seine Mutter mit ihren wunderschönen roten Locken hatte er als liebevoll und gütig empfunden. Noch immer konnte er sich an ihren Geruch erinnern, süß wie blühende Rosen. Umso mehr hatte es ihn getroffen, dass seine Eltern ihn ohne Vorwarnung, wie einen kaputten Fernseher, an die Firma zurückgegeben hatten. Der Chauffeur des Vaters hatte ihn weggebracht. Will war damals arglos in die schwarze Limousine gestiegen, weil er gedacht hatte, er würde zum Schwimmunterricht gefahren. An der Kinderheimpforte musste er alle persönlichen Sachen aus seiner Herkunftsfamilie abgeben: eine goldene Halskette mit seinen Initialen, den Rucksack mit Handtuch und Badehose. Rainer hatte ihn am Eingang begrüßt und seine Hand geschüttelt. Wills bisheriges Leben war damit beendet. Sogar sein Nachname war ihm entzogen worden. Schnell hatte Will die Situation verstanden: Weil er den Qualitätsanforderungen seines Vaters nicht entsprochen hatte, war er *entsorgt* worden.

Vor über siebzehn Jahren hatten seine Eltern vermutlich ein Vermögen dafür bezahlt, dass Optigenio ihnen das fehlerlose Wunschkind, den perfekten Sohn produzierte. Offiziell hatte sich die Biotechnologiefirma auf Genveränderungen von Pflanzen und Tieren spezialisiert. Die Arbeit am menschlichen Erbgut war eine kleine, aber sehr lukrative Einnahmequelle der Firma. Ein exklusives Angebot für die Superreichen aus Sektor 1, das nicht nur medizinische Probleme löste. Alles war möglich. Sowohl Optigenio als auch die Kunden legten dabei größten Wert auf Geheimhaltung. Für jeden Kunden gab es ein maßgeschneidertes Angebot.

Will hatte nach der Lieferung *Wilhelm von Krumm* geheißen, benannt nach seinem Großvater väterlicherseits. Zumindest äußerlich hatte er sich prächtig entwickelt. Jedes Detail entsprach der umfangreichen Bestellliste: schwarze Haare, klare blaue Augen, ebenmäßige Gesichtszüge und ein sportlicher Körperbau.

Aber schon als Kleinkind war er überaus reizbar und sensibel gewesen. Der kleine Wilhelm hatte viel geweint, gelegentlich gestottert und hatte schwierige Worte bis zur Unkenntlichkeit verunstaltet. Während der Grundschulzeit war der Verdacht geäußert worden, Wilhelm sei Legastheniker. Außerdem war der Junge Bettnässer. Nicht einmal die strengsten Erziehungsversuche von Experten hatten ausgereicht, das Kind zurück in den Normbereich zu führen.

Christian von Krumm, Wills Vater, war enttäuscht. Der ehrgeizige, disziplinierte Mann duldete keine Mängel und Fehler. Er hatte gehofft, durch die Bestellung bei Optigenio seinen Traumsohn zu bekommen. Kurz nach Wilhelms zehntem Geburtstag reklamierte er das Kind. Erst im Nachhinein verstand Will, warum seine Eltern oft gestritten hatten. Es war um ihn gegangen. Seine Mutter hatte versucht, seine Reklamation zu verhindern. Doch Christian von Krumm war hart geblieben.

Auf Beschwerden und offensichtliche Qualitätsmängel reagierte die Firma stets äußerst kulant und diskret. Bis zum vollendeten zwölften Lebensjahr war es problemlos möglich, ein Kind zurückzugeben. Herr von Krumm hatte von dieser Vertragsoption Gebrauch gemacht. So war Will ein Rückläufer geworden.

„Rainer sagt, sie suchen dich schon seit Wochen. Aber da du nie deine Post holst oder einen Scheck der Firma einlöst, haben sie noch keine Spur von dir. Sie haben ein paar Leute vom Sicherheitsdienst auf dich angesetzt." Toms Stimme überschlug sich. „Profis! Will, das sind Profis."

„Wenn bei Optigenio Profis arbeiten würden, würde es uns gar nicht geben", gab Will sarkastisch zurück.

Tom wischte sich erneut den Schweiß von der Stirn.

Jetzt heult er gleich, dachte Will mitleidlos und wartete mit unbewegtem Gesichtsausdruck auf die Fortsetzung von Toms Bericht. Manchmal fragte er sich, warum er sich mit diesem Schwächling abgab.

„Dein Vater und die Firma brauchen dich. Wenn du dich meldest, wirst du eine großzügige Bezahlung erhalten, sagt Rainer."

„*Sagt Rainer*", äffte Will Tom nach. „Und das glaubst du? Weil Rainer immer die Wahrheit sagt und uns so lieb hat? Denkst du, die suchen mich, weil sie Sehnsucht nach mir haben? Weil sie mir was schenken wollen? Hast du dein bisschen Verstand mit der Post verschickt?"

„Rainer sagt, die tun dir nichts und zahlen gut."

„Ihn vielleicht", murmelte Will, der den Glauben an das Gute im Menschen längst verloren hatte. Moral war nur eine hohle Phrase. Die Realität war ein ständiger Überlebenskampf und dem musste sich jeder alleine stellen. Es gab nichts umsonst. Alles hatte seinen Preis.

Will war nicht käuflich. Geld lockte ihn nicht. Nie mehr würde er etwas von diesem Mann, der einst sein Vater gewesen war, oder der Firma annehmen und bestimmt würde er ihnen nie etwas geben. Das war vorbei. Als er das Kinderheim mit 15 verlassen durfte, hatte er nur die nötigste Kleidung, die er am Körper getragen hatte, mitgenommen. Er war gegangen, wie er gekommen war. Noch am gleichen Tag hatte er in Müllbergen andere Sachen gefunden und die milden Gaben von Optigenio verbrannt.

„Wenn die wollen, finden sie dich so oder so. Keiner kann sich vor ihnen verstecken. Nicht mal du." Tom hatte schicksalsergeben die Augen geschlossen und lehnte sich an die Wand.

„Bis jetzt haben sie mich in Ruhe gelassen." Intuitiv griff Will an seinen linken Oberarm, wo einst der Chip von Optigenio gewesen war. „Was wollen die plötzlich?"

„Sie haben sogar ein Kopfgeld auf dich ausgesetzt."

Das war typisch, dachte Will. Optigenio war überzeugt, dass jeder und alles käuflich sei. Er gab Tom nur ungern recht, aber die Sache klang ernst.

„Und du meinst, ich soll da einfach mal vorbeischauen?" Langsam bewegte Will seinen Zeigefinger durch die Kerzenflamme.

Tom nickte. „Wehr dich nicht. Du kannst nicht weglaufen.

Die sind dir längst auf den Fersen. Geh hin. Mach, was sie wollen, und dann kommst du wieder zurück."

Will ignorierte seinen Freund und dachte nach. Seit er sich erinnern konnte, kursierte im Kinderheim das Gerücht, dass die Firma immer wieder entlassene Rückläufer aufgriff und dabei über Leichen ging. Die Spekulationen wucherten wild. Manche behaupteten, dass Organspender gesucht wurden. Andere glaubten zu wissen, dass, sobald einer der Rückläufer über seine ehemalige Familie auspacken wollte, sein Leben keine 24 Stunden mehr dauerte. Von Unfalltod über Selbstmord bis zu allergischem Schock reichten die offiziellen Todesursachen. Will straffte die Schultern. Was auch immer die Firma tat oder wollte, keiner würde ihn finden. Er hatte sich von einem Arzt – wenigstens hatte der behauptet einer zu sein – am zweiten Tag in Freiheit den Chip von Optigenio aus seinem linken Oberarm entfernen lassen. Das kleine Implantat war übrigens eine der erfolgreichsten Entwicklungen der Biotechnologiefirma Optigenio und wurde sowohl Schwerverbrechern in Gefängnissen als auch Kindern von Privilegierten in Sektor 1 eingesetzt. Der Arzt hatte ewig gebraucht, bis er das winzige Teil gefunden hatte. Die örtliche Betäubung hatte nur unzureichend gewirkt. Aber der Schmerz während der improvisierten Operation war richtig gewesen, weil Will gefühlt hatte, dass die quälende Zeit seiner Abhängigkeit vorbei war. Er war nicht länger Eigentum der Firma oder eines Herrn von Krumm. Er gehörte nur noch sich selbst und war niemandem verpflichtet oder etwas schuldig. Keine fremden Erwartungen galt es mehr zu erfüllen, nur seine eigenen. Es war sein Leben. Darum würde er sich kümmern. Um nichts anderes. Mit einem notdürftigen Verband um seinen aufgeschnittenen Oberarm war er untergetaucht und hatte schnell die harte Realität außerhalb des Optigenio-Firmengeländes kennengelernt.

Der große Krieg lag zwar schon mehr als 20 Jahre zurück, aber die Welt war von der andauernden Wirtschaftskrise gezeichnet. Ganze Landstriche und Städte in Deutschland waren verödet. Die Bevölkerung hatte sich von den kriegerischen Auseinandersetzungen, die als namenlose Cyberattacke im Netz begonnen hatten, nicht erholt und schrumpfte beständig. Krankheiten, Arbeitslosigkeit und Armut prägten den Alltag der Überlebenden. Es gab mehr Wohnraum als benötigt wurde und das nutzte Will.

In den Geisterhäusern der Berliner Vorstädte fand er eine zeitweise Unterkunft. Alle paar Wochen zog er um, verwischte seine Spuren und richtete sich in einem neuen Haus wie in einem neuen Leben ein. Beim Computerspielen erreichte er schnell Profilevel. Er hatte im Heim fast jede freie Minute vor dem Bildschirm verbracht. Ab und zu nahm er an großen Wettbewerben teil, die eigentlich illegal waren, weil sie gegen das Versammlungsverbot verstießen. Aber wer sollte sie verhindern? Die Polizei schaffte es kaum, die Reichen zu beschützen. Trotzdem wurden immer wieder Wettkämpfe von der Polizei gestürmt. Daher waren die Spieler auf der Hut, schützten ihre Identität und traten nur maskiert auf. Und wenn Polizisten in die Halle einfielen, musste man schnell fliehen. Will war das bisher erst einmal passiert.

Von den gewonnenen Preisgeldern konnten er und seine Freunde sich mit Lebensmitteln und Computerzubehör versorgen. Das meiste bekamen sie auf dem Schwarzmarkt. Die Sachen dort waren entweder gestohlen oder auf Plünderungszügen in den unbewohnten Gebieten erbeutet worden. Bezahlt wurde cash.

Will führte ein einfaches, zurückgezogenes Leben. Er war diszipliniert und hart gegen sich selbst. Täglich ging er joggen und absolvierte ein umfangreiches Krafttraining, das er sich in einem amerikanischen Handbuch für Einzelkämpferausbildung abgeschaut hatte. Gut trainiert, fit und stark zu sein, war sein höchstes Ziel. Nie mehr wollte er schwach und abhängig leben. Über Gefühle, Ängste oder Befürchtungen sprach er nie. Dafür hatte er keine Zeit. Seit der Entlassung aus dem Heim war alles glatt gelaufen. Bis jetzt.

„Hast du Rainer gesagt, dass du Kontakt zu mir hast?", fragte Will scharf.

Tom schüttelte den Kopf. „Natürlich nicht."

Aber die Lüge war nicht nötig gewesen. Wo Will war, war auch Tom. Das war während ihrer ganzen Zeit im Kinderheim so gewesen. Tom hatte immer zu dem willensstarken, sportlichen Will aufgeschaut, der nur eine Woche älter war als er. Tom war auch der Erste gewesen, den Will bei sich aufgenommen hatte. Wochenlang hatte Tom nach Will gesucht, bis er ihn zufällig in einem staatlichen Supermarkt getroffen hatte. Dann waren andere Rückläufer aus dem Heim von Optigenio gefolgt. Inzwischen bestand ihre kleine Wohngemeinschaft aus fünf mangelhaften Ergebnissen der Genoptimierung.

Jeder hatte seine Aufgabe: Tom kümmerte sich um den täglichen Kram wie Kochen, Einkäufe und Ordnung halten. Der schwerhörige Lukas und Mark waren für die Technik zuständig. Sie suchten geeignete Häuser aus und reparierten sie soweit, dass sie kurzzeitig bewohnbar waren. Sie wussten, wo es genießbares Trinkwasser gab und wie man Stromleitungen anzapfte. Eine einigermaßen zuverlässige Stromversorgung war für den Computerspieler Will besonders wichtig. Die offizielle Versorgung war störanfällig und unzuverlässig. Manchmal funktionierte das Netz nur für wenige Stunden am Tag. Manchmal blieben ganze Regionen unversorgt. Für die Reichen und die Regierung galt das natürlich nicht.

Lukas war Energieprofi. Immer hatte er einen Satz Schraubenschlüssel in der Hosentasche und ölverschmierte Hände. Er schraubte alte Solar- oder Photovoltaikkollektoren von Dächern und baute sie wieder auf. Für Will hatte er ein ohrenbetäubend lautes Dieselaggregat besorgt. Seitdem war es für Will leichter, sein tägliches Übungspensum am Computer zu erfüllen. Alle professionellen Spieler waren in der

Stromversorgung autark. Kraftstoff war zwar teuer, aber Will verdiente gut.

Mark hatte einen verkrüppelten Fuß. Er war wie Will ein begeisterter Spieler, hatte aber nicht Wills schnelle Reaktionsfähigkeit und Reflexe. Daher nahm er nicht an Wettkämpfen teil, sondern kümmerte sich um die notwendige Hardware und andere Computerfragen. Das frühere, globale Internet gab es nicht mehr. Der Datenverkehr im Netz wurde vom Staat überwacht und war stark eingeschränkt. Daher unterhielten die Spieler eigene Server und Netzwerke.

Sowohl Mark als auch Lukas hatten auf dem Schwarzmarkt einen Geigerzähler ergattert und konnten damit umgehen. Das war lebenswichtig. Immer noch gab es um Berlin stark verstrahlte Bereiche, wo radioaktiv verseuchtes Erdreich oder belasteter Schutt entsorgt worden waren. Die Regierung hatte darüber nie offizielle Daten veröffentlicht und so lebten viele Menschen inmitten der unsichtbaren Gefahr.

Henry war der Jüngste und erst vor wenigen Wochen entlassen worden. Er tat nichts. Tagsüber streifte er durch verlassene Häuser und Wohnungen, sammelte Bücher und Zeitschriften und las. Beim Abendessen erzählte er davon. Dann berichtete er von einer Welt, die sie alle nicht mehr kennengelernt hatten und die in ihren Ohren wie eine Zukunftsvision klang, obwohl sie längst vergangen war. Ihre Realität war nicht von Fort-, sondern von Rückschritt geprägt. Technische Entwicklung, medizinische Versorgung und Sicherheit gab es nur noch für die reiche Oberklasse, die in ihren eigenen Vierteln im Sektor 1 zurückgezogen lebte. Die soziale Schere war zerbrochen.

Will verbarg sein Gesicht in den Händen. Er fühlte sich müde. Was konnten die Firma und sein ehemaliger Vater von ihm wollen? Er hatte keine Ahnung, aber er war sich sicher, dass es nichts Gutes bedeuten konnte. Langsam richtete er sich auf, nahm die ungeöffneten Briefe von seinem Schreibtisch, riss sie auf und las einen nach dem anderen: 16 Schecks von Optigenio, die die Firma großzügigerweise ihren reklamierten Produkten spendierte und neun Aufforderungen, sich unverzüglich bei Herrn Dr. Hassler zu melden. Der Ton der Anschreiben steigerte sich von sachlich über fordernd bis drohend. Die erste Vorladung war vor fünf Wochen abgeschickt worden. Offensichtlich wollte Christian von Krumm mit ihm Kontakt aufnehmen. Über den Grund schwiegen sich die Briefe jedoch aus.

Will ordnete die Papiere, nahm ein Feuerzeug aus seiner Hosentasche und zündete Briefe und Schecks an.

„Das kannst du nicht machen", schrie Tom. „Du musst wenigstens dort anrufen. Dein Vater will dich vielleicht treffen. Das sind doch gute Nachrichten."

„Nichts muss ich. Nie mehr. Die Vergangenheit liegt hinter mir", erwiderte Will und schaute zu, wie die Flammen das Papier auffraßen und seiner ruhigen Hand unersättlich näher und näher kamen. Dann ließ er die Briefe in einen alten Metalleimer fallen, wo das Feuer erlosch.

„Wenn der ehrenwerte Herr von Krumm etwas von mir will, wird er mich schon persönlich darum bitten müssen. Er kann nicht die Firma vorschicken." Seine Gesichtszüge waren hart und kalt wie die einer römischen Marmorstatue. „Aber dazu wird es nicht kommen. Er wird mich nicht finden. Ich werde nie mehr gehorchen und mich unterwerfen." Er betrachtete die Asche und fasste an seinen linken Oberarm, wo einst der Ortungschip gewesen war. Dort war in schwarzen Großbuchstaben sein Lebensmotto in die Haut gestochen: WILL RESIST.

Die wulstige Narbe war kaum verheilt gewesen, als er sich tätowieren ließ. So würde er nie vergessen, was er sich selbst geschworen hatte. Er würde nie aufgeben, nie nachgeben, nie mehr schwach, abhängig und hilflos sein.

„Ich hau ab", stellte Will knapp fest.

„Was heißt hier, du haust ab?" Tom schaute ihn fassungslos an.

„Genau das, was ich sage. Rainer und der ehrenwerte Dr. Hassler werden eins und eins zusammenzählen. Es war überaus schlau von dir, meine Post mitzunehmen und zu behaupten, du wüsstest nicht, wo ich bin. Vorher denken, dann reden!"

Beschämt schaute Tom auf seine großen Hände. „Aber außer dem bisschen Stromklau haben wir nichts angestellt. Was ist mit unserem Leben, das wir uns aufgebaut haben? Wir sind doch keine Verbrecher. Sie können uns nichts tun und außerdem ... Sie suchen nur dich", flüsterte er leise.

„Und du führst sie mit deinem Ortungschip im Arm direkt zu mir. Mir ist egal, was die von mir wollen. Sicher ist nur, dass ich den Besuch nicht überleben würde. Ich mach mich aus dem Staub."

„Wo willst du hin?"

„Weiß ich noch nicht. Erst mal weg."

„Und was soll aus uns werden?", fragte Tom. Bittend hob er die Hände.

„Das ist euer Problem und euer Leben. Ich rate euch, ebenfalls abzutauchen. Sucht euch eine andere Bleibe. Löst keine Optigenio-Schecks mehr ein. Du weißt es doch selbst, der Firma ist alles zuzutrauen und es ist egal, ob wir etwas angestellt haben oder nicht. Denen wäre es am liebsten, wir hätten nach der Heimentlassung ihre schäbigen Stellenangebote angenommen. Dann wären wir weiterhin kontrollierbar gewesen und früher oder später hätten sie uns unauffällig bei einem kleinen Betriebsunfall entsorgt. Bedauerlich. Aber kommt immer wieder vor."

Will war aufgestanden und stopfte seine wenigen Besitztümer in eine Sporttasche. Über sein T-Shirt zog er ein schwarzes Kapuzensweatshirt. Will trug gerne dunkle, am liebsten schwarze Sachen. Dann startete er ein Eraserprogramm, um die Festplatte zu löschen. Er würde keine digitale Spur hinterlassen und seine Clanmitglieder gefährden.

Um absolut sicher zu gehen, baute er die Festplatte aus und zertrümmerte sie mit einem Hammer. Er war auf diese

Situation vorbereitet. Zum Schluss blies er die Kerze auf dem Schreibtisch aus.

„Und ich dachte, wir wären Freunde", brachte Tom mühsam hervor.

Will antwortete nicht. Freundschaften waren in seinen Augen etwas für Schwächlinge, die alleine nicht überleben konnten. Er zog die Schreibtischschublade auf und holte eine in ein schwarzes Tuch gewickelte Pistole heraus. Er lud sie und steckte sie in den Hosenbund. Dort, wo er hinwollte, war es gefährlich. Seinen Munitionsvorrat verstaute er zusammen mit einem Geigerzähler, gebündelten Geldscheinen und ein paar Goldmünzen in der Tasche.

Tom beobachtete ihn stumm. Tränen liefen über seine speckigen Wangen. Ohne Will würde er nicht lange durchhalten. Will war in seinem ganzen, bisherigen Leben der einzige Mensch gewesen, der ihn nie im Stich gelassen hatte. Bis jetzt.

„Mach's gut. Mark und Lukas bekommen das schon hin. Ich lass euch die Hälfte des Bargeldes da. Damit kommt ihr die nächsten Monate über die Runden." Will vermied es, Tom anzuschauen. Eine Trennung war die einzige Möglichkeit, redete er sich ein und ging aus dem Zimmer. Die anderen würden auch ohne ihn zurechtkommen. Er war nicht ihr Kindermädchen. „Ihr lebt ohne mich sicherer. Wenn sie mich suchen, ist es besser für euch, wenn ich verschwinde."

Will hatte die vergangenen eineinhalb Jahre gehofft, dass er die Schatten seiner Vergangenheit weit hinter sich gelassen hätte. Aber jetzt begannen sie, ihn einzuholen. Das würde er nicht zulassen. Niemals.

„Ich brauch dich aber", flüsterte Tom. „Nicht nur, weil du das Geld verdient hast."

Den letzten Satz hatte Will schon nicht mehr gehört und er hätte auch nichts an seiner Entscheidung geändert.

»Pageturner«
boys & books e.V.

»Was für ein tolles Buch! ... Die Geschichte von Will hat mich tief berührt.«
Karin, amazon-Rezension

»Ein toller dystopischer Jugendroman, der mir sehr viel Spaß gemacht hat. Etwas Liebe, etwas Spannung und eine super Idee.«
Nichtohnebuch

Christine Ziegler

Jaguarkrieger

352 Seiten, geb. mit Schutzumschlag, 18,90 €,
ISBN 978-3-943086-80-5

MONSTERJAGD ÜBER DEN DÄCHERN VON RAVENBRÜCK – DÜSTER, SPANNEND UND ACTIONREICH!

ab 12 Jahre

»Die Spannung ist hier von Anfang bis Ende auf Höchstlevel! (...) „Das hungrige Glas" ist eine Monsterjagd vom Feinsten!«
Skyline-of-books-Blog

»Diese Geschichte ist im wahrsten Sinne des Wortes „atemberaubend". Sie ist so unglaublich düster & nervenaufreibend, dass man vor Spannung die Luft anhält«
*Julia,
Bestofworkingmum-Blog*

Heiko Hentschel

Das hungrige Glas

Moritz' schlimmster Albtraum wird wahr, als seine Schwester Konstanze mitten in der Nacht von einem grausigen Monster verschleppt wird. Als das Untier weitere Mädchen raubt, heftet Moritz sich an seine Fersen. Er hat nur noch ein Ziel: seine Schwester aus den Klauen des Ungeheuers zu befreien. Doch er ahnt nicht, dass die Bestie lediglich Diener einer höheren, weitaus bedrohlicheren Macht ist ...

350 Seiten, geb., 16,90 €, ISBN 978-3-96594-014-7

BUCHTRAILER UND LESEPROBE
www.suedpol-verlag.de/Glastrilogie.html

»Eine Freundschaftsgeschichte, die unter die Haut geht«

ab 12 Jahre

»Rotzfrech, knallhart, knallpink - das ist Lu. Ein tolles, humorvolles Buch über die Problematiken des Erwachsenwerdens und das Finden einer wunderbaren Freundschaft.«
Foxybooks

Pia Herzog

Ihr mich auch

Lu ist ziemlich angenervt – von ihrer Mutter, von den Jungs in ihrer Klasse, von der Schule. Nicht mal beim Boxtraining wird sie ihre Wut los. Der Einzige, mit dem sie klarkommt, ist Rhys, aber der zählt ja nicht wirklich. Als Lu und die eigensinnige Viola aufeinandertreffen, fliegen die Fetzen. Und ausgerechnet mit der soll Lu nach Mallorca fliegen?!

208 Seiten, 148 x 210 mm,
gebunden, 14,90 €
ISBN 978-3-943086-93-5

»starkes Debüt über Identitätssuche und eine erste Liebe«

Robert Elstner, ekz-Bibliotheksservice

»Sehr einfühlsam beschreibt die Autorin, was der Verlust eines Elternteils für Kinder bedeutet. Ein Roman, der sich trotz der besonderen Thematik flüssig lesen lässt, jedoch nachdenklich stimmt. Nicht nur für Jugendliche sehr empfehlenswert.«
*Andrea Dörr,
Büchereifachstelle der Ev.
Kirche im Rheinland*

Lea Dittrich

Die Dinge, über die wir schweigen

Mimi sammelt Vielleicht-Mütter, Frauen, die ihr ähnlich sehen. Die Haarfarbe, der Schwung der Nase, das Profil. Ihre eigene Mutter ist bei ihrer Geburt gestorben – das sagt zumindest Mimis Vater. Aber woher kommen dann die vielen Erinnerungsfetzen, die Mimi durch den Kopf schwirren? Bildet Mimi sich das alles nur ein? Und dann bricht dieser Sommer an, der alles verändert: Mimi will endlich die Wahrheit herausfinden ...

208 Seiten, 148 x 205 mm,
gebunden, 14,90 €
ISBN 978-3-943086-56-0

Wie weit bist du bereit, für deinen Star zu gehen?

»spannender Einblick in die (extreme) Fan-Seele«
Westfälische Nachrichten

Angela Hüsgen

Superfans

Die bedingungslose Schwärmerei für Sänger Kenny schweißt die drei unterschiedlichen Teenager Pia, Antonia und Philine zusammen. Doch Kennys Karriere hakt. Als er bei einem Auftritt betrunken von der Bühne fällt, entführen die Mädchen ihn kurzerhand und verstecken ihn zum Ausnüchtern in einem Ferienhaus. Doch dann wird der Castingstar von seiner Vergangenheit eingeholt, was sich für die Mädchen zu einer handfesten Bedrohung entwickelt …

160 Seiten, 148 x 210 mm,
gebunden, 12,90 €
ISBN 978-3-943086-42-3

Mit Science-Fiction Glossar: erklärt die wichtigsten Begriffe und Filmzitate für SF-Einsteiger

»Das ist so wie Yps zum Lesen ... oder besser noch die Big Bang Theory für Clone Wars-Kids. Top-Tip für Weihnachten, wenn ein Nerd-Kid beschenkt werden soll!!!!«
Otherland

Frank Schlender

Max und die Sache mit der Raumzeit-Faltungsinversion

Die Science-Fiction-Nerds Max, Willi und Ben entdecken in der verfallenen Villa plötzlich Licht. Eine seltsame, ältere Frau ist mit ihrer Tochter Penelope scheinbar über Nacht eingezogen. Penelope, eine auffällige Erscheinung mit platinblonden Haaren, weckt in Max ganz neue Gefühle. Doch dann entdecken die Jungs, dass das Mädchen dreieckige Haare mit Seriennummern hat! Das ruft die „SF-Experten" auf den Plan: Sind Penelope und ihre Mutter Roboter? Mit Spy-Mobilen und Überwachungskameras versuchen die Jungs herauszufinden, was in der alten Villa vor sich geht und geraten immer tiefer in eine Welt, die sie sonst nur aus ihren SF-Büchern kennen.

304 Seiten, gebunden
148 x 205 mm
ISBN 978-3-943086-16-4